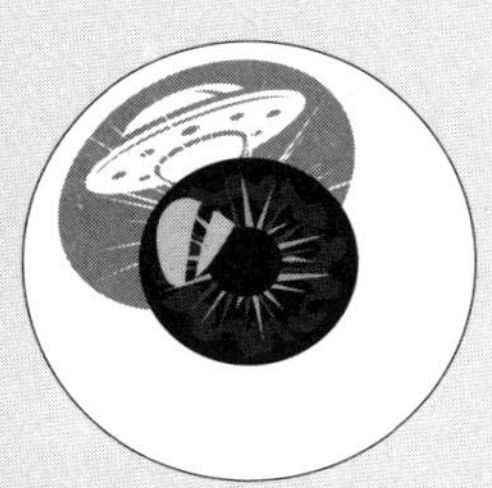

李辅贵科幻作品集

Sci-Fi

喜马拉雅塌陷

李辅贵——著

科学普及出版社
·北 京·

图书在版编目（CIP）数据

李辅贵科幻作品集．喜马拉雅塌陷 / 李辅贵著．--
北京：科学普及出版社，2023.2
（百年科幻）
ISBN 978-7-110-10487-3

Ⅰ．①李… Ⅱ．①李… Ⅲ．①幻想小说—中国—当代
Ⅳ．① I247.5

中国版本图书馆 CIP 数据核字（2022）第 226626 号

策划编辑 王卫英
责任编辑 王卫英
封面设计 书香文雅
正文设计 书香文雅
责任校对 吕传新
责任印制 徐　飞

出　　版 科学普及出版社
发　　行 中国科学技术出版社有限公司发行部
地　　址 北京市海淀区中关村南大街 16 号
邮　　编 100081
发行电话 010-62173865
传　　真 010-62173081
网　　址 http://www.cspbooks.com.cn

开　　本 720mm × 1000mm　1/16
字　　数 380 千字
印　　张 33
版　　次 2023 年 2 月第 1 版
印　　次 2023 年 2 月第 1 次印刷
印　　刷 天津泰宇印务有限公司
书　　号 ISBN 978-7-110-10487-3 / I · 649
定　　价 89.80（全 2 册）

“百年科幻”编委会

总序

科幻引领未来

“百年科幻”是由中国科普作家协会科幻创作研究基地主编的大型科幻系列图书项目。项目工程浩大，计划将过去、现在以及未来的国内外优秀科幻作品都囊括进来，打造成一个可持续的出版系列。

科幻是科学与文学融合的产物，它不仅能激发人们的想象力，更能给人们以深刻的科学启示，唤起人们对科学的兴趣，培养人们的科学精神。自1818年英国作家玛丽·雪莱创作《弗兰肯斯坦》起，世界科幻已走过200多年的发展历程。中国科幻作为世界科幻板块中的重要组成部分，渐渐发展成一支越来越活跃的生力军。从1904年荒江钓叟的《月球殖民地小说》发表至今，中国科幻已有近120年的历史，这100多年的发展并不是连续的线性发展，而是呈现出点状分布，时断时续，直到20世纪90年代，才呈现出持续发展的状态。在本土化进程中，中国科幻从学习西方科幻到输出本土科幻，已经走向成熟。以王晋康、刘慈欣、韩松为代表的科幻作家的创作，早已跻身于世界科幻领域的顶级作品之列。

科幻的发展从根本上说与国家科技发展密切相连。现在科幻越来越受到中国读者的喜爱，越来越获得国家的重视，这些都为科幻创作提供了良好的社会环境。中国科幻每年的创作数量也在明显增加，这也是非常可喜的局面。

故此，我们计划在此前出版的《百年中国科幻小说精品赏析》的基础上，推出“百年科幻”系列。在编选出版的定位和特色上，“百年科幻 ”系列既与前者有密切关联，又有其鲜明的独特风貌。主要体现在以下几点：

一、突出史诗性。以世界百年科幻历史长河为线索梳理和编选作家作品，以不同历史时期产生重要影响力的作家作品为对象，遴选经典和优秀之作。

二、强调专题性。对各个时期科幻作家的代表性作品进行专题编辑，彰显其创作特色和文学风格，向广大读者呈现科幻作品独特的文化魅力。

三、立足中国当下，关照未来。在梳理和编选科幻经典的同时，我们的侧重点是立足中国当下，关照未来。希望能够汇聚当下科幻作家的优秀之作，挖掘出更多青年新锐作家的优秀作品，丰富和壮大科幻创作的规模，使科幻创作宛如大河流淌，使科幻历史的长河因强大的新生力量而变得更加波澜壮阔。

借由“百年科幻”系列图书的持续出版，希望能够提振和鼓舞科幻作家的创作信心，为广大读者提供优质的科幻读本，为科幻爱好者及理论研究者提供可资参考的文学样本。希望“百年科幻”系列在促进中国科幻事业的繁荣与发展方面贡献力量。

以上是打造“百年科幻”系列的目标和愿望。

王卫英

2022年5月

目
录
Catalogue

第一章　一鸣惊人

1

公元2123年。

这里是中国的一所私立大学——京清大学。

京清大学硬件、软件实力相当坚实雄厚，其国际排名与日本的早稻田，美国的哈佛、斯坦福不相上下。

下午6时许，马迪夫和他的学生孙朗、陈开从实验室出来了。“实验室”三个字可能不确切，因为他们从事实验的地方很大，应该叫“工厂”，起码应该叫“所”，但大家都叫“实验室”，权且还是叫实验室吧。

马迪夫58岁，身高1.65米，穿一件式样过时的夹克。他已经开始谢顶，鼻梁上的眼镜架得很低，好像随时有掉下去的危险。孙朗、陈开都是帅哥，并排走着，都比马迪夫高。二人比较起来，孙朗白净，陈开黝黑。

师生三人都沉浸在兴奋之中。他们的研究课题有了突破性进展。

“小小雅山塌陷了！”马迪夫挥舞着拳头。

“老师，不是小小雅山，是小小雅山模型，而且还是室内模型。”陈开纠正。

“差不多。小小雅山和小小雅山模型差不多。”孙朗调和。

“不。小小雅山和小小雅山模型差很远。”马迪夫自我纠正。

要塌陷的小小雅山是一座真正的、实实在在的山，目前还只处于模型阶段。实验的模型都要分两步走，先室内模型，再室外模型。现在只是室内模型。

孙朗不再作声了。

关在实验室太久了，太辛苦了，今天终于有了结果，所以他们很兴奋。

小小雅山是一座什么山？是喜马拉雅山麓的一座小山。他们的研究课题是喜马拉雅山，因为喜马拉雅山太庞大了，于是，选择了这座比较独立、好靠近的小山，按照比例做了它的室内模型。这座小山没有名字，“小小雅山”是他们对它的称呼。

走出实验室约50米，要分手了，孙朗开口说：“老师走好，明天见！”

陈开也附和着说：“明天见！”

马迪夫回过头来说：“不，到我家去。今天应该庆祝庆祝！”

是呀，课题有了突破性进展，就应该庆祝。

出乎意料，孙朗、陈开对老师的邀请并没有表示出多大兴趣。孙朗嘀咕道：“要庆祝，干吗上您家去呢，我们上京清大酒店去，要是您在乎钱，就AA制。”孙朗这样背后嘀咕老师，是不是对老师不敬？不是。孙朗嘀咕有嘀咕的理由，那就是不敢领教师娘的厨艺。马迪夫的夫人乔伊娜是M国人，职业是医生，给患者治病可以，做中国菜不行，硬要做的话，那个口味真不敢恭维，第一碗菜来了，你会觉得天底下不会有比这更难吃的了，第二碗菜来了，你会觉得天底下还真有比第一碗菜更难吃的。这也难怪，乔伊娜不是中国人，更不是中国型的家庭主妇，干吗要会做中国菜呢？

陈开也表现出不同意，主要是不想让师娘吃亏不讨好，做了一桌子菜，让人边吃边皱眉头。

马迪夫看出了两个学生的心思，说："今天不是你们师娘下厨，是马蔚然！"马蔚然是马迪夫的女儿，也是孙朗的女朋友，现在是一所中学的音乐老师，平时只看见她一边走路一边唱歌的，她还会下厨？看来，马迪夫对今天小小雅山室内模型塌陷是早有预料，不然，怎么会通知马蔚然下厨呢？听说是马蔚然下厨，孙朗的态度来了个180度的转弯，举双手表示同意。陈开仍然犹豫。孙朗劝说道："陈开，一道走，去领教领教马蔚然的厨艺，我可很期待呀！"陈开看了看他终于同意了。

教授宿舍区3楼3门302室是马迪夫的家。

大家刚接近楼道口，就闻到一股煳味，但是无法判断这股煳味是从哪里传来的。

难道是马蔚然下厨出了问题？等马教授打开了门，大家一看，果然如此。

厨房里水汪汪的，一片狼藉。马蔚然瘫坐在地上生气，看见马迪夫三人，委屈得眼睛也水汪汪起来了。她本来不想下厨，可是，马迪夫非要坚持。这不，出问题了嘛！

不得不说，生气的马蔚然美，哭鼻子的马蔚然更美。马蔚然是典型的东方人与西方人的混血长相。造物主就是这么神奇，在她的身上，东方人的美与西方人的美被充分表现出来了，别的不说，单说那两只眼睛，长长的睫毛掩映着两泓清泉，似黑似蓝，似深似浅，有着勾魂摄魄的魔力，而且马蔚然还擅长唱歌跳舞。

孙朗看见生气的马蔚然，哭鼻子的马蔚然，怜悯得要命，恨不得立刻查出个缘由，然后给这个缘由来一个迎头痛击。

马迪夫看见哭鼻子的马蔚然赶紧过来追问："怎么回事？怎么回事？"

蹲在马蔚然旁边的乔伊娜站起来，用带着M国人口音的汉语普通话说："机器人，机器人安本，讨厌的机器人安本！"

马蔚然下厨弄煳了菜，与机器人有关系？是的，是机器人弄煳了菜，机器人叫安本。

这个下厨的机器人是一个叫钱广大的学生送的。钱广大与孙朗、陈开同是京清大学的博士生，和马蔚然是朋友，他的导师是另一位教授。他听说马蔚然要下厨，就给她送来了一个助手机器人。

"机器人安本呢？"陈开对机器人很在行，听到这个类人的名字便判断出这个下厨的机器人是高智能型的。这种机器人人性化程度很高，有忧虑型、调侃型、玩笑型、严肃型……购买的时候，必须选择准型号，这样，它就可以与主人和睦相处，给主人的生活带来乐趣，不然，就会闹别扭，给主人带来不快。陈开估计是机器人的型号与马蔚然的喜好不符，闹起了别扭。

"扔了！"马蔚然带着哭腔回答。

"扔到哪里了？"

"从窗户口扔出去的。在院子里吧！"

陈开、孙朗"蹬蹬蹬"下楼，在窗户口下边的院子里果然看到了躺着的机器人安本。

安本还在赌气，抖动了一下身体，只听到"哗啦"一声响，竟气得片刻解体，成了一堆铁疙瘩。

原来是这么一回事。马迪夫还想批评女儿：机器人下什么厨呢？做出来的饭菜一点人情味都没有。

孙朗赶紧劝解："算了，与一个机器人计较划不来，到头来还是气着了自己。"他赶紧掏出手机，要了京清大酒店快送部的电话，"……请送到京清大学教授宿舍区3楼3门302室。还是老规格。对，越快越好。"

片刻，酒店快送部就将一桌丰盛的菜肴摆在302室客厅里了，除了伊朗鱼子酱、日本生鱼片之类，最难得的是一碗国产综合基因大白菜，去年才获得国家食品安全部门批准上市的，紧俏得很。综合基因大白菜综合了猪、牛、羊以及好几种鱼（其中有鲟鱼、金枪鱼）的基因，味道有菜味，有肉味，有鱼味，怪极了，美极了，天下独一无二。

大家看到这么丰盛的美食，食欲大开，赶紧落座准备开始吃饭。

就在马迪夫正要坐下时，乔伊娜突然间记起了什么，说："马——，你的通知！"半路上杀出个程咬金，原来是校长办公室的通知，通知马迪夫今天晚上7点30分在校学术大厅开会。

7点30分？现在已经7点40了。马迪夫用最快的速度吃完饭，就匆匆向校学术大厅赶去了。

2

学术大厅开的是一个动员会。

厅门口拉着的横幅上写着：科学家们行动起来，为扼住气候极端变化作贡献！

这是动员会的主题。

“全球气候极端变化”在上个世纪就是人类关注的话题了。当时主要关注“气候变暖”，世界各国强调要减少二氧化碳排放，仅此而已。而现在形势越来越严峻了，气候不仅是变暖，而是变旱、变潮，变得异常恶劣，不可理喻。寒冷已不是西伯利亚的专利，数以万计的非洲人民处在寒冷的威胁之中。南极冰盖在快速消融，海平面在快速上升，世界陆地面积在减少，沿海城市在被淹没。据悉：美国纽约的曼哈顿遭海水漫灌，联合国总部大楼三层以下已被浸泡在水中。中国西部地区干旱日益严重，甘肃、青海、新疆等地已创造出一年365天无下雨的纪录，沙漠化在瘟疫般蔓延，数以万计的人迁徙……

中国版图上又将有数万平方千米的土地要变成无人区！

扼住气候的这种极端变化成了中国政府的当务之急，从而成了大学科研项目的当务之急。

为了表示重要，动员会请来了京清市政府的领导。

马迪夫迟到了，校长路坦的动员报告都接近尾声了：“……大道理我就不多讲了，下面，请科学家们、教授们上台来，针对气候的这种极端变化献计献策！”

有人上台了，是物理学院搞应用物理的王泊海。在众多教授中，王泊海是最擅长演讲的，声音洪亮，口齿清晰，能将一碗水讲成一桶水：“我的课题是《综合治理，降伏沙魔》，分四个组成部分。其一，引水下山。中国西部的天山上有没有水？祁连山上有没有水？昆仑山上有没有水？有人会说，没有，只有雪。请问，雪不就是水吗？引水下山，沙漠得到滋润，就成了绿洲。其二……”

“夸夸其谈！”马迪夫鼻孔里“哼”了一声，脸上满是鄙视的神情。马迪夫瞧不起王泊海？马迪夫是搞地质物理的，搞地质物理的瞧不起搞应用物理的？有这层意思，更深层的是，马迪夫的前任妻子柳絮红是王泊海的现任妻子。这个微妙的关系令马迪夫总是对王泊海耿耿于怀。

王泊海讲完话了，台上台下响起一片掌声。

接下来该是谁上台呢？

冷场。2分钟的冷场，5分钟的冷场。

马迪夫按捺不住了，要郑重地亮出自己的活了！

马迪夫上台，走到了麦克风前，亮开了嗓门：“现在，我郑重公布我所从事的研究课题——激活论。激活论三言两语是无法说清楚的，硬要简单概括，可不可以这么说，任何物体都是一个有生命的活体，都存在一个或多个激活点，激活激活点，该物体则会发生变化，大的会变小……”

“伪命题！”刚走下台的王泊海指责马迪夫，“马迪夫，讲你的伪命题，也不挑挑时候！”

“……不。我的激活论不是伪命题。它是客观存在的，是有科学真理性的！”

有人大声对马迪夫喊叫：“什么激活论激活点，这与气候变化有关吗？”

“……我国西部气候为什么越来越干旱？除了气候的极端变化外，是因为喜马拉雅山越长越高。有资料显示，500年前，人类掌握了测量技术，第一次测量喜马拉雅山的平均海拔高度是6000米，现在是多少？6050米，也就是说，喜马拉雅山500年长高了50米。50米是个什么概念？6050米的高度，2450千米的长度，还有8000多米的山峰，喜马拉雅山成了一道巨大的天然屏障，把印度洋吹来的暖湿气流遮挡得越来越严实，简直是密不透风了，我国西部气候不越来越干旱才怪……”

“这你不说我们也知道！”

“你的激活论能扼住喜马拉雅山长高吗？”

“……喜马拉雅山是印度板块挤压亚欧板块形成的，它是一个生命活体。按照我的激活论，在其底部、身上存在着一些点，可能有10个、50个，可能有更多个，我叫它们激活点。激活这些激活点，板块就会运动起来，裂开一道口子，然后，喜马拉雅山就会运动起来，依靠自身强大的重力塌陷……”

“喜马拉雅山塌陷？激活论能叫喜马拉雅山塌陷？伪命题孵化出的畸形胎吧。痴人说梦！”

“……在我的实验室，小小雅山已经塌陷了，不对，是小小雅山室内模型已经塌陷了。现在，我将在这里，郑重地播放小小雅山室内模型塌陷全过程的录像！”

马迪夫要播放录像了！议论声小了下来。要清楚，很多重大的科学命题在没证实之前总会被指责为“伪命题”。难道说，马迪夫的激活论……

大厅播放录像的设备就搁在那儿。马迪夫从随身携带的包里取出U盘，轻车熟路地操作。屏幕上出现了画面：……小小雅山的室内模型有五六米高，像座假山，马迪夫和他的学生孙朗、陈开正伏在上面凿石打洞……

此时，有人给校长路坦递了一张纸条。路坦打开纸条，上面写着：请终止播放。

路坦抬眼看看递纸条的人，是市里安全部门的领导谢仲秋。碍于情面，路坦不好说些什么，只是觉得这样做对马迪夫不礼貌。谢仲秋作为市安全部门局长，对安全特别敏感，直觉告诉他，马迪夫的录像是机密，要立即终止，于是，给路坦写了纸条。路坦不敢造次，将纸条转给马迪夫。马迪夫正在兴头上，对递过来的纸条看也不看，扔在一边，继续播放视频。

突然，屏幕上的画面消失了。原来，电源被人掐断了。

马迪夫气冲冲地吼道："是谁掐断了电源？"

"是我。"一个声音传过来。是个不认识的来宾，样子看着是个领导。

"你？"马迪夫不管领导不领导了，"马上给我接上电源！"

场面一时间有些难堪。路坦赶紧出面圆场，给马迪夫介绍谢仲秋。

马迪夫不买不相识领导的账，但还是要买路坦的账，只得强压怒火，但还是质问他："这是伪命题、伪科学？"

"我没有这么说。"谢仲秋回答。

"那你为什么掐断电源？"马迪夫要弄清楚。

谢仲秋挪出一把椅子扶马迪夫坐下，又拿过马迪夫的茶杯续满水，小声说："保密。请谅解。"

马迪夫越发疑惑："阻止我播放的行为要保密？"

谢仲秋发觉马迪夫理解错了，继续小声说："不是我阻止您的行为要保密，是您的播放内容要保密，您不能继续播放下去了！"

"我泄密了？"马迪夫觉得谢仲秋小题大做，"会场里有间谍？科学没有国界，科学应该造福全人类！"

谢仲秋赔着笑脸说："我不想和您争论。您觉得委屈也没办法。我会送您一份内参。”

“哼！”马迪夫拂袖下台。

动员会在不愉快的氛围中终止了。

3

会场里还真是有间谍——

一个坐在6排2号，长着金色头发、金色眉毛、金色络腮胡子的40岁左右的中年男人。这个中年男人是M国人，叫克耶尔，在中国的合法身份是京清大学校足球队请来的外籍教练。可不要小看了这个克耶尔，他是前几年欧洲足球联赛的足球先生，得过“金靴”奖。不知从什么时候起，中国的大学把拥有一支校足球队作为办校硬件，校足球队的实力成了展示学校的一道亮丽的风景。克耶尔执掌京清大学校足球队已3年，大见成效，在今年的赛事中，京清大学与另一所强校战成了平手，让学校露够了脸。

克耶尔外套的第二颗纽扣就是一架性质优良的微型摄像机，此时此刻，会场的每一个角落，特别是主席台上每一个人的一举一动，都被清晰地录制并传送到了万里之遥。

4

路坦昨夜做了一个梦，梦见喜马拉雅山塌陷了，中国西部好雨连绵，沙漠变成了绿洲，迁徙逃亡的人纷纷返回家园。昨天的动员会虽然在不愉快的氛围中终止，但令他兴奋。想不到马迪夫的激活论研究进展这么快，小小雅山室内模型都塌陷了。虽然只是室内模型，但路坦相信自己的眼光，激活论将是22世纪科学界最具影响力的发明，将会给人类带来不可估量的变化。

一种责任感油然而生。路坦要去实验室看望马迪夫。

马迪夫的实验室在学校西北角，占地面积约8000平方米。京清大学原来有个X学院，后来X学院不办了，闲着。一天，马迪夫带着他的学生陈开、孙朗从小小雅山回来，提出需要一个大实验室，路坦想到了这个还闲着的X学院，划出一块给了马迪夫。

路坦打开实验室的门，没想到先出现的是一条狗。这条狗是一条纯血统的法国大白熊，浑身雪白，高高大大，样子十分可爱。出于看家护院的本能，它对路坦不太友好。

实验室有人出来了，是陈开，路坦以前和马迪夫聊天的时候见过他。

路坦跟着陈开走进实验室，感觉胸口闷得慌，一看，原来窗户都关得严严实实的。

“把窗户打开！”路坦吩咐陈开。

“老师叫关上的。不让打开。”陈开解释。

“为什么？”

“保密。这些窗户原来都是打开的，今天起关上了，说是为了保密。”

路坦明白了：马迪夫关窗户保密与昨天学校的学术大厅动员会有关。市安全部门局长谢仲秋掐断电源，阻止马迪夫的行为，给马迪夫的理由是“保密”，看来，马迪夫是听进去了。高科技时代，关上窗户能保密吗？这个马迪夫，真是迂腐到家了。

打开窗户还得马迪夫表态。

马迪夫正趴在地上分析塌陷了的小小雅山室内模型，孙朗立在一旁记录。路坦也认识孙朗。本学期开学初，就是这个孙朗拿着董事长的条子，指名道姓地要去读马迪夫的博士生。看着汗流浃背的马迪夫，路坦真想破口大骂孙朗：这趴在地上的应该是你，立在一旁念数据的应该是马迪夫，你的老师！

路校长错怪了孙朗。关键位置，关键时刻，马迪夫不会让别人动手。

“小小雅山的海拔高度是6000米，底部周长是……？”马迪夫不记得了，问孙朗。

“……我、我也记不起来了。”孙朗结结巴巴地回答。

“你也记不起来了？底部周长的测量是你主要负责的，你居然记不得了！”

“大概……”孙朗不想辩解，硬着头皮被训斥，突然间看见了路校长，得救般喊了声，“路校长！”

这一声“路校长”，果然救了孙朗，马迪夫站起来了，顾不上训斥谁了，尴尬地搓着手上的泥巴说：“你来得不是时候，我正训人呢！”

路坦拉着马迪夫在一条长椅上坐下，说：“老师批评学生嘛，正常现象。刚才你问他什么？”

“小小雅山的底部周长。”

“他不是说了个大概吗？”

“大概？在我的实验室里没有大概。你作为校长，请不要在我的实验室里，在我的学生面前宣传这种大概！”

“哦！”路坦明白过来，“我错了。激活论是缜密的、严谨的，不能有大概。”

马迪夫看到校长坦诚承认错误，赞赏激活论，高兴起来，吩咐陈开给校长沏茶，并让孙朗准备好记事本，看校长有什么指示。

“我没什么指示。我是来看看你，看看激活论，看看倒塌了的小小雅山室内模型。有什么困难吗？”

“困难？你指什么样的困难？”马迪夫的困难多得很。

“需要我帮帮忙的。”

“我需要一台高精度的光磁共振仪，对小小雅山进行深度扫描、测量，精确地得到小小雅山内部的结构图；我需要一架直升机，十分便捷地往返于我的实验室与小小雅山之间；我最需要的应该是……”

“经费。”

“对。经费。我的研究项目学校划拨的经费是500万元，用完了。我已经没钱了！”

“这是一个实际问题。你知道，我们是私立学校，我这个校长只有10万元的审批权，超过10万元就要提交校董事会了。”路坦说到此处没有了底气，“你的激活论我是看准了，我要亲自去找老板要钱。说说，你需要多少？”

“需要……多少？”马迪夫一时语塞。他还没有认真考虑这个问题。

“当然是越多越好。你给我们老师一点阳光，我们老师会还你一片绿洲！”孙朗插话说。

“目前，小小雅山塌陷的是室内模型，接下来就是小小雅山室外模型。这室外模型恐怕就需要很大一笔钱了，到底多少，不好估算。再说，这方面我是外行。”马迪夫说。

“京清大学的科研项目很多，但重点扶植的只有一个，经费是2000万元。我当京清大学校长后做的一件值得骄傲的事就是科研经费不撒胡椒面，要重点扶植，而且只能是一个。当然，这一个是谁，不是我说了算，是董事长说了算。我认为，这次重点扶植的这一个就是你马迪夫的激活论，你应该拿到这个2000万。如果京清大学拿出2000万，国家科研部门考察后，觉得这个科研项目确实是重点，确实有前途，就会拿出对等的2000万。两个2000万，就是4000万了，可以用来建造小小雅山的室外模型了。这样吧，你们给学校董事会打个报告，我拿着报告去找董事长，去据理力争。”路坦品了一口陈开递过来的茶，皱了皱眉，茶叶有股霉味。接下来他们没有谈经费，而是谈起了激活论的保密问题，这是谢仲秋交给他们的任务。路坦强调说：“你们师生三人，从现在起，不要对外讲任何有关激活论的情况。”又小声叮嘱马迪夫，“电脑必须层层加密，加厚防火墙，所有数据、公式文稿及各式图纸必须锁进保险柜……”

“好，好。”马迪夫不住地点头。马迪夫看了谢仲秋动员会之后送来的内参，确实感到科学界杀气腾腾。马迪夫原谅了谢仲秋。

“市安全部门和我商量过了，决定给你们的实验室安上电子眼、电子鼻、电子耳。”

“监控？监控我和我的学生？让我和我的学生的一举一动都在别人的监控之中？这样的安全保卫我不要。”马迪夫反对。

“不是监控，是保护！”

“我不要这种在人家眼皮下的保护！”

5

学术大厅关于气候变化的动员会这一页已经翻过去了，可王泊海却过不去。太令人愤怒了！这个马迪夫，踩着他的脚后跟上台发言，抛出激活论，讲什么喜马拉雅山塌陷。这就是个伪命题，喜马拉雅山会塌陷？他的目的恐怕只有一个：与他王泊海叫板，唱对台戏。

王泊海像患了瘟疫的公鸡不再引吭高歌。“综合治理、降伏沙魔”是王泊海最大的科研课题，部分内容在国家级的刊物《科学前沿》杂志上已经发表过了，有理由向京清大学申请那2000万元的重点项目科研经费，如果申请成功就可以获得国家科研部门对等下拨的2000万元扶助资金了，谁料想半途杀出了个程咬金。“哼！”王泊海重重拍了把桌子。

有人推门进来了，是钱广大。

钱广大不修边幅，是王泊海的博士生，读了一年多了。钱广大拜师于王泊海，看中的不是王泊海的学识，而是他的名声地位，以方便自己打工挣钱。钱广大父亲开的公司倒闭了，没钱供钱广大消费，钱广大只能选择有钱的教授，一边希望从王泊海手中获得些资金，一边在他手下读博。今天钱广大是来找导师支钱的。

钱广大发觉导师像被人挖了祖坟似的铁青着脸，意识到来得不是时候，又不想转回去，只好硬着头皮问：“您……病了？”

王泊海看了钱广大一眼，稳了稳神，也问："论文写成了？"

"还没呢！"钱广大回答。

"那你来干什么？"

"我想……我想支钱。"

"支钱？我这里又不是财务科！"

"您之前说过，论文写成了就给我一笔钱！"

"论文写成了吗？别烦我，出去！"

钱广大理屈词穷，退出了导师办公室，走了。

王泊海也不想在办公室待了！

王泊海上了自己的悬浮汽车回家。王泊海的家在月亮湾小区，是独门独院，家里有机器人。王泊海的车刚停住，还没按喇叭，机器人花袭人就打开铁栅门，用娇滴滴的声音说："王教授好，王教授辛苦了！"花袭人是个女机器人，模样是按中国的古典名著《红楼梦》中贾宝玉的丫鬟花袭人的模样设计出来的，王泊海十分钟爱。要是往日，王泊海会说，花袭人好，花袭人辛苦了！但他今天心情不好，只是望着花袭人苦笑了一下。

王泊海急切地想见到妻子柳絮红，在柳絮红面前诉说马迪夫的不是，这样心情才会好些。

柳絮红正在后院的百虫园里埋头工作。百虫园面积约800平方米，是柳絮红的领地，养着各种各样脚的昆虫。柳絮红是研究昆虫的专家。

"絮红——"

有人叫她。从声音听出来了，是丈夫："今天怎么这么早就回来了？"

"不舒服。你能陪我坐一会吗？"王泊海近乎请求。

当然可以。柳絮红脱了工作服、洗了手，从百花园出来了。54岁的柳絮红仍显得苗条、飘逸。

夫妻二人在客厅坐下来。聪明的花袭人为王泊海送上了沏好的茶，为柳絮红送上了冲好的蜂蜜。王泊海爱好喝茶，柳絮红爱好喝蜂蜜水。

“不舒服？哪里不舒服？”柳絮红关切地问。

“心里不舒服。”王泊海回答。

“胃病犯了？”

“不是胃。是脑袋。”

“工作上不顺心？”柳絮红明白过来。

“不是不顺心，是烦心、恶心！”

“有人惹你了？”

“对。有人惹我了！”

“谁？”

“你的前夫马迪夫！”

柳絮红触电一般，顿时眼睛瞪大了，嘴巴也张大了……这是病兆，接下来该是对马迪夫的痛骂了。突然，柳絮红头歪向了一边，眼睛都直了，嘴巴也流起了口水……糟了，她像是中风了！“花袭人——快来！”王泊海向机器人求救。机器人见状，感到事情十分严重，忙问：“要不要呼叫王斗？或是王薇？”王斗是王泊海与前妻也就是亡妻的儿子，王薇是王泊海与柳絮红的女儿。“来不及了，赶快送医院！”王泊海近乎命令。机器人听令两手托起柳絮红朝外跑，争分夺秒将她挪到了车上。好在花袭人力大无比，身手敏捷。

6

王泊海开着车以最快的速度将妻子柳絮红送往京清市人民医院，女儿王薇是这所医院胸外科的实习医生。王薇看到母亲的样子，判断母亲是脑部有损伤，于是和机器人花袭人将母亲送到了脑科，凑巧，坐诊的是医院的院长施凡。施凡留学好几个国家，是医学博士。施凡诊断：病人颅内出血了，必须马上做CT，确定出血的具体部位和出血量，然后决定是保守治疗还是手术治疗。很快，CT出来了：颅内影像清晰，无异常现象。施凡看了CT抓耳挠腮：患者颅内出血的病兆如此明显，却不是颅内出血，看来，眼前这个患者是块难啃的骨头，弄不好会影响自己声誉，还是让别人接手吧，自己坐诊本来就是做样子的。施凡这么想着，有医生来了，是乔伊娜，中国籍的M国医生，于是招呼乔伊娜说：“乔医生，我有点急事，这个患者交给你了！”说完，脱下白大褂，溜了。

王泊海当然认识乔伊娜，岂止是认识，简直是恩人。当年，马迪夫新婚的妻子、眼前躺在病床上的柳絮红，能够蹬脱马迪夫，投入他王泊海的怀抱，还真得亏有这个乔伊娜。王泊海一步上前，拉住乔伊娜的手说：“乔医生，你来得正是时候，快，救救我的妻子！”

王薇求救似的说：“乔姨，我妈就交给您了！”

乔伊娜看了看病床上昏迷中的柳絮红，明白了病因，头上冒出了冷汗：植在柳絮红头上的思维调控器出问题了！植在柳絮红头上的思维调控器是一个类似头发的仪器，16年前植上去的，使用期15年，现在已经过期了！

乔伊娜想起了自己的祖国，眼前出现了一幕又一幕……

当年在M国，22岁的乔伊娜还是个实习医生，实习医院是比得市比得医院，导师叫哈丽特。

没想到的是，哈丽特还有个隐秘的身份，她是M国一个名为HEO的间谍组织的工作人员。乔伊娜被哈丽特吸收进入了HEO，也成了一名间谍，代号水母16。哈丽特受领导的小组，行事极端偏激，为了获取情报不择手段，但也因此她的团队为HEO立下不少功劳，在部门内部处境和评价微妙。

深秋的一天，正是满山红叶的时候，乔伊娜接受了任务：嫁给一个中国留学生。

“中国留学生？他叫什么？”在人生大事面前，乔伊娜必须谨慎。

“马迪夫，比得大学最优秀的学生。”哈丽特回答。

“导师，你弄错了。马迪夫我知道，他有妻子，中国妻子，要是我没记错的话，她叫柳絮红，已经来比得大学读博士了，在马迪夫身边。只是，她不学物理，学生物，专攻昆虫。”

“这些用得着你来告诉我吗？柳絮红要和马迪夫离婚，嫁给中国的另一个留学生王泊海。”

“王泊海在中国没有妻子？”

“有，可是已经去世了！”

“柳絮红与马迪夫十分相爱，能离婚吗？”

“亲爱的乔，你犯规了。”

“是的，这是我不该问的。我只是觉得，让一对恋人分离，太残忍了。为什么不让我直接嫁给王泊海呢？”

“你说呢？”

“我懂了。因为王泊海和马迪夫都来自中国，要让他们的朋友关系变成敌对关系。”

“这个回答不及格。因为对HEO来说，马迪夫比王泊海重要。当然，王泊海我们也需要，这个任务让柳絮红去完成。”

“让柳絮红去完成？”

“柳絮红会成为HEO的编外人员。记住，是编外，她不是‘水母’。你将同他们一道到中国去，说是派你到中国去潜伏也可以。我和你目前的任务是让柳絮红和马迪夫离婚。”

“我看这事很难办到。”

“轻而易举。”哈丽特掏出一个精致的小盒，用镊子取出一根约2厘米长的黑钢针，“你知道这是什么吗？”

“小钢针。”乔伊娜脱口而出。

“不对。你看，它是柔软的。”哈丽特拨弄小钢针，果然是柔软的，“它类似一截头发，将它植入人的头部，就等于在被植入者的大脑里安装了一个接收装置，植入者就可以通过手里的发射装置来调控被植入者的思维。被植入者头部的接收装置和植入者手里的发射装置合起来叫大脑思维调控器。我们手里的发射装置不是一截头发，是一根钥匙。”

“钥匙？”

“就是这个小东西。”哈丽特掏出一个类似钥匙的东西，“眼前，我们就要将类似头发的接收装置植入柳絮红的头部。”

“怎么植入呢？”

“轻轻一插就行了。”哈丽特说，“柳絮红被地中海巨毒蜂蜇了，陷入了昏迷，正在我们医院抢救，你找个机会接近她的病床给她插进去。记住，植入的部位要精准到脑门心。她不会有感觉的。”

乔伊娜接受了任务。

乔伊娜找准机会接近柳絮红的病床，在柳絮红的脑门心植入了类似头发的接收装置。因为它的长度只有2厘米，植入头皮内隐去了0.8厘米，留在外面的只有1.2厘米。这家伙十分牢固，平常洗头、梳头不会妨碍它，所以，只要不剃光头，绝对不会伤害它。

柳絮红的头部被植入接收装置后，大脑思维完全被掌控在哈丽特手里了。哈丽特要柳絮红讨厌马迪夫，果然，柳絮红从医院出院后，不愿看见马迪夫，看见就恶心、呕吐，就破口大骂。哈丽特要柳絮红与马迪夫离婚，果然，柳絮红就血口喷人，说马迪夫在她的被褥里放了地中海巨毒蜂，要谋杀她，与马迪夫再也无法共同生活。柳絮红说她爱的是王泊海，要嫁给王泊海，如果马迪夫不同意，她就死给马迪夫看。马迪夫莫名其妙，但无奈之下，只得同意离婚，只是柳絮红要嫁给王泊海这件事他无法接受。因为马迪夫与王泊海现在一起在M国留学，共读比得大学，低头不见抬头见。可无法接受又怎样？总不能天天让她恶心、呕吐、破口大骂吧！马迪夫与柳絮红办理了离婚手续。王泊海对柳絮红突然投进自己的怀抱，开始有所顾虑，但看一眼柳絮红天仙般的美貌，便喜出望外了，至于马迪夫那里如何面对，顾不得了。这一切，哈丽特看在眼里，喜在心里，对大脑思维调控器赞赏有加。

当马迪夫失去柳絮红正在痛苦消沉的时候，乔伊娜出现了。异国少女的言谈举止立刻抚平了马迪夫的情绪，乔伊娜表现出的天使般的温柔与体贴也很快愈合了马迪夫失去柳絮红的伤口，马迪夫、乔伊娜结婚了。

马迪夫有失有得，面对王泊海，也没说什么。二人倒也相安无事。之后，马迪夫和乔伊娜有了女儿马蔚然，王泊海和柳絮红有了女儿王薇。马蔚然与王薇是在M国同年出生的。

转眼，马蔚然、王薇10岁了。王泊海与柳絮红，还有马迪夫，按M国与中国的友好条约，要回中国了。

乔伊娜呢？当然要随同丈夫一道去中国，这是潜伏的最好理由，也是最好掩护。当天晚上，哈丽特给乔伊娜交代任务：去中国后关注马迪夫的研究成果。哈丽特在乔伊娜脖子上挂上了一根项链。这不是普通的项链，吊坠是个量子通话器，打开机关，就可以与她交流，倾诉思念之苦，报告情报。量子通话器是配对的，可以防止被窃听。“你看，我的脖子上也有一个！”哈丽特拉下衣领，果然有一个。哈丽特将调控柳絮红大脑思维的钥匙交给乔伊娜，告诉乔伊娜，通过钥匙调控柳絮红大脑思维，从而盗取王泊海的科研成果。她吩咐乔伊娜：柳絮红头上的接收装置已更换了新的，使用期为15年，使用期满后，要立即更换。否则，就会失去对柳絮红大脑思维的调控，也会危及柳絮红的健康……

乔伊娜从回忆中醒过神来，她肩负使命来到中国已经16年了，太漫长了。16年中，马迪夫毫无建树，研究课题激活论距离达成目标遥遥无期，当年坚强的信念被时光之水冲刷干净。王泊海更无建树，除了夸夸其谈，还是夸夸其谈。乔伊娜厌了，腻了，渐渐地，潜伏的使命被卸了下来，对M国的思念之苦也没有了，对中国已经适应了。于是，她将脖子上挂的量子通话器摘了下来，柳絮红头上的思维调控接收装置的使用期也被她抛掷九霄云外了。

柳絮红脑门心上的接收装置有必要更换吗？乔伊娜佯装检查病人的身体，扒开柳絮红脑门心的头发，那家伙果然还牢牢地站在那里。这东西已经不起任何作用了，干脆拔掉算了！乔伊娜这么想，却不敢这么做，这件事要请示哈丽特……

"要紧吗？"王泊海和王薇几乎同时问。

"应该不要紧。"乔伊娜安慰王泊海和王薇，"先给她休眠，等情绪稳定下来再说。"

7

马迪夫拒绝在实验室安装电子眼、电子鼻、电子耳，路坦赶紧驱车前往市安全部门找谢仲秋汇报，毕竟保证安全总是好事。

市安全部门是重量级的单位，阵容强大，其管辖范围覆盖京清市的每一个角落。这个时代，地球上国家与国家之间的战争形式早就升级了。衡量一个国家军事实力的强大与否，不是看你拥有多少兵力和传统常规武器，而是看你拥有多少高新科技手段和高新科技武器。2099年的KF战争中，没见K国动用一兵一卒、一枪一炮，F国天上的战斗机群瞬息间就全坠毁了，发射的导弹改变轨迹飞到太平洋击沉了自己的航母。F国宣布投降。K国使用了什么高新科技？当然是比当年导弹拦截系统先进百倍的东西。这是国家的核心机密，同时也引发了别国对机密的窃取行为。这样，围绕核心机密展开的另一种战争——间谍战空前爆发了，间谍多了，安全工作人员也就多了。

京清市安全部门在市区的西端，主楼有19层，领导谢仲秋的办公室在第十八层。

路坦的车在谢仲秋办公楼前的广场刚停稳，就有保安上来了，是个机器保安，高大魁梧，逼向车窗，高声道："请出示有效证件！"这句喊叫，虽然有个"请"字，也透着几分杀气。有效证件？路坦来往市各个政府单位不是第一次，从不见有要证件的，今天算是特别。路坦当然有证件。机器保安看了证件，满脸堆笑："先生，您不该坐这种车！"路坦明白过来：这里停的大都是进口车，而今天他坐的是国产车，其品牌的创始人是中国农民。60多年过去了，即使这个品牌汽车的各项性能指标都达到甚至超过国际水准了，却还在受歧视，路坦感觉到又好气又好笑，再看看机器保安，上面标着"中国制造"，路坦感觉更讽刺了。

路坦来到第十八层谢仲秋办公室前刚站稳，不等敲门，门机关就发出指令："请稍等！"室内的谢仲秋随即听到了门机关的询问："是否让此人进室？"谢仲秋抬眼看向门机关的屏幕显示，是京清大学校长，忙回答："欢迎！"门开了，门机关用和蔼可亲的口吻对路坦重复谢仲秋的话："欢迎！"路坦走进办公室，回头好奇地看看门，赞赏说："这机关好。刚装上的？"谢仲秋说："昨天才装上，还在试用期。你觉得好吗？"路坦说："当然。"谢仲秋请路坦坐下来，沏上茶后，谈起了马迪夫实验室的安全保卫问题。

"马迪夫不同意安装电子眼、电子耳、电子鼻？"谢仲秋深感意外。

"是的。态度相当坚决。我看，就不用您费心了，还是我们学校自己加强安全保卫吧！”路坦建议。

“你们学校？”

“我们对马迪夫实验室特别加固加牢防盗门、防盗网，另增派机器人值班站岗。”

“路校长，你这是什么概念？防盗门、防盗网、值班站岗，这是防贼的，我们要防的是特务、是间谍，防贼的那一套不起作用。现在全球正在进行一场用高科技手段窃取高科技情报的间谍战，不能掉以轻心！实话告诉你，我让我的安全人员通过有关渠道对你进行了考察，你是坚定的爱国人士。这是国家安全部门发给我的一份传真，你可以看看。”

路坦接过传真，有一种被信任的激动。传真当然是处理过的，路坦看到的只有一个内容：世界范围内，围绕高科技的间谍活动十分猖獗。

“小小雅山室内模型塌陷了，了不起的成果。我敢肯定，马迪夫的小小雅山室内模型的塌陷已吸引了众多间谍的眼球。上级已给我下达指令：保证马迪夫及其激活论的绝对安全。实话告诉你，马迪夫及其激活论已列入我们的A级保护。”

“A级保护？”路坦认为，值得A级保护的应该是国防。

“马迪夫不同意安装电子眼、电子耳、电子鼻，也好，我就给他安装光电门、砌光电墙吧！”谢仲秋拿着主意。国家安全部门有个高科技开发院，代号040院，040院新开发出了一套产品，包括光电门、光电墙，院长梁毅电话许诺谢仲秋可以最先使用这套新产品。在安全部门，梁毅大名鼎鼎。而且作为领导，梁毅的话谢仲秋当然得听。

“光电门是不是你办公室这样的门？”

“我也不清楚。你小坐片刻。”谢仲秋进里间去了，5分钟后就又出来了，“不是。我办公室这样的门叫感应门，是看得见摸得着的实物。光电门是附着在已有的门上，看不见、摸不着的带光电的门，它的安全性能是这感应门的十倍、百倍。光电门有识别、记忆功能，只允许输入了生理信息密码的人出入，没输入的人是休想出入的。当然，它的功能主要是防网络攻击，防‘黑客’入侵，保证电脑安全。”

“如果有人强行入侵呢？”

“第一次警告，第二次严重警告，第三次就会发射出Σ光，致使入侵者受伤、残疾，甚至丧命！”

“Σ光？我这个大学校长都没听说过。”

“一种带电的光。”

“雷电？”

“雷电有声响，这个没有。具体的我也说不上来。”

“那光电墙呢？”

“也是附着在墙上的另一堵看不见、摸不着的带光电的墙，比铜墙铁壁还严密。你若有侵犯行为，注意，是侵犯行为，不管是什么样的侵犯行为，哪怕是远距离的遥感，第一次警告，第二次严重警告，第三次同样发射出Σ光，使人受伤，甚至丧命！”

“这么厉害！”路坦第一次听说，“这需要多少钱哟！”

“不要你拿钱。我们安全部门拿钱。”谢仲秋坦言相告，“我的直觉告诉我，马迪夫的激活论会面临一场生死较量，你作为马迪夫的校长，我作为市安全部门领导，保证马迪夫实验室的安全比什么都重要。从此时此刻起，你我就绑在一辆战车上了！”

“国家安全，匹夫有责嘛。”路坦表示。

8

乔伊娜要请示哈丽特，是否拔掉柳絮红脑门心上的调控大脑思维的接收装置。该如何请示呢？当然是启用哈丽特曾经挂在乔伊娜胸前的那个量子通话器了。可是，那个玩意儿乔伊娜早就不戴了。

下午3点，乔伊娜借故离开医院，回到家里寻找量子通话器。她这个16年前被M国派到中国来的特务，在头几年里，接受过哈丽特的指示，从事过搜集马迪夫、王泊海科研动向的间谍活动，但后来就中断了，心里也坦然了。想不到，16年后的今天又旧事重提。她暗暗警告自己：小心谨慎，不要由于自己的行为疏忽而引起人的怀疑。家里会有人吗？马迪夫肯定在他的实验室，马蔚然在学校课不多，常待在家里，好在现在她不在家。

家里虽然不足100平方米，但乔伊娜有自己的私人空间：卫生间旁边不足10平方米的储藏室。那里堆放着乔伊娜当年从M国带来的物品以及来中国后M国的娘家寄来的物品。马迪夫从来不进储藏室，也从不过问储藏室，马蔚然更是不进储藏室，她对母亲的那些破破烂烂不感兴趣。乔伊娜打开储藏室，一股霉味呛得她直掩鼻子。是啊，梅雨季节，京清市即使晴天也是湿漉漉的，而储藏室门窗紧闭，不通风，不透气，哪能没有霉味。她打开箱子，里面却没有要找的量子通话器，四处看看，原来在搁置箱子的凳子下面的地上。乔伊娜赶紧捡起来，在衣服上擦了擦，挂在脖子上。乔伊娜打开吊坠上的机关，思考着在请示哈丽特时是不是该先进行自我批评？好长日子了，足足七八年，她们没有进行交流了，但是量子通话器怎么没有反应？难道和柳絮红脑门心上的接收装置一样过期了吗？不。量子通话器的使用期是和使用者的生命同寿命的，只要使用者的心脏还在跳动，量子通话器就能使用。这么说，在自己和哈丽特之间有个人死了，既然她自己还活着，那就是哈丽特死了。哈丽特居然死了？乔伊娜呆呆地站着，看不出来是悲伤还是高兴。

其实，乔伊娜犯了个错误，哈丽特没有死，还健康地活着，她不仅成了M国比得医院的权威，而且成了HEO的核心成员“水母4”。量子通话器掉在地上几年，又潮又霉，再好的质量也该坏了。

乔伊娜将量子通话器从脖子上取下来，又扔在了地上：哈丽特死了，表明她自己的间谍生涯结束了，这个笨拙玩意就成了破玩意了！加入过他们又怎么样呢？现在是单线联系，有一端人死了，线断了，一切都结束了。

乔伊娜从储藏室出来，坐在沙发上缓气，马蔚然风风火火闯进来了，看见乔伊娜，大声嚷：“妈，你上班时间跑回家干什么？你为什么关掉手机？”

“碍你什么事？”乔伊娜大惑不解。

“你的患者，就是柳絮红柳婶病情急转直下，情绪狂躁，王泊海伯伯一家人急得不得了，到处找你找不着，找到了院长施凡，他说这是回光返照。”

“有这么严重？走，我回医院！”

“好，快走。王薇开着她爸的车在外候着呢！”

9

马迪夫实验室被列入安全部门的A级保护，安装光电门、光电墙必须马上进行。

施工当然是由安全部门自己的施工队进行，不会让外人安装，以防泄密。施工队叫京清市第六建筑施工队，挂的名字与安全部门无关，掩人耳目。施工队队长叫高墙，浑身肌肉饱满，像个摔跤运动员。施工队只能干粗话，细活还得040院的人来干。040院派来的人是王斗。王斗是主动向院长梁毅请缨来的，因为他的家在京清市，父亲王泊海就是京清大学的教授。

上午7点，京清大学的校门刚启开，高墙就带着他的施工队来了。王斗插在其中，一副工人模样，蓝色的头盔，蓝色的工作服，连手上的手套、脚上的鞋都是蓝色的。学校保安当然不让进。路坦派人来说是有地方下水道堵塞了，要施工队来改装下水道，这才被放行。

平时门可罗雀的马迪夫实验室一下子来了个施工队，来改装下水道，热闹中似乎有点异常：因为马迪夫实验室周围并不见有积水，改装什么下水道呢？异常的事不会引起平常人的注意，只会引起特殊的人的注意。这个特殊的人是克耶尔——M国派来中国的特务，HEO的成员，代号“章鱼15”。

克耶尔装着晨练的样子，走过来了。

安装光电门、光电墙主要工序在地下，在地下铺设电缆，安装设备。但铺设电缆、安装设备主要在夜间进行，白天主要开挖坑道，很像是改装下水道。克耶尔出于间谍本能，按动外套上的第二颗纽扣，摄了几秒钟的镜头，别的没有看出什么，摊摊手，歪歪脖子，晨练着走了。

3天后，光电门、光电墙安装好了，肉眼看不见。地面上的电极之类的东西不会被发现，因为它们有的伪装成了一粒石子，有的伪装成了一株花草，即使被看见也不会引起注意。

光电门、光电墙要交付马迪夫、孙朗、陈开使用。交付工作由高墙进行。先交付光电门。王斗拿出一个像体温计的东西，采集了马迪夫、孙朗、陈开的生理信息密码。生理信息密码是每个人各自独有的，就像人的指纹、树的叶子，独一无二，却比指纹、树叶隐蔽，肉眼看不见。光电门只认生理信息密码，不认人。王斗将马迪夫、孙朗、陈开的生理信息密码输入光电门，只要按下“确认”键，出入实验室的就只能是马迪夫、孙朗、陈开三人了。当然还有王斗，王斗是不受限制的。

王斗正待按键，马迪夫问王斗：“路坦校长也不让进？”

王斗坚决地回答：“不让进。”

“那我的欢欢呢？”陈开提出一个怪问题。

“你是说狗？”王斗猜测。

“是呀！”

“不能进。实话告诉你们吧，除了你们之外的任何恒温动物都不能进。你们实验室再不会有老鼠了。”

“采集欢欢的生理信息密码吧。我们被关在实验室太寂寞了，逗逗欢欢是唯一的乐趣。”马迪夫近乎请求，并说出了自己的理由。

“这个嘛……”王斗思考着回答，“好吧，狗的智商再高，也看不懂你们的数据。”

“要是我需要往里面运东西呢？比如石头等材料，有些事情凭我们师生3人是干不了的，必须请劳动力。”

“您事先通知我。特殊情况会特殊处理，不会影响您的实验。另外，如果有人误入你们实验室受了伤，请务必在8小时内通知我，否则此人会因延误治疗而丧命。”

接下来交付光电墙。

“无线信号会受干扰吗？比如我们的手机？”孙朗突然想到了这个问题。

“这个问题提得好。请放心，光电墙有记忆功能和识别功能，你们三人是不受任何限制的。我想，你们不会把你们的研究成果用无线信号向外传送吧！”

“这样就好。”孙朗无异议。

光电门、光电墙开始使用了，路坦不被允许进，他无法接受，于是打电话问谢仲秋：“怎么回事啊？我的学校，我的教授的实验室，我这个校长都不能进？”

谢仲秋明白，王斗这么做，就是040院的院长梁毅要这么做。这个梁毅，总这么不通情理，只好安慰路坦说：“不能进就不进吧。你是校长能进，那董事长呢？董事长能进，那副董事长呢？干脆，除了马迪夫三人外，任何人都不能进，包括我。”

10

乔伊娜赶回医院时，柳絮红已被送进急救室实施抢救。急救室乱成一团。因为柳絮红的病没有确诊，无法用药。施凡也表现出了紧张。“乔医生来了！”有护士惊喜地呼叫了一声。施凡看一眼乔伊娜，鼻孔里“哼”了一声：“上班时间，擅离职守，太不像话！”

乔伊娜赶紧拨开众人，狂躁中的柳絮红已显得有气无力，这是在与死神做最后的斗争。

“出去！都给我出去！”乔伊娜发出指令。

“护士也不留吗？”施凡表示不理解。

“不留。包括你！”乔伊娜十分干脆。

“这话是你说的，后果由你负责！”

“是我说的，由我负责，请出去吧！”

参与抢救的医护人员都出去了，施凡也出去了，抢救室只有乔伊娜一人。刻不容缓，该拔掉柳絮红脑门心的调控大脑思维的接收装置了！抢救室有隐蔽的监视装置吗？不会有。这个问题乔伊娜清楚，她在京清人民医院工作十几年了，这家医院救死扶伤，坚持人道主义，清明得像碗白开水。乔伊娜拿起一把镊子，扒开柳絮红脑门心的头发，夹准那个类似头发的家伙，往上用力，这个当年由哈丽特在M国植入的间谍装置今天这会儿由乔伊娜在中国拔出来了，多么漫长。这个家伙混杂在柳絮红的头发中16年，洗头、梳头都没掉，多么顽固。去掉了病根，短短几分钟，柳絮红就平静下来了，血压平稳，脉搏有力，一切生命体征恢复正常。只是，这家伙给她带来的后遗症，与目前的生命体征无关。乔伊娜打开抢救室的大门，门外所有的人都惊呆了，施凡揉着双眼，似乎在问：这是真的吗？王泊海大步上前，紧握着乔伊娜的手说："救命恩人，我的柳的救命恩人！中M友谊万古长青！"

11

路坦收到了陈开送来的关于马迪夫实验室申请拨款的报告，决定面见校董事长戚天威，当面呈交报告。

路坦的心是悬着的。他深知校长这颗子儿在整个京清大学这盘棋上的分量，了不起就是象棋中的一个士，或一个相。他是为董事长，乃至整个校董事会服务的。京清大学是董事长戚天威的，他这个校长只是个打工仔，高级一点的打工仔。呈交报告有很深的学问，要天时、地利、人和，路坦还必须仔细打点。

戚天威住在花果湖。

京清市西郊有一座花果湖，面积约800平方千米，湖中央有一座岛屿，叫花果岛，面积约20平方千米。花果岛原来是荒岛，灌木丛、芦苇荡茂密，栖息着蛇，还有狼。现在开发建设了别墅区、游乐园、高尔夫球场，居住着政府要员、大老板。

戚天威就住在花果湖别墅区，而且是A区，A-14号。居住方式十分环保，不饮外面的水，饮自己家生产的轻水、营养水；不用外面的电，用自己家的电，每家有个蓄电池，不是太阳能、风能蓄电池，是雷电蓄电池，把天空中云层放的电引到家里，蓄起来，电能充沛。

进入花果湖别墅区只有水路。10千米的水路，设有路卡，有机器人值班站岗，铁面无私，只允许别墅区的车辆通行。这保证了别墅区的安全和安静。当路坦驱车来到湖边时，戚天威的司机已经开着水陆两用轿车恭候在那里了。戚天威的司机是个细眉小眼的人。路坦停好自己的车，换乘戚天威的车。

“要不要欣赏湖面的景色？”司机问。

“要呀！”路坦实话实说。路坦虽然出生在千湖之乡的江汉平原，但这些年来，欣赏湖景只是在梦里。

“好。”司机按了一个机关，轿车的顶部缩进去了，开了一个天窗，成了一个敞篷车。

“怎么有一股臭味？”路坦站起身，耸耸鼻子。

“当然有臭味。这是公湖区，没人管理，被当成垃圾收容处，不臭才怪。”司机解释。

“算了。关起来吧！”路坦看着湖面上漂浮着的各色各样的塑料袋，还有腐烂中死狗死猫的尸体，十分扫兴。

“马上就好了。进入私湖区了！”司机来了兴致。

说时迟，那时快，果然，轿车开进了另一个天地，这里，荷飘清香，湖水清凉，蜻蜓上下飞舞，鱼儿成群结队，和梦里的湖景合上拍了。

“同一个湖区，境况截然不同，这是为什么？”路坦不解。

“道理很简单，一个有人管，一个没人管。实话告诉你，我们现在走的湖区就是我们戚老板的湖区，花了8个亿买了8平方千米的湖，使用期80年，有人管理，有人保护，没人敢来污染。走了这半会儿，你看见塑料袋、死狗死猫了吗？别说塑料袋、死狗死猫，除了应该生长在湖水中的生物以外，一丁点杂物都不会有。”

“当真没有。”路坦感叹。

“这就是戚老板的贡献。没有污染物，会有别的吗？”司机卖起了关子，“听见什么了吗？”

“没有。”

“仔细听！”

路坦仔细听，果然听见了，是歌声，一首欢迎客人到来的歌声，歌声中有人在喊他“路校长”，声音好熟悉：“是董事长戚天威！”

司机说：“当然是戚老板啦。戚老板在等你，他不在A-14号，在湖上蓬莱舫！”

12

柳絮红经过前几天这场有惊无险的大病后，记忆中对过去的日子出现了26年的空白。怎么回事啊，我不是在M国留学吗？怎么在中国？我是什么时候回来的？怎么，王薇是我的女儿？我什么时候有了这么一个女儿？更让柳絮红吃惊的是，她的丈夫是王泊海，不是马迪夫。

“我的丈夫是马迪夫，怎么是你！”有一天，柳絮红突然问王泊海。

“这还用问？马迪夫抛弃了你，我和你结婚已经26年了，这你都不记得了？！”王泊海发觉柳絮红自前几天这场大病后，神经出了问题，失忆了。

“马迪夫抛弃了我？他会抛弃我？”

“马迪夫喜新厌旧，爱上了乔伊娜。”王泊海觉得糊弄一个精神病患者，贬贬马迪夫，也是一种乐趣。

“乔伊娜？那个M国比得医院的实习医生？”柳絮红记起了乔伊娜，“她夺我所爱，我要杀了她！”

“你不能杀她，她救了你的命。你这次大病，就是她治好的。你要杀人，就杀马迪夫！”

“我不杀马迪夫。”柳絮红回忆着和马迪夫新婚的美好日子。

“你还爱着马迪夫？”

“是的。爱着。”

这是个危险的信号。大病之前，她一听到“马迪夫”三字就开始破口大骂，现在不仅不骂了，居然坦言还爱着马迪夫。王泊海怎么能容忍柳絮红说出这种话！即使柳絮红是个精神病人，王泊海也不允许：“看来，你把所有的事情都忘了。连马迪夫杀害你的事情也忘了！”

“马迪夫杀过我？”

“你把左胳膊的袖口卷起来，看看有什么！”

柳絮红卷起左胳膊的袖口：“伤疤。”

“你是好了伤疤忘了痛。谁让你落下了这块伤疤？”

“谁？”

“马迪夫。马迪夫爱上了乔伊娜，你成了他们之间的绊脚石，马迪夫在你的被褥里放了地中海巨毒蜂。你曾亲口质问过马迪夫呀！”

“啊！”柳絮红惊叫了一声，隐隐约约记起来了，在M国比得大学，她被地中海巨毒蜂蜇了，昏死了，又活过来了。地中海巨毒蜂的毒性不亚于五步倒蛇。蜇她的地中海巨毒蜂是她从野外采集到做标本用的，本来关在笼子里，不知怎么从笼子里跑出来了，还钻进了自己的被褥，想不到是马迪夫干的！

“你想，关巨毒蜂的笼子那么紧密结实，巨毒蜂怎么跑出来呢？你的房间除了马迪夫，谁还能进去呢？算你命大，没死，但仇不能不报。你不记恨马迪夫，我还替你记恨呢！”

“马迪夫这个人面兽心的伪君子！”柳絮红咬牙切齿。

13

戚天威的湖上蓬莱舫是仿照颐和园慈禧太后的那艘游船建造的，但比慈禧太后的那艘游船大。湖上蓬莱舫雕梁画栋，黄色的龙旗和红色的凤旗迎风招展，就像当年的慈禧太后彰显的皇家的威严。舫的四周游弋着各种各样的水鸟，有天鹅、鸳鸯、鸬鹚，最多的是野鸭，彰显着此地的恬静与安逸。戚天威是个很会生活的人，用他的话说，在A-14号，我过未来的生活，在蓬莱舫，我过过去的生活。今天，戚天威还真是过去年代的那副打扮：蓄山羊胡，戴瓜皮帽，穿长袍马褂，执文明棍。只是，他下巴上挂着的山羊胡是粘上去的。

戚天威迎上前来，不和路坦握手，而是抱拳。

路坦当然熟悉戚天威这一套，于是不握手，也抱拳，说：“董事长好！”

“好，好。校长好！”戚天威迎着路坦进了舫厅，“先不要谈工作。先品品茶，听听音乐。”

只能按戚天威的安排办事了。路坦笑着说：“这是董事长说的，可不是我要求的。”

戚天威的茶肯定是绝品。看来，戚天威今天的心情不错。

茶上来了。还没揭开盖，就闻到一股清香。接过杯，揭开盖，清香喷发而出，顷刻溢满舫厅，让人神清气爽。

路坦品了一口，味道当然叫绝，再品一口，居然品出味来了：这不就是普洱茶吗？可是，普洱茶没这么香呀，口味也没这么清爽呀，这到底是什么茶呢？倒是戚天威问话了：“品出来了吗？”

“说不准。”

“说说看！”

“普洱。”路坦又品了一口。

“对。它就是普洱。”

“可是……”

“普洱没这么香，口味也没这么清爽，是不是？它是出土的！”戚天威说。

“出口的？”路坦还是怀疑。

“不是出口，是出土。”戚天威纠正，“今年春天修缮一座古殿，发现这座古殿地下还隐藏着一座储藏宫，储藏着数不清的稀世珍宝，这消息你知道吗？”

“当然知道。只是没有亲眼去看看这些稀世珍宝。”

“其中有一包密封完好的普洱茶……”

“上个月，这包普洱茶在北京被拍卖，以100万成交，你买了？”

“普洱茶不是越存越好吗？300多年了，它本身就是贡品，皇帝喝的，不这么香、这么清爽才怪！”

“今天，跟着董事长享受皇帝的福了。”

“你我索性就享受下去，咱们吃满汉全席，听天籁之声！”

满汉全席路坦并不陌生，从营养学的角度讲，满汉全席并不科学，肉太多，油太多，油炸的太多，但戚天威要吃，路坦不敢反对，毕竟他还等着戚天威批复报告给马迪夫实验室拨钱。唉，吃满汉全席，不如吃一盘综合基因大白菜！至于天籁之声，路坦更不敢恭维了。天籁之声就是一个身着古装的少女演奏古筝《高山流水》，据说曲谱是根据出土竹简整理的，M国总统去年来我国访问时，听的就是这位少女演奏的古筝《高山流水》。

什么是天籁之声？无非是一种想象中的声音，无稽之谈！古往今来，谁真正听到过天籁之声？没有。但戚天威仿佛听到了，眼睛半睁半闭，脑袋似晃非晃，用手指点着大腿，打着节拍，陶醉得很！路坦真觉得好笑，但绝对不敢笑，只能装着一副认真听的样子。

此时，倒是戚天威发话了，半睁着眼对路坦说：“高山流水遇知音。一个人一辈子能遇到一个知音，就心满意足了。我呀，遇到知音了！”这知音当然指路坦，董事长就这么会拉拢人。此时已是下午4点，再折腾个把小时就是晚饭的时间了，路坦正着急，再这么耗下去会耗到什么时候呢，听了戚天威的话，他暗笑戚天威的这种中学生作文语言，脑瓜子一激灵，觉得机会来了，顺着话题说：“董事长的知音当是学贯中西的大家，不然，怎么配！”

“此话不假。”戚天威兴致勃勃。

“能告诉我是谁吗？”

“此人远在天边，近在眼前。”

“我？”

“就是你，路坦路校长！”

“啊！”路坦一副受宠若惊的样子，“可我不是学贯中西的大家呀？”

“谁说不是。能把一所大学管理得如此出色的校长，不是学贯中西的大家？”

“京清大学出色的功劳全靠董事长，我只不过是个马前卒。”

“呃——，话不能这么说。”戚天威反对，“你还要在京清大学如何更加出色上尽心钻研啊！你说，京清大学目前最要做的是什么？”

“出世界级的大教授、大科学家。”

“怎么出啊？”

“搞出世界级的大创造、大发明！”

“怎么搞呢？”

“我们已经在搞了，而且看到希望了！”

“是吗？我怎么不知道？”

“你应该知道。马迪……”

“啊。你是说马迪夫的激活论。”戚天威打断路坦的话，“实话对你说，我觉得这个马迪夫的激活论不靠谱。喜马拉雅山存在几千万年了，会塌陷？”

“小小雅山不是也存在几千万年了吗？可它的室内模型塌陷了！”

“你看到塌陷的模型了吗？”

“当然。”路坦十分肯定，“研究大山塌陷的并非只有我国、只有马迪夫，世界范围内，约有五个国家、数十位科学家都在进行，谁能抢先一步，谁就能搞出世界级的大创造、大发明……”

“就能扬大名、发大财了。是吗？”戚天威够有钱的了，还想发更大的财。

“京清大学的国际排名已经与日本的早稻田，美国的哈佛、斯坦福不相上下了，如果能取得这项世界级科研成就，之后就会在它们之上，成为全世界学子们梦寐以求的学校！”

“够诱惑人的。说吧，我该做些什么？”

“当然是投资。舍得金弹子，才打得中金凤凰。”路坦小心翼翼地掏出报告，递给戚天威。

戚天威看完报告，用疑惑的口气问：“学校用于重点科研项目的资金只有一个2000万，给马迪夫？”

路坦打了个寒碜，他害怕的就是戚天威的这种口气，但他必须据理力争：“是的，给马迪夫。学校的科研项目不少，重点的也有几个，但分量最重的要数马迪夫的激活论。”

“你是校长，话说到这个份上我相信。但2000万不是我戚天威一人的钱，是整个董事会的钱，我这个董事长不能一人说了算，等开董事会讨论之后再说吧！”戚天威装出一副作为董事长作风要民主的姿态，“休怪我驳你的面子。关于西部沙漠变绿洲的报告，我这里早有一份，是王泊海的综合治理研究，他要的也是这个2000万。只有一个2000万，都批是不可能的，我批谁不批谁呢？”

路坦万万没有想到，这件事会有搅浑水的。王泊海的综合治理研究能和马迪夫的激活论相提并论吗？可是，作为校长，面对马迪夫和王泊海，能对董事长说批给马迪夫不批给王泊海吗？

“听说马迪夫实验室安装了什么光电保护设施？”戚天威扯起了野棉花。

“是的。这是由市安全部门出的钱，所以没向您汇报。”

“我说过的，不必事事向我汇报。听说这个光电门连你也不让进？”

“人家有人家的规定。不让进就不进呗。您想进吗？如果您想进，我可以跟他们说。”路坦猜测：难道是马迪夫实验室安光电设施没向他汇报，或是安装的光电门不让他进，他有意见？他是这种小心眼儿的人吗？

“不、不。我不想进。”戚天威扬扬手，对演奏古筝的少女说，“这《高山流水》百听不厌。再来一遍吧！”

路坦暗暗叫苦。看来，今天要戚天威批复报告是不可能了。

第二章　女间谍被刺瞎了眼睛

1

M国有个叫HEO的情报部门。其情报网像蜘蛛网一样纵横交错覆盖全世界，情报每天像蜜蜂回巢一样飞回总部。情报五花八门，有军事的、商贸的、科技的……哪国的元首最近患了感冒发没发烧都有。

地球在缩小。万里之遥只是左邻右舍。

负责中国情报的是鲁安诺娃，一个25岁芳龄的姑娘，HEO最年轻的成员，见习水母。她收到了“章鱼15”从中国京清大学发回来的情报，是两个大学教授的演讲，一个叫王泊海，讲综合治理、降伏沙魔；另一个叫马迪夫，讲激活论，要让喜马拉雅山塌陷，让印度洋的暖湿气流吹进中国的西部地区，让沙漠变绿洲，在他的实验室里，小小雅山室内模型已经塌陷了。情报要筛选，就像杂志编辑部处理来稿一样，初审觉得有用的就留下来，签上意见送上去，觉得没用随手枪毙。鲁安诺娃的情报嗅觉是十分敏锐的，她在王泊海的综合治理上签了“没科技含量”几个字就枪毙掉了，而对马迪夫的激活论产生了浓厚兴趣。要让喜马拉雅山塌陷？这里面的高科技含量10个大容量的硬盘可能都容纳不了。更重要的是，在他的实验室，小小雅山室内模型已经塌陷了。鲁安诺娃在马迪夫的情报上方签了“A+++”。这份情报通过传递情报的专用绝密网络通道被送到了情报处亚洲分处主任本汉森的邮箱。本汉森是鲁安诺娃的直接上级，代号“章鱼11”。“这确实是一份A级情报。‘章鱼15’会有15万美元的奖励！”本汉森在欣赏见习水母鲁安诺娃嗅觉敏锐的同时这样说。A级情报就是最高级别的情报，另加了三个“+”，就是最高级别中的顶级了。HEO明文规定，提供A级情报者给以10万美元奖励，另加了三个“+”，就是15万了。

“能把中国教授马迪夫激活论的情报通报给‘水母4’吗？”“水母4”是HEO领导层人物，级别比本汉森高。在HEO，男性特工代号为“章鱼”再加上奇数的阿拉伯数字，女性特工代号为“水母”再加上偶数的阿拉伯数字。数字越小职位越高。鲁安诺娃没见过“水母4”，因为在HEO，除非领导批准，普通的工作人员能见的领导只有自己的直属上级。但她听过“水母4”的训话，声音、口气很像母亲哈丽特。鲁安诺娃很想揭开这个谜，“水母4”是不是母亲？另外，鲁安诺娃觉得，本汉森只是个亚洲情报处主任，才“章鱼11”，分量是不是轻了点，这样的情报，应该得到更大人物的表扬。

“可以。”本汉森耸耸肩，“只是早了。你目前得到的只是个半成品。或者半成品也谈不上。这样，‘水母4’会觉得你是个长不大的孩子。等把整个成品全拿到了，再通报给‘水母4’，她会觉得你长大了，会高兴得跳起来，你会得到很高的奖励！”

“好吧。”鲁安诺娃接受本汉森的建议，“这么说，拿到整个成品的任务就交给我了？”

“你就努力工作吧！”

鲁安诺娃由高兴变兴奋。她决心大显身手，得到比“章鱼15”更高的奖励。

她要调动一切手段，动用一切设备。

鲁安诺娃首先想到的是远程遥控电子眼。这种电子眼有点像探照灯，但不是探照灯。探照灯能发射强大的光柱，会被物体遮挡，但这种电子眼发射的光柱是肉眼看不见的，穿透力极强，几乎没有遮挡物，就像医院的X光、B超、CT、核磁共振，当然更清晰。鲁安诺娃认为，只要在马迪夫实验室上空安上一只电子眼，马迪夫实验室的一切就尽收眼底了，地板上爬着的昆虫是雌是雄都能一清二楚。

在马迪夫实验室上空安装遥控电子眼需要有马迪夫实验室的地理位置，即具体的经纬度，不然，就是无的放矢了。

鲁安诺娃通过加密网络通道联系到“章鱼15”，通知他已获得15万美元的奖励，下一步的任务是掌握马迪夫实验室地理位置的精确经纬度。

“章鱼15”就是克耶尔，校足球队教练，京清大学的座上宾。他兴奋地接受了新任务。

2

上午8时，“章鱼15”从他的工具室里拿出定位仪GPS。先进的GPS不大，就像手机。“章鱼15”先回到自己的宿舍。宿舍是只有克耶尔一个人住的空间，100平方米，布置舒适。“章鱼15”拉开窗帘，在窗户前站着，透过玻璃观察四周有没有什么异常。没有，他便从宿舍出来了。“章鱼15”是熟面孔，这里走走，那里转转，没有人过问。遗憾的是，“章鱼15”不知道马迪夫实验室在学校哪个地方。“章鱼15”与马迪夫不熟。马迪夫是物理学院的教授，“章鱼15”是靠脚上功夫玩转足球的教练，风马牛不相及。这好办，到电脑上查一查就能找到。但他要到电脑上查，不能用自己的电脑，否则会留下痕迹。这是间谍活动，小心谨慎为好。“章鱼15”要使用公众的电脑，这样有痕迹也不知道是谁。他来到了学校图书馆，图书馆是电脑最多的地方，也是人流动最多的地方。他坐在一台电脑前，装模作样地查资料，搞清楚了：马迪夫实验室在学校的西北角，是原来X学院的地方。

“章鱼15”快速来到学校西北角，认出了马迪夫实验室。记起来了，记起来了！马迪夫实验室他是来过的，就是几天前，这里改挖下水道，来了个施工队，神神秘秘的，不让靠近，他还在犯嘀咕，原来是马迪夫实验室。这么个破玩意儿，竟成了HEO总部的目标。管他呢，抓紧时间，只要绕着实验室转一圈就到手了。“章鱼15”掏出定位仪，装作拨打手机的样子，沿着实验室转。职业本能引发了他的警觉：危险！实验室的窗户是打开的，马迪夫和他的两个学生是认识克耶尔的，万一让他们看出破绽岂不搞砸了？不行，不能冒险。“章鱼15”只得返回宿舍。怎么办？化妆，改头换面。不到5分钟，一个普通的中国中年妇女出来了，是一个“清洁工”，挂着簸箕，拿着笤帚，出现在马迪夫实验室周围。清洁工打扫清洁的行为是不会引起谁的怀疑的。“清洁工”边拾垃圾边打手机，绕着实验室转了一圈，走了。这个“清洁工”就是“章鱼15”。他在很短时间内，便将马迪夫实验室所处地理位置的经纬度搞定了，精确到了分、秒、微秒。

“章鱼15”将马迪夫实验室所处地理位置的经纬度及时报告给了总部，

收到报告的是鲁安诺娃。

鲁安诺娃惊喜于“章鱼15”的工作效率。接下来就看她自己了。

远程遥控电子眼是HEO拥有的先进的谍报工具之一。太空不是领空，是大气层以外的空间，是公有的。HEO在太空发射有大大小小70多颗与地球同步的卫星，它们不是普通的卫星，是隐形卫星。每颗隐形卫星上安装有这种电子眼，当你得到需要侦察的地方的经纬度后，将隐形卫星调度到这个经纬度上空，按下按钮，电子眼就开始工作了，要得到的情报就会被源源不断地传送过来。

鲁安诺娃来到了隐形卫星调度厅。

隐形卫星调度厅很大很大，是模拟地球和太空做成的，样子像个鸡蛋，当然体积是鸡蛋的数万倍。鲁安诺娃站在“鸡蛋黄”上，就是模拟的地球上，抬头张望，70多颗隐形卫星尽收眼底。中国版图上空有17颗，其中甘肃酒泉上空有1颗，四川西昌上空有1颗，海南文昌上空有1颗……应该调动离马迪夫实验室最近的那颗——东边的一颗叫响尾蛇的。调动响尾蛇！正当鲁安诺娃要将响尾蛇调到马迪夫实验室上空时，不知从哪里传来了一个声音。

“响尾蛇不能动！”这是本汉森的声音。

“为什么？”就近方便嘛。鲁安诺娃不明白。

“不要问为什么。不能动就是不能动。”

“那我动哪一颗呢？”

“西边的花脸狐。”本汉森指示。

“舍近求远？好吧，就调动西边的花脸狐。”鲁安诺娃服从。

鲁安诺娃握住了操纵杆，看着前面的一块大屏幕。操纵杆的功能就像电脑的键盘与鼠标，屏幕上有个箭头，就像电脑显示器屏幕上的光标，光标靠

操纵杆指挥。鲁安诺娃握住操纵杆移动，光标便也随之移动。光标找到了西边的花脸狐并将其选中，拖拽着花脸狐向东边走，十分顺利地到了指定的地方，即马迪夫实验室的上空。接下来，鲁安诺娃按下了电子眼工作的按钮。按说，马迪夫实验室里的一切就该尽收眼底了，数据就该源源不断地被传过来了，可是，眼前却是一片空白。

花脸狐不肯配合工作？

“怎么回事？花脸狐！”鲁安诺娃高声责问。

“我也不知道是什么原因。我的眼前一片空白。”花脸狐的机械音竟听起来满腹委屈。

难道是“章鱼15”的经纬度有误？鲁安诺娃立刻呼叫“章鱼15”：“你测的经纬度不对！你知道后果吗？你的15万奖金将会被追回。此外还有更严厉的惩罚！”

“不。我测的经纬度绝对准确。我拿我的眼珠子作保！”“章鱼15”十分自信。

“那好。我再试一次。”鲁安诺娃再次按下了电子眼工作的按钮，这次屏幕不是空白了，出现了两个汉字：警告！警告谁？鲁安诺娃懂汉语，不予理会。她又一次按下了电子眼工作的按钮，这次出现了4个汉字：严重警告！鲁安诺娃继续不予理会，第三次按下了电子眼工作的按钮，这次出现了一句话：“你将为你的行为付出代价！”然后她看到一道闪电般的白光向她击来，瞬间眼睛感觉一阵刺痛，接下来，眼前黑暗一片，什么也看不见了！

“我……瞎了？”鲁安诺娃不敢面对这个现实，拼命地揉眼睛，拼命地眨眼睛，除了疼痛，还是什么也看不见，“本汉森——，我的眼睛看不见了！我瞎了！”

鲁安诺娃的尖叫唤来了本汉森。本汉森看着拼命揉眼睛的鲁安诺娃，轻声问：“怎么回事？怎么回事？”

鲁安诺娃依然尖叫着哭喊：“我的眼睛看不见了！我瞎了！”

本汉森当然不相信：怎么会呢？但事实告诉他这是真的，他害怕了。“水母4”是鲁安诺娃的母亲，要是鲁安诺娃的眼睛怎么样了，“水母4”那里是不好交代的！

本汉森用最短的时间将鲁安诺娃送到了比得医院，送进了眼科急诊室。

医生检查后惊讶地说：“她的眼球被击穿了！”

“能治吗？”

“恐怕……没救。”

“不。怎么会这样！”鲁安诺娃不肯接受这个事实，要本汉森用手机叫了妈妈。在鲁安诺娃心里，妈妈哈丽特神通广大，天下没有她办不到的事情：“妈妈，快来呀，快来救我！”

哈丽特本来是比得医院神经科的医生，近年因为晋升成了副院长，不坐班了，她听见了女儿的呼叫，赶来了。

哈丽特看看病床上眼睛疼痛难忍的女儿，再看看立在一旁的本汉森，表现出了十二分的冷静，叮嘱医生好好处理鲁安诺娃的伤口，拉着本汉森来到一个僻静处，环顾四周后问：“怎么回事？”

本汉森如实汇报了刚才发生的事情。

“响尾蛇为什么不能动？”哈丽特不能不怀疑本汉森的动机。

“这个问题需要解释吗？我想，昨天您办公桌上有一份关于中国政府要员会见E国政府要员的资料，这份资料的内容就是响尾蛇提供的。”本汉森不承认自己有什么过错。

“哦！”哈丽特恍然大悟，响尾蛇在中南海钓鱼台国宾馆的上空，这确实是一个重要位置，不能动。看来，本汉森不是有意所为，不能错怪了他，“你说京清大学一个什么教授的实验室？”

“马迪夫。”

“马——迪——夫？”哈丽特又惊又喜。

“是的。马迪夫。”

“他的研究课题是激活论？”

“是的。激活论。”本汉森对哈丽特似乎知道马迪夫和他的激活论有点惊讶。

“他研究得怎么样？”

“马迪夫的激活论要让喜马拉雅山塌陷。前期研究有了突破性进展，小小雅山室内模型塌陷了。”

“太好了！太重要了！”哈丽特兴趣浓厚。

“只是，鲁安诺娃的眼睛……”

哈丽特带着本汉森回到眼科急诊室。医生已清洗完鲁安诺娃的眼睛。

“怎么样？”哈丽特问。

“很糟糕，是什么光这么厉害，眼球被击穿，晶状液都流光了，没救了。”

“不。我不能瞎。妈妈，快救我的眼睛！”鲁安诺娃声嘶力竭地呼喊。十分遗憾，鲁安诺娃已没有精力证实母亲哈丽特就是“水母4”了。

鲁安诺娃不能瞎。她才25岁。

“送比得市皇家眼科医院吧！”本汉森建议。

比得市皇家眼科医院是M国一流的眼科医院，有中国的眼科医生过来交流，可以做眼球器官的移植手术。

哈丽特点点头，马上，又摇头了。鲁安诺娃的眼睛是被一种不明光击伤的，这种不明光可能是马迪夫实验室发射的，但这种等级的安保措施不可能出现在一个大学的实验室，这就是说，马迪夫实验室可能已经在中国国家安全部门的严密保护下，鲁安诺娃甚至可能已成为中国安全部门要追寻的目标。说不定，皇家眼科医院已经有中国安全人员的眼线，不能去。

本汉森看出了哈丽特的顾虑，小声说：“别把中国安全部门看得那么厉害。快走吧，鲁安诺娃的眼睛不能耽误！”

哈丽特是HEO的高层领导，但更是一个母亲，鲁安诺娃的眼睛在痛，她的心也在痛，她只得横下心来，送鲁安诺娃前往市皇家眼科医院。

3

众所周知，医院里有专家门诊，专家中午12点至下午2点是不应诊的，要休息。

唐中波是比得市皇家眼科医院的中国医生，受派遣来到M国。唐中波的医术相当高超，得益于他的中国岳父。他的岳父是微雕大师，擅长在头发上雕字，曾在10根头发上雕出了老子的道德经全文，全篇行楷，显微镜下一个字一个字横竖撇捺清清楚楚，流畅端正。唐中波得到了真传，掌握了微雕技术，为今天的眼科手术提供了坚实的基础。唐中波精通纳米材料的运用，一双灵巧的手再借助对纳米技术的精通，造就了他的神奇。不仅细而脆弱的血管他能接上缝合，而且更细更脆弱的神经他也能十分精准地接上缝合。唐中波的眼球移植手术成功率达80%，甚至更高。

唐中波吃完午餐，提着妻子从中国寄来的辣椒酱，准备回宿舍午休，这时衣服口袋里的手机发出了震动。

是唐大浪在呼叫。唐大浪是唐中波的亲哥哥，兄弟俩都来到了M国。唐大浪不是医生，是中国驻M国比得市商务办事处接待科的科长。当然，这是他表面上的身份，暗中的唐大浪更是中国安全部门的工作人员。唐大浪严格遵守国际法，只管危害到中国的事，其他国家的事，他不闻不问。

"哥——，有啥事？"

"有要紧的事。电话里说不清楚。你等着，我这就过来了！"唐大浪接到了国家安全部门的密电：迅速查清楚一个眼球受伤的人。他联想到了当着眼科医生的弟弟。

商务办事处离皇家眼科医院不远。很快，唐大浪来了，直截了当地问："你今天是否接诊过一个眼球受伤的患者？"

唐中波看了看哥，说："你的问话我不好回答。我一天到晚接诊的都有眼球受伤的患者。"

"这个人受伤很严重，估计眼球被击穿了！"

"这倒没有，特别是今天没有。有一例眼球受伤的，是被铁屑伤到了，眼球没被击穿。"

"我说的不是铁屑。"唐大浪强调，"这个人的眼球是被一种光击伤的，可能会到你们皇家眼科医院就诊，如果发现，就告诉我。你记住了吗？"

唐大浪还要说什么，唐中波的手机又响了，是医院值班室打来的，说来了急诊，请唐医生马上过去。兄弟俩只好先分开了。

唐中波的医德是有口皆碑的，不值班也随叫随到，他将辣椒酱一放，放弃午休，急匆匆到急诊室去了。

患者是从比得医院转送过来的，陪送的是一个30多岁的男人和一个50多岁的女人。患者是一个年轻姑娘，受伤的眼睛在比得医院被处理过，蒙着纱布。唐中波要重新检查，必须揭开纱布。

“你是日本人？”唐中波刚伸手，50多岁的女人突然问。

“不。我是中国人。”唐中波回答。

“中国人？”女人表情异常，含有几分不信任。

“他就是中国来的眼科医生唐中波。我们比得市市长费米基的夫人沙卡娅的眼睛手术就是唐医生做的。”有护士赶紧在一旁向女人介绍唐中波。

“费米基？沙卡娅？”女人思索着。费米基她再清楚不过了，费米基的妻子沙卡娅，她也清楚。

“沙卡娅的手术相当成功。”护士继续自豪地介绍，“唐医生，市长和你拥抱的照片带在身上吗？”

“没有。”唐中波不想炫耀，问女人，“我可以撕开纱布了吗？”

“撕开吧。”哈丽特两眼盯着唐中波，“患者求医关键是选准医生。我就是医生，比得医院的哈丽特，神经科。患者是我女儿，被刺伤了眼睛。”

唐中波撕开鲁安诺娃眼睛上的纱布，掰开眼皮，做着诊断：眼睛是被击伤的。不是飞来的石子、飞来的刺，因为眼球里没有石子、没有刺。这么说，眼球是被唐大浪说的一种光击伤的。对，就是被一种光击伤的，要不要告诉唐大浪呢？抢救患者要紧，缓一步再说吧！

“很严重，必须住院。”唐中波站起身来，“哈丽特医生，您女儿必须住院！”

“当然。我去办理住院手续。我女儿就是你的患者了！”

哈丽特办完手续，和本汉森走了。

唐中波让人将鲁安诺娃送到住院部，送到了自己的病室。

“我的眼睛有救吗？”鲁安诺娃躺在病室里询问。

“我要做进一步检查。”

进一步检查结束，唐中波说：“十分遗憾。你的眼睛没救了。”

“从此以后，我就看不见了？”鲁安诺娃紧张、沮丧。

“不。你的眼睛严格讲，是外伤，眼球外的血管、神经是好的，最适宜做移植手术。相信我吧，你会好的。”唐中波安慰。

唐中波把唐大浪叮嘱的要告诉他的事给忘了。再说，患者的详情医生需要知道，他要知道干什么呢？因此即使后来唐大浪打电话过来催问，唐中波也打着呵欠敷衍说：“没你要找的患者。”

据中国官方网站消息，今天上午10时，中国京清市近郊坠落一颗卫星，因为被烧得面目全非，卫星身份无法辨认。

4

虽然女儿的眼睛受伤了，但马迪夫的情报却使哈丽特保持着持久的兴奋。她想起了乔伊娜，自己一手培养的特工，派往中国潜伏16年了，现在正是收获情报的时候。说起乔伊娜，哈丽特不免自责：她们有好长时间没联系了。

哈丽特要马上联系上乔伊娜。这不难，她俩有配对的量子通话器。可是，配对的量子通话器搁哪儿了呢？好在哈丽特办事一向谨慎，很快便在办公桌最下端的那个抽屉里找到了，好好的，像新的一样。

哈丽特将量子通话器挂在脖子上，按动了机关。亲爱的乔伊娜，你好吗？可是，没有动静。反复按动机关，好半天了，还是没有动静。怎么会联系不上呢？难道说乔伊娜死了？要知道乔伊娜死没死很简单，请示总部追踪乔伊娜的生理信息波就可作出判断了。追踪得到，说明她活着，追踪不到，说明她死了。哈丽特向总部作了请示。很快，总部回复：乔伊娜活着，在中国的京清市。很好，乔伊娜没死，但联系不上说明乔伊娜没有随身携带量子通话器。按HEO的纪律，乔伊娜要受严厉的处分，但哈丽特不想张扬，也不能张扬，自己不也是将那个量子通话器丢在办公桌最下端的那个抽屉里了吗？16年了，太漫长了。

关于重新联系乔伊娜的事必须向HEO的“章鱼1”，即最高领导报告，请求他的指示。对于中国马迪夫的情报“章鱼1”相当重视，曾经要求不能有一丝一毫的遗漏。还有关于鲁安诺娃眼睛的问题也要向“章鱼1”汇报。鲁安诺娃的眼睛是为HEO而受伤的，她应该得到组织上的奖励。

“水母4”请求会见“章鱼1”。

“章鱼1”是谁？费米基，比得市市长。他回话给“水母4”，现在他在海上游乐园，请“水母4”直接过去。

海上游乐园在大海深处，供人在大海深处玩，很刺激过瘾。而它真正的用途是HEO的大本营。

到海上游乐园不需要坐船或潜水艇。原来坐海豚，后来海豚被淘汰了，现在一般乘坐食人鲨。大海深处危机四伏，曾经有一位游客在去海上游乐园的途中遭受袭击，腿被咬断了，乘坐的海豚也被咬死了，凶手是食人鲨。费米基在生气的同时指示：老虎可以驯化，海豚可以驯化，食人鲨一样可以驯化。于是，海上游乐园开始了对食人鲨的驯化，果然成功了，食人鲨成了他们理想的交通工具。

哈丽特伏在食人鲨的背上，拍拍食人鲨的头，食人鲨箭一般地游向大海远处。

费米基的海上游乐园原来有数艘航空母舰合并起来的规模，现在扩大到数十艘了，像是座海上漂浮着的岛屿。“章鱼1”告诉“水母4”，他在靶场，请直接去靶场。

哈丽特到了靶场。

靶场像个足球场。有十几个人紧随着一个60多岁的老头，这老头就是费米基。费米基慈眉善目，络腮胡子乌黑油亮，比头发漂亮。费米基表面身份是比得市的市长、海上游乐园董事长，暗中是HEO的最高领导“章鱼1”。费米基雄心勃勃，要参加来年的国家总统竞选，手里的高科技成果就是筹码，中国京清市马迪夫实验室的情报就是大筹码。马迪夫的激活论能让喜马拉雅山塌陷，难道不能让阿尔卑斯山塌陷？让碍眼的X山、Y山塌陷？有朝一日，激活论会应用在各种意想不到的领域。

费米基正在检验一种新型手枪的性能。这种新型手枪是军事部门刚研发出来的武器，它发射出来的不是金属子弹，而是一束光。工作原理是将高压下的这种光突然释放出去，从而击中目标，而且这种高压不是一般意义的高压。光的强度可以通过手枪上面的按钮调节，或将目标麻醉，或使目标死亡。这种新型手枪叫光压缩手枪。

靶场里的靶子不是传统意义的纸靶，是活物——一群关在笼子里的兔子。兔子穿着写有数字的背心，数字分奇数、偶数，奇数代表被麻醉，偶数代表死亡。

一只兔子被放出来了，百米之外，它拼命逃窜。费米基抬起右手，瞄准，扣动扳机，没有声音，兔子倒下了。

“10环！”靶场发出欢呼。

又一只兔子被放了出来……

“10环！”靶场又一次发出欢呼。

弹（光）无虚发，指哪打哪。

“不错。”费米基把玩着手枪赞赏，侧过脸对哈丽特说，“来。试试！”

“我？”哈丽特还没回过神来。

“当然是你。”

“我还没掌握要领，行吗？”

“肯定行。有眼睛有手就行。”章鱼1递给哈丽特手枪。

哈丽特接过手枪。

同样弹（光）无虚发，指哪打哪。

“不错。”哈丽特同样赞赏，将手枪还给章鱼1。

“是你的啦。”费米基十分豪爽，“中午我们一起吃饭！”

中午，费米基拉哈丽特进了他的私人餐厅。哈丽特感觉到，费米基要给她派任务了。果然，费米基对哈丽特说：“为了神圣的‘挖墙脚’计划，我决定派你到中国去！”

哈丽特明白，对“章鱼1”的命令只能服从。再说，去中国她也乐意，于是，站起身说：“服从命令！”

费米基示意哈丽特坐下，说：“16年前我们种下的种子，现在是收获的时候了。”

哈丽特说：“你说的是潜伏的‘水母16’？”

费米基说：“对，‘水母16’。你是M国比得市派往中国京清市的‘友谊使者’，你去的是中国京清市人民医院，去找你的学生乔伊娜，也就是我们的‘水母16’。”

哈丽特沉思片刻，说：“除了‘水母16’，你还应该给我一些人手。不然，人员太单薄了！”

费米基说：“当然。我将把‘章鱼15’指派给你，京清大学足球队的外籍教练克耶尔。他会听你的指挥，服从你的命令！”

哈丽特说：“好。还有吗？”

费米基说：“你不是孤立的。实话告诉你吧，还有‘章鱼3’。”

“‘章鱼3’？”HEO排名10以内的是核心领导，哈丽特很想知道这个“章鱼3”。

“你有危险，他会出现。”费米基不多说一个字，“‘章鱼3’就在你身边，只能告诉你这些。”

哈丽特不再追问，忙改换口气说：“我女儿鲁安诺娃要做眼睛移植手术，我希望等她手术后再出行。”

费米基点头。关于对鲁安诺娃的奖励，费米基决定将她转正为正式水母。

5

鲁安诺娃十分狂躁，可以理解，但是她才20几岁，连续的狂躁对生理、心理都不利。唐中波作为医生，不关注鲁安诺娃怎么伤了眼睛，关注的是她的康复。

鲁安诺娃又开始狂躁了，她两手握拳，使劲地锤打床面，声嘶力竭地叫喊。

“要不要给她注射镇静剂？”护士请示唐中波。

“不。”唐中波说，“镇静剂会影响以后眼球移植手术的质量。”随即拿来了一具由特殊材质制成的专供患者发泄情绪的人体模型，对鲁安诺娃说：“伤害你眼睛的那个凶手来了！”

“在哪里？”

“你摸。在这里！”唐中波将人体模型递到鲁安诺娃手边。

鲁安诺娃伸手摸到人体模型的头，摸到了鼻子、嘴巴、耳朵……厉声说：“就是你！是你毁了我的眼睛！”

鲁安诺娃边叫喊着边打向人体模型，一下、两下……无数下，直到精疲力竭。真解恨！鲁安诺娃安静下来，要喝水，喝完水，便睡着了。

唐中波感到一阵欣慰。

哈丽特来了，看见静静睡着的女儿，好生奇怪，按常规情况，突然失去眼睛的人会十分狂躁的，女儿没狂躁？肯定是给她注射镇静剂了，而且是大剂量的。“给她注射的是什么镇静剂？多大剂量？”哈丽特是医生，不能不关注这个问题。

“没有。没有用镇静剂。”护士回答。

“不可能。”哈丽特不相信。

“没有就是没有，谁还骗你不成！”护士坚持。

“是的。没用镇静药。”唐中波过来了，解释说，“我用了发泄疗法，在鲁安诺娃身上很管用。”

“发泄疗法？这是心理医生的事。”哈丽特端详着唐中波这个年轻的中国医生，不由心生敬意，“你怎样让她发泄？”

唐中波指指墙角，说：“搁那儿呢。”

哈丽特瞅瞅墙角，是一具人体模型，人体模型的身体有好几处已经凹陷了下去，恍然大悟道：“谢谢你！”

“不用谢，我只是做了一个医生应该做的。”唐中波向哈丽特谈起鲁安诺娃的眼球移植手术，关键是供体的质量，“您所在的比得医院是一所大医院，应该会有好的供体。您留留心，一旦发现就通知我！”

“好！”哈丽特肯定。

鲁安诺娃不狂躁了，情绪渐渐稳定了，对医治她的医生唐中波很信任，甚至产生了依赖性，巴不得唐医生一天到晚在她这个病房，守在她身边。她眼睛看不见，脑子在胡思乱想：这个唐医生，怎么是中国人，我是在窃取他们国家情报时伤的眼睛，他要是知道实情会给我治眼睛吗？肯定不会。我的谍报人员身份无论如何不能让他知道。唐医生长什么模样？多大年纪？

唐中波对鲁安诺娃对他的好感当然高兴。患者对医生产生了信任就会积极配合治疗。唐中波告诉鲁安诺娃，他正在积极为她寻找眼球供体，他相信能为她找到理想的眼球供体。

鲁安诺娃对再有一双健康的眼睛充满了信心。

“说句你不爱听的话，你的左眼有斜视。”唐中波说。

“是的。矫正过，但不理想。”鲁安诺娃坦白。

“移植后的眼睛不会有斜视了。”

“真好。那视力呢？”鲁安诺娃不无担心。

“你的颅内视神经是健康的，一般来说，供体的视力是多少，受体的视力就会是多少。”

“你要为我找一双视力1.5以上，清澈、明亮的大眼睛！”

“好。我努力！”

“谢谢你！”

6

哈丽特给唐中波打来电话，说比得医院有眼球供体。唐中波赶到比得医院，看了看，摇头否定了。供体是一个上了年纪的女人，少说也有50岁，眼神已没有少女的那种清纯了。过了三天，哈丽特给唐中波又打来电话，说比得医院有了理想的眼球供体，是个20岁的姑娘。唐中波赶到比得医院，看了看，又摇头否定了。供体是个20岁的姑娘不假，但右眼有严重的斜视，移植后依然会是斜视。鲁安诺娃原来是左眼斜视，唐中波承诺过，移植后的眼睛不会有斜视，唐中波要兑现自己的承诺。

一天，唐中波终于发现了真正理想的供体。在唐中波供职的皇家眼科医院，送来了一个车祸受伤者，内脏大出血，来不及抢救就没有心跳和呼吸了。这是一个长着一头亚麻色头发的身材匀称的姑娘，年龄和鲁安诺娃相当。唐中波掀开她的眼皮，蓝色的眼珠漂亮极了。唐中波开始打这对眼球的主意。这时候，肇事司机正在和死者家属讨价还价赔偿问题，唐中波中间插入一杠子，询问死者家属是否愿意捐献死者的眼球。“什么？你想要剜掉我女儿的眼睛！”死者家属中首先是父母不同意，接下来，站出来一个中年汉子，可能是死者的兄长，怒发冲冠，“啪”的一声，给了唐中波胸口重重的一拳。唐中波落荒而逃。

唐中波为了鲁安诺娃的眼球供体吃了别人的拳头，这事不知是谁说给鲁安诺娃听了，鲁安诺娃十分不安，对唐中波说：“不然移植两只一般的眼球算了。我不想长时间生活在黑暗中。更重要的是，我要早日看清楚你的模样，你的脸！”

唐中波安慰说：“好事多磨。你要忍耐，会有理想的眼球的。至于我长得怎么样，你往丑陋的方向想吧！”

一天，唐中波突然问鲁安诺娃：“你能接受黑眼睛吗？”

“黑眼睛？你们中国人的眼睛？”

“是的。我们中国人的黑眼睛。我要回一趟中国，回一趟家。我们的京清市有一座眼球库，应该有大量的眼球。只是，你是白色人种，是蓝眼睛，可能京清市的眼球库里没有蓝眼睛。”唐中波收到了在中国的妻子工作单位催他回国回家的急函，说他的妻子路英病了。

“我会为我有一双中国人的黑眼睛骄傲！”

“好。我回国之后，去一趟京清市的眼球库。”

唐中波登上了回国的飞机。来M国两年了，虽然有假期，他也无时不想念着妻子路英，还有女儿唐芷，手机联系不断，路英总是说她身体还好，怎么就病了呢？应该不要紧吧！

唐中波下飞机后，急忙打车前往医院看望妻子。

唐中波的妻子路英是中国科学院基因研究所的学科带头人，目前蔬菜市场上抢手的综合基因大白菜，其研究培育成功就有路英的功劳。有人曾提议将综合基因大白菜命名为路英大白菜，被路英拒绝了。基因研究所为什么急函唐中波回来？因为路英生病住院了。路英身体一向健康，除了生女儿唐芷在医院待过几天外，几乎与医院无缘。这次怎么就生病了呢？

路英在市人民医院的重症病房，守护在她身旁的是她的哥哥，京清大学的校长路坦。上个星期三，路英在野外采集基因时淋了臭雨，感染了病毒。

当时，路英带着她的女助手在深山找一种乔木，采集抗癌基因，半山腰突然飘过来一团乌云，下起了雨，雨有臭味，令人作呕。路英令助手躲避，自己却淋了雨。

那里为何会有臭雨？众说纷纭。多数说法是气候反常，山中大量野兽死亡，尸体腐烂后产生的臭气上升附着在了乌云上，所以，下的雨成了臭雨。这种臭雨携带有大量的病毒，路英就感染了这种病毒。但具体是什么病毒，一时无法搞清楚。

这种病毒主要袭击人的消化系统。路英的症状是不能吃东西，吃东西就恶心呕吐，有点像急性胃肠炎，难治就难在不能打针吃药，一打针吃药就高烧，同时心跳加速、血压增高，情绪也变得狂躁，然后就昏迷过去。路英住院已经5天了，状态奄奄一息，她之前叮嘱单位，不要告诉国外的丈夫，但单位还是紧急通知了唐中波。

唐中波看着奄奄一息的路英，抱起她号啕大哭。他是眼科医生，治眼病很有一套，但面对妻子的病却无能为力。病毒，你是哪方恶魔衍生出来的妖精，要与人类作对？

路英此时神智是清醒的，她看着唐中波，脸上绽放出难得的笑容，使出最后一点力气说：“和唐芷，好好活着……我的眼球是好的，捐献给……”

路英躺在唐中波的怀里安详地走了。

唐中波按路英的遗嘱，征得路坦的同意，取下了路英的眼球。的确，路英的眼球是完好的，没有感染病毒。悲痛之余，唐中波委托医院先将妻子的眼球低温保存起来。未来，妻子的眼睛即将在另一个地方得到延续……

7

在举办完路英的葬礼之后，唐中波心力交瘁，妻子的去世对他来说太突然了。可是，他此行回中国还有一个重要的事情没办，鲁安诺娃的眼球供体还没着落，于是立即支撑起身体，和京清市的眼球库进行了联系。

其实唐中波可以不这么麻烦，因为路英的眼球完好，且已经存放稳妥，他大可以为鲁安诺娃使用路英的眼球供体。但是，妻子刚刚去世，他就立即亲手将自己妻子的眼睛移植到别的女人身上，他暂时还有些难以接受。除非万不得已，他决定还是先争取别的办法。

眼球库很快联系上了，果然没有蓝色眼球，那就只能选择黑的了。

唐中波在中国国内是知名的眼科专家，所以在眼球库取眼球十分顺利。这是一对十分健康的少女特有的清纯的大黑眼睛。唐中波走出眼球库时，接到通知：请唐中波取到眼球后，去一趟京清市安全部门，接受安检。送往国外的用于移植的器官要安检，这是规定。时间定在下午4点30分。

下午4点30分，唐中波来到京清市安全部门，接待唐中波的是谢仲秋。谢仲秋说，用于移植的器官出国，必须安检，请理解和配合。

唐中波无异议。

眼球被工作人员拿走了。

关于唐中波取的接受眼球移植的这个病人是不是间谍，中国的安全部门尚不清楚，但他们知道国外窃取马迪夫实验室情报的间谍眼睛受了伤。这样，就不能掉以轻心了，倘若这个眼球的受移植者是间谍呢？不妨在眼球上做做文章，在瞳孔处安装一个微型远程遥控摄像机，不是间谍，好说，若是间谍，所从事的间谍活动就可以被看到了。

一会儿，工作人员将安检过的眼球拿回来了。

唐中波取出眼球，看了看，说："你们在眼球上做了手脚？"

"不是手脚，是一个很小很小的东西，附着在瞳孔处，不会影响眼球的生理功能，受移植者不会感觉不舒服，别人也根本看不出来，不会影响美观。"谢仲秋解释。

"不。我作为医生，不允许我的病人在接受我的治疗的过程中，别人有损害病人的行为。"唐中波反对。

"这不是损害，是需要！"谢仲秋坚持。

"这不是需要，是欺骗！"唐中波坚持。

"你是中国人吗？是中国人就能理解我们的这种做法！"

"我是中国人，更是一个在外履行人道主义的医生，我尊重我的外国病人！"面对被人做过手脚的眼球，唐中波觉得自己和病人受到了极大伤害。这眼球他不要了！

唐中波气冲冲离开了，不能再到眼球库要眼球了。眼下只剩下最后一条路了——路英的眼球。

几天后，唐中波带着女儿唐芷，还有妻子路英的眼球，和路坦告别，去M国了。

8

鲁安诺娃的眼球移植手术定在12月25日圣诞节那天，那是圣诞老人送给鲁安诺娃的礼物，会给鲁安诺娃带来一份异常的惊喜。

今天是12月23日，离手术只剩下明天一天了。

“什么？植入两只黑眼睛？两只中国人的眼睛？”哈丽特从外地回来了，来看望女儿，得知了这一消息。

“有什么不好吗？”兴奋中的鲁安诺娃不明白母亲是什么态度。

“你曾经拥有一双蓝眼睛。”

“时间过去了这么久，你给我找到合适的蓝眼睛了吗？”鲁安诺娃想不到母亲会重复唐中波的话题。

“这么说，你喜欢黑眼睛？”

“是的。中国的医生给我植入中国人的黑眼睛，这意义太大了！”

“不。你的身上不能存在这种意义。这太危险了！”

“为什么？”

哈丽特小声说：“中国已成为我们的战略目标！”

“你……是‘水母4’？”

“我是‘水母4’。”哈丽特说漏了嘴，幸亏身边没有外人，“你必须听我的。你如果放弃植入中国人的黑眼睛的手术，我会请示组织，给你颁发一枚一级勋章，而不只是转正为正式水母！”

“你要我放弃这次手术？你是‘水母4’，更是我的母亲，难道忍心让我在黑暗中煎熬？”

“可是，你的胸前可以戴上一枚一级勋章！”

“我要光明，不要勋章！”

“你能保证你在植入中国人的眼睛后，能一如既往地完成组织交给你的对中国的任务？”

“这个……”鲁安诺娃一阵语塞，“我想，应该是没问题的。”

“不是应该没问题，是绝对没问题。能做到吗？”

“能。”鲁安诺娃表示。

“好吧。我同意你植入中国人的眼睛。为了安全，唐中波带来的眼睛必须由我们进行检查。”

“你怀疑唐医生？”

“是的。我怀疑。”

哈丽特见了唐中波，说了一大堆感谢的话后，提出了由有关部门对眼球安检的要求。

唐中波担心类似谢仲秋在眼球上做手脚的事发生，说：“安检可以。但我带来的是两只什么样的眼球，你就必须还我两只什么样的眼球！”

哈丽特说：“当然。”

眼球被送到M国的技术部门检查。结果，这是两只十分健康的眼球，没人做过手脚。哈丽特无话可说了。

手术如期进行。对唐中波来说，这种手术不知做了多少了，但这次他对鲁安诺娃更加慎重、小心，因为植入的是自己妻子的眼球。

手术进行了9个小时。缝合神经、微血管是个细活，需要采用纳米缝合技术。人的手指甲每天生长约10万个纳米，可见纳米缝合的精细程度比头发丝还细的血管要缝合严密才不渗血，还有难度更大的神经缝合，除了激光设备的辅助，仍需主刀医生全神贯注地操作。9个小时，显微镜下，唐中波屏声静气，水也没喝一口，最后结束时，他几乎瘫在了椅子上。

结果如何，7天后才能见分晓。

7天时间何其短暂，可是，对鲁安诺娃来说，比7年还长。

7天时间终于到了。大清早，当病室开始有医生、护士的声音，鲁安诺娃就竖起耳朵开始捕捉唐中波踪迹，来了，来了，唐中波来了！

与唐中波一起过来的还有哈丽特和本汉森。

鲁安诺娃被搀扶进了一间专拆眼部绷带的处理室。绷带拆除了，就在这一瞬间，处理室暗了下来，鲁安诺娃睁开眼睛，什么也看不见，怎么回事？难道说……随着处理室逐渐放亮，鲁安诺娃看见了，视线由模糊变清晰，首先映入眼帘的是一张黄皮肤、黑眼睛的脸……“唐中波医生！”鲁安诺娃高呼一声，大步上前，双臂紧紧拥抱着唐中波，泪如泉涌。

“不要激动。不要激动。”唐中波劝解鲁安诺娃，“让我看看眼睛！”

多么漂亮的眼睛，多么熟悉的眼睛！既有少女的清纯，又有少妇的温馨，这是妻子路英的眼睛啊！以前这双眼睛看着唐中波，总是那么脉脉含情，今天依然那么脉脉含情……唐中波忘乎所以了，大步上前，抱住了鲁安诺娃。

太不像话！哈丽特拉开了鲁安诺娃，本汉森则挡住了唐中波。

第三章　“黑客”殒命

1

科学实验是需要大量的资金投入的。雄厚的资金是后盾。

上午7时，马迪夫、陈开和孙朗准时到了实验室。

他们对实验室的光电墙刺伤了M国年轻的谍报人员的眼睛是一无所知的。

“导师，今天我做什么？”陈开问。

“你把激活点坐标方程式第二十二分支式再演算一遍。”马迪夫布置。

“我已经演算了16遍了。我敢肯定，是准确无误的。”从不轻易肯定自己的陈开这样说。

“导师，今天我做什么？”孙朗问。

“联系好去小小雅山的直升机。”马迪夫要对小小雅山再进行一次实地测量。

“昨天我已经跟您说过了。这事用不着联系，直升机一架一架停在那里呢，随时交钱，随时起飞。”

说实在的，马迪夫感到了窘迫。人是英雄钱是胆，马迪夫实验室上星期就没钱了，靠马迪夫的工资勉强维持了这几天。

马迪夫火烧眉毛般地等候着路坦的2000万元资金。

路坦在为失去妹妹伤心难过之后，已经忙起了他的工作。路坦抱着愧疚来了，戚天威没有立刻批复他的报告，马迪夫实验室的2000万元资金还需要等待一些日子。当然，他不是空手而来，包里装有10万元。这是他这个私立大学校长的权限。另有一包茶叶，上等的碧螺春，他不能看着马迪夫这样的大教授喝有霉味的茶叶。

“经费批下来了吗？”马迪夫直截了当。

“你说的是向校董事会申请的那2000万元？”

“当然。我都等米下锅了。”

“十分抱歉。我还没有申请到那2000万元。”路坦表示遗憾。

“你不是说你直接去找董事长吗？”

“我当然找了董事长。”

“他不批？”

“你知道。学校这么大，那么多的科研项目，能获得2000万元资金的只有一个，而申报的项目却不少，谁够这个格，董事长还拿不准。”路坦替董事长打着圆场。

“这还拿不准？当然是我的激活论。”

“董事长还需要具体考察。”

“你不是说据理力争的吗？”马迪夫生气了。

“我当然据理力争了。”

“你没有。你怕戚天威，不敢据理力争。你肯定被戚天威灌醉了酒，把给我的实验室申请经费的事丢到脑后了！”马迪夫显得蛮不讲理。

怎么能这样呢？站在一旁的陈开和孙朗赶紧拉导师和校长坐下，给他们俩泡茶，劝导师不要生气，劝校长不要计较。

路坦当然不计较，从包里掏出10万元支票和碧螺春茶叶。接收支票必须有马迪夫的签字。

“哼！”马迪夫看着区区10万元的支票，不签，把头扭向一边。

孙朗接了钱，代老师签了字，说：“10万元，连搞一次小小雅山的实体测量都不够！”

路坦说：“我正要和马教授商量，你们累了好长日子了，是不是放几天假？”

马迪夫接过来话题，说：“不是放假，是停工！好吧，停工。孙朗、陈开，你们回去吧！”

孙朗、陈开以为老师是说气话，小声问：“当真回去？”

马迪夫说：“留下来能干什么呢？放长假！”

路坦说：“不会是长假。你们等通知吧！”

孙朗、陈开脱了工作服，走出实验室。孙朗举臂高呼：“哇！”陈开觉得轻松，但没有孙朗那么激动。

孙朗、陈开分手，相互说：“再见！”

2

孙朗首先想到了马蔚然，他要利用这段时间好好和马蔚然约会。不知马蔚然想不想旅游，如果想的话，就携马蔚然进行一次太空旅游。不仅可以饱览太空风光，如果运气好，用太空网还可以捕到陨石夜明珠，那是太空送给相爱男女最好的礼物。

陈开则为响应中华大家园的一项活动做准备。前日，陈开碰巧结识了一个叫郭景的人，郭景在京清电视台中华大家园栏目组工作，告诉陈开中华大家园将于明年七夕节举办爱情歌曲大奖赛，希望陈开露一手。中华大家园是京清电视台的一个音乐栏目，收视率很高。陈开跃跃欲试。陈开除读物理学博士外，有着广泛的其他爱好。难得的是，他脑袋里音乐细胞丰富，会自己写歌词，自己谱曲，自己演唱。

陈开28岁了，身边没有女朋友，这七夕爱情歌曲大奖赛说不定还真能给他搭鹊桥呢。在女朋友的问题上，陈开情商不是那么高，或者说反应慢一拍，所以至今单身。这下好了，有了个七夕爱情歌曲大奖赛，陈开该要好好利用放假这几天时间，创作一首歌曲，谈一场精神恋爱，弥补弥补没有恋爱日子的空虚。陈开坐在阳台上，闭上眼睛，晃动脑袋，灵感涌现了：

爱情就是一壶酒

你搭着我的肩

我牵着你的手

依依偎偎往前走

半天不见

手机打爆嫌不够

爱情就是一壶酒

个中滋味

缠绵爽口

切莫贪杯

不要饮过了头

你骂我是蠢猪

我骂你是癞皮狗

磕磕碰碰随时有

骂了痛快

一吵一闹消百愁

爱情就是一壶酒

个中滋味

刺激辣喉

放开海量

喝他个一醉方休

爱情就是一壶酒

一人喝　没胃口

二人喝　赛甘露

三人喝　变剧毒

……

词作好了，曲也在耳边回旋，陈开赶紧到琴房，在钢琴上敲敲，感觉良好，赶紧记下来！记下来了，试着哼哼，太美妙了。

3

钱广大回到了自己的住处——博士生公寓。京清大学博士生很多，但住公寓的很少，住公寓的都是经济条件比较差的人。比如，陈开就不住公寓，读博士时，在就近的小区买了个单元宿舍。孙朗也不住公寓，他家在京清市至少有7幢房子，选择那幢离学校最近的住。

钱广大的公寓是个30平方米的一室一厅，本是两人合住的，另一人长期外出，所以，基本上是钱广大一人住。钱广大进门喝了一大杯水，想起孙朗那盛气凌人的样子，暗暗骂了一声。

钱广大这几天忙得很，他要赶写《综合治理，降伏沙魔》的论文，完稿后好向王泊海申请支钱。钱广大看了看打印机输出来的文稿，暗自好笑，什么综合治理、降伏沙魔，还之一、之二、之三……文字游戏，弯弯绕。有教授说王泊海搞的是膨胀学，十分形象。钱广大跟着王泊海搞这种膨胀学已是轻车熟路了。

文稿打印完了，洋洋洒洒18万字，够规模了。找导师去吧！

导师王泊海正等着他呢。那天，钱广大来支钱，王泊海刚被马迪夫激怒，态度不好，现在正后悔着有失风范。没什么大不了的，不就是一个马迪夫？他敢拦在路上阻挡我前进，就休怪我不客气了！

钱广大是王泊海对付马迪夫的一张牌。

“论文完稿了？”王泊海看着进来的钱广大，问。

“完稿了。不知道行不行？”钱广大还沉浸在导师发脾气的那天，小心翼翼。

“行、行。我的高才生嘛！”王泊海看都不看稿子，廉价地赞扬，“你需要钱？”

“是的。您说过的，论文完稿后您会给我一笔钱。”钱广大鼓足勇气。

“是的，我说过。我说过的话从来算数。你需要多少？”

“这个……数目比较大的，170万元。”钱广大想到了近期家中的欠款。

“论文18万字，按我国目前最高稿费标准计算，最多18万元。但我给你170万元！”

“是吗？”钱广大担心听错了，“论文还署有我的名字，可以把我的名字删掉！”

“不删不删。”王泊海强调，“你必须完成另一项任务！”

“请您布置！”

王泊海小声耳语。

“……盗取马迪夫实验室计算机系统里的资料？”钱广大不太明白。

“不。我不需要他的资料。”

“……销毁马迪夫实验室计算机系统里的资料？”

“不。用不着销毁。我要你做的事很简单——修改数据。马迪夫的激活论在电脑里会有一个数据库，你只要改动其中一个数据就行了！”王泊海够精明，改动多了，就暴露了。

“只改动一个？”

"对。就一个。"王泊海顿了顿，"你不要有顾虑。为综合治理、降伏沙魔扫清障碍，我们不得已而为之。"

"……"钱广大当然有顾虑，这是不道德的行为，而且马迪夫还是他的朋友马蔚然的父亲。但为了170万元，他最终还是答应了。

4

钱广大立即着手完成王泊海布置的任务，完成任务后就有了170万元。这项任务对于钱广大来说，只是小菜一碟：往马迪夫实验室的计算机系统输入病毒，找到激活论数据库，在一个数据上改动一个数字，如将3改成8，或将9改成6，就行了。不道德就不道德吧。

钱广大是编程高手，他坐在电脑前稳稳神，对马迪夫实验室的电脑开展网络攻击。可是，没想到的是，马迪夫实验室的计算机系统不同于一般的计算机系统，防火墙十分坚固厉害，他破解不了！

"趴下！"突然，有人进来了，从椅子上拉下来钱广大，高喊，"快趴下！"

进来的那个人拉着钱广大趴下了，只见一道白光闪过，公寓的墙壁被击穿了一个洞。

好险。要是不趴下，肯定击中了钱广大。

钱广大站起来："导师！是您……"钱广大想不到进来的这个人是王泊海，"是您救了我的命！"

"不要这么说。"王泊海拍着钱广大身上的灰，"是我考虑不周。你要是受到伤害，我是要跳楼自杀的。我犯了一个极大的错误，马迪夫实验室有严密的保护措施。”

“那道白光？”

“对。那道白光是马迪夫实验室发射的。”

“那是什么光？”

“不清楚。马迪夫实验室在国家安全部门的严密保护下，你的病毒无法进入他的计算机系统。”王泊海在钱广大走后，突然间想到那天动员会上谢仲秋终止马迪夫的发言，想到了马迪夫实验室周围出现过的那支有儿子王斗参与的施工队。

还真是及时。

“那您给我布置的任务……”钱广大担忧起来。

“不要着急。慢慢来。”王泊海安慰钱广大。

您的任务可以慢慢来，我要的170万可不能慢慢来！钱广大十分着急。

这时候，王泊海打开了手提包，取出来一张支票，对钱广大说：“这是200万元，你拿去用吧！”

钱广大恍如做梦一般，定定神，这不是梦，是真实的现实。他不好意思地说：“论文您满意吧？”

“论文？”王泊海一页没翻，却说，“相当好！”

钱广大心里得到了安慰，接过支票，说：“我只需要170万元，多出的30万元退您。”

王泊海当然不会让退，说：“我给你的任务增加了难度，追加经费是应该的。”

钱广大激动起来："可是，我无法完成您的任务！"

王泊海拍拍钱广大的肩，说："高科技不行，就来土打土闹的！"

钱广大不懂："导师的意思是……"

王泊海当然不会说明，丢下一句话："你自己考虑吧！"放下支票，走了。

王泊海走之后，钱广大想明白了：土打土闹就是人直接进入马迪夫实验室去操作，像做贼一样。可自己好歹是个博士生，有辱斯文嘛！

5

马蔚然听说了中华大家园要举办爱情歌曲大奖赛的事，跃跃欲试也想参加。

"这主意当然好。可是，没有歌曲呀？"钱广大、孙朗都表示不好办。

陈开从衣服口袋里掏出来了《爱情就是一壶酒》，说："你们忘了我了？我新近创作了一首，唱给你们听听！"于是，亮起了歌喉。陈开的嗓音很有特点，高音部分很动听。

"好！"钱广大予以肯定，"你唱得好，只是一般意义上的好，而歌词、歌曲好，是真正意义上的好，爱情这玩意儿，还真是一壶酒，各种滋味，尽在其中！"

"这是你的作品吗？"孙朗表示怀疑。

"灵感来了，挡都挡不住！"陈开不免洋洋得意。

"我可要泼泼冷水了！"孙朗拿过来陈开手里的词曲，看了看，"你们不觉得老旧吗？50年前，兴许是首好歌。”

“就是这个老旧，我觉得好，复古嘛！”钱广大说，“现在有些歌片面追求新潮、时尚，结果花里胡哨，显得做作。陈开的这首歌，是真情实感的自然流动。再说，把爱情比作酒，好像没有过！”

“他又没谈恋爱，有什么真情实感！”孙朗不同意。

陈开不想深入这个话题，扯远了，现在的话题是这首歌，钱广大说好，孙朗说不好，无所谓，关键是马蔚然的感觉。

马蔚然拿过来曲谱，象征性地哼哼，越唱越喜欢。

马蔚然最擅长唱流行歌曲，这首歌有复古的民歌味道，但经马蔚然用唱流行歌曲的嗓音唱出来，别有一番味道，把词、曲演绎升华到了另一个高度。

三个男生一起鼓掌，手都拍麻了，钱广大提议大家一起去吃饭庆祝一下。饭桌上大家说说笑笑，钱广大则在与陈开、孙朗的交谈中得知马迪夫实验室因为没钱停工几天了，完全没人了。

6

钱广大要“土打土闹”，直接进入马迪夫实验室，改动数据库里的数据。

这事得在夜深人静时进行。时间还早，钱广大想静一静，可是静不下来，眼前总是有人影晃动，这人影中最前面的是他的父亲，曾是华人富豪榜上有排名的大亨，一夜之间破产了。精神失常的父亲突然间清醒，在指

责他这个儿子："你知道你要干什么吗？做贼！"人影中有陈开、孙朗，还有马蔚然，他们在讥笑他，指责他……钱广大犹豫了，但又有另一个人影站在他面前，是王泊海："怎么回事？午夜12点了，是行动的时候了！什么，你父亲在指责你？好呀，叫他给你200万元，他有吗？什么，道德在谴责你？道德能吃？能卖多少钱一斤？我给你5分钟的时间考虑。我可是给了你200万……"

钱广大出发了。

午夜的大学校园没有了白天的喧嚣，显得格外的安静，安静得阴森。

马迪夫实验室到了，借着路灯看，不就是灰砖灰瓦的前X学院一隅吗？但钱广大心惊胆战，两条腿发软，十分紧张，"不。我是贼，我怕谁！"钱广大挺直了腰，大步往前走。这不就是马迪夫实验室的大门吗？与王泊海实验室的大门没多大区别。锁就那么一回事，多用几把钥匙就可以导开。钱广大掏出了钥匙。

"警告！对你的行为提出警告！"不知是哪里发出来个声音。钱广大四下瞅瞅，没人。他明白了，马迪夫实验室安了一个吓唬小偷的程序，"这种小儿科能吓唬小偷，吓唬不了我钱广大！"

"严重警告！立即停止你的行为，否则，你会受到致命打击！"马迪夫实验室发出来的声音加重了语气。钱广大才不听这一套，"什么致命打击？无非是一股电流电电手，我可是戴着绝缘手套的！"

钱广大套了好几根钥匙，导不开，这不是王泊海实验室大门上的那种锁。看来，只有用撬杠了。钱广大拿来了撬杠，大门嗡嗡作响起来，"啪"的一声，不是大门被撬开了，而是钱广大被大门射出来的Σ光击中，钱广大

“啊”一声惨叫，倒地不动了。

马迪夫实验室停工了，但马迪夫没有停工。早晨9点，马迪夫到实验室去，在实验室门口，发现有个人仰面朝天躺在地上。谁？是个年轻人，好像见过，但记不起来了。怎么会躺在这里？发生了意外？马迪夫摸摸年轻人的额头，冰凉冰凉的。死了？撕扯小纸条放在鼻孔前，小纸条又像在动，又像不动。马迪夫紧张起来，慌忙之中，叫来了陈开。

陈开赶来了，看了一眼躺在地上的人，惊叫一声：“钱广大！”陈开显得比导师有经验，叫了救护车，在救护车来之前，自己先按压钱广大胸口，做人工呼吸。

救护车来了，护士摸了摸钱广大的脉搏，看了看钱广大的瞳孔，犹犹豫豫宣布说：“他已经死了！”

不知是谁打了“110”，警察来了。警察对现场进行了警戒，然后进行勘察。

校长路坦来了。学校内死了人，校长不能袖手旁观。路坦看着地上的钱广大，搓着手着急。紧接着，还来了很多人围观，有学生，也有老师。

王泊海来了。他来之前听说有人死在马迪夫实验室门前，有点幸灾乐祸的味道。但当他挤进人群之后，大惊失色：死者是钱广大！这事与他有关。怎么办？他赶紧溜之大吉。

这时候，又一辆银色的面包车来了，下来一个人，给警察看了一个什么证件，又同路坦交涉，要将钱广大运走。路坦当然不同意运走，坚持就地抢救。在场的护士也认为没有抢救意义了，但路坦依然不同意，坚持若运走，要有死者家人的同意，最好是父母，配偶也行。陈开插话说：“死者的父亲患了精神病，母亲去世了。死者没结婚，没有配偶。人都死了，还运走，人道吗？”可是，银色面包车里的人不听，其中有人吼道：“钱广大是犯罪嫌疑人，你们想包庇罪犯吗？”

7

这辆银色的面包车是市安全部门的。

钱广大企图进入马迪夫实验室的举动被040院发觉了。040院安装的安全设施都有信息反馈，当安全设施遭受攻击，信息就会被反馈过去。马迪夫实验室已经几次遭侵犯了。一次来自天上，具体地说来自一颗隐形间谍卫星，因为涉及外国，不好直接去抓侵犯者，只得作罢。这次来自地上，来自京清大学校园，就在马迪夫实验室门前，是一个中国人，这就不能放任自流了。040院请京清市安全部门对倒在马迪夫实验室门前的侵犯者实施抓捕，但当工作人员到达现场之后发现侵犯者已经死了。040院说，他们的救护人员随后就到。

钱广大被银色面包车带到市安全部门。谢仲秋看了一眼钱广大，嘱咐好生看守，然后坐等“随后就到”的040院的救护人员。

一会儿，040院派来的救护人员到了，领队的是王斗。解铃还须系铃人，钱广大是被光电门的Σ光击伤的，而光电门由王斗安装，救护人员的最佳选择就是王斗了。

王斗看到钱广大，对他的长相有印象，是父亲的学生。他仔仔细细地对钱广大进行了检查，可是他无奈发现，距离钱广大受伤超过了8小时，即使为他注射治疗Σ光击伤专用的药液也无力回天了。

王斗对钱广大产生了兴趣。钱广大为什么要到马迪夫实验室去？那里没钱，没贵重物品，就几台电脑。电脑有什么好偷的，值得冒生命危险？偷资料？对，偷资料。马迪夫实验室之所以被列入安全部门的重点保护，是因为资料。钱广大为什么对马迪夫实验室的资料感兴趣？难道钱广大是间谍？王斗立刻让助手去调查钱广大的社会关系，同时他要立刻去一个地方。

“我有事要出去。”王斗对随行的人员说，“你们注意观察患者的情况，若有异常立即向我报告，否则就不要打扰我！”

王斗要去父亲的住处月亮湾小区找他了解钱广大的情况。月亮湾小区的家里有自己的卧室，但王斗平时很少光顾，大多住在单位里，太忙是一个原因，主要是王斗不想正视父亲那双审视他的眼睛。王斗32岁了，还没有成家，父亲有意见。

王泊海回来了。听到王斗拉高音调的一声“爸爸”，王泊海脸上也绽开了笑容。王泊海听到儿子喊他一声“爸爸”就满足了。王斗3岁时，他母亲就死了，寄养在他姥姥家，之后，王泊海去M国了，很少管他。

柳絮红自从上次病了之后，脑袋偶尔会不太舒服，这会儿正在卧室休息。

“能陪我坐坐吗？”王泊海知道儿子很忙，不会待很久，但近些日子实在让王泊海烦透了，今天更是紧张得不行，于是向儿子提出邀请。

“好。”王斗是来打听消息的，当然答应，看着父亲先坐下，自己也随后坐下，“您很憔悴。感觉哪里不舒服？”

“不舒服倒没有。憔悴自然，做学问嘛，就要绞尽脑汁，就会睡不着觉、吃不下饭，时间长了，就憔悴了。”王泊海开始揉太阳穴。

在王斗眼里，父亲王泊海不容易，做学问做到京清大学物理学院教授这份上，没有几把刷子，人家早把你拱翻了！

父子俩谈开发月球，谈抢占南极，谈股票，倒也投机。王斗突然掏出手机，打开一张照片，话锋一转，说：“这个人您应该认识？”

画面很清晰，病床上躺着一个患者，王泊海认出来了——钱广大。这么说，王斗已经接触钱广大了。王斗怎么会去接触钱广大？在王泊海眼里，王斗是值得自己骄傲的，干着国家重要的工作。具体是什么工作，王斗不说，王泊海也不问，但心里估摸是保密性质的。王泊海意识到，儿子是有备而来的。

“您认识吗？”王斗问。

“……钱广大。我的学生。他怎么了？”王泊海吞吐着回答。

“他死了。”

“死了？”王泊海佯装惊讶。

“是的，我们正在调查。您是他的老师，对他的情况应该了解。”

“应该算是了解。”王泊海明白过来，儿子要找他调查钱广大。

“他平时接触一些什么人？比如行动诡异的人！”

“好像没有。怎么，他犯事了？”

“不好说。反正是不光彩的事。”王斗干脆亮开话题，“他是在昨晚半夜死在你们学校马迪夫实验室门口的。”

“他到马迪夫实验室去了？”王泊海故作惊讶。

“是呀！”

“这……可能是去偷东西？”王泊海信口雌黄。

“那里没什么好偷呀？”

“有。电脑、资料。电脑可以卖钱，资料可以变钱！”

“这……他最近在学校有什么异常吗？”

“听说他家中经济情况不好，要说异常，他前阵子来找过我预支博士补贴，他因为缺钱去偷东西倒是很有可能。”

王斗回到单位之后，听了助手对钱广大家庭社会关系调查的汇报，钱广大人际关系简单，家中确实经济情况很差，负债很多。他又调查了京清大学的财务转账记录，不久前学院确实给钱广大转过一笔预支的学生补贴。

看来钱广大确实不可能是间谍了，他在午夜去马迪夫实验室可能真的只是为了偷窃资料变卖。可惜他去的时候夜深人静，周围空无一人，被Σ光击伤后没人发现，没能得到及时的救治。

钱广大仅剩的亲人就是他父亲了，可是他父亲精神失常无法替他料理后事，王斗只能通知京清大学来处理他的尸体。

钱广大的尸体是由陈开开着一辆中巴拖到殡仪馆的。后来京清大学出钱安葬了钱广大。马蔚然和孙朗也参加了钱广大的葬礼，众人都为钱广大送上悼念。

钱广大九泉之下也该感到满足与安慰了。

第四章　医院来了“活观音”

1

M国的比得市和中国的京清市是对口交流的友好城市，“亲如兄弟”。

比得市又挑选了医术高超的医生前往京清市救死扶伤，哈丽特就在其中，具体地点是京清市人民医院。

哈丽特肩负着神圣的使命。HEO召开了本年度第三次组织工作会议，一致通过中国京清市马迪夫的激活论是今后工作的头号目标，派哈丽特前往中国执行“挖墙脚”计划。哈丽特对完成任务充满信心。哈丽特坚信，既然当年潜伏的乔伊娜还活着，在京清市人民医院就应该可以找到她，起码，可以找到她的下落。只要找到乔伊娜，马迪夫的激活论就等于到手了。马迪夫是乔伊娜的丈夫嘛。要是他们离婚了呢？那就另当别论了。当然，在京清市，还有HEO的其他成员，“章鱼1”直接派给了她克耶尔——“章鱼15”，间接联系的还有“章鱼3”。看来，这个“章鱼3”来头不小。

哈丽特乘坐的航班直达中国京清市机场。

到机场迎接哈丽特的是京清市人民医院院长施凡。哈丽特打量着施凡，心想：他是不是“章鱼3”呢。

哈丽特坐着施凡的悬浮汽车很快就到了市人民医院，医院的一行人列队在门口迎接。哈丽特的眼睛在人群里搜索，希望能有乔伊娜。乔伊娜！发现了乔伊娜！16年了，乔伊娜的身上已留下岁月的痕迹，亚麻色的头发里掺杂着不少银丝了。看来她混得还不错，没有穿白大褂，一般的医生、护士都穿着白大褂，只有院领导和少数几个技术权威没穿。乔伊娜当然看见了哈丽特。因为早在半个月前，施凡就宣布说受中国京清市之邀，M国比得市将派一位著名的神经科医生来，这位医生叫哈丽特。乔伊娜想：要来的这个哈丽特是不是当年在M国比得医院带自己实习的老师、介绍自己加入HEO的那个哈丽特呢？现在证实了，就是那个哈丽特。虽然整了容，拉了皮，看起来比实际年龄年轻了许多，但乔伊娜还是一下子就认出来了。乔伊娜既兴奋又紧张。兴奋嘛，哈丽特是来自娘家的亲人，还是自己的老师。紧张嘛，难道说M国的HEO还在？哈丽特来执行什么间谍任务？

哈丽特和乔伊娜握手，像不认识乔伊娜似的，上下打量着乔伊娜，倒是施凡过来向哈丽特介绍说："这是我院的神经科医生乔伊娜，中国籍的M国人。"哈丽特"啊啊"了两声，用汉语说："中国籍的M国人？异国见老乡，两眼泪汪汪。太好了，祝愿我们合作愉快！"然后给了乔伊娜一个拥抱。就在哈丽特松手的瞬间，乔伊娜的头部像被针刺了一下。

哈丽特在乔伊娜的身上做了手脚。

哈丽特是个工作狂，第二天就在京清市人民医院神经科坐诊了。她在专业领域有一项绝活——人体神经正负电荷矫正，她还提出了神经微电系统理论：人体除存在呼吸、消化等诸多系统外，还存在着一个微电系统。人体的神经是带电的，有的带正电，有的带负电，带正电的叫正电神经，带负电的叫负电神经，就像血管一样，有动脉血管、静脉血管。人体神经出现病变，多数是因为人体神经电荷出了问题，电荷紊乱，该带正电的带了负电，该带负电的带了正电，或者强弱不当。如果予以矫正，就可以恢复。哈丽特最擅长人体神经正负电荷矫正，她有矫正人体神经电荷的特殊工具，外形类似一支试电笔，被称为人体神经电荷矫正笔，对治疗神经疾病效果良好。这一天，哈丽特诊治了21例患者，都是“笔”到病除。有一例帕金森病患者5分钟之后头不晃了，手不颤了，两腿坚实有力，宣称自己全好了。有一个5岁的自闭症女孩，5分钟后喊“妈妈”了。这些病人的家属称哈丽特是“活观音”，称她手里的笔是“杨枝净水”。施凡目睹了这一现实，在啧啧称奇的同时，希望哈丽特能带一名中国学生，把人体神经正负电荷矫正这门技术毫无保留地传授给中国医生。

哈丽特住在医院招待所501室，这是一个部长级的套房。晚上7点钟的时候，乔伊娜过去了。

哈丽特与乔伊娜用M国的方式夸张地拥抱。

“哈丽特老师好！”乔伊娜说。

“我很好。看样子你也很好。”哈丽特说，“请你和在M国一样，喊我大姐。”

“哈丽特大姐好！”乔伊娜立即更正，“请你和在M国一样，好好地教教我哟。我非常希望向你学习神经正负电荷矫正这门技术。”

“我的肩上有更神圣的使命，一天不完成，一天不回国。”

“更神圣的使命？”

“我住的这个房间安全吗？”

“放心。你住的这个房间绝对安全，是你的私人空间。”

“没有微型监控设备之类的？”

“不会有。我在中国生活16年了，了解中国。”

“那好。”哈丽特吐出一口长气，“你脖子上的量子通话器呢？”

“……坏了。”

“只要你注意保养，它是不会坏的。你把它摘下来了？！组织条例你清楚，你要受到什么样的处罚！”

“你说的组织是不是HEO？如果是，我想，我已经不是这个组织的成员了，或者说，我已经退出这个组织了！”

“HEO只有加入，没有退出！”

“那我现在就申请退出。”

“不可能。你必须履行你加入组织时的宣誓内容——终身为HEO战斗，直至生命终止！”

“我不想做伤害中国人的事。我已经加入中国国籍了，是中国人了。”

“幼稚。这16年你是潜伏。潜伏，懂吗？别说16年，就是30年，40年，一辈子，也是潜伏。”哈丽特自信地一笑，“你记得我拥抱过你吗？”

“记得。我们欢迎你的时候。”

“当时，你的头部是不是有被针刺了一下的感觉？”

“是的。”

哈丽特掏出一支很小的笔，说：“告诉你，这也是一支人体神经电荷矫正笔，由我暗中独创，此前尚未投入使用过。在我拥抱你的时候，我用它向你的体内输入了一种特殊电流。电流进入你的大脑会强化你的某种信念。我现在要强化的是你对HEO的忠诚。很快，这种特殊电流就会对你的大脑起作用了。你对HEO的忠诚，将会和我一样！”哈丽特打了一个哈欠，“我很困。你走吧！”

简短的谈话后，乔伊娜被打发走了。

果然，第二天早晨，乔伊娜的思想彻底转变了，大脑里出现的全部是HEO的纲领、条例以及加入组织时的誓言。她上班时在科室的走廊里碰到了哈丽特，上前一个立正，昂首挺胸着说：“请领导布置任务！”哈丽特会心地笑了，明白乔伊娜指的是什么任务，但此时此刻能谈那种任务吗？淡淡地说：“尊敬的中国的京清市人民医院的乔伊娜医生，你对我的称呼错了，我不是你的领导，我是来自M国的哈丽特医生，请你以后称我哈丽特医生，我会很高兴的。你看，已经有患者等着我了，你如果有事，晚上7点到我的住所去。”乔伊娜也清醒过来：她刚才的行为是一个受过严格训练的特工能有的吗？

2

晚上7点，在哈丽特的房间，两个M国间谍无拘无束地见面了。

两人都很开心。

哈丽特拿出从M国带来的糖果、点心招待乔伊娜，乔伊娜不吃。

“你曾经不是个糖果公主吗？一天到晚嘴巴总停不住。这些糖果、点心可是你曾经最爱吃的。”哈丽特奇怪。

“我不是不吃，是不敢吃。”

“有什么不敢吃？”

“我怕里面又藏着什么机关！”乔伊娜笑着说。

哈丽特也笑起来，说：“哪有那么多的机关。”

乔伊娜问起了HEO的情况，问起了“章鱼1”，哈丽特说：“好得很！”

“‘水母2’呢？”

“不清楚。”

“那么，‘水母4’呢？”

“远在天边，近在眼前。”

“你？”

“是呀，就是我。”

“原来的‘水母4’呢？”

“这还用问。牺牲了。我已经给组织交代过了，我这次来中国，如果牺牲了，你就是‘水母4’。”

“我？不够格。再说，您不会牺牲。”乔伊娜打了一个寒战。

乔伊娜没有想到，哈丽特这次来中国的任务是执行“挖墙脚”计划，目标是马迪夫研究的激活论。

“我们要掌握马迪夫研究激活论的进展，总之，所有的资料要一字不漏地搞到手。”哈丽特斩钉截铁。

这个任务如果没有乔伊娜可能十分困难，因为有了乔伊娜，就像从自己衣服口袋里掏东西一样简单了。

“执行这项任务不简单。”哈丽特原来这么认为，现在变了，激活论的资料被锁在马迪夫的实验室。核心资料马迪夫不会带出来，也带不出来。马迪夫不会对乔伊娜讲他的研究进展，讲了乔伊娜也听不懂。马迪夫实验室已经在中国安全部门的重点保护之中，有人已被击倒在马迪夫实验室门前，哈丽特的女儿已为此付出了一双眼睛的代价。哈丽特叮嘱乔伊娜要百倍的小心、谨慎，最重要的一条，是不能让马迪夫对乔伊娜产生怀疑。

乔伊娜点头说：“我会的。那我们现在该做什么呢？”

“弄清楚中国安全部门对马迪夫实验室实施的是一种什么保护。弄清楚被击倒在马迪夫实验室门前的人的背景。”哈丽特给乔伊娜布置完任务，“你可以走了！”

3

乔伊娜和马迪夫是26年的夫妻了，在M国生活了10年，在中国生活了16年。有人把夫妻之间的感情分为5种类型：恩爱型、尊重型、磕磕绊绊型、相互吵骂型、同床异梦型。乔、马属于尊重型。乔伊娜尊重马迪夫，同样，马迪夫也尊重乔伊娜。乔伊娜原以为，马迪夫这辈子不会有什么作为了，因为年龄都过50了，想不到突然间就成了大人物，是外国间谍的目标了。在他的实验室，小小雅山室内模型都塌陷了……

乔伊娜不会做中国菜，但做M国菜却比较在行，菜马迪夫特别爱吃。

乔伊娜今天做了马迪夫爱吃的M国菜，还在餐桌上摆放了酒，马迪夫一直陶醉于这种享受。

马迪夫回来了，但心情不好，他的实验室因为没钱停摆好多天了，校长路坦还没有一个准确的答复，前几天，又有一个叫钱什么的学生不明不白地死在了他的实验室门口。马迪夫看了看餐桌上的菜和酒，没有食欲。

“你病了？”乔伊娜关切地问。

“没有。”马迪夫摇头。

“你对你最爱吃的食物都无动于衷，看起来状态并不好。”

“我心情不好。”

“心情不好对身体不利。你的情绪需要转移。不然，就会诱发其他很严重的病。”

“情绪转移？”

“是的。情绪转移。我是医生，你听我的。来，坐下来，吃菜，喝酒！”

“以酒浇愁？”

“对。还是中国语言准确，以酒浇愁！”

“以酒浇愁愁更愁！”

这时候，马蔚然也回来了，满脸忧伤。乔伊娜招呼马蔚然，吃饭！马蔚然说，不想吃。看来，马蔚然也是心情不好，年轻人有自己的烦恼，由她去吧！

乔伊娜给马迪夫斟酒。

果真是以酒浇愁，马迪夫喝了很多，也喝了很久。马迪夫没有对乔伊娜设防，将他所知道的实验室实施的是一种什么保护一五一十讲出来了。至于被击倒在实验室门前的人的背景，他也不太清楚，只知道他姓钱，是个在读的博士生。

姓钱的博士生？乔伊娜记得女儿马蔚然提起过，说她的朋友里有一个姓钱的博士生，叫钱广大。这么说，钱广大死了！死的这个钱广大是不是女儿提起过的那个钱广大呢？

马迪夫喝多了酒，休息去了。

乔伊娜该找找马蔚然了。

乔伊娜推开女儿的门，女儿正扑在枕头上流泪，乔伊娜赶紧追问："好好的，哭什么？"

"钱广大死了！"

"就是你的好朋友钱广大？他死了？"

"死在爸爸的实验室门口。"

"怎么就死在你爸爸的实验室门口？他到那里去干什么？"

"估计是他要进爸爸的实验室。被实验室的安保设施击倒了。"

"他要偷东西？可是你爸爸的实验室没什么好偷的呀？"

"我也很奇怪，怎么会发生这种事呢？"

"别胡思乱想了。"乔伊娜估计在马蔚然口里得不到什么有价值的东西，劝慰说，"不要太伤心了。你不是说孙朗邀你去太空旅游吗？你就去散散心吧！"

为了让马蔚然尽快走出钱广大逝去的阴影，孙朗极力邀请马蔚然太空旅游，陈开也极力劝说，马蔚然勉强答应了。不过太空之旅确实让马蔚然减少了不少痛苦。回来后孙朗送给马蔚然一根价钱不菲的钻石项链，马蔚然收下了。

4

乔伊娜将得到的情报汇报给了哈丽特。哈丽特心中不满意，但却表现出相当满意的样子，说要向总部汇报，在功劳簿上给乔伊娜记上一笔。看来，乔伊娜一时也搞不清楚马迪夫实验室实施了什么样的保护措施，只知道一般人进不了马迪夫的实验室。被击倒在马迪夫实验室前的人叫钱广大，是在读的博士生，不会是哪个国家的间谍。钱广大被击倒，可能是他要强行进入马迪夫实验室。

哈丽特不想强打乔伊娜这张牌。这张牌太重要了，不到万不得已，不打。她决定启用“章鱼15”，也就是京清大学足球教练克耶尔。

哈丽特秘密联系到克耶尔，约他来京清市人民医院招待所501房见面。

克耶尔和哈丽特接上头了。克耶尔说：“我是‘章鱼15’，已接到‘章鱼1’的指令，听从‘水母4’的指挥。”哈丽特说：“我就是‘水母4’。为了HEO，我们并肩战斗！”

克耶尔初步知道了总部的“挖墙脚”计划，接受了哈丽特布置的任务：调查马迪夫实验室实施的是什么样的保护措施。克耶尔想起了那天马迪夫实验室周围来的施工队，说是改装下水道的，现在看来肯定不是，极有可能是给马迪夫实验室安装保护设施的。克耶尔拼命回忆，当时似乎录下了施工视频。他向“水母4”表示决心：保证完成任务。

克耶尔回到京清大学自己的宿舍里，关上门，查看资料。他的数码摄像机像颗纽扣，资料都储存在一粒芝麻大小的U盘里。克耶尔开始回放资料，谢天谢地，施工现场录下来了。施工队是京清市第六建筑施工队，带队的是一个长得五大三粗像个摔跤运动员的中年男子。这个五大三粗的中年男子是问题调查清楚的钥匙，找到他，马迪夫实验室实施的是什么样的保护措施的这把锁，应该就打开了。

京清市第六建筑施工队好找，五大三粗的中年男子也好找，只是，对克耶尔来说，却是个难题。克耶尔是外国人，走在大街上很惹眼。一个外国人到建筑施工队干什么？难免会让人好奇，引人注意。这是间谍工作的大忌。如果化装则难免有破绽。

克耶尔不得不向哈丽特诉说自己的难处，在京清市人民医院招待所501房，二人又密谋了起来。

“你做得很对。”哈丽特表扬克耶尔，“我们的工作才开始，安全第一。”

“可是，你交给的任务没完成呀！”克耶尔摊摊手。

“总会有办法的。”哈丽特胸有成竹，“我们的很多事要交给中国人去做。中国人到中国的建筑施工队去找中国人，不会让人好奇，引人注意。”

“这主意好。”克耶尔赞成，“京清市的中国人有我们组织的人吗？”

“亲爱的，这不是你该问的问题。你应该有听从你的中国人。”哈丽特批评。

“很遗憾。我没有这样的中国人。”克耶尔摊摊手。

“你有。你不是执掌着京清大学足球队吗？这支足球队有多少人？”

“22人。”

“22人个个强悍，应该是一支不错的队伍。”

“他们只听我教足球，别的，不听！”

“我会让他们听你的。”哈丽特取出了一个精致的小盒，“你知道大脑思维调控器吗？”

克耶尔摇着头说：“不知道。没听说过。”

“这是我们HEO值得骄傲的间谍工具，使用20多年了，因为纪律，你不知道。现在该知道了。”哈丽特打开小盒，取出大脑思维调控器，“它由两部分组成，一部分像把钥匙，是发射装置，把你需要获取对方思维的问题用指令装进去，并发射出去。另一部分是一截约2厘米长的黑头发，是接收装置，接收你发射出来的指令，将它植入你目标的头皮，这个目标的思维就由你掌控了。”

“这么神奇？”

“这是成熟的技术。在中国人身上，早就用过了！”哈丽特指的中国人是柳絮红，“它的使用期是15年，我们不需要15年，只要一两年，马迪夫的激活论就是我们的了！”

“它会掉吗？比如洗头、梳头、挠痒痒？”

“不会。哪怕植入头皮只有0.2厘米，但牢靠得很。”

“光头、黄头发的人呢？”克耶尔不无担忧。

“光头要他们把头发蓄起来。你的足球队有黄头发的人？”

“有5个。”

“黄头发的人就另当别论了。”哈丽特耸耸肩。

“好。你给我17个思维调控器吧！”

“给你17个？怎么可能？我们目前不需要这样庞大的队伍。只需要1人，代替你到第六建筑施工队去，搞清楚那个五大三粗的人。明白吗？”

“明白。”克耶尔回答。

“啊，这就好了。我一共要送你三件东西，这是第一件。”哈丽特又取出一个盒子，“这是第二件。我想，也应该是你需要的！”

克耶尔看着打开的盒子，脱口而出：“手枪！”

“它的全名是光压缩手枪。它发射的光能使目标麻醉或死亡。按钮在枪柄左右两侧，一边是麻醉，一边是死亡。”

“好用吗？”

“只要眼睛健全、手指健全，百发百中。”

克耶尔急不可待：“第三件呢？”

“量子通话器。”哈丽特取出第三个盒子，是一款手机，“我敢说，这是世界上目前最先进的情报专用手机。你会像在大山深处一样和我通话，无法被偷听。从现在起，你就要用这种手机与我通话了！”

“太好了！”

5

克耶尔衣兜里揣着哈丽特送的三件宝贝，回到京清大学。路上，克耶尔在考虑谁是要植入大脑思维接收装置的最佳人选。说实话，22个队员都还不错，都还听话。其中球队队长冯勇敢是克耶尔忠实的崇拜者。他蓄着黑色的长头发，天天练习克耶尔临门的倒挂金钩射球，经常要看克耶尔的“金靴”。

克耶尔来到足球场。足球场十分正规，绿茵茵的草坪上，队员们还在按克耶尔布置的练习课题练习。克耶尔正待叫冯勇敢，凑巧，球飞过来了，克耶尔顺势来了个倒挂金钩，球被以十分刁钻的角度射入球门。

“谁！”冯勇敢在惊叹之余呵斥这个擅入球场捣乱的不速之客。

“啊，克耶尔教练！”众人一片欢呼。

克耶尔宣布说：“今天的训练就到这儿。冯勇敢留下来！”

大伙散了。冯勇敢留下了。

“冯勇敢，你知道我为什么留下你吗？”

“不知道。”冯勇敢摇头。

“我要单独教你倒挂金钩！”

“太好了！”

克耶尔说着就站起身揉了揉冯勇敢脑袋，神不知、鬼不觉地将大脑思维调控器的接收装置植入了冯勇敢的大脑头皮。

克耶尔开始调控冯勇敢的大脑思维了。

第二天，早训结束，队员们散了，冯勇敢留了下来。这次不是克耶尔留下他，是他自己主动留下来的。

“教练，我请一天假。”冯勇敢提出。

“你请假干什么？”

“我要到市建筑六队去。”

“你到哪里干什么？”

“搞清楚那个五大三粗的队长。”

“你搞清楚他干什么？”

“我也不清楚干什么。这事，只有你知、我知，不能有第三个人知道。你能做到吗？”这本是克耶尔通过大脑思维调控器发射的指令，倒变成了冯勇敢叮嘱克耶尔了。

“我能做到。我倒要提醒你，时时谨慎，处处小心。去吧！”

冯勇敢走了，下午3点钟就回来了，他对克耶尔说：“建筑六队那个五大三粗队长的情况搞清楚了。我告诉你吧！”

“好。”克耶尔表示。

“高墙，现年42岁，身高1米8，体重95公斤，学历高职专科，嗜酒。家庭住址和配偶……”

“家庭住址和配偶不用说了。”克耶尔打断话题，“能说说他嗜酒的情况吗？”

冯勇敢伸了伸脖子，继续说：“他每顿必喝酒。他说吃饭不喝酒就像缺少了一道程序那样，心里不是滋味。”

“他酒量大吗？”

“当然。大得吓人。”

“你干得不错。”克耶尔调了调衣袋里的思维调控器，拿出一沓钱来，塞给冯勇敢。

“你干吗给我钱？”冯勇敢的思维还没被调整过来，于是这样说。但很快他的思维被调控了，改口说，“这是我应该得到的报酬。”

克耶尔想：下一步该是请这个建筑六队的队长高墙进餐，把他灌醉的时候了！

刚好下了一场雨。克耶尔对冯勇敢说：“你看，我们的足球场一下雨就积水，下水道堵塞了，你到建筑六队去，把队长高墙请来，看看问题有多严重，工程量有多大，搞个预算，我好找学校要钱。”

冯勇敢到了建筑六队，进了队长办公室，见了队长高墙，陈述了克耶尔的意见。

“你是京清大学足球队的？”

“是的。”

冯勇敢带着高墙到了京清大学足球队。

克耶尔十分热情地接待了高墙。

冯勇敢带着高墙到足球场查看积水现场，冯勇敢向高墙介绍起克耶尔来，说克耶尔的足球如何优秀，是欧洲联赛的足球先生，得过金靴奖，“你想看克耶尔教练的金靴吗？金灿灿的，还镶嵌有宝石。”

“了不起。”高墙很有兴趣。

高墙查看了足球场的积水，并不严重，到劳动力市场叫几个临时工，两天就能解决问题。可回到克耶尔的办公室，高墙却说：“下水道堵塞严重，不是一个地方，是多个地方堵塞，要推倒重来！”

克耶尔说：“可以想象。”

高墙说：“工程量很大，没有100万元恐怕不行！”

克耶尔说：“可以理解。”

事情似乎就完了，冯勇敢对克耶尔说：“高队长想看金靴！”

克耶尔打开橱柜，拿出来金靴，也有意无意展示出了橱柜里的酒。

哇！金靴是名副其实的金靴，闪闪夺目。而橱柜里的酒更撩人，中国酒有茅台……外国酒有路易十三……

“我想请高队长共进午餐，不知高队长是否肯屈尊大驾？”克耶尔提出邀请。

“谢谢。但请原谅，我不习惯在外面吃饭。”高墙推辞。

“你看，我有这么多酒，好酒，你不感兴趣？”克耶尔拿出一瓶酒，晃荡着酒瓶，“你看，这是50年陈酿，比你我年纪还大！”

高墙吞了口馋涎。京清市建筑六队虽然只是国家安全部门的二级组织，好歹也与其挂着钩。高墙作为队长，虽然没经过严格的特工训练，但总上过几次课，起码的规矩是晓得的。他已经戒酒了，冯勇敢打听的不全。

高墙不为所动。

克耶尔缠着不放，说：“我是甲方，你是乙方，为了工程中我和你的配合，我们应该干杯！”

高墙要耍横枪了，不然，真的要喝克耶尔的酒了，于是说：“工程还没开始，你这么热情地请我喝酒，是另有所图吧！”

高墙这句话够揭老底的，克耶尔就是有所图嘛。只是，高墙指的是砍价，拿人家的手短，喝人家的嘴软嘛。

克耶尔做贼心虚，再没有下文。高墙趁机走出克耶尔的办公室，上了旁边的那条小路。

高墙走了约100米，倒下了。克耶尔的光压缩手枪击中了他。

克耶尔意识到：必须马上运走被麻醉倒下的高墙并把他藏起来。

高墙够沉的，体重95公斤，克耶尔和冯勇敢幸亏是踢足球的，好不容易才把他架起来。该把他藏哪儿呢？办公室肯定不行，宿舍也不行，克耶尔想到了一个地方——储存室。这是足球队用来堆放杂物的地下室，十分隐蔽，平时没人光顾。

庆幸，没有人注意到克耶尔和冯勇敢的行为。

储存室约80平方米，只靠南边有一个窗户。室内也没堆放什么，几个没气的足球哭丧着脸，几只穿过的靴子散发着难闻的气味。克耶尔指挥冯勇敢打开了一个行军床，让高墙躺在上面。

克耶尔松了一口气，赶快向哈丽特汇报。

6

哈丽特正忙着接诊一个她认为很有意义的患者——7岁的男孩邱石。

邱石是中国科学研究部门领导邱大同的儿子。邱大同收到了京清大学关于马迪夫实验室申请2000万元科研经费的报告，过来实地考察。马迪夫的激活论确实是一个重大的科研课题，但是他们自己的2000万元还没有落实，怎么伸手向国家要？在此期间，邱大同听到了京清市人民医院来的一位M国神经科医生神奇的传言，今天，他抱着试试看的心情带邱石来了。当然，同来的还有邱石的妈妈、爷爷、奶奶、外公和外婆，还有一个打杂的机器人。

邱大同一行是上午8时飞抵京清市的，下飞机后直奔京清市人民医院。医院院长施凡在电视、电脑、手机上经常看见邱大同，此刻看见真人，一时手足无措。

邱大同说："我是带孩子来治病的，不要惊动你们市领导。"

施凡点头，赶忙带着邱大同一行去看哈丽特医生。

施凡提前一步拐进哈丽特的诊室，小声耳语，告诉她邱大同的身份。

邱大同一行人朝诊室来了。邱石是由机器人抱进来的。在机器人怀里，7岁的邱石像根棉条，软塌塌的，除了眼皮能动外，其他部位都不能动。哈丽特立即作出诊断：运动神经电荷紊乱。

邱石的母亲说："孩子病了一年了，跑了无数医院，情况不见好转，越来越差，连个明确诊断都没有。上星期，一家权威医院有了个诊断，说是染色体存在问题，劝我们放弃治疗。"

邱大同接着说："我们抱着希望到您这儿来了。您说实话，这孩子有治吗？"

哈丽特说："首先，请部长不要称我'您'，称'你'即可；接下来，我要告诉你，还有你的家人，孩子有治。他不是染色体存在问题，是神经电荷存在问题。住下来吧。当然，我不敢保证100%能治好，但我保证有90%的概率！"

太好了！想不到还有这样表态的医生。

7

晚6点半，哈丽特拖着疲惫的身体回到宿舍，刚坐下，量子手机响了，是克耶尔。

"什么？你把那个建筑队长麻倒了！"哈丽特的心悬了起来，"你干了件蠢事。被人发现了？"

"这家伙顽固得很，不麻倒就要走掉。没有人发现。当时，天正下大雨，我的足球场很偏僻。你快来吧，这家伙睡得像死猪一样。我让我的足球队队长冯勇敢在学校大门口接你。冯勇敢穿着印有德国足球队守门员罗拉汉姆头像的红T恤衫，腋下夹着一个足球。”

10分钟后，一个满头银发的老头从哈丽特的宿舍出来了，手里牵着一只秃尾巴狗。满头银发的老头是化妆后的哈丽特，秃尾巴狗是一只可以乱真的机器狗。

哈丽特出入是有专车接送的，满头银发的老头就不行了。带狗不能坐公共汽车，哈丽特只能打车到京清大学校门口。

哈丽特一眼就看见了穿着明显的冯勇敢，凑上前说：“要游戏光碟吗？降伏火星独角恶魔，够刺激的！”

冯勇敢打量着满头银发的老头，回过神来，忙说：“是正版的吗？”

老头说：“正版有，盗版也有。”

冯勇敢说：“要。跟我来吧！”

冯勇敢领着满头银发的老头，还有秃尾巴狗，左穿右转，来到了偏僻的足球场，进入了足球场附设的储存室。

克耶尔上前迎接。

哈丽特观察四周，十分满意地说：“这地方不错！”然后，对秃尾巴狗交代：“留神四周，有情况就警示！”

克耶尔对冯勇敢说：“你也在外面看着吧！”

哈丽特进了储存室，迫不及待地问：“建筑队队长呢？”

克耶尔努努嘴：“那不是？墙角，在行军床上躺着，死猪一样！”又说，“我本想把他灌醉，从而得到情报，但这家伙像识破我一样，没成功。”

“把目标灌醉，再从目标嘴里得到情报，这是什么年代的间谍行为？也太老掉牙了。我不知你是怎么通过总部考核的。希望你这是最后一次犯这种低级错误！”

克耶尔反唇相讥：“你怎么从他嘴里得到情报呢？是不是该把他用冷水泼醒，再严刑拷打？”

“我会这样？老掉牙的手段！”哈丽特取出一支注射液，“我用这个！”

“给他打针？”

“这种注射液注入人体后作用于大脑神经，大脑就开始回忆往事。今天，我要这位建筑队队长回忆回忆往事。”哈丽特给高墙进行了静脉注射，又在高墙的太阳穴处贴好一个电极，另一端接入一个显示屏，慢慢地，显示屏上就出现符号了，慢慢地，符号变成汉字了：“……十三个牌，十一个万字，只有两个杂牌……清一色……”

“中国麻将！”哈丽特明白过来，双手忙着操作，“把这一天跳过去！”

“……手气不错，独钓自摸……”

“又是麻将。跳过去！”

“……五点，杠上开花……”

“麻将！”哈丽特不耐烦了，问克耶尔，“马迪夫实验室安装保护设施是几月几号？”

克耶尔回忆说：“3月4号开始的，施工了好几天。”

“这不就行了！”哈丽特调整指令，3月4号的回忆文字出来了：

“……接市安全部门指令，到京清大学施工，给一个叫马迪夫的教授的实验室安装保护设施。具体是什么样的保护设施，不是我的职权范围的事，不能问，也不必问……”

“……今天知道了，这种保护设施叫光电门、光电墙，是040院新开发的一种先进的保护设施，能发出一种带电的Σ光，让图谋不轨者受伤、残疾，甚至毙命……”

“……工程师王斗对我的施工队很满意。验收合格，交付使用。出入马迪夫实验室的只有3人，马迪夫和他的两个学生……对了，还有一只狗……”

高墙关于马迪夫实验室安装保护设施的回忆结束了，哈丽特既满意又不满意。满意嘛，知道了马迪夫实验室的保护设施叫光电门、光电墙，会发出一种带电的Σ光，还提到了工程师王斗。不满意嘛，Σ光是一种什么带电的光？如何破解？还有，王斗是个什么样的工程师？

哈丽特拔掉高墙太阳穴上的电极。

施工队队长高墙再没有情报价值了，该如何处置？克耶尔做了个闭眼、摊手的动作，问：“让他死？”

哈丽特说：“不。那会引起警察注意，引火烧身！”

克耶尔说：“他会醒，会检举我们！”

“我会让他的大脑记忆库里，没有今天！”哈丽特又拿出一支注射液给高墙注射，说，“这种注射液会使他的大脑记忆里没有今天。”注射完，哈丽特对克耶尔说：“给他灌瓶酒，再让他躺在他的建筑施工队门口。他醉酒了！明白吗？”

“明白。”克耶尔喊进来冯勇敢，二人给高墙灌酒。

“你们不能这么招摇过市，还得穿上隐身衣。这个施工队队长高墙也得穿上。”

“我这里没有隐身衣。”克耶尔说。

“我有。”哈丽特说着，从带着的包里取出3套隐身衣。因为材质特殊，肉眼是看不见的，只能凭手指的感觉来判断和穿戴，就像盲人穿衣一样。

克耶尔、冯勇敢穿了隐身衣，给高墙也穿了隐身衣。四肢都被遮盖住了，但脸部五官还露在外面。

“还要戴上隐身眼镜和隐身口罩。”哈丽特吩咐。

三人现在都万无一失了。

8

京清市安全部门的安全网发出了电话铃声一样的提示信号。值班员查看显示：建筑六队队长高墙醉酒。这醉酒的事也值得安全网发信号？是的。一般人醉酒是不会引起安全网的注意的，但高墙就要另当别论了。高墙是建筑队队长，更是安全部门的成员，醉酒是不被允许的。高墙嗜酒，安全部门在接纳他为安全员时也考虑过这个问题，但高墙曾表示：如能加入国家安全部门，从加入这一天起，与酒告别，哪怕是啤酒也不沾一滴。安全部门见高墙这么表示，加上安全部门确实需要这么一支施工队，就同意了。

高墙醉酒的信息被发送到了谢仲秋这里，谢仲秋没有放过这一信息。因为谢仲秋曾接触过高墙，或者说考察过高墙，五大三粗的高墙说话是算数的，自加入安全部门那一日起，确实未曾沾过一滴酒，怎么昨天就被灌醉了呢？谢仲秋决定一探究竟。

谢仲秋喊来了刑侦处处长金昌，一同前往。

在建筑六队接待厅的一间休息室，萎靡不振的高墙正躺着休息，看见谢仲秋和金昌，想坐起来，被谢仲秋制止了。谢仲秋说："继续躺着，不碍事。你昨天怎么就醉酒了呢？"

高墙说："我……具体情节不记得了。"

谢仲秋说："这很奇怪。昨天的事，今天就不记得了？"

高墙说："真的不记得了。"

谢仲秋说："好好回忆回忆，昨天和哪些人在一起，是怎么喝的酒？"

高墙说："回忆不起来。哎呀，我的头好痛！"

金昌插话问："你是不是一回忆昨天就头痛？"

高墙说："是的。一回忆昨天就头痛。"

金昌在谢仲秋耳边嘀咕了一阵，对高墙说："对不起，我得采一点你的血。可以吗？"

高墙说："当然可以。"

金昌拿出采血仪器，采了高墙的静脉血，然后和谢仲秋一道向高墙告别回单位。

高墙静脉血化验结果显示：体内含有不明成分。具体是什么成分，京清市安全部门现有的设备无法检测。

第五章　“4 · 17”谋杀案

1

马迪夫实验室停摆已经两个星期了，还不见有复工的迹象。

马迪夫着急，一天三遍电话催问路坦：“校长，怎么回事啊？”其实，路坦更着急。他想先弄到中国科学研究部门的2000万元，没弄成。

路坦决定再次面见董事长戚天威。

这次约见的地点不是戚天威的湖上蓬莱舫，是戚天威的花果湖别墅区A-14号。出门迎接路坦的是女性机器人苏小妹。苏小妹把路坦迎进客厅，然后去通报戚天威。

戚天威正忙着下网上围棋，对手是圈内朋友——京清市的市长郭泰。昨天，戚天威三局三负，惨败。今天已输了一局，这是第二局，已进入中盘，情况不妙。戚天威已是急得脸红脖子粗，听说路坦来了，喜上眉梢，对郭泰说要上卫生间，溜了出来。

戚天威拉着路坦走进棋室一个郭泰看不到的死角，示意网上围棋，要路坦“淤泥河救主”。

路坦扫了一眼棋局，明白了戚天威的意思，拒绝肯定是不行的，还要戚天威给马迪夫实验室批钱呢。但不晓得这个围棋对手水平是几段，要是个九段，自己上得了阵救得了主吗？虽然自己的围棋是下得不错，得过市里的围棋赛冠军，但那是好几年前的事了，现在荒废了！

那就赶鸭子上架吧！路坦伪装成戚天威，上阵了。对手是个高手，布阵滴水不漏，已设下埋伏。路坦怪戚天威选错了对手，太过自负。路坦分析了棋势，在对手的埋伏面前将计就计，终于变被动为主动，以一目的微弱优势取胜。

戚天威示意让路坦继续下一局。虽然不道德，但路坦是不能违抗董事长，为了马迪夫实验室的经费，他得硬着头皮上，而且要战胜对手。路坦虽然好几年没摸围棋子了，但基本功还在，扎实的基本功是荒废不了的。他使出了浑身解数，赢了。

戚天威高兴极了，心情好，办事快，对路坦说："你是为马迪夫实验室的经费来的吧。报告我没带在身上。明天吧，明天我就答复你。啊，明天是双休日，那下星期一上午10点，你到学校我的办公室去，省得你又到我家里来。"

路坦也高兴，虽然替人干了不道德的事，毕竟自己要办的事办成了。

2

关于钱广大的死，王泊海像做了一场噩梦。他想，钱广大应该原谅导师，导师只是要你去修改数据，并没有要你去送命。

王泊海是不会轻易放弃2000万元的科研经费的，志在必得。钱广大死了，破坏马迪夫的实验数据的计划搁浅了，只能另想办法。王泊海坚信，办法总是有的。科研经费的划拨权在董事长戚天威手中。他已经去找过戚天威了，将报告亲自送了过去，但泥牛入海，没有消息。再去找戚天威？那不是放下架子，而是厚脸皮了！王泊海不能眼睁睁看着2000万元从身边溜走，落进别人的腰包。他想到了女儿王薇。

王薇已经跟着哈丽特医生学习了，前景美妙。王薇的男朋友是郭景，背景不一般，父亲郭泰是京清市市长。

双休日的早晨，月亮湾小区显得十分宁静，王薇还在呼呼大睡。王薇昨晚回家后兴奋地告诉王泊海，郭景和她商量好了，婚后要在花果湖别墅副区买一套房子，不知王泊海可以支持多少钱？也算是陪嫁嘛！王薇这样突然发问，王泊海不好具体回答，委婉地说："我会尽量多给。"这可是句含糊不清的话，什么叫尽量多给？是几万元还是几百万元？王薇不高兴地出去了。

王薇终于醒了，王泊海喊王薇到书房来。王薇睡眼惺忪地到父亲的书房去了。父女俩对坐着。王泊海说，女儿出嫁，父母是要陪嫁的，哪有父母不愿为女儿多陪嫁的呢？只是，他这个做父亲的，只是个穷教书的，比不了大老板，但也绝不会寒碜女儿。他问王薇："花果湖别墅副区那套房子多少钱？"

王薇说："1500万。分期付款，首付500万。"

王泊海说："我可以给你1000万。但是郭景家也要出份力！"

王薇说："我开口，要郭景他们家出1000万。"

王泊海说："不要他家出钱，只要他家出嘴皮子。"

王薇说："我不懂爸的意思。"

王泊海说："你不懂我教你。"然后在王薇耳边一阵低语，王薇不住点头。

王泊海的算盘中，科研经费有2000万，真正用于科研的不会超过800万，净赚1200万，给女儿陪嫁绰绰有余了。

3

王薇和郭景又一道去花果湖别墅副区看房子。

这一对情侣看上去不那么般配，主要是年龄差距有些大，郭景37岁，王薇25岁。王薇和郭景刚确立关系时，柳絮红曾有过疑虑，郭景长相虽称不上帅，但也说得过去，学历那么高，拿了M国的博士学位，家庭背景那么好，父亲是京清市市长，怎么到了37岁才恋爱，还和王薇在一起了呢？其中是不是隐瞒了什么？王薇不高兴母亲的这种疑虑，反驳说，王斗不是32岁了也没谈女朋友吗？

别墅副区虽然赶不上别墅正区的豪华气派，但也相当不错了。王薇和郭景看中的是18号楼。售楼员说，看中18号楼的已有好几对青年男女了，谁先付款是谁的。

看完房子，王薇哭起穷来，说自己的父母都只是做学问的清贫科研人员，哪里能拿出这么大数目的钱来，还不是因为太疼爱她这个宝贝女儿了，打肿了脸充胖子，郭景的父母应该拿出对等的付出！

郭景对天发誓说：“我会让我的父母拿出超出你的父母对你的爱来！你说，你希望我的父母做些什么？”

王薇说：“我不希望你的父母为我做什么，相反，我应该好好孝敬他们。只是，我父亲最近遇到了一点小麻烦，我看见他烦心的样子就心里不舒服。”

“什么小麻烦？”

“我父亲不告诉我，我问了母亲才知道的。我父亲是京清大学的当家教授，他的一个科研项目呈报上去了，上面本已准备给这个项目下拨2000万元的经费，不知怎么卡住了。你父亲能不能过问一声？”

“你能不能说说是什么科研项目，卡在哪里了？”

“科研项目是关于解决西部地区干旱问题的，综合治理、降伏沙魔。我也不清楚卡在哪里了，不过只要你父亲给他的学校董事长戚天威打个招呼就行了！”

“好吧。我试一试。”

“不是试，是一定要成功。这是对你的考验！”

郭景找了父亲。郭泰认为，这个招呼当打，先不提什么儿女亲家的关系问题，这本来就是为科学家排忧解难的正当工作。王泊海是什么人？是京清市的大教授、大科学家，作为京清市的市长，理应为这样的人保驾护航。再说，打招呼的对象是戚天威，不仅是本市的纳税大户，还是他的围棋朋友，就没有什么不好开口的。

可这样就苦了路坦了。路坦已向马迪夫通消息了，说2000万元的科研经费董事长马上签字，基本到手了。

星期一上午10点，路坦准时在学校董事长办公室出现，戚天威已在那儿等着了。这次倒是董事长先和路坦打招呼：“路校长，好准时啊！”路坦说：“董事长有交代，我不敢不准时啊！”戚天威也直截了当：“我戚某要向你做检讨了。你送来的关于马迪夫实验室经费的报告我不能批！”

怎么，一个双休日，情况就变了？堂堂董事长居然说话不算数？路坦十分生气，本想一甩袖子走人，但又忍住了。路坦分析，戚天威变卦肯定有原因。原因是什么尚不清楚，但必须要搞清楚的是马迪夫实验室的经费还有没有希望！

“有希望，有希望。”戚天威说，“我想开一个公投会。让王泊海和马迪夫在会上各自用30分钟陈述自己的科研课题，然后公投。我说了不算，你说了也不算，大家说了才算。参加公投的是董事会成员代表和教授代表，总人数是单数。不知你同意不同意我的意见？”

路坦没想到戚天威有这样的一个主意。这主意既不得罪王泊海，也不得罪马迪夫，包括他这个校长也没得罪，可以说是快刀切豆腐——两面光。路坦望望戚天威，酸酸地说：“同意，当然同意。只是董事会代表好说，由您来定。这‘教授代表’怎么定？”

这确实是一个实际问题，教授中有的亲近王泊海，有的亲近马迪夫。

戚天威说：“这个你不用管。让教务处独立处理，随意抽签定人就行！”

4

路坦原以为马迪夫会不同意，想不到马迪夫出奇的宽容，认为公投这办法好，公平。他的激活论会以绝对优势压倒王泊海的什么综合治理论。

马迪夫立刻要做的事是准备这30分钟的陈述。那么浩大的激活论要在30分钟内讲清楚是不可能的，只能择其主要了。马迪夫叫来了陈开、孙朗一同准备，一副胜券在握的样子。

王泊海则十分气愤，在内心里对戚天威和路坦破口大骂。王泊海很心虚，深知自己的那个综合治理、降伏沙魔是膨胀学下的文字游戏，但他相信自己的活动能力。公投就公投，只不过多费点周折罢了。2000万元，舍掉二十分之一，拿出100万元就搞定了！

马迪夫的一举一动都是有人密切关注的，尤其是他的妻子乔伊娜。马迪夫要做关于激活论陈述的事，乔伊娜已经知道了。

乔伊娜赶紧向哈丽特汇报。乔伊娜问："他这个陈述材料有用吗？我是可以搞到手的。"

"公开化的材料，作用不大。我们要的是公式，是数据，是图纸。"哈丽特说，"我考虑的不是这个材料，是这2000万元的科研经费，千万不能落入王泊海的口袋。马迪夫没有了科研经费，实验室关门了，'挖墙脚'计划就落空了！"

"马迪夫对这2000万元的经费信心十足，他说非他莫属。"

"马迪夫幼稚。王泊海神通广大，我猜测，他已经开始对参与公投的人发动'进攻'了。中国人称其为感情投资。王泊海很会算账，会事先从自己口袋里拿出一点钱来进行这种投资。用小钱换大钱！"

"那……我的马迪夫会十分难堪！"

"我不会让你的马迪夫难堪。我们的工作决定了我必须让马迪夫拿到这2000万元！"

"你有办法？"

"当然。"哈丽特从她的物品里取出一个小瓶来，"这是逆向思维剂，打开瓶盖之后就会挥发。人呼吸进了它的分子，分子就会作用于大脑神经，大脑神经就会产生逆向思维。原本准备投王泊海赞成票的就改投反对票了！"

"那原本准备投马迪夫赞成票的不也改投反对票了？这方法恐怕

不妥！”

“放心。我估计马迪夫的赞成票只有一票。”

“只有一票？”

“是的。只有一票，是路坦。”哈丽特将装有逆向思维剂的小瓶递给乔伊娜，“你的工作就是把小瓶里的逆向思维剂分撒在那些给公投者看的陈述材料上。你看，它和纸是一个颜色，白色，附着力很强，没有气味，不会被发现，也不会散落。能做到吗？”

“没问题。”

公投会定在本月12日下午3时，地点是学校的董事长会议室。

12日是一个阳光明媚的好日子。王泊海的脸上泛着阳光。马迪夫的脸上也泛着阳光。2000万元呀，如果王泊海搞到手，意味着他可以体面地嫁女儿，如果马迪夫搞到手，意味着他停摆多天的实验室可以重新开摆。二人都志在必得。

与会公投者有19人，加上王泊海与马迪夫（不参与投票），共21人，董事长会议室刚好坐满。王泊海第一个陈述。王泊海的陈述稿就是钱广大论文的概述部分，分发给了掌握着公投权的19人。钱广大的膨胀学做得十分到位，王泊海讲得天花乱坠，除路坦、马迪夫外，一片喝彩。马迪夫接着陈述。马迪夫的陈述稿是由陈开执笔的，同样分发给了掌握着公投权的19人。当然，上面撒有逆向思维剂。这逆向思维剂30分钟后就要发挥作用了，当真有哈丽特说得那么神吗？陈开执笔的陈述稿把深奥的理论写得浅显易懂，使人备受启发，沿用了《爱情就是一壶酒》的风格。马迪夫的陈述不能说不好。

公投之前戚天威进行了简短的发言，强调了公开、公平、公正。

要公投了，19人每人被分发了一张纸条，纸条上有两个名字：王泊海、马迪夫。支持的在下面画“√”，否定的画“×”，没符号视为弃权。

公投开始了，会场鸦雀无声。很快，结果出来了：王泊海2票，马迪夫16票，弃权1票。

“没搞错吗？”戚天威问计票人员，“再复核一遍。”

怎么会错呢？统共才19张票。计票人员说：“没错。请董事长放心。”

“没错就好。”戚天威表示。弃权票是戚天威的，他这个好人是做到家了。

如此看来，这2000万元的科研经费是马迪夫的了。王泊海无比沮丧，马迪夫十分兴奋。但王泊海强忍着沮丧，表现出无比的大度，祝贺马迪夫。马迪夫以胜利者的姿态，接受王泊海的祝贺。两人的手握在了一起。谁都清楚，这是逢场作戏。王泊海看着马迪夫，心里恶狠狠地说：“不要高兴得早了！”

会议结束，与会者陆续走出董事长会议室。这时候，作用于大脑神经的逆向思维分子淡化了，消失了，与会者的思维恢复了原状，清醒过来，问自己怎么会是这样的一个投票结果呢？自己可是拿了王泊海的10万元呀！

再说王泊海，他回到月亮湾小区，躺在床上就爬不起来了，病了！能不病吗？100万元就这么打水漂了，许诺女儿的1000万成了水中月、镜中花了！

王泊海病了，花袭人不敢怠慢，赶紧通知了王薇。王薇回来了，询问父亲哪里不舒服？王泊海只是摇头，一边叹息一边说：“太丢人了！太没面子了！太对不住女儿了！”接下来便是胡言乱语，说不想活了。王薇是学医的，坚持送父亲到医院去，最好到她们的医院去。王泊海不肯到医院去，就是一个劲地喊叫：“我不想活了！”王薇没法，只好呼叫了哥哥王斗。

5

王斗接了妹妹王薇的电话，风尘仆仆回了月亮湾小区。王泊海看着站在床边的王斗，喊叫得更凶了，太丢人了，太没面子了，不活了！要儿子给他去讨债。

王斗觉得父亲一般不会这样子的，肯定是受了很大的刺激。于是，顺着王泊海的话说："好。子替父分忧。您说，谁欠您的债？"

王泊海一口气说出了十几个欠债人的名字，这十几个人除了学校董事会成员，就是学校的教授。

王斗问："他们是怎么欠您钱的？欠您多少钱？"

王泊海说："是我送他们的。有的人10万元，有的8万元。"

王斗说："您送人的，怎么好再讨回来呢？"

王泊海说："拿人钱财，替人消灾。他们拿了我的钱，没替我办事。"

王斗问："您要人家替您办什么事？"

面对儿子，王泊海一五一十讲了拿100万送礼的事。

王斗明白了：偷鸡不成蚀把米，父亲接受不了。他接着问："最终获得2000万科研经费的是谁呢？"

"马迪夫！"王泊海咬牙切齿。

问题扯上了马迪夫，王斗的神经骤然一紧。040院已获悉，国际间谍已盯上京清大学马迪夫实验室，梁毅提醒大家要密切关注。王斗想：投票这么一边倒会不会是国际间谍从中捣鬼呢？何不利用父亲做鱼饵，钓钓鱼呢？于是，建议父亲去住医院，越早越好。

一家人，包括柳絮红，忙护送王泊海到了市人民医院。该挂哪个号找哪个医生呢？王泊海提出找神经科的乔伊娜。柳絮红和王薇表示同意。王斗想要接触的人是哈丽特，不是乔伊娜，于是提出异议：“爸是给马迪夫气病的。这乔伊娜是马迪夫的妻子，会给爸认真看病？听说医院来了个哈丽特医生，人称‘活观音’，我们不妨去找她！”

“找哈丽特医生？得提前10天挂号！”王薇说，“医生的职责是救死扶伤，不会考虑患者与谁有什么过节。乔伊娜的医德是蛮不错的。”

王斗不好再坚持，只好挂乔伊娜医生的号了。

王泊海坐在乔伊娜面前了。乔伊娜瞧了瞧王泊海，作出诊断：脑神经重度刺激综合征。乔伊娜高兴得不得了，王泊海是被气病的。这是因为马迪夫赢了王泊海，是逆向思维剂的功劳。

“脑神经重度刺激综合征？”王斗重复着乔伊娜的诊断，不免佩服，问，“需要住院吗？”

乔伊娜没有正面回答，脸转向王薇：“你说呢？”

王薇得足了面子，说：“我看还是住几天好！”

乔伊娜说：“那就听王薇医生的，住几天吧！”

王斗觉得乔伊娜对父亲还是有点幸灾乐祸。

“王泊海住院了！”乔伊娜赶紧把这个消息汇报给了在501室的哈丽特，“这是逆向思维剂的功劳！”

“我要给总部汇报，给研究逆向思维剂的人记功。”哈丽特说，“这么说，柳絮红到医院来了？”

“是的。她现在正守在王泊海的病床边。”

“抓住这个机会，今天我们就把思维调控器再给她安上去！”

“今天恐怕不行。”

“为什么？”

“王泊海的儿子也守在王泊海的病床边。”

“王泊海的儿子？”

“王斗。挺帅的一个小伙子。”

“王斗？”哈丽特打了一个激灵。这个王斗会不会是建筑队队长高墙说的那个给马迪夫实验室安装保护设施的技术员？哈丽特来了兴趣，“我想见见这个王斗！”

“您要见王斗？他就是一个普通患者的普通家属。”

“不。他极有可能是我要找的中国安全部门的工作人员。”

哈丽特假借查房来到了王泊海的病房，见到了王斗，根据高墙当初的回忆内容判断出这个王斗就是那个给马迪夫实验室安装保护设施的技术员。

当然，王斗也见到了哈丽特，从第一眼判断：这个哈丽特不只是一个医生那么简单。她那看似和蔼的脸隐藏着奸猾，看似慈祥的目光隐藏着狠毒。

一旁的王薇见王斗这样打量哈丽特，觉得王斗没有礼貌，打圆场对哈丽特说：“这是我哥。”王薇现在是哈丽特的学生了，对哈丽特很崇敬，对王斗说：“这是哈丽特医生，我的老师！”

王斗和哈丽特忙伸出右手，握在了一起。王斗与哈丽特都表现得相当平静、随和。

当天夜里，是柳絮红陪伴王泊海，乔伊娜趁柳絮红打盹，十分便当地在她的头皮上又植入了类似头发的思维调控器的接收装置。

市长郭泰和董事长戚天威都来医院看望王泊海。戚天威说，他这个校董事长可以从董事会基金中拿出200万，安慰王泊海。

6

2000万元的科研经费很快就打到马迪夫实验室账上了。停摆了一些日子的马迪夫实验室又启动起来了。

孙朗、陈开回到了实验室，马迪夫对二人说："你们的心要收回来了。进了实验室，就要全神贯注。我们下一步的目标就是小小雅山室外模型的塌陷！"孙朗面对马蔚然的父亲，当然点头称是，只是遗憾他和马蔚然的事马迪夫这个做父亲的没有一个明确的态度。实验室重新启动也苦了陈开，《爱情就是一壶酒》还未完善。

马迪夫的实验室开始正常运转。

哈丽特不能耗日子，要认真打打乔伊娜这张牌了。这个乔伊娜，与马迪夫是夫妻，却弄不出马迪夫实验室有用的情报来，还真是奇了怪了！

"我们不能这么耗日子！"哈丽特在501室对乔伊娜说。

"能怎样加快进度呢？我进不了他的实验室，他不会把资料拿出实验室交给我，我又不能向他强讨恶要。夫妻间都这么难，急死人！"乔伊娜说，"给马迪夫安上个思维调控器吧！"

"给马迪夫安思维调控器？"哈丽特摇头，"马迪夫的大脑是超乎常人的大脑，内部的大大小小数万个细胞都是严密地排列组合的，别说是破坏，就是轻微的干扰都不行，给他安上思维调控器，他可以听你的了，但是，就不能保证他的激活论能顺利完成了！"

"那就给他的学生孙朗安！"乔伊娜说，"孙朗和我女儿马蔚然在恋爱，会听我的！"

“孙朗和马迪夫一样，不能安思维调控器。但他和你女儿恋爱，这倒是一个可以利用的机会。”哈丽特兴奋起来，一个方案出现了，“我们要把柳絮红利用起来。她不是昆虫专家，养着很多蝴蝶吗？”

哈丽特给乔伊娜面授机宜。

乔伊娜回到家中。家中正响着歌声，是马蔚然的歌声。自从钱广大死后，家里就断了歌声，现在又有了，当然值得高兴。仔细听，这歌声不只有马蔚然，还有一个男的，是男女合唱，是马蔚然唱过的那首爱情歌曲，男女歌声糅合在一起，唱的有情有义，只是，还不那么协调。这男的会是谁呢？曲终的时候，乔伊娜走了进去。这男的是孙朗。乔伊娜说：“唱得不错！”

马蔚然看着走进来的母亲，自豪地问：“您说的是真话？”

乔伊娜说：“这是妈的感觉。不错就是不错！”

孙朗忙附和说：“请师娘多提意见！”

乔伊娜发挥说：“你叫我‘师娘’，什么时候把‘师’字去掉！”

孙朗兴奋无比，说：“我现在就去掉！娘——”

乔伊娜正待答应，马蔚然忙捂住乔伊娜的嘴，似羞非羞地说：“不准答应。八字还没一撇呢！”

乔伊娜掰开马蔚然的手，对马蔚然说：“你出去。我有话跟孙朗说！”

马蔚然顺从地出去了。

孙朗趁机又喊了一声“妈——”，似乎“妈”比“娘”更亲热些。

乔伊娜没有答应，说：“你还是等些日子这么喊吧！”

孙朗说：“您同意马蔚然和我在一起吗？”

乔伊娜说：“我当然没话说。只是，我的话不是权威，马蔚然不听我的。你不是看见了吗？刚才她不让我答应你，我就不能答应你。你得找能让马蔚然听话的人！”

“那能是谁呢？”

“谁？你天天和他在一起！”

“导师？”

“对。就是你的导师马迪夫，马蔚然的父亲。”乔伊娜扭扭脖子，“实话告诉你吧，我背地里没听马迪夫说你多少好，倒是说陈开好。你应该主动讨好马迪夫。马迪夫对你点头了，你和马蔚然的婚事就成了！”

“师娘，你既然不把我当外人，我就给您说实话。我虽然天天和导师在一起，却拿不准导师的脾气，真不知该怎么讨好他！”

“你可以给他送礼物讨他欢心呀！”

“他有话在先，不收我们的礼。”

“贵重的他肯定不收。送那种不值钱的，但是他又喜欢的！”

“到哪里去找那种不值钱的、他又喜欢的东西？”

“有。”

“什么？”

“蝴蝶。”

“蝴蝶？马老师喜欢蝴蝶！”

“是的。你们马老师喜欢蝴蝶。”乔伊娜肯定地说，“你送他嵌着蝴蝶的镜框，挂在你们的实验室墙上，他准高兴！”

“太好了。我这就到网上去查，看哪里有卖的！”

“不。网上能查到的都是大路货。最好送他市面上没有的！”

“这……恐怕难。”

“不难。”乔伊娜耸耸肩，“你认识王薇？”

“认识。王泊海教授的女儿。”

“她的妈妈呢？”

“不认识。”孙朗摇摇头，“王薇的妈妈养蝴蝶？”

“对。”乔伊娜又是耸肩，又是摊手，“柳絮红，昆虫专家。你到她的百虫园看看就知道了！”

7

王泊海在病床上躺了几天，不知是戚天威的200万元，还是乔伊娜给他用了什么药，病基本好了。王泊海要出院，乔伊娜同意了。

柳絮红提出请乔伊娜到家里做客，说乔伊娜以前治好了自己，现在又治好了王泊海，是他们夫妻二人的恩人。王泊海点头。

柳絮红向乔伊娜提出邀请，乔伊娜满口答应。乔伊娜对柳絮红说：“既然你柳絮红不计较你和马迪夫之间的恩恩怨怨，我乔伊娜又何必计较呢？这个客我是做定了！”当然，柳絮红要请乔伊娜到家里做客的举动，是柳絮红头上的思维调控器起的作用。柳絮红头上的思维调控器的钥匙现在握在乔伊娜的手中，乔伊娜让柳絮红怎么想怎么做，柳絮红就怎么想怎么做，只是，要自然一些罢了。

乔伊娜到了月亮湾小区，进了王泊海的独门独院，好一阵不解：王泊海和马迪夫都是同一级别的大学教授，为什么一个住的这么好，一个住得那么差？

柳絮红邀请乔伊娜参观她的百虫园。百虫园里最耀眼的当然是蝴蝶。这里有数不清的蝴蝶，有活的，也有死的，活的在飞，死的装在篓子里待做成标本。令柳絮红最值得骄傲的是她拥有的3只马来西亚虎纹斑蝴蝶。

“你应该从这3只虎纹斑中选出一只来做成礼品。”乔伊娜吩咐。

“为什么？”

“有人会想要你的虎纹斑蝴蝶。”

“我舍不得。”

“有什么舍不得？3只你送1只，还有两只嘛。”乔伊娜批评柳絮红，同时选择出1只，拿着观察考虑怎样在这只虎纹斑蝴蝶上安装高科技的间谍设备。乔伊娜操纵柳絮红头上的思维调控器，让柳絮红肚子痛起来，上厕所去了。然后她十分敏捷地将一粒绿豆大小的间谍设备装进虎纹斑蝴蝶体内。这个间谍设备叫复制器，里面有一个高精尖的共振芯片，当马迪夫实验室的电脑启动时，复制器里的芯片也会同时启动，找到实验室电脑的脉冲频率，与之共振，马迪夫实验室里电脑的一切都会原原本本地被复制，再发送到万里之遥的M国的HEO。复制器附设有自毁机关，如果被人发现，要把它卸下来，它就自毁了。乔伊娜从随身携带的袋子里取出一个镀金的镜框，将蝴蝶安装进去，一件礼品就做成了。

8

孙朗认识王薇，但只是认识而已，要找她妈妈要东西恐怕很难。孙朗不能自己出面，得留有回旋的余地。于是他请人出面，这个人是陈开。

陈开也有难处。陈开与王薇已有好长日子没来往了，现在开口找她要东西，不显得唐突吗？再说，这东西还是她妈妈的，她肯向她妈妈要吗？孙朗、陈开正在为难的时候，王薇来了，还带着她的男友郭景。

王薇是来找陈开的。找陈开干什么？写歌。王薇是个听人唱歌就喉咙痒的角儿，郭景向她说起了电视台的中华大家园要举办的七夕爱情歌曲大奖赛，她能等闲视之？她向郭景发话，要拿出一首最适合她的歌，让她在舞台上露一露。郭景自己写不出歌来，只好找京清市的词曲作家了。王薇想起了陈开，陈开称不上腕级的词曲作家，但她相信陈开能写出适合她唱的歌。于是，二人找上门来了。

陈开此时正在钢琴上弹奏，《爱情就是一壶酒》的旋律在他的指尖上飞扬。王薇、郭景来了，门是开着的。王薇示意郭景不要惊动陈开，让陈开尽情地发挥。王薇觉得这旋律太美妙了，就在这个旋律基础上填上词，就是王薇所需要的歌了。

陈开弹完了，意犹未尽，王薇和郭景热情地鼓掌，陈开转过脸来，发现是此二位，也不谦虚，问："感觉怎么样？"

郭景说："太美妙了！"

陈开说："这得感谢你，是你告诉了我电视台的中华大家园要举办七夕爱情歌曲大奖赛的消息，我是为大赛准备的。"

郭景问："有词了吗？"

陈开说："当然有了。"

王薇接过来歌词，念了一遍，喜欢上了："就是它了！"

陈开问："什么意思？"

王薇说："我看上你的这首歌了。我想，这应该是你的荣幸！"

陈开当然熟悉王薇的歌喉，和马蔚然比较，各有千秋。王薇甜美，适合唱民族歌曲，马蔚然粗犷，适合唱流行歌曲。只是王薇在京清市歌坛上已小有名气，马蔚然还默默无闻。这首歌能被王薇看上当然是荣幸，她会在舞台上把这首歌演绎得相当充分。遗憾的是，这首歌已经给了马蔚然，陈开如实说了。

“什么，给马蔚然了？”王薇难免失望，“可惜了！”

“可惜？”陈开不理解。

郭景插话说：“一首好歌要唱出知名度，必须要有好的歌手。”潜台词是马蔚然不行。

王薇直接说：“你给马蔚然做做工作，叫她让给我吧！”

陈开不相信王薇会说出这种霸道的话来，碍于情面，只得缓和口气说：“我不会去做这种工作。”

场面有些尴尬。这时候，孙朗鬼使神差出现了，他弄清楚了尴尬的缘由，觉得这是一个讨好王薇的机会，说：“这事好办。要陈开给王薇再创作一首。”

郭景说：“那当然好。”

王薇说：“有人一辈子就只能写一首好歌。陈开再写写得出来吗？”

孙朗说：“灵感来了，就行。陈开，你说是不是？”

陈开猜想孙朗是想借此找王薇交换蝴蝶，说：“是，灵感来了就行。”

孙朗说：“不过，陈开还有条件！”

王薇问：“什么条件？”

陈开顺着孙朗的意思说：“送我一只你母亲百虫园里的蝴蝶！最好的蝴蝶！”

王薇说：“可以。但是，你的歌必须让我满意！”

陈开说：“不满意就不要蝴蝶。”

好，就这么定了！

话是这么说，可真要陈开在短时间内再拿出一首好歌来，恐怕不那么简单。但当天夜晚，陈开望着天上的满月，灵光乍现，一首歌还真的被他写出来了：

太阳·月亮

白天太阳追赶月亮
夜晚月亮追赶太阳
因为魔鬼的嫉妒
从中使用了魔法
这对相爱的恋人
谁也追赶谁不上
冬去了
春来了
海枯了
石烂了
一切都变了模样
只有魔鬼的嫉妒不变
魔法依然顽强
太阳月亮
这对相爱的恋人
总是不能成双
……

陈开在钢琴上敲打，无比激动。孙朗来了，郭景、王薇也来了，大家都很激动。这是为王薇写的，王薇唱着，想着：月亮就是我了，太阳就是郭景了……陶醉其中。

早晨，马迪夫上班时，发现孙朗在实验室墙上挂着什么，走近一看，是一个嵌着一只蝴蝶的镜框。马迪夫凝视着蝴蝶，站着不动了。多美的蝴蝶，凭着对昆虫的一知半解，这只蝴蝶的产地不是中国，应该是马来西亚，或是泰国，只有那里有这么大的蝴蝶。蝴蝶的翅膀没有颜色，但光的折射产生了人肉眼可见的五光十色。马迪夫对蝴蝶情有独钟，因为蝴蝶给他带来过一段美好的日子。那是他初恋的日子，和柳絮红在一起，在深山老林捕捉蝴蝶……

蝴蝶给实验室带来了生机。马迪夫拍了拍孙朗的肩，孙朗感受到了导师的夸奖，感觉自己距离与马蔚然最终定下关系又近了一步。

9

随着蝴蝶镜框在马迪夫实验室的墙上出现，实验室再没有机密了。因为蝴蝶镜框经过了孙朗的手，有孙朗的生理信息，光电墙是不会管的。

马迪夫实验室电脑里的一切原原本本地被复制并发送到了万里之遥的M国的HEO。

接收情报的是鲁安诺娃。

鲁安诺娃上班了。她的眼睛全好了，比原来的眼睛还好，没有了斜视，黑眼睛比蓝眼睛更清澈明亮。鲁安诺娃全神贯注地关注着从四面八方涌来的情报，其中有一份来自中国京清大学的情报。情报是马迪夫实验室的电脑里现在正在发生的一切。鲁安诺娃为此已付出了惨痛的代价，获取马迪夫实验室的情报是她最大的愿望。她如愿以偿了，太令人兴奋了！

马迪夫实验室的电脑正在演算一道方程式。鲁安诺娃汉语不错，但专业术语不懂，演算像迷宫。管它呢，她把方程式全部复制下来，储存起来，并打印了一份。

鲁安诺娃想找唐中波分享这份重返工作的喜悦。

鲁安诺娃兴奋得忘乎所以，把打印的那份情报带出了情报室。这是严重的违规行为，情报室的一片纸屑都是绝对不准携带出门的。当她意识到自己违规时，她已经在自己的家里了。要纠正违规，只有把情报送回情报室去。她懒得这么做，去去来来太累人了。她把情报放进了她的床头柜里，她不说谁也不会知道。目前最要紧的是找唐中波，她想出了一个找唐中波的主意。

“唐中波吗？”不知什么时候，鲁安诺娃不再喊唐医生或唐大夫，而是直呼唐中波的名字。

“我是唐中波，鲁安诺娃小姐！你电话找我有事？我想，你的眼睛不会有事。”唐中波正在前往比得皇家小学的路上，要去接放了晚学的女儿唐芷。唐芷跟着唐中波，已适应了M国，而且学会了M国语言，插班在小学二年级。

这个不通情理的家伙。“难道除了眼睛我就不能找你吗？”

“请你理解，我很忙。比如我现在就在通往皇家小学的路上。我要去接我放了晚学的女儿！”

“你不用去皇家小学了，到圣约翰大酒店来吧。你听，有人叫你！”这就是鲁安诺娃找唐中波的主意。鲁安诺娃的话音刚落，手机里响起的是他女儿唐芷的声音："爸爸！"

"唐芷？"

唐芷对他说："我和鲁安诺娃阿姨在圣约翰酒店迎客厅等你，你快来！"

唐芷被鲁安诺娃接走了。唐中波不想让唐芷和鲁安诺娃亲近。因为鲁安诺娃曾经是唐中波的病人，他怕被人误会自己想从鲁安诺娃身上得到什么，影响自己名声。可是，这个鲁安诺娃总是主动和他亲近，让他避之不及。

唐中波只得改道，前往圣约翰酒店。圣约翰酒店称不上什么星级酒店，特点是历史悠久，古色古香，给人一种回味无穷的感觉。

唐芷和鲁安诺娃果然在圣约翰酒店迎客厅，两个人亲热得不得了。唐芷竟然骑在鲁安诺娃的腿上，嘀嘀咕咕着什么。这个唐芷，太不懂事，骑在人家腿上干什么，你好歹也有八九岁了，不让人觉得沉吗？

"下来！"唐中波呵斥唐芷。唐芷看了唐中波一眼，要从鲁安诺娃腿上下来，被鲁安诺娃按住了。

"唐医生，今天我看见你发脾气了。你发脾气的样子也不可怕啊。"鲁安诺娃调侃唐中波，"唐芷并没有做错什么，是我让她坐在我腿上的。"

其实，唐芷并不是一个随便可以亲近的孩子，不知怎么和鲁安诺娃一下子就好起来了。或许是因为鲁安诺娃的眼睛是她妈妈的眼睛。

唐中波不好再呵斥唐芷。实话实说，唐中波又何尝不想亲近鲁安诺娃呢？鲁安诺娃的眼睛是他妻子的眼睛，看见鲁安诺娃就像看见了妻子。可是，他不能表露，只能压抑。这是在异国他乡。唐中波只得装出一副视若不见的面孔，并不感谢鲁安诺娃到学校去接唐芷，要把唐芷从鲁安诺娃腿上抱下来，带回去。

“不！”鲁安诺娃拨开唐中波的手，“今天我开心，是来请客的！”

“请客？请谁呀？”唐中波看看鲁安诺娃左右。

“请你。还有唐芷。”

“这……合适？我治好你的眼睛是我的职责，并不想得到你的什么回报！”

“我不是给你回报。我现在的眼睛是你妻子的眼睛，是唐芷妈妈的眼睛，我想，让三双曾经熟悉的眼睛重新聚聚，不好吗？”鲁安诺娃把唐芷从腿上放下来，“再说，唐芷都同意了，你能剥夺孩子的权利吗？”

唐中波望望唐芷，唐芷不住地点头。

唐中波不好再推辞。

餐桌上，鲁安诺娃点的全是中国菜，还有一盘综合基因大白菜，唐芷和鲁安诺娃都吃得津津有味，唐中波没有吃出味道来：这综合基因大白菜是路英的科研成果啊！

10

双休日，如果唐中波要加班，他就把唐芷送到唐大浪家去，或者叫唐大浪把唐芷接过去。现在好了，这件事让鲁安诺娃给代劳了。

唐大浪在商务办事处宿舍铁栅栏边望着前面的小路，迎接唐芷。唐大浪作为唐芷的伯父，对这个侄女有着深深的爱怜。臭雨夺走了路英的生命，唐芷成了单亲孩子，“今天，唐芷怎么这个时候还没有来呢？”

“唐芷怎么没过来呀？”唐大浪只得电话催问唐中波。

“是哥呀。”唐中波正在研究一个手术，“唐芷被别人接走了。”

“有这么回事？”在M国比得市，唐中波只有唐大浪这个亲人，“是谁呀？”

“说出来你也不认识。”

“不妨说说！”

“我曾经的一个病人，鲁安诺娃。”

“女的？”

“女的。”

唐大浪不再追问了。路英走了，弟弟唐中波正当中年，若要再婚他也支持，这个鲁安诺娃说不定有希望。

晚上，唐大浪到唐中波家来了，要见识见识这个鲁安诺娃。还只在楼梯口，唐大浪就听到唐芷和一个女人的逗闹声了。门开了，唐大浪看了一眼被叫作鲁安诺娃的女人，关于“鲁安诺娃说不定有希望”的推断立刻被他否定了。鲁安诺娃漂亮得惊人，十分年轻，才20几岁，应该不会爱上一个40岁的男人。

唐中波给鲁安诺娃介绍，说：“这是我哥，唐大浪。”

鲁安诺娃礼貌地向唐大浪欠欠身子，跟着唐大浪喊了一声“哥”，这一声“哥”喊得唐大浪不自在。按年龄，你应该叫我叔啊。唐大浪注意到了鲁安诺娃的眼睛。鲁安诺娃是白种人，怎么会有黄种人的黑眼睛？而且，这双眼睛让人觉得熟悉。

“伯父，你在看鲁安诺娃阿姨的眼睛？那是我妈的眼睛！”唐芷见唐大浪注意鲁安诺娃的眼睛，拉着唐大浪的手说。

原来如此。他是听唐中波说过，路英的眼睛派上了用场，植入给了一个需要眼球的病人，想不到这个病人是眼前这个M国的姑娘。那么，她原来的眼睛呢？肯定是坏了，怎么坏的呢？唐大浪一直在寻找一个眼球被Σ光击穿的人，会不会是眼前这个M国的姑娘呢？

“十分高兴认识你！”唐大浪伸出了右手。

“我也很高兴认识你！”鲁安诺娃也十分大方地伸出了右手。

怀疑要得到破解，唐大浪得利用利用唐芷了。

唐大浪给唐芷的外套换了一颗纽扣。米黄色的外套钉着粉红色的纽扣，换上去的纽扣和本身的纽扣一模一样。

唐芷穿着换了纽扣的衣服到鲁安诺娃家里去了，鲁安诺娃家里的一切就全部暴露在唐大浪眼前了。“纽扣”是一架无线透视型的高清摄像机，M国间谍机构有，中国的安全机构一样有，可以说是一种普及型的间谍工具，区别在于它的穿透能力。

鲁安诺娃的家是一个十分奢华却又空荡荡的房子。说奢华吧，那些陈设在大厅里的大灰狼呀，鳄鱼呀，鹰隼呀，眼睛都是夜明珠。说空荡荡吧，这么大的家，楼上楼下，只住着鲁安诺娃一人。唐芷觉得这大厅阴森森的，让人恐怖，她经过大厅总是闭着眼睛，大气不敢出。只有鲁安诺娃的卧室是温馨的，粉红色的灯光，粉红色的窗帘，被单、枕套都是粉红色的，让唐芷觉得踏实。

唐大浪安在唐芷衣服上的“纽扣”开始工作了。十分遗憾，卧室里没有发现鲁安诺娃是间谍的任何疑点。她上班的那个包也被透视过了，里面的东西一目了然，连那张银联卡上的小字也看得一清二楚，就是没有间谍工具和情报。如此看来，鲁安诺娃不是他要找的那个眼球被Σ光击穿的间谍。

正在唐大浪失望的时候，转机出现了，鲁安诺娃打开了床头柜，翻看柜里的东西，柜里的机密暴露了：一份写有汉字的材料。唐大浪判断那是来自中国的情报。来自中国的哪里尚不清楚，赶紧录下来再说！

经过分析核对，这是中国京清市京清大学马迪夫实验室的资料。

踏破铁鞋啊，这个鲁安诺娃就是唐大浪一直在寻找的那个眼球被Σ光击穿的间谍。

唐大浪为祖国的安全立了一功。

11

这是重大案件！国家安全部门责令京清市的谢仲秋迅速破案！

谢仲秋慌了，赶紧通报路坦：马迪夫实验室怎么就泄密了呢？

路坦满腹狐疑。马迪夫实验室不是安装有光电墙、光电门吗？他这个校长都被拒之门外，怎么就泄密了呢？

谢仲秋来气了：马迪夫实验室泄密，说不定就是光电设备不可靠。谢仲秋联系了040院的梁毅，带着质问道："你不是说马迪夫实验室的光电设备万无一失吗，怎么就泄密了呢？"

梁毅被人这么质问，十分窝火，但质问者是谢仲秋，只得把火强压着，反问道："马迪夫实验室泄密？不可能吧！"

"什么不可能，你没看今天上午9时的通报？"

梁毅还真没看，他赶紧打开看了，是批评谢仲秋的。马迪夫实验室当真泄密了！谢仲秋所说的光电设备不可靠是不存在的，那是经过数百次、近千次试验出来的产品。会不会是安装不到位？梁毅叫来了王斗。

王斗一口咬定：安装绝对到位。

那会是什么原因呢？梁毅令王斗去查。

王斗先来单位找谢仲秋报到。接下来，王斗和谢仲秋来到京清大学马迪夫实验室。王斗拿出仪器，在实验室的墙上、门上进行了测试，数据正常，光电设备是好的。这就是说，马迪夫实验室泄密与光电设备无关。

王斗问：“您想不想试一试？”

“应该试一试。我怀疑这光电设备没有你们吹得那么神！”谢仲秋说。

“那你就进吧！”王斗指指本来虚掩着的门。

谢仲秋昂首挺胸往里进，到了门口，听到了警告：“你的行为会给你带来危险。站住！”谢仲秋不听，继续向前，被一道亮光击了个仰面朝天。

“这么说，马迪夫实验室泄密与光电设备无关。”谢仲秋边起来边摸着疼痛的肩背下结论。

“肯定与光电设备无关。”王斗为了加强这个结论，弄来一只老鼠，让老鼠去爬马迪夫实验室的墙，老鼠即刻毙命。令人想起前不久死去的钱广大。

“外人是无法进入马迪夫实验室的。那么，泄密只可能是马迪夫和他的两个学生了！”谢仲秋推论，“问题相当严重。看来，我要通知刑侦处长金昌，迅速破案！”

“先不要通知谁。让我先看看。给我一天时间吧。”王斗要求。

“好。只能是一天时间。”谢仲秋同意。

12

王斗送走谢仲秋后，进了马迪夫实验室。

马迪夫不欢迎王斗。上班时间过来干什么，妨碍工作！孙朗、陈开欢迎实验室来人，但不欢迎王斗。王斗不就在年龄上大他们几岁嘛，却一副盛气凌人的样子。那天在实验室安装光电设备，连他们的校长路坦都拒之门外，太霸道了。更有，陈开觉得钱广大就是死在王斗安装在实验室的光电设备上。

王斗对此三人的态度不计较，千方百计套近乎。他说他是在搞光电设备的售后服务，请马迪夫师生理解并提宝贵意见。

马迪夫和孙朗、陈开都态度敷衍，说“没意见”。

王斗一眼就瞄准了墙上挂的那个蝴蝶镜框。他清楚地记得，安装光电设备的时候是没有墙上的这个蝴蝶镜框的。蝴蝶镜框值得怀疑！

王斗故作惊讶：“哇，好漂亮的蝴蝶！”

“马来西亚虎纹斑蝴蝶，不仅漂亮，而且大！”马迪夫见王斗夸奖蝴蝶，来了一点兴致。

“难怪。”王斗故弄玄虚，“只是，有点遗憾。”

“有什么遗憾？”马迪夫不理解。

“只有一只，显得孤单。它应该成双成对。雌雄搭配，比翼双飞，这才叫美。”王斗故作高深。

“那么，就请阁下再弄一只来吧！”孙朗来气了，这只蝴蝶是他费了九牛二虎之力弄来的，却被王斗说成遗憾了。真是站着说话不腰疼！孙朗可能不知道，蝴蝶的主人柳絮红是王斗的继母。

“我可以再弄到一只。”王斗爽快地答应，“这只蝴蝶是雌是雄？”

马迪夫三人语塞。他们只觉得这只蝴蝶漂亮，却不知道它的性别。

“那我得取下来看看。可以吗？”王斗提出要求。

孙朗望了望马迪夫。

马迪夫思索片刻，说：“算了吧。怎好要人家的东西！”

王斗说：“我会给钱的。”

孙朗说：“给钱就行。我付双倍。你取下来看吧。可要看清楚是雌是雄啊！”说完走开了。

王斗取下蝴蝶镜框，仔细观察蝴蝶。这是有人做过手脚的蝴蝶，在蝴蝶的腹部，有一粒绿豆大小的东西。如果判断正确的话，应该是一架复制器，靠一块高精尖的共振芯片窃取情报。将作案工具如此安放，不能不说是一个精细的设计。看来，马迪夫实验室的光电墙允许马迪夫三人的无线信号传送让间谍钻了空子。王斗去取复制器，复制器“嗤”的一声，化成一股白烟，消失了。王斗在佩服对手高明的同时，责备自己的轻举妄动，要是能把这个间谍设备摘下来，拿回040院，该能从中获取多少情报信息。

“是雌的还是雄的？”孙朗在远处伸长脖子问。

“雌的。”王斗信口开河回答。

“那你得配只雄的啊！”

“当然。”王斗将镜框还原，“我走了！”

“不送。”陈开补充，“你配不上那只雄的也没关系。我们也没指望。”

王斗走出马迪夫实验室，用自己的拳头狠狠地捶自己的脑袋，责怪自己干了蠢事：怎么就没想到间谍设备的自毁装置呢？

王斗赶快回到单位向谢仲秋汇报。

“蝴蝶腹部安有复制器？自毁了？”谢仲秋锁紧了眉头，“看来，我们的敌人不简单。马迪夫他们发觉你的意图了吗？”

“没有。他们的注意力不在我这里。”

“那就好。”谢仲秋锁紧的眉头皱了皱，“搞清楚蝴蝶镜框的来龙去脉，这个不简单的敌人就变得简单了！”

“应该是这样。”

“你得放宽进出马迪夫实验室人员的限制。”谢仲秋要求。

“可以考虑。”王斗同意，“比如你就应该进出自如。”

“不光是我，应该还有校长路坦。”

“这恐怕不行。”

“这种调查研究的事我就指望着路坦。再说，他是我们安全部门考察过的人，可靠。”

“是这样？行。我这就采集你俩的生理信息密码输入马迪夫实验室的光电门。半小时后，你和路坦就可以自由出入马迪夫实验室了。”

路坦可以出入马迪夫实验室了。谢仲秋请他协助办件事：调查清楚马迪夫实验室墙上的蝴蝶镜框的来龙去脉。

路坦当然答应。以他校长的身份，这事不难。

不是说路坦不能进马迪夫实验室的吗？今天怎么就进来了！马迪夫三人望着大摇大摆进来的路坦好生疑惑。

路坦不是做贼，却有点做贼心虚，理不直气不壮地说是来看望大家的，故作惊讶地赞美墙上镜框里的蝴蝶漂亮。他很快搞清楚了，蝴蝶镜框是孙朗搞来的，孙朗是通过王薇从她母亲柳絮红那里搞到的。柳絮红有个百虫园，园内有很多蝴蝶。

路坦向谢仲秋做了汇报。

谁是在蝴蝶身上安装间谍设备的嫌疑人？孙朗是应该排除的，王薇也是应该排除的，那么，只有柳絮红了！

调查柳絮红！但此事路坦不宜出面，堂堂大学校长，出入柳絮红周围，太惹人注意。谢仲秋只好选派其他的安全工作人员了。选派谁呢？柳絮红是研究昆虫的，就选派一名搞昆虫研究的吧，好在这样的安全员也不少。正当谢仲秋在这样的安全员中选来选去的时候，王斗来了。

“这事你就撇开算了。”谢仲秋说，“这事涉及你的至亲。你应该回避。”

王斗说：“我猜出来了。这事与我的继母柳絮红有关，她有很多蝴蝶。这只蝴蝶是她的。”

“你猜得不错。”谢仲秋欣赏王斗的判断，“蝴蝶镜框是孙朗通过你妹妹王薇从你继母柳絮红那里搞来的。”

“我敢肯定，孙朗、王薇不是往蝴蝶身上安装间谍设备的嫌疑人。他们没有这种背景。让我去接触我继母吧。我出面最有理由，最不会打草惊蛇。”王斗强调说。

“这……好吧。”谢仲秋打量着王斗，勉强着回答。

王斗回家了。王斗亲热地称呼柳絮红“妈妈”，柳絮红亲热地回应，他们都是有知识有教养的人，都知道怎么处理继子、继母之间的关系。

王斗说自己太累了，想到母亲的百虫园里去走一走，轻松轻松，不知可不可以？

柳絮红当然满口答应。

“您的百虫园平时除了您，外人可以随便出入吗？”王斗问。

“不可以。”柳絮红回答干脆。

王斗跟着柳絮红进了百虫园。百虫园里最耀眼的当然是蝴蝶，五彩缤纷的蝴蝶。王斗驻足蝴蝶前，搜索马迪夫实验室墙上挂的那种，没有。怎么会没有呢？

“妈，您的百虫园里的蝴蝶让我大开眼界。有没有外国品种啊？”王斗提问。

“有。比如马来西亚的虎纹斑。”柳絮红回答。

“哪种是呀？”

“飞着的里面没有。这种蝴蝶的寿命一般是18天。原来的死了，新的还没有孵化出来。”

“死了的虎纹斑呢？”

“在篓子里搁着。”

“我想见识见识。”

柳絮红从篓子里翻出两只死了的虎纹斑蝴蝶。

“哇，好漂亮啊！就两只？”王斗故作兴奋。

“物以稀为贵。就两只。”

“这么漂亮的东西，应该做成精美的工艺品。有人向您建议吗？”王斗随意问。

“……哎呀，我的头好痛。”柳絮红答非所问，叫起头痛来。这是她头上被植入的思维调控器在起作用，乔伊娜在调控她的思维，不让她回答这样的问题。

“您……头痛？”这是非常关键的问题，柳絮红叫起头痛来。王斗看到柳絮红痛苦的样子，判断她不是装的，“要紧吗？”

“老毛病。过一会儿就好。”

王斗感觉到了柳絮红的异常，想起上级安全部门的一份情况反映：有一个国家的谍报组织开发使用了一种能调控人大脑思维的仪器，这种仪器分发送、接收两部分，接收部分类似一截头发，人的头皮一旦被植入这种装置，思维就由别人掌控了。柳絮红是否植入了这种仪器呢？要是扒动她的头发，仔细辨认寻找，这种装置再怎么像头发，毕竟不是头发，是可以找出来的。但是王斗能去扒动柳絮红的头发吗？儿子扒动母亲的头发，应该是可以的，但是，他以前从没有过这种举动呀，今天犯神经病了？再说，他与柳絮红是继子继母的关系，与亲母子毕竟不同。这事只有王薇能做，可是，能请王薇做吗？问题只能到此打住了。王斗起身告辞，说：“您这两只蝴蝶，能送我一只吗？”

柳絮红头伏在桌上，挥挥手说：“两只都拿去吧！”

王斗拿着两只蝴蝶走出百虫园，给马迪夫实验室配一只雄蝴蝶的随口话早丢一边了，他想的是要不要找找父亲、妹妹，或者花袭人，了解最近除孙朗这个外人外，还有谁进过百虫园？除孙朗这个外人之外的外人，说不准就是一只黑手，王斗岂能放过。但他找了父亲、妹妹、机器人花袭人，一律摇头，说：“不清楚。”

王斗犯难了。柳絮红既然存在重大嫌疑，那就把她抓起来审问、检查，看她的头皮是否被植入了大脑思维调控器？可柳絮红毕竟是他的母亲。虽然是继母，但继母也是母亲，而且这件事极可能影响他全家的正常生活，他的父亲、他的妹妹……

王斗心事重重地回到单位，犹豫着向谢仲秋汇报说："这是一起偶然事件。"

"偶然事件？"谢仲秋重复，"这么说，马迪夫实验室安全了，没必要再追查了？"

"应该是这样。"王斗回答。

"梁毅说你是040院的顶梁柱，我不想否认，但再有才的人也有犯错的时候，此时此刻，你就犯错了！"谢仲秋暗自得意。

"我犯什么错？"王斗大惑不解。

"你看你坐的是什么椅子！"

"什么椅子？"

"测谎椅。你在说谎！"

"我……"王斗看看自己坐的椅子，果然是把测谎椅。稍不留神，就中了人家的圈套了！

"你知道说谎的后果吗？你在安全部门工作，你对我说谎，按照我们安全部门的条规，你知道你要受的处罚吗？"

"我……错了。"王斗吓出一身冷汗，只得实话实说，"……好在蝴蝶腹部的复制器已经自毁了，敌人的情报线断了。接下来……"

"接下来，你该回你的040院了。这个案子牵涉你的至亲，我重申，你必须回避！"

"你要赶我走？"

"你这么理解也可以。"

"既然你是这样的态度，我只有走。我得提醒你，我继母背后，是一场高科技的谍战较量，你不要用那种过时的、落后的侦破手段来应对这场较量！”

这小子这样对谢仲秋说话，是初生牛犊不怕虎，还是不知天高地厚？谢仲秋到底有涵养，没有计较，说：“感谢你的提醒。你走吧！”

13

谢仲秋决定对柳絮红实施刑事拘留，拘留由刑侦处执行。

刑侦处处长金昌亲自带队，对居住在月亮湾小区的柳絮红实施拘捕，时间定在晚上7点。

晚上7点，一支荷枪实弹的队伍出现在月亮湾小区。花袭人虽然是机器人，但很识大体，看了金昌的证件就敞开了大门。王泊海是大教授，更识大体，只是常规性地问：“柳絮红犯了什么事了？”金昌说：“不清楚。我只是奉命行事。”王薇大吵大闹，坚决不让别人带走她妈。金昌烦了，吼道：“你想妨碍公务吗？你想和你妈一起跟我们走吗？”王薇看看阵势，平静了。柳絮红糊里糊涂：走就走，走到哪里我也不怕。没做亏心事，不怕鬼敲门！

柳絮红被带走了，关在拘留所一号牢房。一号牢房是关高层嫌疑人的地方，戒备森严。

柳絮红被抓的事在第一时间内反映到了乔伊娜那里。乔伊娜手里有调控柳絮红思维的钥匙，钥匙发出了尖叫，告诉乔伊娜，柳絮红出现了异常。怎么会异常呢？细看细分析：她在抗议，在喊冤……天啦，她被拘留了！事不宜迟，赶紧向哈丽特报告。

“什么，柳絮红被抓了？”哈丽特惊吓得面如土色。

“是的。思维调控器的钥匙告诉我的。一个柳絮红，值得您这么紧张吗？”乔伊娜不解。

“不是柳絮红让我紧张。10个柳絮红被抓我也不会紧张。我紧张的是柳絮红头皮上的思维调控器的接收装置，要是被中国的安全部门发现并且得到，就等于将一项高新科技成果拱手献给了中国特工，会严重妨碍‘挖墙脚’计划的实施，后果不堪设想！”

“当真这么严重！”乔伊娜也紧张起来，“该怎么办？”

“夺回来！”哈丽特斩钉截铁。

“怎么夺？就凭您和我？”

“当然不是。”哈丽特拿定主意，“我有人，十几号身强力壮的中国小伙子。我有武器，先进的光压缩手枪。”

“需要我吗？”乔伊娜疑惑。

“需要。需要你稳住阵脚。在医院，你要像我还在医院一样，不要露出破绽。要是有人问起我，你就替我解释，说我上街去了。”哈丽特交代，“把调控柳絮红思维的钥匙给我！”

“好。”乔伊娜深感这个任务艰巨，“时间呢？”

“不好说。要是我在5个小时后没回来，你赶紧向总部的‘章鱼1’汇报情况，说我为HEO殉职了！”哈丽特做出最后的打算，“我把我的量子通话器给你。”

此时此刻，哈丽特身边应该出现一个人，这个人就是“章鱼3”。“章鱼3”应该来为哈丽特助一臂之力。可是，就是不见这个“章鱼3”，哈丽特只能靠自己。一会儿，神经科医生哈丽特不见了，一个遛狗的老头出来了。不用说，这遛狗的老头就是哈丽特。

哈丽特要到京清大学去，找克耶尔。

克耶尔在他的足球场，在对他的学生进行足球训练。

哈丽特向克耶尔做了个手势。克耶尔让冯勇敢负责训练，跟着哈丽特来到他们的储藏室。

好一阵密谈。

“冯勇敢表现怎么样？”哈丽特问。

“当然是一切行动听指挥。”克耶尔回答。

“足球场参加训练的有多少人？”哈丽特问。

“应该是22人，今天到场的有19人。”克耶尔回答。

“好。这19人全部参加行动！”哈丽特说。

“要这么多人干什么？我们可以穿隐身衣，神不知鬼不觉进入现场，接近柳絮红，如有危险，用光压缩手枪对付！”克耶尔说。

“幼稚。哪有这么多隐身衣。光压缩手枪对机器人也是无效的。京清市安全部门的牢房门口站岗的是机器人。这19个人都去对付机器人。”

“除冯勇敢外，另外这18人都给他们安上思维调控器？”

“不。他们的全部活动时间只需要两个小时。我们所需要的就是这两个小时。”

“怎么让他们在这两个小时里听我们指挥呢？”

“请他们共进晚餐，喝酒！”

“喝酒？”

“对。”哈丽特诡异地笑笑，取出来一瓶酒，“这不是酒，是思维调控液。但它的口感就是酒，谁只要喝上它一口，你就可以指挥谁两个小时了！”

“好。我这就去安排。您呢？”

“我当然要去。只是，我不能是遛狗的老头。”哈丽特进了卫生间，出来，变成了一名中国妇女，“我是《中国足球》杂志的记者何莹！”

片刻后，克耶尔和何莹出现在足球场上。何莹对球员说：“我是《中国足球》杂志的记者。你们是一支不错的球队，我要采写你们的事迹，宣传你们的球队！”

队员们窃语。

克耶尔说：“我很高兴。我请这位记者女士和你们共进晚餐。走，我们到京清大酒店去！”

队员们雀跃。

14

从京清大酒店出来，队员们兴高采烈：“我们一切听克耶尔教练的！”

克耶尔说：“我不是你们的足球教练。我是京清大学政法学院的教授，你们是政法学院的学生，也就是我的学生。我们正在从事中国监狱被关押犯人的人权调查。现在，我们要到看守所去！”

“我们一切听克耶尔教授的！”

冯勇敢开出来了一辆中巴。队员们一起上了中巴。车上，《中国足球》记者何莹说：“我们现在是一支战无不胜的小分队。我们要战胜的敌人是机器人，是我们中国制造的安保型机器人。你们知道怎么战胜这种机器人吗？”

“不知道！”

“很简单。剪断他（她）的传导线。而最好剪的地方是他（她）的颈部。在颈椎间隙，会有暴露的传导线，‘咔嗒’一下，剪断传导线，机器人就瘫痪了。明白了吗？”

“明白了！”

“我发给你们剪刀。你们要学会使用剪刀，要准、猛、狠。一会儿，就会派上用场！”

“好！”足球队员试着使用剪刀。

克耶尔说：“不准带手机。戴上手套、穿上鞋套，出发！”

安全部门的看守所在什么地方是不保密的，站牌立在那儿，站牌上写的是看守所。因为是星期六，加上看守所地处偏僻，所以十分清静。站岗的一律是机器人，因为机器人铁面无私。冯勇敢主动上前，与机器人联系，递上介绍信，说来的这伙人是京清大学的学生，来调查看守所的人权情况。

机器人接过来介绍信。

冯勇敢堆着笑脸说：“我们可以进去了吗？”

机器人说：“凭什么？”

冯勇敢说：“凭介绍信呀！”

机器人说：“谁相信你的介绍信。我只相信我的主人的指令！”

冯勇敢说：“如此看来，我们是不能进了！”

机器人说：“只能如此。”

冯勇敢生气了，大步上前，和机器人扭打起来。机器人钢筋铁骨，冯勇敢是打不过的。克耶尔使使眼色，队员们一窝蜂上前，机器人毫无惧怕，越打越勇。

何莹大喊：“剪断他的传导线！”队员们明白过来，有一个队员掏出剪刀，对准机器人颈椎间隙暴露的传导线，“咔嗒”一下，剪断了传导线，机器人倒地了。说时迟那时快，随着这个机器人的倒地，守卫室里一下子涌出来6个机器人，一个个气势汹汹，张牙舞爪。

克耶尔立即命令：“18名队员，3人一组，分6组对付6个机器人！”何莹不住提醒：“剪断他的传导线！”到底是足球队员，身手敏捷，两人擒住胳膊，另一人剪传导线，很快，6个机器人被制服了。大家想：这下应该没事了，可以进牢房了。

谁知，又有机器人出现了。这是一个巨型机器人，身高3米，手拿警棍，龇牙咧嘴过来了。克耶尔命令18个足球队员，加上队长冯勇敢一起上，19人将巨型机器人团团围住，扭打起来。巨型机器人不用警棍，只用脚来了个旋风扫地，19人就纷纷倒地，痛得在地上打滚。

眼看这支队伍就要失败，何莹挺身而出，试图剪断机器人的颈部传导线。可是这个机器人太高，颈椎间隙够不着，何莹急得不得了，那就只有试一试腰椎间隙了。何莹是哈丽特，是医生，手术刀稳准狠，对准巨型机器人的腰椎间隙猛地一刀，这家伙的传导线被割断、倒地了。何莹呼出一口长气。

再没有机器人出现了。

足球队员的使命完成。克耶尔令冯勇敢把队员们带回去。冯勇敢带着队员们走了。

何莹换回了哈丽特的装扮。

哈丽特穿上隐身衣，掏出光压缩手枪，令克耶尔也穿上隐身衣，掏出光压缩手枪。

“是麻醉按钮还是死亡按钮？”克耶尔转动着光压缩手枪问哈丽特。

“当然是麻醉。干吗要死人呢？”

二人幽灵般地进入牢区。见人就是一枪，指哪打哪。值班室除值班的人外，还有两只警犬，警犬也被麻倒。

柳絮红被关在哪里呢？哈丽特取出思维调控器钥匙，知道了，关在女牢7号房。

二人来到女7号。牢门是不好开的，是指纹识别门。指纹是看守狱警的指纹。狱警被麻倒在旁边，哈丽特把她的手拿起来，往门上按了上去。

果然，门打开了。柳絮红躺在地铺上，如同死人一般。哈丽特和克耶尔跨进牢舍，还没站稳，牢舍就发出了高分贝尖叫报警。牢舍设定只关1人，现在突然进来了两人，重量和热量增加了，出现了异常，报警器当然报警。哈丽特命令克耶尔退出去，担任警戒，自己拿起钳子，朝柳絮红睡的地铺走过去。警报的尖叫只让柳絮红翻了翻身子，就又睡着了。哈丽特蹑手扒开柳絮红的头发，寻找要命的思维调控器的接收装置，那个该死的类似头发的家伙。再老练的特务也有紧张的时候，此刻的哈丽特就紧张得不行。她穿着隐身服，别人看不见她，但听得见她的喘气声。越是紧张越是出乱，柳絮红的头发抹着摩丝，很顽固，很难找到那个类似头发的家伙。克耶尔在门外喊：“尊敬的‘水母4’，快点！我已经撂倒六七个警察了，光压缩手枪里的光量不足了！”哈丽特命令自己：沉住气！那么多年的特殊训练到哪里去了？哈丽特脱下了手套，不戴手套手指到底灵活些。终于找到了，哈丽特拿起镊子，屏住呼吸，夹住，往上提，把它拔了出来！哈丽特站起身，来不及吐气，掏出光压缩手枪，对准柳絮红，狠命地按了死亡按钮。柳絮红必须死，不能留活口！

警报的尖叫声仍然响个不停。

二人折回，看守所门前已是一片人海，黑压压全是荷枪实弹的警察，还有警笛声由远而近传来。二人靠隐身衣幽灵般地离开。

克耶尔回到了京清大学，回到了他的足球队，一切如往常一样，什么都没发生。足球队员们把刚才干了什么忘得一干二净了，不会有人怀疑他们，追查他们。怀疑、追查也无用，他们一问三不知，什么也不会说。

哈丽特回到了京清市人民医院，时间才过去了4小时。

哈丽特倒是有麻烦。乔伊娜正紧张得不行，说施凡院长正在找她，非要找到她不行，任凭乔伊娜怎么解释都不听。

哈丽特忐忑不安。

15

谢仲秋第一时间赶到了他的看守所。他的身后跟着的是他的刑侦处处长金昌。

现场警戒森严。金昌等人进入现场。

6个机器人加上1个巨型机器人全部倒地被制服，还真是前所未有。对付这7个机器人需要多么大的队伍、多么大的力量？特别是那个巨型机器人，比孙悟空还了得，怎么就被制服了呢？

看守所内有12名执勤警察倒地，是死是活不明。

金昌报告说："6个机器人的颈椎间隙的传导线被割断，巨型机器人的腰椎间隙的传导线被割断！"原来，机器人是这样被制服的。

金昌报告说："12名执勤警察是被麻醉倒地的，没有生命危险。麻醉方式和麻醉物尚不明。"

这是一场高科技犯罪。金昌指挥人搜集证据，如指纹。最好有犯罪分子丢失的东西，如隐身衣之类的。

犯罪分子要在看守所干什么呢？谢仲秋立刻想到了柳絮红。对，柳絮红！有警察报告说，警笛声就是最先从柳絮红的女7号牢舍发出来的。谢仲秋亲自带人直奔女7号牢舍。女7号牢舍的情况令谢仲秋目瞪口呆：牢舍门敞开着，柳絮红直挺挺地躺在地上。谢仲秋上前检查，柳絮红面如死灰，没有呼吸。谢仲秋正要让人实施抢救，走道上传来一声大吼：“不要动！”谢仲秋回头，是王斗。王斗不是回040院了吗？怎么事情刚发生就出现了？

王斗没回040院，他在京清市隐藏起来了。

“你来干什么？”谢仲秋不欢迎王斗。

“我来抢救我妈。我来搜集证据！”王斗擦着额头上的汗。

“我早说过了，现在再次对你重申，这个案子你必须回避！”

“尊敬的领导，请你不要再赶我走了。我能回避吗？我刚离开，就出乱子了！”

“乱子？你说这是乱子？”谢仲秋没想到王斗会说出这种话，“这是树欲静而风不止。不是因为你的离开而出现的！”

“要是你们不对我妈，也就是柳絮红采取行动，会出现这种局面吗？”

“年轻人，你太狂妄了！”谢仲秋生气了，“你走吧！”

王斗说：“我不会走。我走就犯了一个无法弥补的错误！”

“危言耸听。一个什么无法弥补的错误？”

“柳絮红的生命安全没有保障，非指纹类的证据也找不到！”王斗寸步不让，“你能保证柳絮红的生命安全吗？你能搜集到非指纹类的证据吗？若能，我走。你表态吧！”

谢仲秋如鲠在喉，环顾左右，包括金昌在内，都避开他的锋芒而视其他。这事谁能保证？柳絮红似乎死了，敌人使用高科技手段使其死亡，他们没办法。于是反问道：“你敢保证吗？”

王斗说：“我当然敢保证。我要柳絮红起死回生，搜集到非指纹类的证据。要立字据吗？”

谢仲秋佩服王斗的敢作敢为，说：“字据不必立。我们都录像录音了！”

王斗说：“那就请你们赶快出去。牢舍只能有我一人！”

谢仲秋等人出去了。

王斗做了一个深呼吸，让自己平静下来。辨看柳絮红，身上没有弹眼，没有血迹，没有伤痕。这种症状在哪里见过？对，见过，钱广大！柳絮红和钱广大一样，受的是光伤。只是，钱广大受的是040院的光伤，柳絮红受的是国外特务的光伤！赶快给柳絮红注射分解光毒液！柳絮红不能死，其一，她是自己的继母，其二，她是破案的活口。王斗一口气拿出来了5支，静脉推注！

敌特有留下非指纹类的证据吗？应该有。王斗分析，敌特冲着柳絮红而来，动用这么大的架势，既然不是来抢劫柳絮红的，那就是为了别的东西。难道柳絮红头上真的装有思维调控器？对方动过柳絮红的头发了？王斗仔细观察，柳絮红的头发上过摩丝，应该是有条不紊的，现在十分凌乱。王斗拿出人体生理信息采集器采集敌方留在柳絮红头发上的生理信息，采集到了，而且指数明显。这说明敌方作案没戴手套。这就好，是活人就有生理信息，生理信息各不相同，顺着生理信息就可以找到要找的人。

此时，谢仲秋等人将机器人被割断的传导线接好了，机器人恢复正常了。可是，机器人没有回忆功能，刚才发生了什么，一问三不知。12名被麻倒的警察陆续醒了，问他们是怎么被麻倒的，也是一问三不知。他们说感觉就像是被蚂蚁咬了一下，突然间瞌睡来了，就睡着了，舒服得很。现场指纹没有，鞋印没有，任何有价值的证据都没有。

金昌等人有点垂头丧气，谢仲秋只好把希望寄托在王斗身上。没办法，虽然谢仲秋对王斗有意见，看他不顺眼，但还得寄希望于他。谢仲秋一人返回女牢舍7号，看柳絮红面色，没有先前那么死灰，问王斗："她活过来了？"

王斗说："算是活过来了，但这事只能你我知道。对外，柳絮红已经死了。"

谢仲秋说："是的。这样稳住了敌人，柳絮红就安全了。"

王斗说，柳絮红他要带走。谢仲秋无异议，问王斗搜集到非指纹类的证据没有，王斗点了点头，谢仲秋舒了口长气。

一辆殡葬车运走了柳絮红。

这起案件发生在4月17日，被称为"4·17"谋杀案。

16

柳絮红在市安全部门看守所被谋杀的事迅速传开。王泊海知道了惊怒异常，立即叫来了女儿王薇，驱车前往看守所，要人，讨说法！

接待王泊海的是谢仲秋。王泊海铁青着脸，一副不可善罢甘休的样子。谢仲秋满脸堆笑地迎接。不看僧面看佛面，王泊海可是京清大学鼎鼎有名的教授，不能得罪。他拉着王泊海的手，往旁边走了几步，小声说："柳絮红没死！”

王泊海说：“事到如今你还骗人。尸体都让殡葬车拉走了！”

谢仲秋说：“那是做给外人看的。再说，这也不是我的主意。”

王泊海说：“谁的主意？”

谢仲秋说：“你儿子王斗。我，你可以不相信，你儿子你总该相信吧！”

王泊海脸色缓和下来，对王薇说：“你妈被你哥弄走了！”

“是吗？”王薇的脸色也缓和下来，赶紧拨打王斗的手机证实。

手机通了，王斗吃了一惊：这事怎么泄露了？当真是信息社会，无密可保？转念一想，肯定是父亲和妹妹找到谢仲秋了，谢仲秋不好隐瞒。王斗也只好告诉王薇：“妈妈已脱离生命危险。请转告爸爸，让爸爸放心。”

王薇问：“你和妈妈在哪里？”

王斗说：“这不能告诉你。关于妈妈已脱离生命危险的事，不能对外人讲，否则妈妈还会有危险，只能说妈妈已经死了。你到医院去请丧葬假，安葬母亲。明白吗？”

王薇莫名其妙，只好回答：“明白。”

王斗把柳絮红弄到了一个极其隐蔽的所在——花果湖最北端的一个养蜂场。柳絮红醒是醒了，但极其疲惫，什么都不知道，什么都想不起来。不能着急，慢慢来。王斗劝妈妈好生静养，不要走出养蜂场，更不能和外界联系。至于那个百虫园，由它去吧！

精明强干的王泊海面对眼前发生的这一桩一桩的事，百思不得其解。

第六章　谁是泄密者

1

鲁安诺娃连续兴奋了3天。因为这3天里，天天有收到来自中国的京清大学马迪夫实验室的情报。可以说，不光鲁安诺娃兴奋，本汉森兴奋，“章鱼1”也同样兴奋，整个HEO都兴奋。但到了第四天，他们兴奋不起来了，因为中国的京清大学马迪夫实验室的情报没有了，消失了，第五天没有，第六天也没有……怎么回事呢？

鲁安诺娃正在纳闷的时候，情报处亚洲分处主任本汉森——也就是“章鱼11”来了。

“怎么回事？”“章鱼11”一副兴师问罪的样子，“中国京清大学马迪夫实验室的情报怎么回事？”

“没有了。消失了。”鲁安诺娃讨厌“章鱼11”的样子。

“没有了？消失了？不可能吧！”“章鱼11”早就想教训这个傲气的女人，碍于“水母4”，一直没有发作，“水母4”不在身边了，是时候了。

“这是事实。”

“该不是你的操作出差错了吧？”

“我的操作出差错？笑话。”鲁安诺娃从椅子上站起来，指着屏幕说，“你来！”

来就来！“章鱼11”坐在了鲁安诺娃让出的椅子上，打开来自中国的情报频道，一片乱码，调试了半天，还是一片乱码。这说明情报来源被切断了！问题十分严重，必须马上向上峰报告，顾不上教训这个女人了！“章鱼11”从椅子上站起来，说：“我要向上峰报告。必须要有你写的陈述！”

“我陈述什么？”鲁安诺娃不理解。

“陈述情报消失的经过！”

“这有什么好陈述的？情报连续来了3天，第四天没有了！”

“就这么简单？”

“就是这么简单。我没必要写什么陈述。”

“不，问题必须要查清楚。你必须写份陈述。这是命令！”

命令是不能不服从的。不到一分钟，陈述写好了：“中国京清大学马迪夫实验室的情报从5月16日至5月18日连续来了3天，5月19日没有了。”

“章鱼11”看着鲁安诺娃，想：会有你难受的时候！

2

午夜，“水母4”，也就是哈丽特，收到了总部的通报：墙的信息中断！墙，就是马迪夫实验室的情报。

情报中断的原因只有一个可能：马迪夫实验室墙上的蝴蝶镜框里的共振芯片及无线透视摄像机停止工作了。坏了？不可能，才3天，谍报工具的质量是精益求精的。那就是被中国的特工发现了，破坏了。它自毁了吗?

哈丽特不动声色地向乔伊娜布置了一项任务：近几天有谁接触了马迪夫实验室墙上的蝴蝶镜框?

乔伊娜很快从孙朗口中得知是王斗。而且，王斗在实验室墙上加挂了一个蝴蝶镜框，是同一品种的蝴蝶。只是，原来那只是雌的，王斗这只是雄的。现在成双成对了！

什么雌的、雄的？什么成双成对？掩人耳目！王斗怎么知道马迪夫实验室墙上的蝴蝶镜框里有机关？那只是一个随随便便的摆设，怎么会对此产生怀疑？难道是工作疏漏，让王斗之类的中国特工钻了空子？难道是出了内鬼，向王斗之类的中国特工通了消息?

哈丽特又收到总部指令：迅速追查！

要追查此事，第一个对象是乔伊娜。乔伊娜跟随马迪夫来中国16年了，完全有可能叛变。

追查手段是比对脑电波。乔伊娜加入HEO时其大脑微电波被储存在档案库里了，如果乔伊娜以后有背叛组织的行为或危害组织的行为，大脑会产生思考，微电波就会变化，将乔伊娜现在的大脑微电波与档案库里的大脑微电波进行比对，就清楚了。

“今天要对你例行公事。希望你能理解！”在501室，哈丽特对乔伊娜说。

“老师要做什么？”乔伊娜糊涂了。

“对你进行审查，提取你的大脑电波。”

“难道我做错了事？”

“你做没做错事，你说了不算，我说了也不算，大脑微电波说了算。”哈丽特拿出了仪器，命令，“身子坐端正，两手放在大腿上，闭上眼睛！”

乔伊娜没做亏心事，顺从地按命令做了。仪器开始“嗡嗡”作响，10秒钟后，乔伊娜的大脑微电波被检测出来了，发送到了总部档案库。比对结果，波形一模一样。

“委屈你了！我们忠诚的战士！”哈丽特给了乔伊娜一个热烈的拥抱。

“发生什么事了？”乔伊娜问。

“现在可以告诉你了。我们安置在马迪夫实验室的复制器被人破坏了！”

“啊，上帝呀！”乔伊娜吃了一惊，“这人是谁？”

“应该是王斗！”哈丽特说，“你敢肯定，你在往蝴蝶内安放复制器时没被人发现？”

“没有，绝对没有。柳絮红都被我支开了！”

“柳絮红的百虫园内安有监视器吗？”

“绝对没有。”乔伊娜十分肯定，“不就是一些昆虫吗？谁会给她安监视器？”

“你可以走了。记住，就像什么事也没发生一样！”

“知道。”乔伊娜走了。

乔伊娜走了，哈丽特盘算下一个该要审查谁，应该是克耶尔。虽然，克耶尔表面上没有涉及在蝴蝶内安放复制器的事情，但在问题没搞清之前，怀疑一切是应该的。克耶尔是可以刺探到这方面的内容的。哈丽特在京清大学足球队储藏室检测了克耶尔的脑电波，发送到总部档案库，进行比对，没有问题。

哈丽特吐出一口长气，立即用量子通话设备向总部汇报了情况：泄密没有发生在中国。

“章鱼1”甩了酒杯。泄密没有发生在中国，难道发生在自己的M国？HEO里有内鬼？

“章鱼1”立即派人考察“章鱼11”，检测比对脑电波。结果，“章鱼11”没有问题。

接下来该考察鲁安诺娃了。

考察由“章鱼11”执行。

“检测我的脑电波？”鲁安诺娃一副满不在乎的样子，“来吧！”

如果鲁安诺娃不像个高傲的公主，能放下架子和“章鱼11”亲近，“章鱼11”或许能网开一面放弃考察，但鲁安诺娃是这种态度，就不能怪“章鱼11”了！

“章鱼11”将鲁安诺娃现在的脑电波和她两年前加入HEO时储存的脑电波进行比对，结论出来了，两个“？”号，重大嫌疑！

“章鱼11”“哼”了一声，喝令鲁安诺娃交出组织分发给她的光压缩手枪，宣布鲁安诺娃停止工作，接受审查！

“停止工作可以，接受审查办不到！我没有问题！”鲁安诺娃态度强硬。

“这是脑电波显示！”

“你提取的脑电波信息有问题。你敢欺负我，我要控诉你！”

想不到鲁安诺娃如此难对付，还不是仗着她是“水母4”的女儿。

可鲁安诺娃到底是“水母4”的女儿，“章鱼11”不敢轻举妄动，赶紧向

“章鱼1”做了汇报。

“什么？鲁安诺娃的脑电波比对结果是两个‘？’号！”费米基大吃一惊，“把她关起来！”

“关起来？她是‘水母4’的女儿。”

“管她是谁的女儿！”费米基发着怒，可他虽然嘴里这么说，心里却顾及着“水母4”。“水母4”在HEO有着重要的位置，她在中国为组织效劳，你在国内整她的女儿，能不顾及吗？“你是她的直接领导，你有间接的责任！”

“我正在深刻反省。”“章鱼11”低下头。

“脑电波两个‘？’号，这是铁证。她是犯错还是犯罪？”“章鱼1”问，这两者性质可不同，惩罚措施也不同。

“……”“章鱼11”害怕回答。

“你不要害怕。如实回答就行！”

“我认为……她应该是犯错。”本汉森不敢信口雌黄。

“这么说，她是被动地泄露了情报，不是主动出卖了情报。”费米基说，“你应该清楚，她最近接触的是一些什么样的人？”

“当然清楚。她频繁接触的是她的眼科医生！”

“那个中国来的眼科医生唐中波？”

“是的，就是那个唐中波，给她移植了一双中国人的黑眼睛！”

“唐中波还治好了很多人的眼睛，包括我夫人沙卡娅的眼睛。怎么，你怀疑这个唐中波？”

“您问我的是鲁安诺娃最近接触的人，不是问我要怀疑的人。”

“这个唐中波可疑吗？”

“我怀疑这个唐中波。可是，他治好了您夫人的眼睛……”

“那是另一码事。”费米基思索片刻，对“章鱼11”做出具体指示。

“章鱼11”点头称“是”，回到亚洲情报处。拂袖而去的鲁安诺娃并没有走远，在喷水池旁坐着。“章鱼11”凑上前赔不是，说是经过复查，确定是脑电波出了差错，鲁安诺娃你是清白的，之前的不周请鲁安诺娃谅解。

鲁安诺娃当然谅解，说：“还我的光压缩手枪吧！”

“章鱼11”说：“当然可以。”

鲁安诺娃不知道也没注意，还给她的光压缩手枪被安上了新机关：光电磁狗鼻子。手枪不是有皮套吗？“章鱼11”调换了鲁安诺娃的手枪皮套。这个调换的手枪皮套就是一个光电磁狗鼻子。光电磁狗鼻子当然不是嗅气味，顾名思义，是嗅光电磁。再先进的谍报工具不外乎是利用光电磁。先进的光电磁有别于一般的光电磁，进入200米之内，狗鼻子就嗅出来了。狗鼻子只对先进的光电磁感兴趣，嗅到了感兴趣的光电磁，就等于找到了目标。

鲁安诺娃受了委屈，需要人温暖，可是，妈妈不在身边，她能找的只有唐中波了。在鲁安诺娃眼里，唐中波已经是她的大哥哥了，此时此刻，唐中波胜过了哈丽特。

下午6点，鲁安诺娃到唐中波宿舍去了，当然，后面跟着尾巴。如果在唐中波宿舍，狗鼻子发出信号，尾巴们会一拥而上，来个人赃俱获。

唐中波和唐芷正在吃晚饭，是最简单不过的牛肉面。突然间，门被推开了，鲁安诺娃出现了。唐中波和唐芷都站起来，问鲁安诺娃要不要来碗牛肉面，鲁安诺娃不回答，“哇”的一声，大哭着扑向唐中波。

“怎么回事？”唐中波、唐芷都莫名其妙。

鲁安诺娃只管扑在唐中波的怀里放声号啕。

看来，鲁安诺娃是受人欺负了。唐中波抚摸着鲁安诺娃的头发，安慰说：“哭吧。哭完了就好了！”

可是，好半天，鲁安诺娃依然哭泣，只是放低了音量。唐中波当不了拔刀相助的勇士，只拿得了微型手术刀，拿不了大刀。再说，这是在异国他乡，唯一能做的，就是不断地抚摸鲁安诺娃的头发。

鲁安诺娃终于终止了号啕。唐中波把她安顿在沙发上。

手足无措的唐芷拉起鲁安诺娃的手，说：“谁欺负你了？我找他算账去！”

鲁安诺娃看一眼唐芷，反拉着唐芷的手，摇着头说：“没人欺负我，是我想哭。今晚阿姨不走了，你陪着阿姨睡觉！”

唐中波暗暗叫苦：那怎么行呢？

小小宿舍渐渐平静下来。只是门外鲁安诺娃带来的那些尾巴失望了：狗鼻子没有任何反应。

3

情报组织是不能允许组织内部存在任何疑点的，就像眼睛内不允许有任何异物存在一样。狗鼻子在唐中波宿舍没有发现问题，并不能完全排除唐中波是中国特务的嫌疑。唐中波的眼科医术那么高超，中国的京清市派他到M国的比得市来，真的是来救死扶伤、传递友谊？不是吧！就像M国的比得市派哈丽特到中国的京清市去一样，是有目的的。

费米基决定亲自出马，揪出唐中波屁股后面的狐狸尾巴。

费米基要邀请唐中波逛海上游乐园，由沙卡娅出面邀请。

沙卡娅不知这是阴谋，当然满心高兴。沙卡娅两只眼睛陈旧性视网膜脱离，瞎了好多年了，是唐中波给她送来了光明。

唐中波不接受邀请，说："我给病人治病，不想得到什么额外的回报！"

沙卡娅说："这不是我们给你的额外回报。这是交情，是友谊。你们中国人不是爱讲大道理吗？我就给你讲大道理，你接受我们的邀请，就是增添了M国与中国的友谊。"

唐中波还真是听从大道理。他清楚地记得，在离开中国时，送行的领导握着他的手叮嘱说："你是友谊大使。在M国，凡是有利于友谊的事就坚决做，凡是有损于友谊的事就坚决不做！"接受费米基夫妇之邀，不就是在做有利于友谊的事吗？唐中波只好点头答应了。沙卡娅提议带上唐芷，唐中波也答应了。

就在唐中波点头答应的当天晚上，唐大浪来了。唐中波说起了费米基邀请他逛海上游乐园的事，征求唐大浪的意见，唐大浪当然同意。唐大浪正忐忑不安呢。祖国中断了京清大学马迪夫实验室的情报，M国的间谍组织怎么会无动于衷呢？难道说费米基邀请弟弟逛海上游乐园是间谍组织的行动？先不要妄下结论，费米基可是比得市的市长啊！唐大浪想到了还安在唐芷衣服上的无线透视型摄像机，吓出一身冷汗：赶紧换下来吧！所幸唐芷还没穿那件外套，换个纽扣很容易。可是原来的那颗纽扣找不着了，只好随便换了一颗。

"你应该带上鲁安诺娃！"唐大浪藏好换下来的无线透视型摄像机，向唐中波建议。这个建议当然暗藏玄机。

“带上她干什么？”唐中波不理解。

“照顾唐芷呀。唐芷贪玩，你管不了！”

“算了。鲁安诺娃心情不好。”

“逛海上游乐园正好散散心！”

“不行。带上她，被人问起来，好说不好听！”

“你呀！路英走了，你应该再找一个女人。鲁安诺娃合适！”

“不合适。她曾经是我的病人，小我十几岁！”唐中波生气了，“我的这事不要你管！”

“好。我不管。”唐大浪屈服下来，“海上风浪大，你最好戴上帽子。来，戴上我的帽子。”唐大浪随手取下自己头上的帽子，戴在唐中波头上。

“那你呢？”唐中波摸着哥哥戴在自己头上的帽子。

“我还有。”唐大浪看着弟弟头上的帽子，挺合适的，“唐芷呢？”

“在她的卧室里吧！”

唐大浪来到唐芷的卧室，和唐芷说笑着，取出一架照相机，递给唐芷说：“逛海上游乐园，带上这个吧！”

唐芷说：“不要。用手机照。”

唐大浪说：“这是专用相机。比手机强。”

唐芷唐接过来照相机，说：“我还不会用，伯伯能教我吗？”

唐大浪教唐芷照相机，说：“这架照相机一次可以存储很多照片。你争取多照些！”

唐芷惊讶说：“越多越好？”

唐大浪说："对。这是伯伯给你布置的作业。"

第二天，唐中波带着唐芷如约来到比得市市长办公厅，还没站稳，费米基挽着他的夫人沙卡娅就从楼上下来了。本来他们的女儿舒拉娜也要来，但舒拉娜突然改变计划，不参加了。费米基给了唐中波一个热烈的拥抱，沙卡娅重重亲吻了一下唐芷的额头。

一会儿，费米基从他的车库里开出了他的悬浮汽车。

费米基的车防弹性能显著，还不怕摔。有人做过实验，该品牌汽车从盘山公路上掉进数百米深的山沟，车是好的，人也安然无恙。

费米基喜欢开车，陶醉于那种越野的感觉。沙卡娅坐在副驾驶位置上，腿上坐着唐芷。唐芷不好称呼沙卡娅，称阿姨沙卡娅显老了，称奶奶沙卡娅显年轻了，征求沙卡娅意见，沙卡娅让称奶奶，唐芷就称沙卡娅奶奶了。

唐中波坐在后排。费米基给他调了调，座椅成了床。唐中波睡着了。唐芷嘀咕道："这个老爸，真不会享受，看这外面的景色多美……"

到海边了。唐芷下了车，赶紧喊唐中波下来："爸爸，快来看海！"

唐中波睡眼惺忪地下车了，怪唐芷咋咋呼呼，在外国人面前显得没教养，说："海有什么看头。你不是看过海吗？"

是的。唐芷看过海。妈妈在世的时候，和爸爸带她去北戴河玩过。她不仅看过海，还玩过水，在海里游了泳。

沙卡娅牵着唐芷的手，问："你们中国的海和我们M国的海一样吗？"

唐芷说："有一样，有不一样。它们都是蓝的，闻起来都是咸咸的。但你们的风大，浪高。"

沙卡娅说："有机会我要到你们中国去看海！"

唐芷说："欢迎！东海、南海任你看！"

这时候，有机器人带着食人鲨过来了。4条食人鲨，在海水中摇头摆尾。

费米基问唐芷："你选择哪一条？"

"这是食人鲨。我选择它干什么？"唐芷不明白。

"这是交通工具。"费米基解释，"速度比飞艇还快。"

唐芷惊呼一声："哇！"

唐中波不满意女儿的惊呼，小声斥责说："不要这么大惊小怪。驯化的，温顺得很。你随便选一条吧！"

唐芷随便选了一条。

4人骑着食人鲨，向大海远处游去。

海上游乐园到了。唐中波是眼科医生，只懂医治眼睛，不懂航空母舰，不晓得这是航空母舰拼凑的，只是奇怪这海上游乐园像个漂浮物，海上怎么会有这么大的漂浮岛屿？

"唐医生想怎么玩啊？"费米基征求唐中波的意见。

"随便。"唐中波对玩没有偏爱。

"怎么能'随便'呢？你说个意见，我好安排呀！"费米基强调。

"有些什么样的玩法？"

"有刺激型，有疯狂型，有重温旧梦型……"费米基介绍。

"这重温旧……"

"……可以和死去的亲人亲密接触！"

"那就重温旧梦吧！"

费米基就知道唐中波会选择重温旧梦型。他不会来寻求刺激，也不想在这海上听音乐、跳舞。

“你呢？”费米基问唐芷。

“我玩海底世界！”唐芷早有准备。唐芷的照相机已挂在胸前，准备抓拍镜头了。

费米基立即召来了两个女服务生，一个服务唐中波，另一个服务唐芷。在这个时代用真人服务，这是最高礼遇了，一般都由机器人来服务。但唐中波不知道的是，这“最高礼遇”是为了方便调查。两个服务生是HEO成员，“见习水母10”和“见习水母12”。

费米基和沙卡娅不能长时间陪同，他们还有自己的事，走开时，沙卡娅叮嘱唐中波和唐芷：“开心地玩，痛快地玩！”

唐芷急不可待地拉起见习水母10的手往海底世界去了，还一个劲地喊见习水母10“姐姐”。见习水母10最怀疑的是唐芷挂在胸前的那个照相机，借口给唐芷照相，拿过来照相机，唉，就是一个普通的玩意儿。见习水母10又盯上唐芷的发卡，仔细看，就是发卡。唐芷身上没有值得怀疑的？见习水母10又发现唐芷外套上有颗纽扣不太配套，像是新换上去的，针脚还很别扭，像个男人干的活。这个男人应该不会是唐中波，因为唐中波经常动手做手术，手指灵巧，针脚不会别扭。

唐中波跟着见习水母12到了重温旧梦厅门口，见习水母12回过头来做了个“有请”的姿势。唐中波对她说：“你干别的事去吧。我自己玩！”服务生说：“服务先生是董事长的命令！先生若赶我走，我就被辞退了！”有这么严重？唐中波不好再说什么了。服务生引领唐中波进了重温旧梦厅，和唐中波在一个包厢坐下来。有服务生送来了咖啡和茶，唐中波选择了茶。灯光暗下来了，音乐响了起来，唐中波眼前走来了一位一位已故的亲人：爸爸，妈妈，姑姑……路英……“路英！”唐中波高喊一声，路英回过头来，看见了他，向他飞跑过来了……

唐中波坐的这个包厢其实是一个测试箱。是不是外国派遣的特务，坐进这个包厢就知道了。包厢可以检测落座人的生理指标。特务都要接受严格的训练，受过严格训练的特务的生理指标和一般人的生理指标是不同的，比对一下就知道了。此刻，唐中波的生理指标已被服务生传送到数百米之外的费米基眼前了。

“唐中波不是中国派遣来的特务？”费米基看了唐中波的检测结论，满腹狐疑地对沙卡娅说。

“现在你总该相信我说的话了。唐中波就是中国派来的一个医德高尚、医术精湛的医生！”刚刚才得知丈夫邀请唐中波其实别有用心的沙卡娅骄傲于自己的判断。

“中国人是傻子？把这么好的医生派到外国去给别人治病，那自己国家的病人呢？不，就像我们把哈丽特派往中国去一样，肯定是另有企图的！”

“检测结论不是出来了吗？中国人聪明，中国人也真诚！”

“我怀疑他的那顶帽子！”

“帽子？”

“就是他头上戴的那顶帽子！”费米基不死心，“我要看看他的帽子！”

“你不怕麻烦就继续吧！”

唐中波沉浸在与路英的重逢之中，有人取他头上的帽子，他好像知道，又好像不知道。

费米基吩咐左右的人说："去检测检测唐中波的帽子，看有没有先进的光电磁！"

不到一分钟，检测结果出来了："—"性。也就是说这是一顶普通的帽子。

"多此一举吧！"沙卡娅几分得意。

"京清市？傻子。那个郭泰市长？傻子。"费米基摸着他的胡子说。

"中国人拿我们当真正的朋友。"沙卡娅说。

"真正的朋友？哈哈……"费米基放声大笑，笑过之后，又陷入沉思：唐中波可以排除，他身边的人难道都可以排除吗？

这时候，服务唐芷的见习水母10发来了汇报：唐芷就是一个单纯的中国女孩，身上的照相机就是一个普通玩意儿。要说疑点，就是她穿的外套被换了一颗纽扣。因为衣服基本是新的，质量也蛮好，怎么会换纽扣呢？是不是有人曾经在纽扣上做过文章呢？

费米基看了见习水母10的汇报，满意地点点头，终于摸到一丝蛛丝马迹了。

4

这几天，哈丽特提心吊胆地过着日子。

在市安全部门看守所夺回柳絮红头上的思维调控器的行动不能不说成功，但这当口，施凡怎么就找自己呢？他是"章鱼3"吗？在保护她吗？哈丽特去见施凡，施凡说："哈丽特医生何必亲自上街呢？愿为你跑断腿的人多的是！"模棱两可，让人估摸不透。

有件事，哈丽特想起来就害怕，就是在拔柳絮红头上的思维调控器的时候取下了手套。这是一个错误，一个高级特工不该犯的错误。或许可以辩解为：当时心情紧张嘛，不取下手套手拿不稳镊子嘛！可这能成为理由吗？自己取下手套拔下柳絮红头上的思维调控器的时候，就在柳絮红头发间留下了自己的生理信息，万一被中国特工搜集到就惨了，中国特工会找到自己。或许是自己多虑吧，王薇请假了，说是她母亲柳絮红去世了。人死了，火化了，留在她头发间的什么东西就都不存在了。

这几天，哈丽特也有高兴的事，她治好了一个又一个病人。邱大同的儿子邱石也日见好转，能自己用勺子吃饭了，还能扶着床沿移步了。邱大同不能不来看望他的儿子吧，一个主意在哈丽特的脑海中闪现了，她加速了邱石神经正负电荷的调动。

邱石一天一个变化，身体日渐好转。

邱大同几乎每天与陪护邱石的妻子通话，要通过智能光屏目睹邱石的变化。最近邱大同终于有理由到京清市来多待一段时间了。公嘛，是京清大学马迪夫实验室的2000万元经费科学研究部门已经下拨了，来查一查落实情况。私嘛，当然是看儿子。

邱大同到了人民医院。

院长施凡从医院停车场上发现来了一辆外市牌照的车。打听之后得知原来这辆车是邱大同的。施凡这几天头脑里高度绷紧着一根弦：警惕杀人犯在医院里出现。京清市安全部门在全市范围内对"4・17"谋杀案进行着拉网式排查。施凡作为医院的院长，当然也收到了相关通知，从而知道了发生在市安全部门看守所的“4·17”谋杀案的严重性。排查人员说：“犯罪分子使用高科技手段作案。施院长，你的医院高科技人员多，是排查重点啊！”施凡表示积极配合。排查一时没有结果，医院内风声鹤唳、草木皆兵。要不，施凡怎么会注意到停车场上的外市车辆呢？领导就是领导，时间不同，处理问题的方式不同，上次邱大同让施凡关于他的到来不要惊动市里的同志，这次却主动对施凡说：“代我把你们市长郭泰请来！”

郭泰来了。郭泰虽然年纪比邱大同长，资历比邱大同老，但在邱大同面前显得毕恭毕敬，一口一个“邱部长”。邱大同说：“郭市长，你就别这么‘部长’‘部长’的叫了，就叫我邱大同。我这次到京清市来，一公一私。公嘛，是京清大学马迪夫实验室的2000万元经费我们科学研究部门已经下拨了，我来查一查是否全额打在了马迪夫实验室的账上，是否专款专用。”

郭泰点头，问：“那私呢？”

邱大同说：“私嘛，当然是看儿子。你是我们邱家的恩人呢！”

郭泰说：“您太客气了！”

邱大同说：“是你请来了M国比得市的哈丽特医生，哈丽特医生给我儿子的病带来了转机！”

郭泰说：“你得感谢哈丽特医生！”

邱大同说：“当然得感谢。你是地主，得吵扰你了！”

郭泰说：“这是在为中M友谊添砖加瓦，是应该的。你需要我做些什么呢？是不是想与哈丽特医生共进晚餐？”

邱大同说：“这样当然好。不知哈丽特医生是否喜欢吃中国菜？”

郭泰把目光转向施凡，问："你知道吗？"

说实话，"4·17"谋杀案大排查，施凡已把哈丽特列入调查名单了。因为案发当天，哈丽特不在医院，乔伊娜说她上街去了。哈丽特离岗上街，有点异常，当然要查一查了。此刻，施凡突然被问到了哈丽特，支支吾吾说："我……只知道哈丽特医术高超。她是否喜欢中国菜，还、还不清楚。不过，可以直接问她！"

郭泰说："直接问人家，这合适？"

施凡说："中国人含蓄，M国人直接。哈丽特直接！"

郭泰征求邱大同意见："你认为如何？"

邱大同说："也好。"

施凡领着郭泰、邱大同进了医院的接待室，又转身去请哈丽特。

哈丽特是贼精的人，早在窗口看见过邱大同了，思考着该实施自己的主意了：借这个邱大同当把遮风挡雨的伞，顺便教训教训这个施凡。想当初，她还误以为施凡是"章鱼3"呢，实际上是八竿子打不着的事。这个施凡，就是粪坑里的一块石头——又臭又硬！

施凡进来了，说了来意，哈丽特说："医院不是有制度，上班时间不准离岗会客人吗？"

施凡说："制度是约束中国医生的。你例外！"

哈丽特说："不。我不能例外。"

施凡说："这是特殊情况。"

哈丽特说："什么特殊情况？我没有什么特殊情况。"

施凡说："要见你的人是邱石的父亲邱大同，中国科学研究部门的部长！”

哈丽特说：“我不管什么长。如果是病人的家属、亲属，要了解病人的情况，就到我的诊室来！”

如此看来，施凡是请不动哈丽特了。正在施凡难堪的时候，邱大同、郭泰一同到哈丽特的诊室来了。

邱大同大步上前，握住哈丽特的手说：“感谢你妙手回春救治了我的儿子！”

哈丽特假装记不起邱大同，问：“你是……”

施凡忙介绍说：“邱石的父亲邱大同，我们国家科学研究部门的部长！”

哈丽特“啊”了两声，说：“记起来了。邱石是从外市来的病人。我曾经对你表过态，对邱石的治疗我有90%的把握。我正在兑现我的承诺！”

邱大同说：“我已经看到了。”

哈丽特看到过费米基和郭泰在一起的影像资料，应该认识郭泰，却装着不认识，指着邱大同身后的郭泰问：“这位是……”

施凡说：“我们京清市市长郭泰！”

哈丽特站起来了，向郭泰行M国礼，说：“我代表比得市市民向郭市长敬礼！”

郭泰忙说：“你客气了。你是M国的友谊使者，也是我们京清市的客人。在京清市生活愉快吗？”

哈丽特沉默不语。

郭泰说：“你生活不愉快？”

哈丽特说："是的，不愉快。有人在调查我！"

郭泰大吃一惊，问施凡："有这样的事？"

施凡小声嘀咕说："'4·17'案搞排查，一个不漏。"

郭泰本不满意市安全部门，一天到晚怀疑这个怀疑那个，天下哪有那么多间谍？这不，得罪外国友人了吧！对哈丽特解释说："这是例行公事。请哈丽特医生不必介意。"

哈丽特说："例行公事？能告诉我为什么吗？京清市有人杀人放火了？抢劫银行了？"

郭泰说："不是，都不是。与您无关，您最好别管了。"

哈丽特说："能不管吗？我上街也遭到追问调查了，这是在限制人身自由嘛，我抗议！"

邱大同不知缘由，但感到了事情的严重，转过话题说："为了表示我们对您的歉意，想与您共进晚餐。可以吗？"

"不可以。"哈丽特说，"在这个问题没搞清楚之前，我是不会与你们共进晚餐的。吃不出味道！"

邱大同问郭泰："京清市最近发生了什么？"

郭泰说："4月17日，在我市安全部门看守所发生了一起谋杀案……"

施凡接过话题说："大排查嘛，哈丽特医生被过问了几句吧。就是过问了几句。"

大排查处理得也太草率了！邱大同不满意地看着施凡，郭泰忙向哈丽特道歉。哈丽特认为自己的目的达到，不再坚持，提议与邱大同、郭泰在她的诊室前合影，施凡可以列席。这当然没问题。几分钟后，合影出来了，四人各有心事，但都面含微笑，各自在“祝中M友谊万古长青”的横标下面署上了自己的大名。

之后，四人谦让着坐进邱大同的车，去共进晚餐。

5

哈丽特将自己与邱大同等人的合影放大装饰一番，挂在自己的诊室内，向众人暗示自己超乎寻常的人脉关系和地位背景。

间谍嘛，哪有放心大胆的日子，这不，哈丽特又提心吊胆了：王薇请了5天的丧假，今天来上班了，虽然戴着个黑袖章，但哪像死了母亲的样子？眼睛清澈明亮，连根红丝都没有，根本没伤过心掉过泪！难道说王薇和她妈柳絮红关系不好？不，哈丽特亲眼看见王泊海住医院的时候，王薇和柳絮红在一起的情景，母女俩亲近得很。难道柳絮红没有死？不会吧。打死柳絮红的是先进的光压缩手枪，死亡按钮是准确无误的，她不会不死！要找到答案只有找王薇了！

王薇换了白大褂，到诊室来问候老师：“哈丽特老师好！”

“好，好。”哈丽特点着头，“你妈的后事料理完了？”

“嗯，料理完了。”王薇一边收拾桌子一边回答。

“是火化还是土葬？”哈丽特已清楚了中国人死后有的是火化，有的是土葬。

“这个嘛……”王薇一时回答不上来，“是……是火化的。”

哈丽特已经看出来了，王薇在说谎。她应该像对待那个施工队长高墙一样，把她麻醉，让她回忆回忆往事，吐露实情。可是，不行，众目睽睽，如何把她麻醉？如何给她注射？再说，她已拜自己为师学习，给她的大脑神经动手脚，还如何向她传授知识？不行，绝对不行。哈丽特想，对待王薇，干脆来个直截了当："王薇呀，虽然你妈不在了，但我既是你老师又是个女人，不知你愿不愿意把我当作你妈妈看待？"

"当得，当得。"王薇大喜过望。

"可是，你的表现让我失望啊。我不会收一个说谎的孩子做我的女儿，我也不会收一个说谎的人做我的学生！"

王薇紧张起来，做不做哈丽特的女儿无所谓，做不做哈丽特的学生就至关重要了，她最想要的是把哈丽特的那套人体神经正负电荷矫正的医术学到手，辩解说："我……我是一个诚实的人，说不来谎。"

"不。你不诚实，很会说谎！"

"老师能给我指出来吗？"

"可以。你母亲她怎么样了？"

"她……"

"她没有死！"

"……是的。她没有死。"王薇说了实话。

"可是，你说她死了，给她带黑袖章，这不是说谎是什么？"

王薇解释说："这不关我的事，是我哥让这么干的！"

"你哥？"

"王斗。我哥叫王斗。"王薇生怕哈丽特生气，进一步解释，"你们见过面的。我父亲住院的时候，你和他还握过手！"

"啊，记起来了，挺帅气的一个小伙子，怕有1米8吧！"哈丽特假装释怀了，表示不生王薇的气了，“你哥为什么要隐瞒真相？”

“不清楚。”

“他干什么工作？”

“不清楚。”

“你怎么总是‘不清楚’？”

“他不说，我也懒得问。”王薇发现哈丽特不高兴，赶紧发挥，“他不说，我也猜得出来呀。他是安全部门的工作人员！”

“安全部门？”

“嘘——，小点声音。”王薇做出一个手势，“就是特工。他把我妈藏在哪里，我也猜得出来！”

“藏哪里了？”

“花果湖最北端的一个养蜂场。我妈是研究昆虫的，那个养蜂场的场长经常找我妈讨教养蜂知识，蛮熟的，称我妈‘柳博士’。”

“啊？”

“这事您千万别对外人讲！”王薇叮嘱。

“我对谁讲？你刚才说的什么我都忘了，对我没用嘛！”哈丽特打了个哈欠。

6

柳絮红没有死，这事不能儿戏。哈丽特得赶紧向总部汇报。哈丽特与费米基使用的是量子通话器，没有障碍，旁人无法窃听。

“这样看来，王斗成了我们最大的障碍！”费米基听了哈丽特的汇报，下结论说。

“是这样的。我们是不是要踢开这个障碍！”哈丽特请示。

“怎么踢开？”

“干掉他！”

“不。王斗是高、精、尖人才，目前还没发展到非干掉不可的程度。再说，干掉王斗动作太大，会引火烧身！”费米基惜才，舍不得，另外，风险太大。

“可他成了我们的障碍！”

“王斗以后再说，先干掉柳絮红吧！”

第二天清早，6点刚过，王斗接到了养蜂场场长的电话：“柳博士发生了意外！”

意外？什么意外！王斗赶到养蜂场柳絮红的房间，柳絮红直挺挺地躺着，身体已经冰冷了。再多的分解光毒注射液也不起作用了！

“我们没听见枪响，我们的狗也死了，柳博士……”场长伤心地诉说。

毫无疑问，这次杀害母亲是上次谋杀案的继续。令王斗百思不得其解的是：敌人怎么知道了母亲的藏匿地点呢？

王斗为继母的死伤心，也十分悔恨柳絮红还没来得及提供半点有价值的破案线索，更多的是自责，继母死在他选择的隐藏地点里。

王斗分析得很对，柳絮红这次的被谋杀是“4·17”案的继续，只是，这次哈丽特没出面，更没动手，是克耶尔和冯勇敢所为。哈丽特只动了嘴巴。

7

费米基召哈丽特回国。哈丽特来中国快一年了，按规定，满一年能回M国休假一个月。提前几天回国休假，这不是问题。

哈丽特回来了，最想见到的当然是她的女儿鲁安诺娃。

哈丽特下飞机后，直奔比得市她的家。她去中国的时候，女儿的眼睛刚揭纱布。

比得市她的家里，热气腾腾。鲁安诺娃、唐中波，还有唐芷跑上跑下，正在张罗一桌中国菜，为她接风洗尘。这是鲁安诺娃的主意。唐中波认为，到餐馆去多省事，但鲁安诺娃坚持在家里，而且亲手准备了中国菜。唐中波理解鲁安诺娃的用意，她是要讨好哈丽特，同意他们的婚事。

鲁安诺娃已经向哈丽特摊牌了，她要嫁给唐中波。在这个问题上，唐中波是犹豫的。鲁安诺娃活泼明媚，对他和唐芷都很关心体贴。这段时间以来，他和鲁安诺娃整日朝夕相处。也多亏了鲁安诺娃，他才渐渐地从妻子去世的悲痛中走了出来。唐中波觉得他是喜欢鲁安诺娃的。尤其鲁安诺娃的那两只黑眼睛，是他的爱妻路英的两只黑眼睛，他和鲁安诺娃在一起，就像和路英在一起一样。但是，鲁安诺娃毕竟不是路英，年龄差距大，国籍和生活习惯不同，所以他犹豫。他更担心的是鲁安诺娃的母亲，那个比得医院的医生投否决票。

哈丽特到家了。哈丽特高喊“鲁安诺娃”，鲁安诺娃高喊“妈妈”，母女二人拥抱在一起。母女二人分开快一年了，当然想念。站在一旁的唐中波自然想起了自己的假期，他的假期到了，也要回国，可他的父母和妻子都已经不在了。

哈丽特拥抱完了，唐中波硬着头皮喊：“哈丽特医生好！一路辛苦！”哈丽特当然知道唐中波在她家里的缘由，点头回话说：“你也好！你也辛苦！”唐中波治好了女儿的眼睛，应当感谢他，但要他成为自己的女婿，一时还难以接受。其一，他是外国人；其二，他不仅年龄大，而且他的孩子都那么大了。

唐中波拉过来唐芷，要唐芷喊哈丽特。唐芷问：“喊什么呢？”是呀，喊什么呢？医生？大婶？鲁安诺娃插话说：“喊奶奶！”于是，唐芷喊了“奶奶”。哈丽特纠正说：“不要喊我奶奶，喊我医生，哈丽特医生！”唐芷重新喊了“哈丽特医生”。场面有些尴尬。唐芷饿了，看着满桌子中国菜，纠缠着唐中波要吃饭。唐中波不敢发话，看鲁安诺娃，鲁安诺娃对哈丽特说：“妈，我们吃饭吧。不然菜凉了！”

饭吃得很沉闷。唐中波和鲁安诺娃共同举杯给哈丽特敬酒，哈丽特接受了，但是，十分勉强。唐芷吃饱了，丢下筷子还有叉子，要回去。唐中波拉着唐芷的手，向哈丽特告辞。

8

接下来，哈丽特去见费米基。

费米基在市长办公厅接待哈丽特。哈丽特不需汇报这一年在中国的情况，费米基一切了如指掌。费米基给哈丽特斟上一杯香槟，算是慰问。二人谈起了“墙”的信息的中断。哈丽特说，是中国特工王斗破坏了马迪夫实验室墙上蝴蝶镜框里的复制器，罪魁祸首是王斗。费米基反对说：“不，王斗怎么会知道蝴蝶镜框里的秘密？罪魁祸首是鲁安诺娃！”

“什么，罪魁祸首是鲁安诺娃？”哈丽特不相信自己的耳朵。

“说‘罪魁祸首’可能不确切。用‘责任’二字最好。”费米基说，“我相信你能正确对待。实话告诉你吧，鲁安诺娃是不认账的。我们不得不对她采取脑电波比对。鲁安诺娃的脑电波比对结果是两个‘？’号，说明她存在犯错或犯罪，这是铁证。我怀疑，是你女儿把‘墙’的信息带出了情报处的资料室。”

哈丽特说：“我当然能正确对待。我明白了，是我的女儿把‘墙’的信息带出了情报处的资料室，被中国的特工钻了空子，窃取了！”

费米基说：“应该是这样的。”

哈丽特说：“我估计不错的话，这个中国特工应该是眼科医生唐中波！”

费米基耸着肩说：“不、不、不，唐中波不是特工。我让他和他的女儿上过海上游乐园彻底检验过了，检验的结果是唐是一个纯粹的医生，她女儿是一个单纯的小女孩。”

哈丽特奇怪了，说：“不是唐中波，会是谁呢？”

“答案只有从鲁安诺娃身上找。”费米基摊摊手，“按照我们HEO的律条，泄露情报要将责任人停职并关进审讯室严厉审查。这就是我提前召回你的原因。我不想你我之间有不愉快的事发生。你找你女儿落实吧！”

哈丽特回答：“行。”

鲁安诺娃当然不承认自己有什么过错。中国京清大学马迪夫实验室的情报要传送到M国的HEO的情报处亚洲分处，中间要经过多少环节，怎么就肯定是她的环节出了问题！

“脑电波比对是科学的。你的结果是两个‘？’号，怎么解释？”哈丽特说。

“科学也有伪科学。脑电波比对或许就是伪科学。即便是真科学，也有时候会出现差错。或许是脑电波在我身上出现了差错！”鲁安诺娃争辩。

“你举起你的右手回答我，你是否把中国京清大学马迪夫实验室的情报带出过情报处的资料室？”

举起右手回答意味着发誓，撒谎会受到惩罚。鲁安诺娃只能如实回答：“是的。我把中国京清大学马迪夫实验室的情报带出了情报处的资料室。因为当时我很兴奋，很激动。我想把这份兴奋、激动的心情持续下去，就把情报带出了资料室。”

“因为你很兴奋，很激动，你想有人和你共享这份兴奋和激动，所以你把情报给人看了。给多少人看了？他们是谁谁？”

“我没给谁看。我发觉我把情报带出资料室是错误的，十分后怕，赶紧回家，把它锁进了我的床头柜里。你知道，那是铁铅合金做的，万无一失。”

“是这样吗？”

“我举着右手呢。而且你是我妈，我不会骗你。”

哈丽特看着女儿举着的右手，想：问题不一定出在她这里，她要为女儿申辩。

哈丽特马上向费米基作了申辩。

“不。问题就是出在她把情报带出了资料室。把情报带出了资料室就等于泄露了情报。这是不容置疑的！”费米基听不进申辩，“把她关进审讯室吧！”

哈丽特求情说：“她曾经为HEO失去过双眼，相互抵消吧！”

费米基说：“可是，HEO没有这样的先例！”

哈丽特说：“鲁安诺娃的错与我有关。因为我不在她身边，我去了中国。要是我在她身边，她就不会犯这样的错误。因此，我以‘水母4’的名义申请，给鲁安诺娃一个将功补过的机会。”

费米基看了看哈丽特，权衡一番，说：“好吧。‘水母4’的面子我是不能不给的，一段时间后如果没有能说服我的将功补过的成果，鲁安诺娃将受到更严厉的处分！”

哈丽特走出费米基的办公厅，呼出一口长气，思考着如何让鲁安诺娃在一段时间内拿出将功补过的成果来。她想，第一，该挖出窃取了鲁安诺娃手中情报的这个人；第二，该恢复“墙”的信息。如何着手？哈丽特想到了一个关键人物——王斗。只要争取到了王斗，这些问题都好解决。如何争取王斗？还是利用亘古不变的金钱和美女吧。

哈丽特十分直接地向鲁安诺娃表述了自己的意见，说：“你必须到中国去，接近王斗，和王斗保持亲密关系，搞定王斗！”

“我对您说的这个王斗不感兴趣！”

“王斗年轻帅气，比唐中波强十倍！”

鲁安诺娃说：“在我的眼里，天下的男人没有哪一个比得上唐中波的帅气。你就别在我的恋爱问题上花费心思了。”

哈丽特说：“你就不怕被处分？”

鲁安诺娃说：“笑话，那我就离开你们的HEO，离得远远的！”

哈丽特赶紧捂住鲁安诺娃的嘴巴。隔墙有耳，何况现在是隔山隔海有耳，就凭鲁安诺娃这句话，按HEO的律条就会遭受极严重的处罚了。这就是所谓的上贼船容易下贼船难。HEO无处不在，你离开得越远，躲得越深，死得越惨。因为你在加入HEO组织时，你的生理信息就被收集并储存起来了，从此，你的行踪就被组织掌握着了，它可以保护你，但一样可以杀死你。

鲁安诺娃说：“是你害了我，让我稀里糊涂加入了HEO！”然后哭着站起来，往外跑了。

9

女儿是母亲的心头肉。哈丽特决定要鲁安诺娃将功补过。哈丽特有了打算：给鲁安诺娃注射一支忘掉往事的注射液，让她忘掉这个唐中波！

女儿会跑到哪里去呢？把她叫回来吧。哈丽特拨了鲁安诺娃的手机。通了：“鲁安诺娃吗？”

“是我。妈妈。”

“你就这么跑了，让我很伤心。我刚从中国回来，你这样对待我！”

“我不想去中国！”

“你可以不去中国。”

“我要和唐中波结婚！”

“可以。一切都好商量。”哈丽特尽量答应女儿，其实她是在欺骗鲁安诺娃。不去中国，她说了能算吗？在HEO，她的地位不低，是“水母4”，可她的上面还有“水母2”，还有“章鱼1”，最重要的是，还有HEO的律条，地位越高越要带头执行律条。

鲁安诺娃回来了。母女俩相互拥抱、哭泣。

“你跑到哪儿去了？”哈丽特擦着女儿眼角的泪水，问。

“我能去哪儿，唐中波那儿。”

这个孩子，离不开唐中波了：“吃饭了吗？”

“吃了。”

“今天我们什么都别说了，影响心情。来，你躺在妈妈的怀里，美美地睡一觉！”

母亲的怀抱是天底下最温暖的床。鲁安诺娃躺在母亲的怀里，当真睡着了。20大几岁的姑娘还像个孩子。

鲁安诺娃太沉，时间长了哈丽特是受不了的。哈丽特顺势将鲁安诺娃安顿在沙发上，望着女儿，不免心酸：干吗要夺女儿之爱忘掉唐中波呢？说实在的，唐中波没什么不好，只是年龄大了一点，这不是男女相爱的障碍……哈丽特正在心酸，耳边响起一个严厉的声音：“哈丽特，不要这么儿女情长，快干你应该干的事！”这是提醒，这是忠告，HEO的成员从加入组织的那一刻起，就没有儿女情长了。

哈丽特要干自己该干的事了。

哈丽特给鲁安诺娃静脉注射了可以使人忘掉往事的注射液。鲁安诺娃的记忆在显示屏上出现了，密密麻麻，一页又一页。哈丽特在搜索栏输入关键字“唐中波”，删除了关于唐中波的所有记忆。哈丽特吐出一口长气。

鲁安诺娃心中再也没有唐中波了，也再不会去唐中波的住处了。

10

鲁安诺娃一段日子后是要被派往中国的，去中国之前必须为她扫清障碍。最大的障碍就是那个窃取了鲁安诺娃手上的马迪夫实验室情报的人，是潜在的危险。哈丽特求见了费米基，提出了自己的要求：为鲁安诺娃的中国之行扫清障碍。费米基当然答应。就是哈丽特不提这个要求，费米基也要为鲁安诺娃扫清障碍，揪出这个躲在鲁安诺娃身后的中国特工。

费米基想起了见习水母10曾提供的唐芷外套纽扣的疑点，她召来了“见习水母10”，令她查清此事。第二天，“见习水母10”就复命了：给唐芷外套换纽扣的人应该是唐芷的伯父唐大浪。

锁定唐大浪，查清唐大浪！

这是在M国，在比得市，要查一个从中国来的中国人太容易了。唐大浪，52岁，中国驻M国比得市商务办事处接待科科长。

“啊，一个小小的科长！”费米基歪了歪脑袋，“52岁才当一个科长，而且是接待科科长，能接触各种各样的人，我敢肯定，他就是中国特工！”经验丰富的费米基作出判断。

“干掉他？”哈丽特问。

“干掉他是最容易的事，也是最愚蠢的事。”

“为什么？”

“会引起外交事端。中国的大使馆会提出抗议！”

“那就把他麻倒，给他注射可以使人忘掉往事的注射液！”

费米基笑笑，请“水母4”放心，唐大浪会忘掉鲁安诺娃的，彻底地忘，永久地忘。至于是不是给他注射药液，就不用你操心了。

几天后，唐大浪参加了一次宴会，回来后有点低烧，之后患了严重的健忘症，连自己叫什么名字也记不起来了，近乎痴呆。唐大浪只能回国了。

唐大浪是让他们放心了，还有唐中波和唐芷呢？这父女俩虽不是中国安全部门的，但也会威胁到鲁安诺娃到中国后的安全。唐中波和唐芷不会不回中国吧，万一他们在中国与鲁安诺娃碰面了呢？鲁安诺娃是不是该整容、换肤，让他们认不出来？

费米基依然笑笑，说整容、换肤这一套老掉牙了，还是得在唐中波和唐芷身上动手脚。谁知，这事不知怎么让沙卡娅知道了，沙卡娅坚决反对，说唐中波和唐芷不是中国的特工，善良得很，不会威胁到鲁安诺娃的安全。对善良的人动手脚，道德吗？还有，唐中波还要为人治眼病，动手脚有闪失岂不报废了。费米基只得作罢。

费米基请哈丽特立马回中国去。鲁安诺娃会在强化训练以后去中国，具体事宜他会做好安排。

第七章　董事长断了脊梁骨

1

从某种意义上来说，科研成果是钱堆出来的。科研项目好比种子，钱好比养分，种子好，养分充足，就能开好花，结好果；种子再好，养分不足，甚至贫瘠，开不出花，当然结不了果。马迪夫实验室有了学校的2000万元和国家科学研究部门的2000万元科研经费，腰杆子就硬了。

马迪夫和他的学生陈开、孙朗夜以继日地工作，生产小小雅山室外模型。

马迪夫和王斗商量，实验室需要水泥石头，需要很多的劳动力，要有外人出入实验室，光电门是不是该拆了？王斗说："这不可能。"那总得有解决的办法呀！王斗说："给你推荐一支建筑队，市第六建筑队。"马迪夫说："他们懂炸药吗？"王斗说："恐怕……不懂。"马迪夫说："就是嘛。"王斗给了马迪夫20张类似门禁卡的东西，发给需要进出实验室的人，这样，运输车辆、劳动力凭这个东西出入实验室就不是问题了。只是门禁卡有效时间只有8小时，得不断找王斗更换，烦人。

3个月后，小小雅山室外模型生产出来了。

“对这次的室外模型塌陷把握有多大？”路坦来了。自从王斗在光电门里输入了路坦的生理信息，路坦可以自由出入马迪夫实验室后，他几乎天天来。

“应该是万无一失。”孙朗答话，“我敢肯定，图纸上的各项指标与模型上的各项指标，没有误差。”

“应该是有一定把握。”陈开插话，“我担心的是在激活点放置的炸药TNT当量的准确性。小了，激活不起来，大了，协调不起来。”

“您认为呢？”路坦问马迪夫。

“陈开说的对。科学实验没有万无一失。”

“陈开说‘有一定把握’，您能把‘一定’换成数据吗？”

马迪夫说：“那就是90%吧！”

“好。”路坦十分兴奋，“我要的就是您这个90%。塌陷定在什么日子？”

“今天是星期一，就在星期五。你说呢？”

“好，就星期五。我想把观摩小小雅山室外模型塌陷的现场人数增加一些，不能只是你们3人再加上我，比如校董事长戚天威、市长郭泰都应在邀请观摩之列，让大家共同见证这次实验。”

“可是光电门不让他们进。”

“我去想办法。”路坦十分兴奋地走了。

路坦去找谢仲秋了，他不愿直接找王斗。

谢仲秋这些日子不好过。“4·17”案压得他喘不过气来。案子是发生在他的安全部门呀，这么多日子了，柳絮红又死了，破案一点眉目都没有。你

不是在全市搞地毯式排查吗？凶手呢？特务呢？你自己的安全都保证不了，怎么保证国家的安全？听到这些指责，谢仲秋只恨面前的路上没有洞，有洞真要钻进去，简直无地自容。

谢仲秋觉得路坦说的有道理，小小雅山室外模型塌陷，戚天威和郭泰都应该在现场。

路坦相求，谢仲秋只好硬着头皮找王斗。还真不知道这小子买不买账。

王斗这些日子也不好过。继母死了，令他伤心不已。他从继母头发里提取了“4·17”案凶手的生理信息，拿着找到的这条线索跑过宾馆、旅社，跑过超市，希望能捕捉到相同的生理信息，从而抓到凶手，但却无功而返。千万人口的城市，这种概率几乎为零！

接到了谢仲秋的电话，王斗来了。

王斗买账，出奇地买账。王斗说：“不光校董事长戚天威、市长郭泰可以进，凡属好奇的、愿意捧场的，都可以进！我们敞开大门，欢迎四方宾客！”

谢仲秋不高兴，说：“你这是气话！”

王斗说：“我说的不是气话是实话！”

谢仲秋说：“你葫芦里卖了什么药吧？”

王斗当真葫芦里有药卖。二人一阵耳语。

“什么？让马迪夫搞假实验，把特务引来？”谢仲秋重复着耳语，“主意不错，主意不错。让人担心的是激活论的泄密问题，但这个问题是可以解决的！”

“我枉为人子。母亲死了这么多天了，凶手还逍遥法外，我不甘心，只有走走险棋了。”

“那么多人，怎么认出特务来呢？”

王斗实言相告：“我在我母亲头发上采集到了特务的生理信息。”

谢仲秋表示疑惑：“你靠采集到的特务的生理信息就能抓到特务？”

王斗说：“人的生理信息如同人的指纹，各不相同。采集到了生理信息就等于抓到了特务。怎么，谢局长信不过？”

谢仲秋忙拦住说：“信得过信得过。我这就让路坦去通知马迪夫，搞一次假实验！”

王斗说：“这还差不多！”

路坦听了谢仲秋的话，觉得为难，可是，你刚才找人家帮忙，人家答应了，人家现在找你，你好拒绝？于是他只好去找马迪夫。

果然，碰了个大钉子。

“什么？要我搞一次假实验？”刚才还和颜悦色的马迪夫一下子翻了脸，“不可能的事！”

“这是配合市安全部门破案的需要。‘4·17’案压得他们喘不过气来了！”路坦以理服人。

“他们喘不过气来就要我弄虚作假？要我在科学界丢人？”马迪夫不认这个理。

“有些事情可以商量嘛！”

“休怪我不给你面子。这事没有商量的余地。”马迪夫果断坚决。

路坦碰了钉子，只得把马迪夫的态度如实告诉谢仲秋。谢仲秋心里暗骂马迪夫是茅坑里又硬又臭的石头。王斗知道了马迪夫持这种态度也十分恼怒。但是，王斗不想放弃这个机会，谢仲秋更不想放弃。那就只能加强安保了。但实验的日子得往后挪，最好是下个星期的星期五。谢仲秋把自己的想法告诉给路坦，请路坦再出面与马迪夫商量改动实验日子的事。路坦只好硬着头皮去找马迪夫，马迪夫说："这当然没问题。"

2

清早，京清大学校门口贴出了一张海报：

通知

兹定于下周星期五（5月20日）上午10时在马迪夫实验室举行小小雅山室外模型塌陷实验，欢迎各界人士现场观摩指导。

5月10日

这是谢仲秋担心敌方间谍不知道马迪夫在星期五进行小小雅山室外模型塌陷实验的消息，要路坦所为。

这一着还管用，克耶尔在第一时间看到了海报，知道了这一消息。刻不容缓，克耶尔赶快折回足球队储藏室，打开量子通话器向哈丽特通报。

哈丽特回中国已有多日了。哈丽特接了克耶尔的电话，怀疑京清大学校门口这张海报的真实性，叮嘱克耶尔马上到她的501室来。

克耶尔马上来了。二人经过一番交谈，哈丽特果断地说："这里面暗藏着一个大阴谋！"

“大阴谋？”克耶尔弄不明白。

“严密保护下的马迪夫实验室在实验的最关键时刻，敞开了大门，欢迎参观，这不是阴谋是什么？”

“这阴谋是……”

“引我们上钩，把我们抓起来。哈哈哈……”哈丽特一阵大笑，“只是，这阴谋太小儿科了！”

“我们不去参观，就不上他这个钩了！”

“不。我们去参观，要大张旗鼓地去，让他们吞下我的钩！”

“您的钩？”

“是的，我的钩。按中国人的话说，叫将计就计。”接下来二人一阵耳语，策划方案和分工。

克耶尔回学校去了。他要密切注视马迪夫实验室的一举一动，看中国特工在搞什么鬼名堂。

乔伊娜也来报告海报的事了，问哈丽特：“我该干些什么呢？”哈丽特说：“你什么都不用干，好好上你的班。”乔伊娜说：“那怎么行呢？”哈丽特说：“这叫稳住阵脚。”

哈丽特也照常上班了。

王薇早来了，已把诊室打扫得干干净净。按发展趋势，M国有位姑娘要成为她的嫂子了。父亲王泊海最近收了一名来自M国的叫贝贝诺娃的女学生，她的那个同父异母的哥哥王斗与贝贝诺娃在一起了。这个贝贝诺娃长相很像哈丽特老师，额头和鼻子特别像。

哈丽特屁股一落椅子，打了一个长长的哈欠，王薇看见了，关切地问：

“您昨晚没睡好？”

“没有。”哈丽特又打了一个哈欠，“我的大脑需要休息。”

“您太累了。要不，我陪您看场电影吧！”王薇建议。

哈丽特摇头。

“逛动物园呢？”

哈丽特摇头，问：“你妈不在了，她的百虫园还好吗？”

王薇说：“是机器人在照管。我不晓得怎么样了。”

哈丽特向王薇提出要逛百虫园去：“昆虫比野兽好玩。你妈不在了，你可以邀请我逛你妈的百虫园吗？”

“当然可以。”王薇表现出十二分的高兴，“您想什么时候去呢？”

“到时候我会打电话给你。”哈丽特丢下了话题。

双休日的上午，王薇正准备约郭景，哈丽特的电话来了，说她已到了月亮湾小区，要王薇到门口去接她。王薇赶紧去了。

“导师，您是坐公交车来的？您应该要我开车去接您的！”王薇有点怪老师。

“坐公交好，可以接触很多人，熟悉中国，熟悉京清市。”哈丽特说。

“您是名人。没人认出您？”

“当然有。他们朝我点头，朝我微笑。京清市是一座友好的城市！”哈丽特在撒谎，她是打车来的，“你爸在家吗？”

“不在。”

“你哥呢？”

“他更不在。家里只有机器人花袭人，在百虫园打理。”王薇有些不好意思，“我应该把我爸叫回来！”

“为什么？”

“接待您呀！”

“没必要。我们去百虫园吧！”哈丽特直奔主题。

百虫园里果然有机器人，王薇把她打发走了。说实话，王薇对昆虫不感兴趣，但耐着性子陪老师。哈丽特看出来了，对王薇说：“你只要不担心我拿了你妈的蝴蝶，你就让我自个儿参观吧！”

王薇说：“看导师说的？这百虫园早晚是会没有的。蝴蝶就全送您了！”

哈丽特说：“开个玩笑。你就坐下来打盹，我自个儿玩！”

恭敬不如从命。王薇坐了下来，眼睛慢慢合上了。

哈丽特瞅准飞舞的蜻蜓，用网袋接连逮了好些。

3

王斗在做准备，这是一步险棋，为了减少这步险棋的风险指数，王斗给小小雅山室外模型筑了一圈光电篱笆，阻止所有恒温动物进入篱笆内。光电篱笆看不见，为防意外，四周竖起了“请勿靠近”的警示牌，应该是相当安全了。王斗把采集到的继母头发上的敌方间谍生理信息进行了发酵，让其强烈了数千倍，然后注入了扫描仪。扫描仪看上去就是一块手表，工作时进行360° 扫描，发现目标就亮指示灯。只要是拥有此生理信息的间谍在现场，扫描仪就能找到他（她）。

5月20日这天清早，京清大学的校门敞开了，马迪夫实验室的大门也敞开了，热烈欢迎各界人士光临。

有客人光临了，三三两两，陆陆续续，有开着车的，有步行的。哈丽特来了，没有化妆。王斗来了，他夹裹在学生中间。克耶尔来了，以学校足球队教练的身份而来。走着走着，哈丽特与克耶尔擦肩而过，装作互不认识。

马迪夫实验室占据了原X学院的8000平方米，其中7000平方米拆建成了一个大广场。如今，大广场的中央长起了一座山——小小雅山的室外模型。小小雅山的海拔高度是6000米，按1：100的比例缩小，模型山高度有60米。模型山山顶覆盖着冰雪，底部是按小小雅山下面的欧亚板块结构模拟的。这是一个高科技富矿体，模型山里面设有的激活点的数量及分布情况、每个激活点安放的炸药当量、模型底部的欧亚板块如何模拟以及激活的小小雅山如何下陷都经过严密科学的推算和论证。观摩现场设有主席台，台上摆放着鲜花。主席台临时搭建了凉棚，因为五月下旬的太阳已十分毒辣了。主席台已有人落座了，正中央坐的是国家科研部门部长邱大同，郭泰紧挨邱大同，戚天威紧挨郭泰，接下来的是各兄弟学校的校长。王泊海也位列其中，他还笼罩在丧妻的阴影中，接了邀请还是来了。主席台本有马迪夫的位子，他可是这次实验的主角，但马迪夫不坐，他说他的心是悬着的，坐着不自在。

路坦主持观摩现场。

邱大同不知怎么一下子发现了观摩人群中的哈丽特，让人去把那位外国友人请上来。路坦去了，哈丽特不肯，邱大同坚持，郭泰只好亲自出马请哈丽特医生上主席台就座。市长的面子是不能不给的，哈丽特走上了主席台，坐在了马迪夫的位置上。

广场上大约有2000人，马蔚然、王薇也在其中，此外还不乏便衣警察。

10时整，路坦宣布："小小雅山室外模型塌陷实验正式开始。首先，请京清大学董事长戚天威先生致欢迎词！"

戚天威的欢迎词致得八面玲珑，表现出了十二分的谦恭好客，十二分的礼贤下士。

接下来，是京清市市长郭泰讲话："女士们，先生们……"

王斗不是来听谁讲话的，是来找杀母仇人的，他开始操作扫描仪，对2000人的人群扫描。

哈丽特也不是来听谁讲话的，是来刺探搜集情报的，她按动了衣服口袋里的按钮，给克耶尔下指示：开始行动。

克耶尔收到了指示，立即开始行动。克耶尔挤出了人群，装作上卫生间，来到一棵大树下，环顾四周后，打开了背着的背包。背包里有东西爬出来了，又飞走了。是什么？哈丽特在柳絮红的百虫园里捕捉的蜻蜓，其中有4只蜻蜓哈丽特做过手脚了。具体是什么手脚，克耶尔都不知道。蜻蜓飞上了天，穿过王斗筑的光电篱笆，开始在小小雅山室外模型的上空盘旋。王斗失算了，光电篱笆只能阻挡恒温动物，蜻蜓不属此列。

便衣警察也不是来听谁讲话的。他们注视着广场上的一举一动，稍有异常，会一拥而上。

王斗好生奇怪，扫描好几个来回了，没有要找的生理信息。也就是说，没有要找的这个杀母仇人。

哈丽特看见了盘旋在模型山上空的蜻蜓。蜻蜓的胸部安有芝麻粒大小的微型透视型摄像机，不光能透视60米高的小小雅山模型，连地下的仿欧亚板块也能透视得一清二楚。4只安有微型透视型摄像机的蜻蜓，东南西北各一只，一周360°，各自分管90°。现在，微型透视型摄像机还没打开，还不到时候。

便衣警察们没有发现什么异常。

王斗着急起来，应该是十拿九稳的事，扫描仪怎么就没有反应呢？难道说要找的这个敌人不在眼前的人群中？主席台！对，还有主席台。主席台上坐着的都是有头有脸的人，会有间谍？管他呢。在间谍没抓住之前，怀疑一切是应该的！

此时，郭泰讲话完了，路坦宣布："下面，请国家科研部门的领导邱大同按塌陷启动钮！"只见坐在主席台中央的邱大同站起来了。路坦还真是有心计，让这个邱大同风光，以后好继续找他申请经费。路坦接着提醒："整个塌陷大约是30分钟，其间会有爆破声，会有烟雾，那是实验的正常情况，请大家不要惊慌……"

王斗开始兴奋，扫描仪的指示灯在发亮。

哈丽特意识到时机成熟了，在邱大同按塌陷启动钮的同时按下了蜻蜓胸部微型透视型摄像机的启动钮。胜利就在眼前。

便衣警察中刑侦处处长金昌发现了异常情况，小小雅山模型上空盘旋着几只蜻蜓，哪里来的蜻蜓？会不会是间谍工具？

模型山发出了爆破声，像闷雷，从模型山里升起了一团烟雾。一分钟，两分钟，模型山抖动起来，开始塌陷，1厘米，2厘米……轰隆！模型山发出了巨响，赛过惊雷；哗啦！模型山里升起了浓烟，浓烟裹挟着火焰……模型山在急剧抖动，急剧塌陷，1米，2米……伴随抖动和塌陷，广场也开始震动……

有人惊呼："不好了，地震了！"

"地震了！"

"快逃命！"

广场顿时乱成一团。路坦高喊"镇静"，无济于事。众人纷纷逃命要紧！

广场上最着急的人是王斗。他要根据扫描枪上亮着的灯锁定间谍，偏偏在这个时候，广场上乱成一团了，亮着的灯暗了！

广场上最着急的人还有哈丽特。她担心模型山发出的巨响会吓着她的蜻蜓，火焰会烧着她的蜻蜓，这样，不但情报泡汤，谍报工具也毁了！

广场上最奋不顾身的人是金昌。他要逮住蜻蜓，截获敌方的间谍工具，可是，王斗筑的光电篱笆挡住了他！

主席台临时搭建的凉棚在垮塌，贵宾们你推我搡逃命。有人被砸伤了，其中就有董事长戚天威。

危急时刻，马蔚然来拉马迪夫快走，但马迪夫不走，誓与小小雅山室外模型共存亡。马蔚然拗不过父亲，走也不是，不走也不是。孙朗见状赶紧先将马蔚然拉到了一处稍微安全一些的地方，嘱咐她快走。待到孙朗看不到马蔚然的身影了，又飞速跑回了广场。陈开则一直坚守在原地。

广场上顷刻之间就只剩马迪夫师生三人了。

轰隆，又是一声巨响，哗啦，又是一道火焰，模型山在塌陷，急剧塌陷，瞬间被夷为平地了！

"老师，整个时间是29分37秒。"陈开拉起老师的手，告诉老师。

“‘地震’的时间呢？”马迪夫也承认“地震”。

陈开回答：“18秒。”

马迪夫握紧陈开的手，又转头看向孙朗，说：“你们说，有了这样的18秒钟，我们的实验能叫成功吗？”

“我……说不清楚。”是的，这个问题凭陈开和孙朗是说不清楚的。

一切又趋于平静。

4

这29分37秒是灾难的还是成功的呢？

主席台就座的27人，受伤的有9人，占三分之一，其中伤势最重的是戚天威，一根木柱子掉下来击中了他的腰部，顿时就瘫了。好在没有死人。9名受伤者都送到学校所属的京雅医院治疗。

哈丽特没有受伤。她十分感谢路坦，危急时刻让她最先撤离，但就在她谦让的时刻，邱大同、郭泰挤在她前面夺路逃跑了，还踩了她的脚。还有那个校董事长戚天威，硬往她前面挤，结果一根木柱子掉下来砸中了他，真是活该！她担心的是她的谍报工具，那4只蜻蜓，但十分值得庆幸，4只蜻蜓回来了，回到了她的501室，歇在窗户边她为它们设计的竹竿子上。哈丽特收了4只蜻蜓，心情十分激动，渴望已久的马迪夫实验室的情报就这么到手了！哈丽特按捺住激动的心情，取下一只蜻蜓胸部的微型透视型摄像机，来看一看摄像的效果。顿时，她傻眼了：镜头里是晃动的模糊的一片。其他3只也一模一样。该死的倒霉的“地震”！

王泊海则从丧妻的悲凉中一下子亢奋起来了。马迪夫的实验引发了地震，伤着人了，应该算是失败了，他要好好地幸灾乐祸一番，吩咐王薇：“叫你哥回来！”王薇说：“要是哥不肯呢？”王泊海说：“他敢？就说我有事！”

王斗接了王薇的电话，满口答应。在马迪夫的实验现场，王斗还是有收获的，他的扫描仪的灯亮了，虽没有锁定特务具体是谁，但至少确定了范围。这个范围就是主席台，敌特就是主席台上就座的人，他要一个一个排查。

王斗得去找谢仲秋，商量排查的事。

谢仲秋正要找王斗呢，本来当时从马迪夫实验室出来就要找，被金昌拉住了。金昌反映说模型山上空有蜻蜓盘旋的事，怀疑蜻蜓是间谍工具，于是，他和金昌返回广场找蜻蜓，这时候，模型山已经塌陷了，空空的场地上只有乱石头，没有蜻蜓。时间就被耽误了。

谢仲秋听了王斗的报告，觉得这事需要路坦支持。因为主席台就座的人都是路坦请来的客人，包括他谢仲秋在内。

谢仲秋去找路坦，路坦正被一个人纠缠得不可开交。这个人是谁？马迪夫。马迪夫要路坦表态，他的这次实验是成功还是失败？路坦十分干脆地说：“模型山塌陷了，实验就算成功了。我还没来得及向你祝贺呢！”马迪夫自责地说：“可是，地震了，还造成了人员受伤，而受重伤者又是我们学校的董事长，我很不安。”路坦看看马迪夫窘迫的样子，安慰说：“你应该高兴起来。至于董事长受伤，纯属意外！”马迪夫还想说什么，见谢仲秋和王斗来了，就走了。

路坦听谢仲秋说要排查主席台就座的人，心里直打鼓。因为这些人都是他请来的客人，除了京清市的政要外，还有其他兄弟学校的领导和教授，怎么其中会有间谍呢？但事关国家安全、马迪夫实验室安全，路坦也不好拒绝。他列了个客人名单，交给谢仲秋去排查，并叮嘱谢仲秋排查千万别让这些人察觉，不然，他就得罪这些人了，成了恶人。

马迪夫的实验又停摆了。

5

京清电视台中华大家园爱情歌曲大奖赛节目要开始录制了，除了马蔚然要参加，还有个意想不到的人也参加了比赛——贝贝诺娃。正在与贝贝诺娃“热恋”的王斗从妹妹王薇的男朋友郭景那里得到了比赛节目即将开始的消息，贝贝诺娃人长得漂亮，歌喉也动听，得知这个比赛兴致勃勃地参加了。

节目录制当天，王斗陪着女朋友贝贝诺娃到了电视台，贝贝诺娃表现出色，竟然获得了二等奖。赛后采访时，导播拍下了王斗和贝贝诺娃在一起的身影。

一石激起千层浪。王斗、贝贝诺娃比赛现场的电视镜头被哈丽特看到后气昏了：贝贝诺娃是假戏真做了，真该给她安上思维调控器，那样，她就能一切行动听指挥了！因为思维调控器会给人带来后遗症，哈丽特选择了放弃。

贝贝诺娃就是鲁安诺娃，哈丽特的女儿，来中国时改了名字。

哈丽特立即召见贝贝诺娃。按规定，她们母女是不能相认的，没有特殊情况不能见面。现在，特殊情况出现了。

贝贝诺娃沉浸在获奖的兴奋之中。贝贝诺娃来到中国成为一名留学生，就读于京清大学王泊海的门下，这都是上级的安排。她的任务是接近王斗，从他身上获取情报。现在他们二人的关系已经很亲密了。

“母亲会有什么特殊情况呢？是想念女儿吗？”贝贝诺娃敲开了501的门，喊了一声“妈”，门是开了，应答的是脸上一记响亮的耳光。不用说，给她耳光的是哈丽特，她的母亲。

“您……打我？”贝贝诺娃没得到母亲的亲热，倒平白无故挨了一耳光，不得不生气，“你为什么打我？”

“你干了好事！”哈丽特发着怒。

“我做错了事？”贝贝诺娃不服。

“你真的喜欢上了那个王斗？”

“亏你还是‘水母4’，我是和他逢场作戏，你看不出来？”

“……”哈丽特沉默地观察女儿的神色，确实是一脸坦然。其实贝贝诺娃的淡定都是强装出来的，她来中国后在与王斗的朝夕相处中，自己的心正在被王斗打动。

“我发誓，我绝对没有对王斗产生感情！”贝贝诺娃再次强调。

“……好，我相信你。刚刚打了你一耳光，我向你道歉！”哈丽特抱住贝贝诺娃，亲吻了一下女儿挨了耳光的脸颊。

母女俩和好如初。

哈丽特说：“你可以用任何手段从王斗身上获取情报，但是更要保护好自己。”

“我会的。另外，我和王斗已经很亲近了，下一步该怎么办？”

哈丽特问：“时机成熟了？”

“应该成熟了。”

哈丽特拿出来了可以使人回忆往事的注射液和“大脑反应显示器”，说：“给他注射一支，让他回忆往事！”

“让他回忆些什么呢？”

“马迪夫实验室我们屡屡不能得手，就是因为王斗为其实施了一种保护。让他在回忆中说出来给马迪夫实验室实施的是一种什么保护，如何破解。明白吗？”

“明白。”

6

戚天威在他的京雅医院受到的是最好的治疗，但最好的治疗不等于就能治好病。那个创伤科主任何尝不想治好自己的董事长露一手呢？可是，回天无力。戚天威被掉下来的柱子砸中了脊椎骨，脊椎神经断裂导致他下肢瘫痪了，没希望了。这事本来还瞒着戚天威，谁知，有个护士还是说给他听了。

废物，一群废物！戚天威心里骂着，电话请了郭泰过来。在京清市，还没有戚天威“没希望”的事。

郭泰来了，他已经来过好几次了：“好些了？”

“脊椎神经断裂导致下身瘫痪，我已经没希望了。”

“这么严重！”

“所以呀，我找你搬救兵。我要转院。国内也好，国外也好，哪里能治好我的腿，我到哪里去！”

郭泰想了想，突然想起一个人来，哈丽特，M国来的“活观音”，大腿一拍，说，“你哪里也不用去，就到市人民医院去，那里有个M国来的‘活观音’！”郭泰介绍起了哈丽特。

“就是星期五那天你们要路坦请上台去的那个M国女人？”戚天威想起了那个哈丽特。

“就是她。”

“她恐怕不会给我治病。”

“怎么会呢？”

“在台上，她……”戚天威想起了当时的情景，要是他不往哈丽特前面挤，受伤的就不会是他，而是哈丽特，但是，哈丽特不会领情。戚天威感叹，“她会记恨我！”

“人家德医双馨，哪会这么小心眼！再说，有我呢！”郭泰拍了拍胸脯。

郭泰护送着戚天威来人民医院了，施凡赶紧去找哈丽特。

哈丽特看了一眼施凡，说：“你说谁来了？”

施凡满脸堆笑：“郭泰市长。”

哈丽特说：“郭泰？我不认识。”

一旁的王薇插话说：“你认识。这不，我们的诊室还挂着您和他的合影呢。”王薇指指墙上的镜框，“站在你左边的那位就是。”

“要你多嘴！”哈丽特指责王薇，“哦，记起来了。郭市长找我？”

施凡说："他送来了一位病人，请你去看一看。"

王薇催促说："您快去吧！"

哈丽特本想为难郭泰的，这下被王薇给搅黄了，只好跟着施凡去见郭泰和那个病人。

郭泰笑容可掬地迎接哈丽特，伸出手来与哈丽特握手，哈丽特伸出三个指头象征性地做了表示。病人是那个董事长戚天威，哈丽特一阵恶心：逃命时不择手段，怎么，受伤了又求到我的名下了！

哈丽特在电脑前登记："姓名？"

"戚天威。"

"性别？"

"男。"这也要问？明摆着的嘛！

"年龄？"

"五十七。"

"职业？"

"……老、老板。"戚天威试探着回答。

老板是职业？老板是称谓，不是职业。哈丽特正要纠正，施凡请求般商量说："这些是不是就不问了？"

"不问？好。不问就不问，听院长的。"哈丽特停止敲打键盘，"你哪里不舒服？"

"他不是不舒服，是受伤了！"郭泰插话，"被掉下来的柱子砸中了腰部！"

"你们应该到创伤科！施院长，你怎么把这样的病人往我这儿引！"

施凡赔着笑脸说：“戚董事长的中枢神经被砸断了！”

哈丽特说：“我的治疗手段是神经电荷矫正。神经断了不在我的治疗范围内。”

施凡说：“您不妨试一试！”

哈丽特态度生硬地说：“不试！”

场面十分尴尬。这时候，路坦赶来了。他是有空就去看董事长的，听说董事长转院了，就赶来了，见了尴尬局面，小声对哈丽特说：“求您了！”

哈丽特顺着声音望过去，是路坦路校长，态度和缓下来，说：“不是我不试，是没有必要。”

“那，您说该怎么治？”

“除非先把断了的神经接上！”

7

这里要说说远在M国的唐中波了。

唐中波感到了空前的孤独。哥哥唐大浪突然间神志不清，回国了。鲁安诺娃原来几乎天天来，现在突然像蒸发了一样难觅踪影。哥哥和鲁安诺娃是唐中波生活的一部分。哥哥是自己的依靠和后盾，原来有他在自己什么都不怕，现在却缩手缩脚，做个手术总要思前想后。至于鲁安诺娃，她是百灵鸟，是欢喜坨，来了就给这小屋子带来欢笑，让他甜蜜、快乐、幸福，是须臾不可缺少的人。现在，这二人都从身边消失了。好在，唐中波受派遣的日子到头了，要回国了。

半夜里，唐中波的手机响了。半夜响手机，一般是从祖国打来的，因为这里的半夜，正是祖国的早晨。路英在世的时候，不会在这个时候打手机，怕吵着了他，她都是半夜里给唐中波打电话的，因为唐中波那边是白天。会是谁呢？想不到，打电话的是路英的哥哥路坦。

“哥呀？你好！”唐中波赶紧坐起来，“有事吗？”

“有事。你的派遣日期满了，要回国了，是吗？”路坦在那端说。

“是的，按日子是后天。可是，医院提出要留我些日子，我答应了。”

“不行，必须后天回国。到时我到机场去接你。”路坦语气严肃，不容更改。

第二天的下午，唐中波正在清点收拾好的行李，手机响了，是一个陌生女人的声音，要他到比得医院妇产科去。唐中波好生疑惑：他不认识比得医院妇产科的任何人呀！不过还是过去问清楚究竟怎么回事。

“我叫琳妮亚，正在坐班。你快来吧！”

唐中波来到比得医院妇产科，见到了坐班的琳妮亚。琳妮亚身上有典型的中国血统。

琳妮亚拉着他在一个长条双人椅子上坐下来，这里是监视探头的死角，说：“你有一个哥哥叫唐大浪，是吗？”

“是。”唐中波睁大了眼睛：你怎么知道啊！

“唐大浪痴呆了，回国了，是吗？”

“是。”

“他一直不见好转。目前，你的中国还没有什么方法和药物能治好他。”琳妮亚掏出一个小盒，“你知道040院吗？”

唐中波摇头："不知道。"

"040院在你们京清市。你把这个盒交给040院的梁毅，你哥就可以好了！"琳妮亚郑重地叮嘱，"一定要交给梁毅。其他任何人都不行！"

"梁毅？"唐中波重复这个名字，"可是，我不认识梁毅！"

"你当然不认识梁毅，但我的这个盒认识梁毅。梁毅出现在距离盒子的10米之内，盒子就会发生颤动。不是梁毅，它不会颤动。记住了吗？"

"记住了。"

"盒子关系到你哥的康复，关系到很多人的安全。你不能向任何人透露关于盒子的事。盒子宁可粉碎也不能落入梁毅以外的人手里。能做到吗？"

"能做到。"

"我相信你。你可以走了！"

8

唐中波和唐芷乘坐的飞机安全地在京清机场降落。

路坦早在出口处等了。唐芷眼尖，一眼看见了路坦，高喊了一声"舅舅"，路坦也看见唐中波二人了，奔过来问候。

唐中波说："你要我如期回国，有事？"

"当然有。"路坦讲了戚天威的事。

唐中波表示为难，说："你的董事长是腰椎受伤，可我是治眼睛的。"

路坦说："我还不知道你是治眼睛的？董事长腰椎里的神经断了，我要你替他治疗！"

唐中波说："腰椎里的神经应该是中枢神经，我不懂它的缝合！"

路坦说："不懂就学。算是我求你了！"

路坦把话说到这份上，唐中波不能再说什么了，只能说："那就试试吧！"

"不是试，是必须成功。"路坦近乎专横，"我先送你回家休息，你的家我已让人收拾干净了。近期你做准备，尽快给董事长手术！"

9

哈丽特收到来自M国总部的消息：唐中波于今日上午已回中国，身边还带着唐芷。

太要命了！他们会在大街上认出鲁安诺娃，会大声指出："你不是贝贝诺娃，你是鲁安诺娃！"更要命的是，他们认识哈丽特，会指出她是那个改名叫贝贝诺娃的女人的母亲！现在可不是让唐中波父女的记忆里没有鲁安诺娃那么简单了，他们回中国了，没那个环境了，现在别无选择，只能干掉他们!

唐中波回国，中国国家安全部门当然关注。唐大浪痴呆回国快一年了，唐大浪是功臣，祖国不能忘记他，千方百计地治疗他，可是，顶级医院也没办法，诊断不出病因，无法用药。国家安全部门只好把治疗唐大浪的任务交给了040院的梁毅。梁毅有梁毅的办法，唐大浪是在M国痴呆的，治疗唐大浪的药方应该在M国。梁毅开挖了自己的渠道，利用手段使唐中波带回来了治疗他哥的药方。可以说，唐中波乘坐的飞机一进入中国的领域，他就在中国安全部门的保护中了。

唐中波回到了家，刚安顿好，就有居委会大娘领着人上门来了，说是给唐芷推荐保姆。是呀，唐芷总要人带呀。唐中波感谢居委会大娘，看看推荐来的保姆，也是位大娘，个头挺大，不过没关系，他点头同意了。保姆大娘抱起唐芷，大吃一惊："孩子在发高烧！"唐中波一摸唐芷的额头，果然烫手，赶紧送儿童医院！

真是凑巧，门口停着一辆悬浮汽车，好像专门在那里等着。司机居委会大娘认识，打声招呼，保姆大娘抱着唐芷上车了。车开出了和平巷，开上了和平路。唐中波是京清市人，虽然多年在外，但儿童医院的方位是知道的，这车不是往儿童医院开。

唐中波呵斥司机："道走错了！"

司机回答："没错。"

"这是往儿童医院开吗？"

"不是。是往安全的地方开。"

"调头！"唐中波生气了，"我的孩子要是有个三长两短，你是要负责任的！"

司机不作声，保姆大娘说话了："孩子的烧已退了。请原谅，孩子没病，是我在她的额头抹了点药，给你一种烫手的感觉。"保姆大娘不是大娘，是化了妆的"大娘"，还原本来面目，是个大青年，"能握个手吗？"

唐中波不握手，夺过来唐芷，摸摸唐芷的额头，果然冰凉，烧退了。他这个眼科医生也搞不清楚是什么药。唐中波感觉到事情不对头："你们要绑架我？"

唐芷惊吓得哭起来。

大青年安慰说：“不是绑架，是转移。我叫王斗，是奉了我们梁毅院长的命令来转移你们三人的。”

“梁毅？”自称王斗的青年提到了梁毅，唐中波回国的第一件事就是要找梁毅，没想到梁毅自己找上门来了！天下有这么巧的事？

车继续前行。走了约一个小时，王斗说：“不好意思。我不蒙你们的眼睛，但你们必须拉下车窗帘。”王斗照做。这时候，只感觉车在往下沉，约10分钟后，车停了。

唐中波带着唐芷下车，望望四周，看不到天，看不到白云，只能看到黑黄色的建筑物。这是在地下。身为京清人，他还不知道有这个地方。

“没来过吧？”王斗显出几分热情。

“没有。”唐中波坦白，“这地方是……”

“040院。”

唐中波听琳妮亚说过040院，问：“干什么的？”

“保卫祖国安全的。”

笑话，导弹呢？核潜艇呢？唐中波懒得理论，说：“我要见梁毅！”

王斗说：“梁毅忙。明天再说吧。”

唐中波说：“我现在就要见到他。10分钟内见不着梁毅，我就报警！”

看着固执的唐中波，王斗没有办法，只好将唐中波的态度转告给了梁毅。

梁毅派秘书来了。

唐中波问：“来人是梁毅吗？”

王斗搪塞说："是。"

来人越来越近，10米之内了，唐中波贴在胸口的琳妮亚给的小盒没有任何反应——这个人不是梁毅。唐中波愤怒了，掏出手机报警，但在这个地方，手机是不起作用的。正当唐中波感到孤立无援的时候，贴在胸口的小盒颤动起来了，剧烈地颤动。是梁毅来了，他喊道："梁毅！"

"唐大夫！"梁毅回应了一声。

唐中波环顾四周，没人："你在哪儿？"

"我就在你的身边啦！"

唐中波环顾身边，不知什么时候站着一个机器人，"你是？"

"我是梁毅呀！"

"机器人？"

"对，梁毅是机器人，也是040院的院长。不可以吗？"

"当然可以。"唐中波释怀了。机器人当领导好，严格执行法规，没有私心杂念，不会贪污受贿，一切按设定的程序办。唐中波取出贴在胸口的小盒，双手呈给梁毅。

梁毅接过来小盒，感到了它的重量。

"我哥哥在040院吗？"唐中波问。小盒是用来治疗他哥的。

"在。"

"我可以见见他吗？"

"当然可以。"梁毅让王斗带着他们去见唐大浪。

040院有个医务所。来到医务所，唐中波见到哥哥了，唐芷见到伯伯了，十分激动，一个一个劲地呼喊他，但唐大浪毫无反应。王斗劝说："别喊了，他不会应的。放心，有了你们带来的小盒，三天后他就好了。”

王斗安顿唐中波三人去休息，唐中波提议要回去。

“回去？”王斗苦笑，面对如此固执的人，只有透露实情才能说服他，“你知道唐大浪为什么痴呆吗？他是祖国派往M国的安全部门人员，为祖国立了大功，敌人不好杀他，就设计让他痴呆了。你带来的治疗他的小盒是通过绝密渠道弄到手的，但虽是绝密渠道，也是相对而言的，万一出了疏漏，你就成了敌人追杀的目标！”

啊？唐大浪是特工，小盒是通过绝密渠道弄到手的，太匪夷所思了！唐中波不固执了，试探着说：“如此说来，我们得住这里了！”

王斗说：“应该是这样。”

唐中波说：“可是，我后天还要给人做手术呢！”

王斗问：“给谁做？”

唐中波说：“是什么董事长。是我哥派我的活。”

“你哥？”

“路坦，我亡妻的哥哥，京清大学的校长。”

“是这样啊。”王斗明白了，“到了后天再说吧！”

当天凌晨2点，唐中波的家发生了爆炸，定向粉碎性爆炸。所谓定向，就是在设定范围内的爆炸，只炸了唐中波的家，附近的邻居都安然无恙。所谓粉碎，就是一切都化为了粉末。警察10分钟内赶到了现场，什么线索都没有，连尸体的残骸也找不着。警察调取了监控，凌晨两点一个人都没有，画面里一片空白。犯罪分子是事先安放了定时炸弹，还是穿了隐身衣作案？

第二天清早，路坦听到了传闻，担心起来，正要起身去探个究竟，有人发来了报平安的短信，说唐中波三人爆炸前已转移，请放心。发短信的人是王斗。

第三天，戚天威的手术照常进行，地点在戚天威的京雅医院，主持手术的是唐中波。唐中波不知道他的家被炸得粉碎的事，别人特意对他封锁了消息，不然会影响他的情绪，从而影响手术质量。唐中波还被要求使用了变声器，发出的声音是女人的声音。唐中波穿着白大褂，戴着白帽子和大口罩，再加上被变声器处理过的声音，仿佛是一个女大夫。这事在场的只有路坦一个人知道，王斗叮嘱了的，不能让外人知道，包括戚天威。

“大夫贵姓啊？”戚天威难免不问。

“免贵……姓汤。”唐中波不适应撒谎。

“姓唐？唐大夫……”

“不是姓唐。姓汤，喝汤的汤。”路坦赶紧更正。

“对。我姓汤，喝汤的汤。”唐中波赶紧附和。

“汤大夫，我这腰椎里的神经好接上吗？您有多大把握？”戚天威继续问。

唐中波回答说：“好接，有99%的把握。”昨天，唐中波看了中枢神经解剖图，觉得比眼神经容易多了。

好在，京雅医院有显微手术设备，唐中波有纳米材料。手术顺利结束了。

王斗这时候告诉了唐中波他的家被炸了的事，唐中波不相信，王斗开车带他看了。

10

梁毅打开唐中波从M国带回来的小盒，是一个人体大脑软件：记忆系统还原。唐大浪的大脑记忆系统被注入了病毒，所以记忆紊乱，近乎痴呆了，最好的治疗办法是杀死病毒。这个小盒虽然不能杀死病毒，但可以还原记忆系统，只是操作要十分谨慎，如果出现差错，大脑就被格式化了，记忆归零，像个婴幼儿。

梁毅把还原唐大浪大脑记忆系统的任务交给了王斗。

唐大浪一直狂躁不安，是不会配合治疗的。只好委屈他了。王斗调来两个机器人，将唐大浪架到了自己的宿舍，捆绑固定在沙发床上。等唐大浪挣扎叫骂了一阵子，累了，不动了，睡着了之后，王斗开始工作了。人体大脑软件有两根导线，一根贴在左太阳穴上，一根贴在右太阳穴上，按小盒上的绿色键就开始工作了。这时候，小盒的显示屏上出现了M国语的“记忆系统还原”的标识。接下来，显示屏上的对话框里出现了“记忆系统还原需要的时间较长，建议您格式化，可以吗？”显示屏下方出现了“是”和“否”两个选项，王斗当然点击了“否”。接下来，对话框里出现了“您需要还原到哪年哪月哪日？”王斗选择了一年前的时间。接着对话框里出现了“现在开始还原。请保持安静！”的提示。约5分钟后，对话框告知“还原成功！”

唐大浪醒了，机器人给唐大浪松绑。唐大浪看了看王斗和两个机器人，吼道：“你们敢绑架我？我有护照。我要向中国驻M国大使馆呼救！”

王斗明白，唐大浪的记忆还停留在一年前，对于现在的情况他一无所知，于是劝道："请你平静下来，没有人绑架你，你回祖国已经一年多了。你现在就站在你的祖国的国土上。"

唐大浪当然不听，说："你骗人。你们赶快把我送回中国驻M国商务办事处去！"

王斗没办法，只好呼叫唐中波，请他快来。很快，唐中波带着唐芷来了。一家人重逢，其场面当然感人。唐中波向唐大浪叙说了他身上发生的不幸遭遇，告诉他："此时此刻，你的双脚确实是扎扎实实踏在祖国的土地上！"唐大浪听言，悲喜交加，潸然泪下。

站在一旁的唐芷在随着伯父悲喜交加，无意间叫了一声："鲁安诺娃！"

唐大浪和唐中波几乎同时问："鲁安诺娃？"

唐芷指着书案上竖放着的一个相框说："那不是？"

相框里是一张照片——王斗和贝贝诺娃的合照。

唐大浪、唐中波顺着唐芷指的方向看，照片中的女人的确是鲁安诺娃。

"鲁安诺娃？"王斗不明白他们一家人在说什么，"谁是鲁安诺娃？"

"就是照片里的那个女人！"

"不对。"王斗更正，"她叫贝贝诺娃！"

唐芷又发现了什么，说："她不是鲁安诺娃。鲁安诺娃的眼睛是我妈妈的黑眼睛，她的是蓝眼睛！"

唐大浪、唐中波仔细看镜框里的女人，果然是蓝眼睛。难道搞错了？

王斗说："她是贝贝诺娃，M国来的一位让我心动的姑娘，现在是京清大学我父亲的学生。不是你们所说的什么鲁安诺娃！"

唐大浪经过仔细辨认，十分肯定地说："她是鲁安诺娃，M国一个特务组织的情报人员。我就是因为发现了她才被她的组织伤害，变得神智不清。后来我不认识她了，她的组织就派她来中国了！"

唐中波和唐芷不同意这种分析，主要是不能接受鲁安诺娃是特务组织的情报人员的这个说法，特别是唐芷，说伯父是胡思乱想。

王斗也不同意这种分析，说："她的组织就不怕唐中波和唐芷认出她？"

"怕。"唐大浪坚持，"如果我分析不错的话，在中波他们回国的当晚他们的家应该发生了针对他们的暗杀之类的事，比如爆炸！"

唐大浪分析准确，王斗有所觉悟："那么，她的蓝眼睛应该也是被伪装过的，比如戴了美瞳。"

唐大浪说："这不就有结论了嘛！"

唐中波说："这怎么就得出结论了呢？我熟知的鲁安诺娃是不会这么做的。她十分喜爱她的中国人的黑眼睛！"

王斗说："贝贝诺娃是不是鲁安诺娃，让我来给你们一个准确的回答！"

11

贝贝诺娃又收到了哈丽特的催促指令：迅速搞定王斗！这样的催促贝贝诺娃收到好几次了，她又何尝不想迅速搞定王斗，可是有难处呀，王斗是个大忙人，人影都难碰到，怎么搞定呀？

今天，王斗回月亮湾小区了。他心事重重，希望这个贝贝诺娃不是那个鲁安诺娃！

今天，贝贝诺娃从王泊海实验室出来，也上月亮湾小区来了。她是王斗家的常客了。王泊海特别欢迎她来，对于儿子和贝贝诺娃的关系，他也乐见其成。

王斗和贝贝诺娃碰面了，一日不见如隔三秋，二人亲热得不得了。当然，心里都各怀心事。

王薇和郭景也来了，王泊海看着这一对又一对，心里不知道有多高兴多滋润，吩咐花袭人好好张罗晚餐。

花袭人到底能干，搞了一桌子菜，还准备了酒。

王斗看着酒心想：贝贝诺娃不会趁机把我灌醉，让我酒后吐真言，从我身上得到什么秘密吧？

但是席间贝贝诺娃没有对王斗劝酒，相反，她还劝王斗少喝，说：“再好的酒也是酒，要适可而止。”

桌上最受欢迎的是综合基因大白菜，那么一大盘，很快就见底了。吃得最馋的是贝贝诺娃，边吃边赞美：“天下怎么还有如此美味！”

王斗打起哈欠来了，一个接一个，他只好向父亲告假：“我困得很，坚持不到饭局结束了，先回房睡觉了！”

王泊海白了一眼儿子，正要说点什么，倒是王薇解围说：“哥是太累了，酒精给他催眠了，让他去睡个好觉吧！”

王斗站起来，歪歪扭扭，贝贝诺娃赶紧扶着他，一起进房里去了。

王斗肯定不是喝醉，也不是酒里被下了什么药，是有人对他的大脑发射了催眠电流。王斗是国安特种训练学校的优秀学员，能靠一个半斤重的馒头、一升水穿越100千米的沙漠，能五天五夜不睡觉依然精神抖擞，这发射来的电流虽然能起作用，但他能凭自己的硬功夫顶住。当贝贝诺娃扶着他跨进他的房门的时候，他告诫自己：不能睡觉，千万！他斜一眼贝贝诺娃，一个主意拿定了。

王斗一头栽在床上，发出了鼾声。当然，是在装睡。

贝贝诺娃给王斗脱掉了鞋子，并将枕头塞在了王斗的头下。外衣也应该脱掉，这样睡起来才舒服，可是，王斗太沉了，贝贝诺娃翻不动他，劲儿使大了又怕闹醒他。算了吧，让他和衣睡吧。贝贝诺娃在床边坐下来，看着熟睡中王斗那棱角分明的脸，回忆起她和王斗在一起相处的日子。那些日子其实有打动到她。突然，她耳边传来声音："该动手了！"动手？动什么手？贝贝诺娃明白过来：给王斗注射可以回忆往事的注射液，在他的太阳穴上贴上大脑反应显示器，从而搞清楚他在马迪夫实验室安的是什么保护装置，如何破解。是该动手了，贝贝诺娃从自己的衣服口袋里取出了往事回忆注射液和大脑反应显示器，却迟迟下不了手。她的内心斗争激烈：我是一个肩负特殊使命的女人，我和这个男人是在演戏……你知道你有多卑鄙、多阴险么，你在玩弄一个男人对你真心的爱……

贝贝诺娃迟迟不动手，王斗纳闷了，睁开了眼睛，贝贝诺娃在流泪。你哭什么呢？你不是给我发射了催眠电流要我睡觉吗？我按你的意图睡着了，你就动手呀，我也好看看你要搞什么名堂，你却哭了起来。

"你在为谁流泪！"王斗问。

王斗突然发出了声音，贝贝诺娃吃了一惊，看着睁开了眼睛的王斗，贝贝诺娃忙掩饰："我没流泪呀。你胡说些什么，我为谁流泪？"

"你手里拿的是什么？"王斗眼尖，看见了贝贝诺娃手里的东西，怀疑是谍报工具。

贝贝诺娃露馅了，将东西藏进衣兜，辩解说："没什么，我的化妆品。"

王斗不想深究，坐起来，看着贝贝诺娃，故作惊讶地说："难怪你流泪。原来是眼睛里飞进了一个小虫子！"

"这是什么话。我的眼睛里没有小虫子。"

"就是有个小虫子。不信，我给你掏出来！"

"掏出来就掏出来！"贝贝诺娃中了王斗套了，忘了自己还戴着隐形眼镜，于是嘴硬，"掏不出来小虫子看我怎么惩罚你！"

王斗掰开贝贝诺娃的眼睛，轻轻一扣，隐形眼镜就脱落下来了："你是黑眼睛？"

贝贝诺娃明白过来，什么小虫子，这是王斗的圈套，干脆地说："是的。我是黑眼睛。难道不可以吗？"

"鲁安诺娃！"王斗大喊一声，"你不是贝贝诺娃，你是鲁安诺娃，是间谍。不要在我面前演戏了！"

鲁安诺娃被戳穿了身份，又惊又惧，说不出话来，内心却又十分委屈，索性放开嗓门大哭起来。

鲁安诺娃哭了好一阵子才慢慢止住，说："我是间谍。你把我送警察局吧。"

王斗说："我还没有这么想，你虽是间谍，但目前为止，还没做出有损我国利益的事。你不该欺骗我的感情。我是真心爱你的！”

“我也是真心爱你的！”

“不。你用爱我做幌子，想从我身上得到你所需要的东西。”

“是的。这是他们交给我的任务。我犹豫了。”

“不，你没有犹豫。在刚才的酒桌上，你向我发射了催眠电流，想趁我睡着从我身上窃取情报！”

“没有。我没有这么做。我没有你说的什么催眠电流。”

“没有？”

“没有就是没有。信不信由你。”

鲁安诺娃没有向王斗发射催眠电流，那会是谁呢？王斗清楚，向他发射这种催眠电流的人发射时距离他只能在10米以内，10米以外就失去目标了。是父亲王泊海？不可能。是妹妹王薇？也不可能。是郭景？会是郭景吗？不是郭景难道是机器人花袭人？机器人是不干伤害主人的事的，这是机器人的原则。王斗打了个激灵，把疑问埋在心里，说：“你能把你藏在衣兜里的‘化妆品’给我看看吗？”

鲁安诺娃想不到王斗会提出这个要求，这是不能答应的，这是底线：“不能给你看。”

王斗进一步攻心了，说：“既然爱我，就该对我敞开心扉。连这个东西都拒绝给我看，能证明你爱我吗？”

“看就看！”鲁安诺娃掏出了藏在衣兜里的东西。

“谍报工具？”

“是的。谍报工具。往事回忆注射液和大脑反应显示器。”

“针对我的？”

“当然。”

“你想从我身上得到什么？”

“你给马迪夫实验室安了什么样的保护设施，如何破解。”既然突破了底线，就没什么不能说的了。

“你想知道吗？”

“想。可你不会告诉我。”

“我可以告诉你。马迪夫实验室的保护设施是一种带电的Σ光，是我们040院研制开发的。这种光十分复杂，仅光子式就有50道横式和50道竖式，凭人的大脑是记不住的。你的组织在我身上是枉费心机了！”

“好破解吗？”

“有矛就有盾，但是国家的核心机密，请原谅我不能告诉你。”

“可是，我却告诉了你。”

“你告诉我的那是你的国家的核心机密吗？可以坦率地说，我不会向你打听你的国家的核心机密，或许，你的身上根本就没有这种机密。”王斗打了个哈欠，发射在他身上的催眠电流完全消失了，“你想知道你为什么是黑眼睛吗？”

这倒是鲁安诺娃一直想知道的，于是说：“我当然想知道。难道你知道？”

“你的黑眼睛是我们中国一位女科学家的黑眼睛，她叫路英。她的丈夫唐中波是位眼科医生，他把他妻子的眼睛移植给了你。”

“那么，我原来的蓝眼睛呢？”

“被Σ光击穿了。就是马迪夫实验室保护设施的那种光。”

“我的眼球怎么会被你们的Σ光击穿？”

“这就要问你自己了！”

“我是间谍。我在窃取马迪夫实验室的情报？”

“你说的很对。”

鲁安诺娃冷笑一声：“你在给我讲一千零一夜？”

王斗郑重回答：“不。我讲的都是事实。”

鲁安诺娃反问：“发生在我身上的事，我怎么都不知道？”

“因为你的组织对你的大脑进行了处理。”

鲁安诺娃指指丢在床上的注射液：“就是这种东西？”

“差不多吧。”

“你能找到解决办法吗？”

“不能。”王斗说，“你要干什么？”

“我要把我丢失的记忆寻找回来。”

“我没有这种工具。”

“你不是中国优秀的特工吗？”

“中国不生产这种间谍工具。这是对人的摧残，不人道。”王斗想起了使用在唐大浪身上的东西，顿了顿，说，“或许我可以把你丢失的记忆寻找回来，可是，你却要丢失你现在的记忆。”

“那是什么东西？”

“记忆系统还原。”

“你不是说你的国家不生产这种东西吗？”

“它不是我的国家生产的。具体的你就不要问了。你愿意尝试吗？”

“当然。”

“好吧。不过，我有个小小的要求。”

“你提吧！”

“你给我写下来，把你鲁安诺娃对我王斗的爱写在纸上。”

“好嘛。”鲁安诺娃拿笔在纸上写道：我是深爱王斗的，百分之百的爱，就像馋猫爱鲜鱼般的爱。

王斗接过来条，看了，笑了，也佩服鲁安诺娃的汉语水平。她的字迹虽然稚气，却也一笔不落，特别是馋猫的“馋”字都写对了。王斗说：“还没落你的大名呢！”

鲁安诺娃说：“你还蛮麻烦！”

王斗收好落了名的条，说：“走吧！”

鲁安诺娃纳闷：“走？到哪里去？”

“给你的记忆系统还原啦。”

“为什么要走呢？”

王斗说：“那个东西，或者说那个大脑软件我没带在身上。在我单位宿舍里。”

鲁安诺娃说：“那就走吧！”

刚要打开房门，王斗像突然想起了什么，退回来说：“你把你的隐形眼镜戴上。你得搀扶着我，我醉酒了！”

鲁安诺娃问：“需要在家里这么小心吗？”

王斗说：“需要！”

12

王斗带着鲁安诺娃到了040院他的宿舍。鲁安诺娃环顾四周，说："你就不怕我这个间谍窃取你的机密？"

王斗说："我的宿舍没有机密。"

"040院有机密呀！"

"040院的机密同马迪夫实验室一样，A级保护，甚至更高。"

"你就不怕你的上级批评你把我带到你的宿舍来呀？"

"我把谁带到我的宿舍来，这是我的权力。我的宿舍是我的私人空间。"

鲁安诺娃看见了桌案上她与王斗的照片，十分感动，这是王斗十分在乎她的体现。王斗心想：一会儿后，你对这张照片就是另外一种态度了。为了见证这个时刻，王斗叫来了唐大浪。

唐大浪当然一眼就认出了鲁安诺娃，鲁安诺娃却不认得唐大浪，唐大浪正要说什么，王斗一个暗示，唐大浪缄口了。

王斗对鲁安诺娃说："开始吧！"

鲁安诺娃说："我该如何配合呢？"

王斗说："你躺在沙发床上，闭上眼睛就行。"

鲁安诺娃按王斗说的，躺在沙发床上，闭上眼睛。王斗取出了人体大脑记忆还原软件，重复在唐大浪身上的操作。

可以了。鲁安诺娃睁开眼睛，发现自己躺在床上，身边站着一个男人，高叫了一声：“你耍流氓！”

王斗说：“你好好的，我怎么耍流氓了？”

鲁安诺娃从床上站起来，看见了唐大浪，喊了一声“大浪哥”，问：“这是什么地方？我怎么会在这里？”

唐大浪回答说：“这是在中国，在中国的京清市。你怎么会在这里，你清楚。”

鲁安诺娃说：“我不清楚。”

王斗说：“一会你就会清楚的。”

鲁安诺娃不高兴地说：“你是谁？不要掺和。”

王斗说：“我是王斗呀！”

鲁安诺娃说：“我不认识你。”

王斗拿起桌上他俩的合照，说：“这是我俩的合照。”又哼起来鲁安诺娃当时参加歌曲大奖赛时唱的歌。

鲁安诺娃表现冷漠，说：“什么合照不合照，这是由电脑合成的。什么歌，我听不懂！”

王斗掏出来兜里的纸，说：“这你该认识吧！”

鲁安诺娃接过来纸，纸上的字是她写的：我是深爱王斗的，百分之百的爱，就像馋猫爱鲜鱼般的爱。“不！怎么可能！”鲁安诺娃把头偏向唐大浪，问：“唐中波呢？还有唐芷呢？”

王斗失望了，只好叫来了唐中波、唐芷。唐中波出现了，鲁安诺娃惊异地睁大了眼睛，接下来飞奔过去抱住了唐中波，号啕大哭起来。唐中波也哭了，边哭边摸鲁安诺娃的头。唐芷也在一旁陪着哭。不用说，他们相互间是十分亲密的，是彼此不能分离的。

王斗心情复杂地离开了。

第二天，鲁安诺娃和唐中波从040院出来了，从京清市消失了。哈丽特和王斗分别寻找鲁安诺娃，但都没有结果。

一周后，哈丽特收到一封信，是鲁安诺娃寄来的。

尊敬的妈妈：

这是我在中国的版图上距离京清市千里之外的一个地方给您寄的信。我在您的眼皮底下消失了。这是我唯一的选择。对于过去的事情，我感到深深的疲惫，我也不想再做损害中国的事。但是请您相信，我也没有做损害HEO的事。忘记我吧！

您的女儿鲁安诺娃

哈丽特看完了信，心里反倒踏实了。她沉思了很久，决定尊重女儿的选择，对“章鱼1”只报告说鲁安诺娃突发急病去世了，帮女儿隐瞒了过去。

M国及M国的比得市对此事没有做出任何反应。倒是中国的京清大学贝贝诺娃的导师王泊海十分纳闷：这个儿媳妇候选人怎么突然人间蒸发了呢？

第八章　两架麻雀6型飞机

1

小小雅山60米高的室外模型塌陷了，2000人目睹了这一事实；室外模型在塌陷的同时，发生了“地震”，有人受伤了，2000人也目睹了这一事实。

王泊海坚定地认为这是失败的，他还想通过舆论声势抢回学校和国家拨给马迪夫的科研经费，这次赞成他的人不少。数月之前，学校在2000万元的科研经费问题上，不是搞过一次公投吗？那些参加公投的教授们得了王泊海的好处，虽然当时因为哈丽特从中作梗没能给王泊海投上票，但这次一致站在王泊海一边，认为马迪夫的实验失败了。

但路坦坚定地认为实验是成功的。虽然“地震”伤人，但那也是有缺憾的成功。他也清楚王泊海的小心思，不过学校和国家的科研经费都已经落实到马迪夫实验室了，王泊海再折腾也没用。

而另一边，戚天威还躺在京雅医院的病床上。那个姓汤的女医生为他接好了砸断的神经，刀口已经拆线了，可下肢依然没有知觉。看来，是找市人民医院那个M国的哈丽特医生的时候了，她说过的，“除非先把断了的神经接上”，现在断了的神经接上了，该看哈丽特的了。

路坦和郭泰都到医院来看望戚天威了。

“你们来了！”戚天威欠欠身子，“得找那个哈丽特了！”

路坦和郭泰也都欠下身子，问：“下肢依然没有知觉？”

“没有。”戚天威又躺下来，“是我们到市人民医院去，还是请她到这里来？”

郭泰想了想，说：“这得征求哈丽特的意见。”

路坦说：“那就让施凡院长去征求她的意见吧！”

戚天威说：“不。还是有劳路校长亲自去一趟，显得我们尊重人家。”

2

哈丽特又开始惶恐不安——因为鲁安诺娃的突然消失。鲁安诺娃消失后寄来了信，说她没做“损害HEO的事”，这件事哈丽特虽然替她遮掩了过去，但心里总觉得不踏实。还有，那个唐中波和唐芷，回中国后就被及时地干掉了，但哈丽特假借看热闹到过现场，没有血腥味，没有尸体残骸。哈丽特怀疑，唐中波二人在此之前被转移了。

哈丽特正在胡思乱想，施凡陪着路坦来了，是为那个董事长戚天威的伤病来征求哈丽特的意见：是把董事长送过来，还是把哈丽特医生接过去？哈丽特觉得这是一个值得利用的机会，表现出十二分的热情，说：“还是我过去吧。戚董事长下肢不能动，上车下车不方便，还是住在他自己的医院好！”施凡问：“那我们医院的病人呢？”哈丽特说：“有王薇医生，还有乔伊娜医生呢。”施凡不好再说什么。哈丽特拿了她的人体神经电荷矫正笔，上了路坦的车，到京雅医院去了。

私立的京雅医院虽然规模比市人民医院小，但看上去干净、整洁，一切井井有条。戚天威的病室装饰得很温馨，百合花散发着幽香，护士正在为戚天威按摩。戚天威看见走进来的哈丽特，挥手赶走了护士，欠起身要和哈丽特握手，哈丽特说：“算了，算了。”戚天威的气色看上去不那么好，条件优越又怎么样呢？伤痛对他的打击太严重了。

哈丽特不希望有别人在场，路坦就向戚天威告辞，走了。

哈丽特放下垂帘，检查戚天威的腰椎，果然，断了的神经接上了，但这项治疗一般的医生做不了，难道唐中波没死，来给戚天威接神经了？她试探着问：“给你做神经手术的是京雅医院的医生？”

“不是不是。京雅医院没有这么好的医生，是请的外面的医生。”戚天威弓着身子说。

“外面哪里的？”

“是路坦请的。具体我不清楚。只知道她姓汤，汤医生。”

“唐医生？”哈丽特紧张起来。

戚天威纠正说：“不是唐，是汤，喝汤的汤。和您一样，是一位医术高超的女医生！”

“啊，女医生！”哈丽特悬着的心落下来，“这个汤医生手术很漂亮。”

“接下来就看您的了。”戚天威用生意场上谈判的口吻说，“您治好了我的病，是有回报的。您说，您想得到什么？”

我想要得到你学校里那个叫马迪夫的教授的激活论，以及小小雅山塌陷的全部资料。哈丽特心里这么想，但不能这么说。哈丽特说：“我想得到友谊。我是M国派到中国来的友谊使者，我只想得到友谊。”

“这是场面话，是说给外人听的。您看这病房里就您、我两个人，这是我的医院我的病房，绝对没有监视、监听，您就放心大胆地说说您的要求，是钱，还是别的东西？我会尽量满足的！”

哈丽特装作鼓足勇气，说：“我太爱中国，太爱京清市了，真想成为京清市市民！”

戚天威说：“您想移民到中国来？我在花果湖别墅区送您一套别墅吧。”

“不，我要的是荣誉市民。”哈丽特说，“你办得到吗？”

“荣誉市民？”戚天威说，“太简单了！”

哈丽特说：“不简单。你是老板，不是市长！”

戚天威说：“我兑现我的承诺，让你当上中国京清市的荣誉市民，您兑现您的承诺，治好我的病！”

“好！”

一个小时后，哈丽特在经过准备后为戚天威进行了治疗，戚天威的身体总算可以完全康复了。

3

贝贝诺娃消失后，王斗沉默了几天，又振作起来了。王斗要继续寻找那个藏匿在小小雅山室外模型塌陷现场主席台上、让他的生理信息扫描仪发过亮的特务。

“这是条漏网之鱼！”王斗已对路坦开列的名单逐一进行了扫描，扫描仪就是不亮。王斗自知靠自己单枪匹马不行，于是去求助谢仲秋。

谢仲秋叫来了金昌。

金昌稍加思索，说：“就没有不在名单之列、但在主席台上的人吗？”

一句话，令王斗茅塞顿开。有这样的人吗？有，哈丽特。谢仲秋清楚地记得，当时，哈丽特被请上了台，坐在了马迪夫的位置上。哈丽特会是王斗要找的间谍？是“4·17”案主谋和杀害王斗继母的凶手？不会吧，哈丽特是友谊使者，是医术高超的名医。可是，不是她是谁呢？一时半会再找不到怀疑对象了。

“查清楚哈丽特！”谢仲秋命令。

金昌带着干警出发了。大家都身穿便衣，王斗也在其中，当然，手腕上戴着那块“手表”。

一干人朝市人民医院出发。到了哈丽特的诊室，只要王斗手腕上的“手表”发出亮光，就能确定是哈丽特了！

来到市人民医院，哈丽特却不在，有人说：“哈丽特医生到市大会堂开会去了！”开会？开什么会？金昌一干人赶到市大会堂，这里热闹得很。堂前广场上空飘荡着气球，气球上吊着标语：“向来自世界各地的外国友人致敬！”“向为中国京清市的建设、发展作出贡献的外国友人致敬！”原来，市大会堂在召开市政府与外国友人的联谊会。这样的会议安保等级一般，金昌等人混了进去。主席台上，郭泰等政府官员正在为几位贡献突出的外国友人授“京清市荣誉市民”证书，哈丽特名列前茅。授完证书之后由“荣誉市民”代表发表感言。感言代表是哈丽特。王斗变戏法般地搬起一架摄像机，化装成摄像记者出现在哈丽特面前了，与此同时，王斗手腕上的“手表”亮了！王斗十分兴奋，也十分愤怒，正待掏出手铐冲上主席台，肩膀被按住了。是金昌。

“你要干什么？”金昌把王斗拉到一边，厉声问。

“把这个家伙抓起来！”王斗怒不可遏。

“在这种场合抓人，你想让郭市长难堪？让外国朋友难堪？”金昌把拉王斗的手收回来，“再说，你凭什么抓人？”

“凭我的扫描仪的灯亮了！”

“这是证据吗？”

这不是证据，王斗哑口无言，没有证据是不能抓人的。王斗在高科技方面是精英，在刑侦办案方面差那么一点点。哈丽特是间谍就肯定会去窃取情报，就肯定有间谍工具，找到她的间谍工具是关键。王斗说：“这不难！”

金昌问：“怎么不难？”

王斗说：“搜查她嘛。她毕竟是个外国人，在中国没那么复杂的社会关系。搜查她应该容易。”

金昌说：“不容易。人家现在是荣誉市民，是京清市的贵客，你总不能踢开人家的卧室翻箱倒柜吧！”

王斗说：“我不踢门，也不翻箱倒柜。我要进行的是不声不响的搜查！”

金昌问：“有这种方式的搜查？”

王斗说：“有。”

金昌问："你的高科技？"

"是。"王斗随即从随身携带的背包里取出类似手表的东西，"这是异样光电磁物件扫描仪。间谍工具离不开光电磁，100米距离内都能检测到它。"

金昌从王斗手里拿过来"手表"，把玩了一番，兴奋地说："走吧！"

王斗问："去哪里？"

金昌说："去扫描。到市人民医院哈丽特的诊室、宿舍，找到这种先进的光电磁间谍工具！"

一干人来到市人民医院。哈丽特的诊室好说，王薇在值班，看见王斗，问："哥，来医院干什么？"王斗说："找人，有一个同事来医院了。"王薇问："要不要我帮忙找？"王斗说："不用，你忙你的。"很遗憾，"手表"的指示灯没亮，就是说，哈丽特的诊室没有间谍工具。

到哈丽特的宿舍去吧！

哈丽特的宿舍是医院招待所的501室。501室地理位置独特，是一个独立的建筑物。王斗胸有成竹，仔细盯着"手表"，围着501室打转转，只等"手表"指示灯亮。哈丽特的宿舍会藏着什么间谍工具呢？各种类型应该都有。是领略杀死继母的那种高科技间谍工具的时候了，会是一个什么样的东西呢？可王斗转了一圈，指示灯没亮。再来几圈，指示灯仍旧没亮。指示灯当然不会亮，501室没有了间谍工具，怎么能亮呢？王斗他们来迟了。昨天半夜，哈丽特叫来克耶尔和冯勇敢，已经将间谍工具转移了。

"501室没有间谍工具！"王斗果断地得出结论。

"不。如果哈丽特是间谍，间谍工具只可能在她的宿舍！"金昌反对。

“可是，我的指示灯没亮！”

“这只能说明你的这个什么光电磁扫描仪是个破玩意儿。”

“你诬蔑我的高科技？”

“我不是要诬蔑你的高科技。我是说你的手腕上的这个玩意儿，要么，研究没过关，要么，出故障了。还是传统方式管用，看我的吧！”

“你要干什么？”

“进室搜查！”

“你们进室搜查吧。我不奉陪了。”王斗相信他手腕上的这个玩意儿，十分肯定501室没有间谍工具，进屋搜查只会给人带来不愉快，走了。

金昌命令两名警察在室外警戒，其余的人跟着他进室搜查。没有搜查证，是不是等申请了搜查证再说？不能等。“4·17”案好长时间不破，等不了。再说，间谍分子都是敏感的，王斗在大会堂的举动已经惊动她了，再等她就要销毁、转移间谍工具了！

金昌带着其他警察进入哈丽特宿舍室内，招呼说：“文明搜查，不要损坏东西。”

搜查开始了，虽然是文明搜查，但也相当仔细。可结果什么也没有。金昌纳闷：怎么会没有呢？无奈命令道：“收队！”于是带着其他人暂时先离开了。

为什么哈丽特的宿舍里没有被搜查到间谍工具？原来是“章鱼3”已经提前发了消息给哈特丽让她进行转移，但“章鱼3”到底是谁，哈丽特至今还不清楚。

4

这段时间，马迪夫把自己关在了实验室，查找实验当天“地震”的原因。他明白，只有找出原因才能推进下一步的实验。

实验数据浩如烟海，经过反复观看小小雅山室外模型塌陷实验的录像，并根据分析专用仪表的显示，马迪夫把怀疑重点放在了第33个激活点到第53个激活点之间，要筛查出是哪个激活点出了问题。

孙朗、陈开偶尔来一下实验室。马迪夫不要他俩插手，此时此刻，他只相信他自己。马迪夫在反复推算后查出来了！是第39个激活点出了问题，用于激活的炸药当量比理论数据大了千分之五。就是这个千分之五，让一般的振动变成了“地震”。这是一个不可饶恕的错误。

马迪夫立刻就去找路坦，像个幼儿园的小朋友，说实验当天“地震”的原因找到了，是第39个激活点出了问题，不相信就到他的实验室去看。路坦说，相信相信。马迪夫说，他要进入小小雅山实体的塌陷了。

路坦很激动，这是马迪夫激活论实验的突破性进展，让马迪夫继续努力，他一定尽力为马迪夫的科研提供支持。

5

哈丽特的量子通话器响了，是一个男人的声音。

“你是谁？”哈丽特问。

“我能用量子通话器与你通话，你就该知道我的身份了。我是‘章鱼3’，你应该听从我的领导。”

“是，当然。”

“你现在可能已经暴露，处境危险。你不需再将乔伊娜隐藏在暗处，发挥她最大的价值执行‘挖墙脚’计划，这是总部要求你们在中国执行的最后一项任务。”

“明白。”

哈丽特找到乔伊娜。

“你的弟弟本汉森要来了，我把他的照片发给你！”哈丽特说。

“我的弟弟？”

“对，你的弟弟。看清楚了吗？”

“看清楚了。这不是我弟弟。”

“当然不是你弟弟，但他现在成了你弟弟本汉森。本汉森是M国KK集团的首席执行官，随从M国比得市企业集团来中国考察。你要放出风去，让马迪夫知道这件事。明白吗？”

“明白。”

晚饭的时候，乔伊娜说：“我弟弟本汉森要来了！”

马迪夫满脑子都是他的实验，没理会，乔伊娜强调说：“我弟弟要来了！”马迪夫这才抬起头来，说：“欢迎他来。”

马蔚然听说妈妈的弟弟要来，妈妈的弟弟不就是她的舅舅吗？血浓于水嘛，于是很有兴致地说：“我要和舅舅好好认识认识，再请舅舅好好尝尝我们中国的美食！”

乔伊娜说："用不着。本汉森是M国KK集团的首席执行官，随考察团来中国考察的，有政府官员和企业老板接待。"

马迪夫和马蔚然不同意乔伊娜的观点，政府官员和企业老板接待那是工作，而我们去接待是作为亲人尽地主之谊。

三天后，本汉森和考察团一起来了。周末本汉森给乔伊娜打了电话，说要来家中看望姐姐、姐夫还有外甥女。乔伊娜接到电话，特意和一家人在家里等候。下午约4点，本汉森来了。

本汉森和乔伊娜表现得十分激动，他们好久没有见面了。只是，马迪夫对这个妻弟没印象了，他们上次见面还是在M国比得大学的时候，现在已经过去一二十年了。马蔚然对这个舅舅也没有印象，尽管本汉森一个劲地夸奖马蔚然"女大十八变，漂亮得都认不出来了"，马蔚然还是没有印象，只隐隐约约记起当年年轻的舅舅用络腮胡子扎过她的小脸，可是眼前的舅舅没有络腮胡子。也是神奇，年纪大了，络腮胡子倒没有了。

乔伊娜全家为本汉森准备了接风宴，满桌子都是地道的中国菜，本汉森大快朵颐，吃得不亦乐乎。

男人和自己老婆的哥哥、弟弟互称内兄内弟，是亲密无间的，很快，马迪夫和本汉森就无话不谈了。

谈话间，马迪夫无意间透露出自己目前实验终于取得了一个大突破，本汉森赞叹道："你是个大科学家，搞科研最辛苦了！"

"科研是清苦的工作，不过当沉浸在其中时，倒也不觉得有什么。"

"你有没有考虑过换个工作环境？"

"让我放弃研究激活论？这不可能。"

“不，我不是说让你换工作放弃做科研，而是建议你换个环境做研究和实验。”

“换个环境做科研工作？你是指……”

“我在M国的KK集团资金雄厚，我们资助的M国自然研究所科研实力也很强，而且我可以保证很多企业家都会对你的激活论很感兴趣，如果你能过来为我们工作，你将名利双收。”

马迪夫明白了，本汉森这是想挖墙脚，让他带着激活论的研究成果跳槽。不得不承认，他开的条件很令人心动，谁不想名利两全、既有钱又有名望呢？这是人之常情。但是，他对自己还不够了解。

“我明白你的意思，可能在你看来我现在的工作很清苦，收入也比不上你们这些大企业家。但是我现在的研究资助也很扎实，我的学校、我的国家都为我的研究提供了足够的科研经费。而且，你并不知道我从事这项研究是为了什么，可能有名利的因素，但最重要的是，这项研究对改善中国西部自然环境和人们居住环境至关重要，这不是我一个人的事业，这更是为了我的国家。”马迪夫缓缓吐露自己的心声。

“这么说，你是不同意我的邀请了？我建议你不要急着拒绝我，可以再好好考虑考虑。”本汉森脸色变了变。

“可以说是拒绝，但是，假以时日，我相信当我的研究成果成熟之后，它不仅是中国的一大幸事，更有可能推广而惠及全球。如果你们真的对我的激活论感兴趣，不妨等着那一天的到来。”马迪夫微笑着说。

“好吧，让我们共同期待你的激活论影响全球的那一天。”本汉森表面附和道。但实际上本汉森见直接挖墙脚不成，内心已经在酝酿另一个计划了。

6

事情发展到这个地步，“章鱼3”该浮出水面了。“章鱼3”是谁？郭景。但这个“郭景”，不是真正的郭景。真正的郭景在中学时期就去往M国留学了，一直到博士研究生毕业才回国工作，这期间他在国内的时间很短，郭泰也很少见到他。而郭景在国外留学期间就被HEO盯上了，HEO想在中国安插一个内应，就偷梁换柱，将真正的郭景暗杀，派了自己人取代了真正的郭景。

这个假郭景还是比得市市长费米基的准女婿。费米基只有舒拉娜这么一个女儿，认准这位准女婿为自己的接班人。

郭景在中国京清市一直配合哈丽特完成“挖墙脚”计划。他有很有利的条件，父亲是京清市市长。他还利用和王薇的交往结识了王斗。费米基很高兴，还破格晋升郭景为“章鱼3”。郭景很有心计，设计了完成“挖墙脚”计划的一个很好的方案，这个方案就是“七夕爱情歌曲大奖赛”。这个方案就是一个圈套，他利用这个比赛的机会，成功地引诱马蔚然参加，陈开、孙朗、马蔚然进套了，王薇进套了，王斗、贝贝诺娃进套了。眼看就要收网了，可贝贝诺娃突然失踪了，而且，哈丽特暴露了！

郭景要在已有圈套的基础上，修补哈丽特他们之前失利造成的漏洞，上演一出“明修栈道，暗度陈仓”的戏。

“明修栈道”已经上演了，那个从M国比得市企业集团来中国考察的KK集团的首席执行官本汉森就是主角，他来到了中国，还去马迪夫家中做客，这是做给中国的安全部门看的，用来吸引中国安全部门的眼球。下面，郭景要上演“暗度陈仓”了。

郭景与哈丽特见面了。哈丽特望着年轻的“章鱼3”，不由得有些佩服他。“章鱼3”直接给哈丽特布置“暗度陈仓”的任务。这“暗度陈仓”就是由乔伊娜出面，要孙朗偷出马迪夫实验室的核心资料。因为孙朗是可以自由出入马迪夫实验室的。

哈丽特给乔伊娜下达了任务，但乔伊娜很担心，问道：“如果孙朗不干呢？”

“孙朗会干的，你拿马蔚然做筹码，答应把马蔚然嫁给他。”

“这……我试试，孙朗确实一直在和我女儿谈恋爱，只是最后他们二人是否要结婚还没有定下。”

几天后，乔伊娜叫来了孙朗，对孙朗说：“你想和我女儿结婚吗？”

孙朗惊讶乔伊娜这么直接，说：“当然！我很爱您的女儿。”

“我也很欣赏你，你才貌俱佳，是我满意的女婿人选。不过……”

“您还有什么顾虑，我做什么才可以证明自己，过您这一关？”

“我不要你的钱，也不要你的物，只要你的一份真心！”

“您说得太含糊，什么能代表我的真心呢？”

“这个……只要你对我女儿一心一意，照顾她，爱惜她，我就把我女儿交给你。”

“您放心！我对马蔚然绝对是一片真心，有我孙朗在一天，就不会让她吃一丝苦！”孙朗满脸的真挚和恳切。

“好，有你这个承诺，我相信你！你导师那边你不用担心，我来说服他。对了，我要请你帮我一个小忙。”

“是什么？”

“你导师最近腿受伤了在家里休息，活动比较困难，但是你知道他这个人，心系实验闲不住，想在家里也研究一下他的实验。你能否帮我把他实验室电脑中关于激活论的核心资料拷来方便他在家中办公？”马迪夫最近确实状态不好在家里休息，但是腿受伤了还要求在家里搞科研却是乔伊娜临时编出来骗孙朗的，她的目标只是获取激活论的核心资料。

“这没问题。”孙朗一口答应，“但是我不知道老师的电脑密码，我给他发个消息问问。”

“不用问你老师，他已经告诉我密码了，我等下发给你。”乔伊娜赶忙阻止孙朗，这个电脑密码可是她前天特意把马迪夫灌醉才知道的，可不能让孙朗直接问到马迪夫那里去，不然自己就露馅了。

“好的，那师娘我就先走了！”孙朗一脸雀跃地离开了。

7

王斗突然找到了马蔚然，他要找马蔚然谈谈。

王斗问：“马蔚然，在你身上，有M国血统，有中国血统，在你26岁的生命中，有10年是在M国度过的，有16年是在中国度过的，如果要你选择一方，你会选择哪个国家？”

王斗怎么会提这样的问题？马蔚然说：“我不回答你这种愚蠢的提问。我爱M国，也爱中国。”

“如果现实要你必须做出选择呢？比如，M国要伤害中国？”

“我会毫不迟疑地保护中国。同样，如果中国要伤害M国，我也会毫不迟疑地保护M国。”

“很好。”王斗赞赏马蔚然的回答，“下面我要给你讲一件事情，在未讲之前，我要给你提个要求。”

“别卖关子。什么要求？”

“这需要你冷静。先听我把话讲完，能做到吗？”

“这有什么做不到的。你讲吧！”

“我们身边混入了间谍！”

马蔚然扬起头，满脸惊讶：“怎么回事？间谍？”

王斗说：“没错，间谍！你可能觉得间谍离自己很遥远，但实际上我们身边已经不安全了。那个和我在一起过的贝贝诺娃，她就是间谍。还有人民医院的那个叫哈丽特的医生，是个级别更高的间谍。她们都是M国一个名为HEO的间谍组织派来的。我们身边应该还有其他M国HEO的成员！”

“可是为什么呢？为什么间谍要混入我们身边？我们有什么有价值的东西值得被觊觎吗？”

“有价值的东西，当然有！他们都是冲着你父亲的激活论来的，激活论假以时日一定会成为轰动世界的重大发明！”

马蔚然一时间沉默不语，间谍？自己的身边竟然出现了间谍？

王斗继续说：“我今天来找你，是想请你回想一下近期周围是否有明显不正常的人出现，或者突然出现了什么生人？”

“突然出现的生人……明显不正常的人……” 马蔚然突然呈现出不自然

的神色，脸上带着一丝惊惧。

王斗察觉到马蔚然的异样，急忙问道：“你想到了什么？”

“我，我好久没见过的舅舅最近从M国回来了，我们全家都招待了他。我上次见舅舅还是在我小时候，距离那时候已经有十几年，但是，我总觉得他和我印象中长得不太一样。”

“从M国回来，长得不太一样？能具体描述一下吗？”

“具体的我说不上来，毕竟时间相隔太久了。不过，就算我记不清了，我妈总还记得吧，那可是她的亲弟弟。但是我妈并没有对舅舅表现出什么奇怪的反应。”

“如果你妈也……”王斗若有所思，把没说完的话咽了回去。是啊，如果马蔚然的母亲和舅舅都有问题呢？或者乔伊娜也是受骗者，又或者只是他想多了，这二人并无问题。

“我妈？”马蔚然抓住了王斗的话头，瞪大了眼睛，不可置信地摇了摇头，“你什么意思，你怀疑我妈也是间谍？！”

“你不要激动，这只是我的猜测，我会回去进行调查，在结果出来之前你不要轻举妄动。”王斗尽量安抚马蔚然的情绪，“不过，你也要做好最坏的心理准备，另外，自己万事小心，注意安全。”

“嗯。”马蔚然脸色苍白，失魂落魄地点了点头。

马蔚然回去后，回想着王斗告诉她的话，感到自己的身边暗涛汹涌，连她从小到大一直生活的家都仿佛变了样子，她也不由自主地对身边的人都带上了审视的眼光。

8

孙朗成功地从马迪夫实验室的电脑里拷到了激活论的核心资料。

乔伊娜正焦急地等待着孙朗，孙朗来了。这小子，挺准时。

“师娘好！”孙朗心情不错。

乔伊娜装出一副若无其事的样子，问：“资料呢？”

“在这里，给您。”

孙朗赶紧掏出移动磁盘，双手呈给乔伊娜。

乔伊娜接过来磁盘，说：“好的，我一会儿就交给你们导师，辛苦你了。”

孙朗说：“哪里！不过是件小事。”

乔伊娜拉起孙朗，说：“我和你导师商量过了，我们答应你对马蔚然的求婚。我是M国人，我想按我们M国比得市的习俗，让你俩先到我的娘家M国比得市去举行婚礼，你再携马蔚然回中国举行婚礼，你同意吗？”

孙朗说：“同意。我们什么时候去M国举办婚礼呢？”

乔伊娜说：“你觉得呢？”

孙朗说：“当然是越快越好。”

乔伊娜思考了一会儿，孙朗和女儿去M国举办婚礼倒是一个很好的借口和机会，她完全可以趁机将马迪夫转移到M国，既完成了组织的“挖墙脚”计划，也成全了女儿的婚姻。

乔伊娜说：“既然这样，那咱们商量商量婚礼筹划的相关事项。我也拜托我M国的亲人开始准备，提前预定场地。不过，婚礼的具体策划也不能完全放手让他们做，到底满不满意还需要咱们去实地看看。那么，半个月后咱们一起去趟M国？”

孙朗说：“我没问题，都听您的！”

乔伊娜告诉马蔚然，自己和马迪夫同意了孙朗对她的求婚，他们二人先去M国举行婚礼，再回京清市举行婚礼。马迪夫对此也无意见。

马蔚然表面一脸欣喜地答应了，内心却警铃大作，妈妈怎么此时突然着急地给自己举办婚礼？而且还要让全家人一起去M国提前筹备，难道真如王斗所猜测的，妈妈和间谍有着不可告人的联系？

马蔚然在和孙朗聊天时状似无意地问道：“怎么我妈突然同意了让我嫁给你呀？”

“那还用问？师娘被我的诚心打动了，才肯将你托付给我呀。”

“哦？那你是怎么表现你的诚心的呀？”马蔚然笑着问。

“其实我也没做什么特殊的事情，我只是很真挚地告诉师娘你是我最爱的人，我会一辈子对你好。”孙朗看着马蔚然说，“哦，说起来那天师娘还拜托我帮老师拷了一份实验室的资料，说是老师养伤也闲不住要在家搞研究。”

“原来是这样啊，谢谢你的承诺。”马蔚然脸上浮现出甜蜜的微笑，又转过话题说，“我爸就是这样，满脑子只有他的科研，没办法。”但是，马蔚然心想，爸爸什么时候受伤了？她这个女儿没发现呀！而且妈妈竟然还让孙朗拷了一份实验室的资料！王斗的话又浮现在她的脑海里，看来有必要把这个消息告诉王斗了。

这半个月里，乔伊娜看似真的只是个为女儿婚礼操劳的母亲，她整天和已经返回M国的本汉森通话，似乎在商量婚礼的场地和布置。乔伊娜还听从哈丽特的要求带上郭景一同去，虽然她不明白为什么，但还是照做了。她让孙朗联系了郭景，让郭景也和他们一起去M国帮忙实地考察婚礼准备情况，理由是郭景可是个导演，艺术审美很高的！

马蔚然不动声色地配合着母亲的安排，私下悄悄地约王斗见了一面。王斗告诉她，依据目前的调查结果，乔伊娜和哈丽特来往频繁，交往密切，他们几乎可以确定乔伊娜也是M国派来的间谍。

马蔚然绝望地闭上眼睛，她心中一直担忧的事情还是被证实了。

王斗接着说："你们这次去M国，极有可能是HEO策划的一起间谍行动。你们到了M国之后见的人，都有极大嫌疑，你要高度警惕。当然，我们会尽力阻止你们到达M国。"

马蔚然嘴唇微微颤抖，说："好。另外还有件事，我妈让孙朗拷了我爸实验室电脑里的资料。我记得你说过，我爸的这项研究非常重要。"

"谢谢你告诉我这个消息，这对我们后面的部署很重要。"王斗拿出了几样东西，慎重地交给马蔚然，望着马蔚然说，"下面，就要看你的了！"

王斗交给马蔚然的是自卫工具，马蔚然是他们现在重要的信息来源，谢仲秋指示过，务必保证无辜当事人的人身安全。

9

半个月后，在京清市上空，一架麻雀6型飞机正飞往M国比得市。这种麻雀6型飞机是政府专用的机型，它的动力是一种新能源，一颗纽扣大的新能源燃料就能让它飞行100万千米。驾驶它也十分简单，它有可触控显示屏，点击上面的图标就行了。此时，这架飞机身上的标志也在暗示着飞机的主人身份不一般，它在天空中是畅通无阻的。

这架飞机内坐着的是乔伊娜、马迪夫、马蔚然和孙朗，驾驶飞机的是“章鱼3”，也就是“郭景”。“郭景”利用京清市市长郭泰儿子的身份，偷偷地将郭泰的公务飞机开了出来。他们几人正要一起前往M国参加孙朗和马蔚然的婚礼。

飞机上，马蔚然佯装期待地和大家聊天，讨论婚礼的相关细节，任谁看了都是沉浸在爱情中的甜蜜样子。

乔伊娜表面慈爱和开心，但内心却在盘算着到了M国之后要让马迪夫彻底留在那里不再回来，让他和他的研究一起为M国做贡献。

飞机驶入了预定轨道。就在此时，另一辆麻雀6型飞机和郭景驾驶的飞机驶入了相同的轨道，跟在了乔伊娜他们后面，不过这架飞机并没有政府专用标志。飞机里坐着的是克耶尔，驾驶飞机的是哈丽特。按道理，飞机里应该还另有一个人——冯勇敢。冯勇敢呢？冯勇敢在登机前被哈丽特的光压缩手枪射出来的光麻醉倒地了，没有死。哈丽特对他倒是手下留情了。哈丽特让克耶尔拔出了冯勇敢头皮里的调控思维的“头发”，这个东西不能留给中国安全部门，同时竟然还往冯勇敢的衣服口袋里塞进了10万美元作为补偿。

哈丽特胜券在握。她在驾驶飞机离开前玩了障眼法——在她的人民医院招待所501室安装了一个3D打印的仿真机器人。仿谁？当然是仿她哈丽特。这个仿真机器人外观上和她一模一样，就像是一对孪生姐妹。哈丽特指派机器人每隔一段时间就在阳台上出现，以迷惑人：哈丽特哪里没去，就在501。哈丽特坚信，中国安全部门再有能耐，短时间内也识破不了，起码今天白天识破不了。而他们再有两个小时就能到达M国，只要他们到了M国，就什么都尘埃落定了，马迪夫和他的激活论就都是他们的了。

但是哈丽特不知道的是，螳螂捕蝉黄雀在后，此时中国的安全部门已出动一架飞机，这架飞机上装有特殊的电磁波发射仪器，可以使电磁波精准定位到具体的交通工具进行扰乱，使其内部通话中断、导航信号失真却又不影响同一空域内的其他交通工具。

眼看两辆飞机的航程即将过半，其飞行也都达到了肉眼无法判断地面环境如建筑物的高度，此时坐在京清市安全部门办公室监控台前的谢仲秋下令：启动电磁波发射仪。

电磁波发射仪精准锁定了郭景和哈丽特的两辆麻雀6型飞机。郭景和哈丽特同时感到飞机震动了一下，并且飞机驾驶台的显示屏突然黑屏，但很快又恢复了正常。郭景和哈丽特都没把这件事放在心上，因为显示屏黑屏的时间短到不一直盯着它就根本无法发现。而他们不知道的是，他们二人驾驶的两辆飞机的航向已经被调转，他们将在空中兜圈子，然后飞回京清市，降落在京清市郊外一处偏僻的小型机停机场。这里地势空旷，建筑稀少，很难通过周边建筑物判断所处位置。

与此同时，谢仲秋、王斗、金昌，以及他们带领的其他工作人员则准备前往这处停机场埋伏，静静地等待着两辆麻雀6型飞机的降落。

50分钟后，飞机落地了，郭景以为安全抵达了M国比得市，于是打开机舱门，将飞机停在停机场。另一边的哈丽特看到郭景他们下了飞机，也招呼克耶尔走下飞机。可是，迎接他们的不是“章鱼1”，而是早就埋伏在这里的谢仲秋、王斗、金昌等中国的安全部门人员。

谢仲秋等人装备齐全、气势汹汹地包围了哈丽特等人，马迪夫看到后脸色大变：“你们这是要做什么？”

“乔伊娜、哈丽特，你们涉嫌间谍罪，跟我们走一趟吧，接受调查！”

谢仲秋说。

“怎么回事？这里还是京清市？还有你说的什么间谍我不知道！我是乔伊娜啊，我在中国生活十几年了，这里就是我的家乡，我怎么可能和间谍沾上关系！”乔伊娜急道。

马迪夫听到谢仲秋的指控，犹如晴天霹雳，又仿佛全身上下被浇了一盆冰水：怎么会这样，自己的老婆居然是间谍？还有那个京清市人民医院的哈丽特，她不是救死扶伤的“活观音”吗？不过她怎么会恰好和他们一起出现在这里？

哈丽特听着乔伊娜的争辩，心知大概是中国的安全部门使用了什么设备扰乱了他们飞机的航向，为的就是要在中国境内逮捕他们。这次怕是不好逃了，中国的安全部门竟如此大动干戈。

郭景见谢仲秋没有点自己的名，决定继续伪装不知情，于是对着王斗喊道：“王斗！我是郭景啊，我们是要去M国参加蔚然和孙朗的婚礼的，怎么会突然和间谍扯上关系？”

一旁的孙朗也是满脸惊讶，不敢相信眼前发生的一切。马蔚然则感觉悬在心中的一块大石头终于要落地了，她一直不想承认不想面对的这一切，终于到了最后挑明的时刻。马蔚然看到不远处的王斗对她使眼色，她对王斗点了下头，默默地从口袋中拿出之前王斗给她的自卫工具。以防意外，她要保护自己、爱人和父母亲的生命安全，即使母亲是一名间谍。

谢仲秋见乔伊娜还在试图狡辩，于是对她说：“乔伊娜，你敢不敢向你的丈夫解释一下为什么你手中会有装着他激活论核心研究资料的磁盘？”

乔伊娜还没来得及说话，一旁的孙朗急忙问：“装着激活论资料的磁盘？之前师娘说是老师让我拷过来的呀！师娘说老师腿受伤了要在家接着进行研究，让我拷下了这份资料！”

马迪夫惊讶地望向乔伊娜：“我什么时候让你去找孙朗拷资料了？”

乔伊娜见事情已经败露，索性不再掩饰：“没错，是我自作主张让孙朗去拷马迪夫的研究资料的，这份珍贵的资料现在就在我手中，并且仅此一份！”

“仅此一份？”不只是马迪夫，在场的谢仲秋、孙朗等人都大吃一惊，异口同声地发出疑问。

“没错，仅此一份！我交给孙朗的是一个装着电脑病毒的磁盘，当他将这个磁盘插入马迪夫的电脑接口时，病毒就已经自动复制到了电脑上，它可以定时自动销毁电脑里的所有数据和资料。”乔伊娜得意扬扬地扫视了一圈场上人的表情，“病毒的定时销毁就是今天早上8点，现在就算你们赶回实验室，也救不了电脑里激活论的资料了！”

马迪夫悲怒交加，咬牙切齿，恨不得立刻给眼前这个毁掉他研究心血的女人一耳光。

10

“好了，这场闹剧也该结束了，”从下飞机开始就一直保持沉默的哈丽特终于出声了，“现在的局势正好反转了，不是吗？激活论在我们手里，而有能力研究激活论的人，也在我们手里！”

说时迟那时快，哈丽特给克耶尔使了个眼色，二人迅速移动到马迪夫的身后，牢牢地控制住了马迪夫。

“尊敬的马教授，不如再考虑考虑之前的提议？和我们去M国，激活论还是你的，你不仅可以继续你的研究，你还可以获得无穷的财富。”哈丽特说。

“之前的提议？……本汉森也是你们派来的人？”

“没错！可惜他没能说服你。不过，中国人讲究务实，想必搞科研也是。科学发明要得到应用才能体现价值，你耗尽心血的激活论被关在磁盘里不觉得遗憾吗？”

马迪夫说：“科学发明落在天使的手里会造福人类，落在魔鬼的手里会祸害人类。越是高新科技越是这样。我不想做又一个奥本海默！”

“奥本海默？原子弹之父！”哈丽特说，“恐怕由不得你了！”

乔伊娜深深地看了一眼马迪夫：“我劝你冷静地想想，就这么放弃你穷尽半生的研究，你甘心吗？你就跟我们一起去M国吧！”

“哼！把我的磁盘还给我！你们这群江洋大盗！”马迪夫目眦欲裂，眼睛瞪得通红。他想起女儿在临上飞机前对他莫名其妙叮嘱了一通，说什么以防飞行事故，还给了他的一个保命的东西，原来就是为了这一幕做准备。可他现在被牢牢控制，什么东西都使不出来。

就在哈丽特和克耶尔兴高采烈“劝说”马迪夫的时候，谢仲秋和王斗、金昌也正在用配备的袖珍型对讲机紧急讨论下一步的行动。

王斗说：“我已经给了马迪夫的女儿两件自卫工具，一件给她用，一件让她转交给马迪夫。等下我们行动之前我会给她信号，让她展开防护盾保护周围的人，然后我们冲过去擒获这些间谍。”

“马蔚然、孙朗和郭景的安全目前尚可以保证，最大的问题是马迪夫，他现在被两人钳制，既无法进入马蔚然的保护盾范围，也可能无法自己开启保护盾。而一旦我们行动，马迪夫就有可能被误伤。”谢仲秋接着分析。

“而且我们还要抢回一件极其重要的东西——存有激活论研究资料的磁盘”，王斗暗骂了一声，“我知道乔伊娜骗孙朗拷走了资料，却没想到她连实验室里的资料也销毁了。”

“但是我们不知道磁盘现在究竟在谁身上，极有可能在乔伊娜身上，但也有可能在哈丽特身上，那个叫克耶尔的男人也不是没可能拿着……”金昌感到十分棘手。

“为了防止他们鱼死网破毁掉磁盘，尽量活捉他们三人。另外，不惜一切代价保护马迪夫和磁盘！”谢仲秋下达最后的命令。

“是！”行动组队员同时回答。

接着，王斗紧了紧头盔，突然出声喊道：“马蔚然！就是现在！”

马蔚然接收到王斗的信号，迅速按下按钮，展开了特制的光保护盾，其范围正好将身边的孙朗和郭景一起囊括进去，可再远一些的爸爸却怎么也够不到了，她焦急地喊：“爸爸！”孙朗见状紧紧地护住马蔚然。

马迪夫听到女儿的呼喊突然拼命地挣扎起来，试图挣脱哈丽特和克耶尔的钳制。可哈丽特和克耶尔哪会给他逃脱的机会，拖着马迪夫就要撤退到身后的飞机里去，乔伊娜也立即跟着他们开始往回撤。只要上了飞机，麻雀6型的超快速度就可以迅速起飞升高，甩掉地面上那群难缠的人。

金昌见哈丽特等人试图往后退，一个前滚翻拉进和他们的距离，迅速举起光压缩手枪，击中了麻雀6型飞机的发动机，哈丽特的身后冒出一股黑烟，一架麻雀6型飞机报废了。金昌身后的行动队员也迅速跟上，向哈丽特冲去，王斗则也举枪射中了不远处的另一架麻雀6型飞机，飞机左翼裂开，摇摇欲坠。这架飞机也报废了。

此时，谢仲秋和金昌同时开枪，射伤了哈丽特的左肩和克耶尔的右腿，马迪夫趁着哈丽特和克耶尔自顾不暇的时候，迅速挣脱了他们二人，向外跑出约两米远，然后摸出口袋里马蔚然交给他的另一枚防护盾控制仪，按下按钮。防护盾展开，将马迪夫罩在了里面。

看到马迪夫已无生命危险，谢仲秋等人再无顾忌，迅速上前，哈丽特、克耶尔和乔伊娜见状也开枪还击，可他们面对的是受过严格专业训练的安全部门行动组，很快行动组的人就钳制住了哈丽特等三人，并从乔伊娜的身上搜到了装有激活论资料的磁盘。

行动圆满成功！

周围已无危险，哈丽特、乔伊娜和克耶尔被戴上了手铐。马蔚然和马迪夫见此也撤掉了防护盾，马迪夫赶紧朝着女儿跑去，仔细检查了女儿没有受伤才放下心。马蔚然紧紧地搂住马迪夫，父女俩一股劫后余生的感觉涌上心头，泪如泉涌。

行动组队员两人一组正押解着乔伊娜、哈丽特和克耶尔往警车走去，他们即将接受审问。乔伊娜在经过马迪夫和马蔚然时，看到父女二人抱头痛哭，一时间心情复杂，嘴巴张了半天，最终只吐露出三个字："……对不起。"然后就朝着警车走去了。

而哈丽特却仍是一脸的轻蔑和不屑，仿佛这次行动失败的是中国安全部门，成功的是他们。她深深地看了一眼站在不远处的郭景，然后突然疯疯癫癫地哈哈大笑："谢仲秋，你以为你们真的成功了吗？抢回了激活论，但却失去了创造出激活论的马迪夫，这买卖真的划算吗？哈哈哈哈哈哈！"

"你开什么玩笑？马迪夫和激活论，都是属于我们中国的，而且现在都十分安全！"谢仲秋看着哈丽特说，但内心却萌发出一种不祥的预感，他紧紧皱着眉头观察着哈丽特和马迪夫。

不好！谢仲秋赶紧迅速冲向马迪夫，但是已经来不及了，一束激光击中了马迪夫的心脏，还正在看着女儿微笑的马迪夫尚未反应过来，就倒在了地上，而他的身后，是举着光压缩手枪的郭景。

11

坐在警车上的乔伊娜看到车窗外的情景惊呆了，马蔚然和孙朗也愣在原地，王斗和金昌迅速上前按倒了郭景，谢仲秋则赶忙捂住马迪夫的伤口给他做急救措施。

可是，马迪夫的身体还是变得越来越冷，他望着马蔚然，艰难地说：“蔚然，不要哭，以后要好好的。”然后又将目光转向了孙朗，“喜马拉雅山塌陷的接力棒就交给你和陈开了。我十分高兴你和马蔚然在一起，你是会呵护好她的，我放心了。”说完，马迪夫闭上了眼睛。

还没从这一切缓过来的马蔚然呆呆地看着倒在地上的爸爸，她刚刚还在体会劫后重逢的喜悦，此刻却要经受至亲离世的痛苦。她张了张嘴，想喊却喊不出来，只摸到自己满脸的泪水。突然她感到一阵阵晕厥，几乎要瘫坐在了地上，孙朗赶紧扶住她。

王斗咬着牙，看着郭景，愤恨地问：“你？你竟然也是M国的间谍？！”

郭景的头和身体都被按在地上，其实他也没想着反抗了，事情到了这一步，决不能让中国同时拥有马迪夫和激活论，不然暴露了这么多HEO的成员，最后却一无所获，简直是赔了夫人又折兵！他笑了一声：“是啊，你们千算万算，怎么也没想到我也是HEO的人吧，自我介绍一下，我就是哈丽特的上级领导——‘章鱼3’。”

“你背叛了中国？为M国的间谍组织卖命？”王斗咬牙切齿地问。

“当然不是，我本来就是M国人，真正的郭景早就在留学时被我们偷天换日，死在M国了！”

“你！”王斗恨恨地给了郭景一拳。

“别在这儿废话了，都压回去再审！”谢仲秋命令道。

行动组的队员继续押解间谍们到警车上，哈丽特这次却是一副再没什么念想的样子，十分淡定和配合地就上了警车。而不远处的另一辆警车上，乔伊娜的脸上流下了两行泪水。

12

一个月后，这起发生在京清市却震惊全国的间谍案宣告破获，郭景、哈丽特、乔伊娜、克耶尔等对自己的犯罪行为供认不讳，同时根据他们的招供，京清市进行了一次彻底地检查清理，冯勇敢等曾经被人控制从事间谍活动的行为也被检查了出来，给予了应有的惩罚。“京清市自上而下都要干干净净！”这是谢仲秋的命令。

而马迪夫去世后，小小雅山实体塌陷的重任自然落在了陈开、孙朗二人的肩上。

陈开担心地说：“不好办啊，之前激活论研究的很多核心内容都是由老师亲力亲为的，我和孙朗并未参与多少，咱们能行吗？”

孙朗说：“不管怎样，老师的核心研究资料保存了下来，一切就还都有希望。”

好在也不全都是坏消息，随着案情在全国的不断发酵，越来越多的科研人员关注到了马迪夫的激活论，并参与到这项研究中来。他们了解到这是一项让喜马拉雅山塌陷，让印度洋的暖湿气流吹进中国西部、解除中国西部的大干旱，让沙漠变绿洲的有着重大意义的事业。假以时日，如果这项研究得到推广，这不仅使中国人受惠，更是全人类的财富。

以孙朗、陈开为主导的科研团队有越来越多的人加入了进来，大家一起集思广益，共同为这项研究进行着孜孜不倦的努力。

公元2129年2月8日，喜马拉雅山山麓的那座被马迪夫称为小小雅山的山塌陷了！没有发生王泊海等人担心的地震。

接下来该怎么办？继续研究，向着最终目标努力！

盲目塌陷不行。喜马拉雅山那么长，那么宽，全部塌陷不可能，那会改变地球的地形、地貌，真的会带来王泊海他们所说的危险。孙朗组织科研团队进行了考察、论证，提出了一个科学的可行的方案：在喜马拉雅山山脉腰间打开一条通道！

动工之前，中国通过外交途径与有关国家进行了协商，达成了协议。

2133年，一条宽350千米的通道在喜马拉雅山山脉拦腰出现了！其中塌陷了多少座类似于小小雅山的山——数以百计。印度洋的暖湿气流吹进中国的西部了！孙朗等科研人员激动地提议，这项工程真正的功臣是马迪夫，应该以马迪夫的名字为其命名。于是，这条通道后来被称为马迪夫通道。

马迪夫通道给中国干旱的西部送来了连连喜雨，沙漠变绿洲了。向外迁徙的灾民纷纷回流，还引来了不少开发商，这其中最被看好的地段是罗布泊和楼兰。

可能在不久的将来，世界上越来越多的沙漠都会变成绿洲。

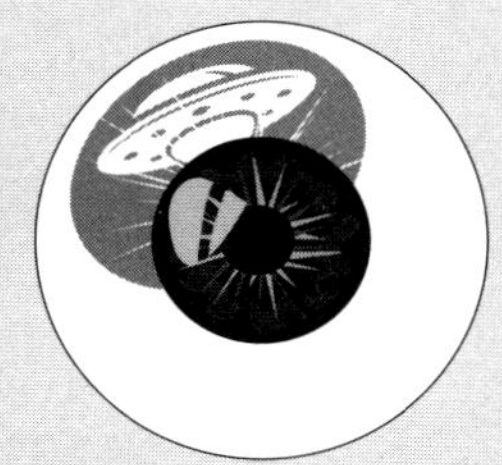

李辅贵科幻作品集

上月球开采氦-3

李辅贵——著

科学普及出版社
·北 京·

图书在版编目（CIP）数据

李辅贵科幻作品集．上月球开采氦 -3 / 李辅贵著．-- 北京：科学普及出版社，2023.2
（百年科幻）
ISBN 978-7-110-10487-3

Ⅰ．①李… Ⅱ．①李… Ⅲ．①幻想小说－中国－当代
Ⅳ．① I247.5

中国版本图书馆 CIP 数据核字（2022）第 210593 号

策划编辑 王卫英
责任编辑 王卫英
封面设计 书香文雅
正文设计 书香文雅
责任校对 吕传新
责任印制 徐 飞

出　　版 科学普及出版社
发　　行 中国科学技术出版社有限公司发行部
地　　址 北京市海淀区中关村南大街 16 号
邮　　编 100081
发行电话 010-62173865
传　　真 010-62173081
网　　址 http://www.cspbooks.com.cn

开　　本 720mm × 1000mm 1/16
字　　数 380 千字
印　　张 33
版　　次 2023 年 2 月第 1 版
印　　次 2023 年 2 月第 1 次印刷
印　　刷 天津泰宇印务有限公司
书　　号 ISBN 978-7-110-10487-3/I · 649
定　　价 89.80（全 2 册）

目
录
Catalogue

氦-3，即^3He，是太阳内部核聚变产生的一种物质，随太阳风向四周扩散，地球上由于大气层的阻隔，几乎没有该物质，月球上储量丰富，有800万～1000万吨。

氦-3是氦的同位素，是一种最美的高效、清洁、安全的核聚变发电燃料。5～6吨氦-3所发的电就可以满足中国一年的用电需求，80～100吨就可以满足全地球一年的用电需求……

——摘自《月球探秘》

第一章　“九天计划”出笼

1

公元2127年。

事情发生于9595电力集团。

9595电力集团是一家民营企业。95，就是“九五之尊”“老大”的意思。一家民营企业，要当老大，够有野心的。

集团总部坐落在岳岱山脚下，占地约10平方千米。春天的集团总部，姹紫嫣红。迎春花，紫荆花，桃、杏、李、梨花，争奇斗艳。最耀眼的要数樱花了，满树满树，一大团一大团，开遍了四面八方。百花丛中，除了繁忙的蜜蜂，最显眼的是鸟。黄雀、灰喜鹊、百灵鸟……数不胜数，跳上跳下，唱着婉转的歌。

总部的北端有一座园。园门的拱形跨梁上有三个镏金的大字——揽月园，颜体，遒劲有力。此园是董事长及其家人的住所。让人驻足的是九曲回廊，小桥流水，假山喷水池。

早晨7点，游泳池旁边的一块空地上，来了两个人——9595电力集团董事长雷天笑及其保镖。雷天笑50岁出头的年纪，显得精明强干。保镖是机器人，名唤铁塔，身高2米，魁梧雄壮。空地边长着一窝美人蕉，宽大的叶子上承托着圆圆的露珠，朝阳下闪着耀眼的光芒。

雷天笑卸掉外套，在空地中央站定，打起了太极拳。

机器人铁塔站在不远处警戒。

30分钟后，雷天笑打完了一套，坐在铁塔端过来的藤椅上放松。有人急匆匆来了，铁塔欲上前阻止，雷天笑说："是我要她来的。"铁塔放行。

来人是徐倩茹，董事长助理。徐倩茹芳龄31岁，披肩的头发烫了几个大波浪，犹如流泻的山泉。她刚休完婚假，今天上班。这么早被董事长叫来，有急事？是的，有急事。有个计划在雷天笑心中酝酿很久了，现在时机成熟，要付诸实施了。

董事长通知徐倩茹上班时见他，现在7点30分。徐倩茹十分准时。

铁塔端过来一把小藤椅放在雷天笑旁边，示意徐倩茹坐。徐倩茹没敢坐，急切地说："请指示。"

"我们走！"雷天笑说。

铁塔提醒："太极拳您才打了一套呀！"

雷天笑说："不打了，去我的办公室。"

董事长的办公室墙体是钢筋水泥浇铸的，有一米厚，由机器人日夜值班看守。

走进办公室，除了感觉安全舒适，另外感觉到的是它的文化品位。文化品位不是名人字画，是雷天笑喜欢的人的涂鸦。"电脑什么字写不出来，什么画画不出来，名人字画？没意思！"雷天笑的儿子雷禾的画就是雷禾用电脑制作的，像西方的写实油画，也像中国的写意水墨画，你能说这不是艺术？女儿雷苗的画也有几幅，是幼儿园墙上的卡通画，熊猫、长颈鹿之类的，倒是用笔画的，很见功底。挂在最显眼地方的是雷天笑祖父的亲笔条幅，也可以说是祖训：“人无我有，人有我新，人新我精，人精我变。”这是雷家企业百年不衰的秘诀。挨着它的是雷天笑的亲笔条幅：“又恐琼楼玉宇，高处不胜寒。”这是北宋大文豪苏轼的句子，雷天笑摘录出来，挂在了祖训旁边，其用意只有雷天笑清楚。

雷天笑在自己的椅子上坐下，示意徐倩茹在客椅上坐下，祝徐倩茹新婚幸福，谈话引入正题：“……如果我没有记错的话，你先生尊名丁大高？”

“是的。他叫丁大高。”

“他在京清大学教书，研究课题是月球？”

“是的。”

“他上过月球吗？”

“上过。”

雷天笑从桌上拿过来一本书，这本书是几天前无意中得到的。看完这本书雷天笑心中的欲望之火被点燃，且越烧越旺。书名是《月球探秘》，作者是丁大高。

雷天笑问：“这个丁大高是不是你家的那个丁大高？”

徐倩茹斜眼看着书，小声笑起来，回答：“当然是我家那个丁大高啦！”

雷天笑带有几分敬意地抚摸书，试探着问：“丁大高愿意到我的集团工作吗？”

“这……得征求他的意见。”徐倩茹明白了董事长这么早见她的缘由，不得不强调说，“他不懂电，也不懂管理。”

“他懂月球。”雷天笑不想绕弯子，说，“从现在开始，你的任务就是做你的先生丁大高的工作，把他从京清大学弄到我的9595电力集团来。”

“好吧。我试试。”徐倩茹顿了顿，说，“有句话我不知该不该问？”

“问吧。”

“您要他到9595电力集团来具体干什么？”

“抱歉，这个问题我还不能回答。我只能告诉你9595电力集团的发展需要他！”雷天笑说，“我给他比京清大学高十倍的报酬！”

从董事长办公室出来，徐倩茹的脸灿烂得就像路边盛开的桃花。

2

看，丁大高来了，回他的宿舍来了。徐倩茹从窗户里瞧见了他。丁大高38岁，穿着一件浅黄色风衣，很有风度。

丁大高和徐倩茹的结合应了“缘分”这个词。京清大学有一个外语角，每到星期天，外语角便挤满了人。大家按语种分堆，用外语对话交流。丁大高精通英语，也精通德语，一个星期天，他心血来潮，来到外语角的德语堆，认识了徐倩茹。丁大高德语很好，而徐倩茹马上要留学德国，学习德语迫在眉睫，丁大高愿意教她。这样，他俩交往多了，产生了感情，相爱了。

丁大高和徐倩茹的爱巢在园丁小区7号楼2单元，是第15层的50平方米的一室一厅。房价120万元，首付60万元。一对小夫妻，很不简单了，有几对夫妻能单靠自己在城市里买房呢？还不得靠双方的父母。丁大高和徐倩茹坚决不要父母的钱，要了，说明自己没能耐，是啃老族。他们有能耐，不啃老。50平方米的房子是暂时的，就像火箭发射塔，不大，但火箭从这里起飞。

电梯在15层停下。丁大高走出电梯，徐倩茹已打开了家门，倚在门边等他。看着妻子小鸟依人的样子，丁大高一种幸福感涌上心头。记得有一天，一家报纸搞随机调查，有个记者问丁大高："您幸福吗？"当时，丁大高的大脑正在思考月球，记者打扰了他，他恶狠狠地回了一句："无聊！"弄得那个记者狼狈不堪。今天看来，丁大高错了，人还真有感觉幸福的时候。比如此时，他就感觉到了幸福：下班回来，有人已为他开了门，倚在门边等他。徐倩茹小他6岁，作为男人，作为丈夫，他发誓一辈子呵护好她，让她幸福。

桌子上有他爱吃的韭菜炒鸡蛋，今天多了一碟卤猪耳朵。是不是该喝点小酒？丁大高这么想，徐倩茹就变戏法般拿出酒来了，对丁大高说："不准超过2两！"

丁大高夺过来酒瓶，说："遵命。喝1点99两！"

丁大高品着酒，吃着卤猪耳朵，还有韭菜炒鸡蛋，满足得像个神仙。

徐倩茹发话了："你正在兴头上，有件事不知该不该这个时候讲？"

丁大高说："你的事什么时候都可以对我讲。哪怕我刚睡着你把我吵醒了，我也高兴。说吧，什么事？"

徐倩茹说："其实，也不是我的事。是你的事！"

丁大高说："你还会卖关子。我的什么事？"

徐倩茹说："我们董事长雷天笑要你到他的集团去工作！"

“有这回事？”丁大高放下杯子，“他是搞电力的。我又不懂！”

“9595电力集团不是人人都懂电力。比如我就不懂。”

“我也不懂管理呀！”

“人家看了你的书，看上了你这个人！”

“他看了《月球探秘》？”《月球探秘》属于学术著作，不是嫦娥奔月之类的神话故事，一般不会有人爱看。丁大高写这本书不是想成为“作家”，而是为了被授予“大科学家”称号。因为被授予这样的称号要有学术著作做支撑。

“他说，如果你到他那里工作，保证给你的报酬比京清大学高出10倍。”

这是出乎丁大高意料的，会有民营大老板看中了这本书，看中了他这个人。开出的报酬确实是颇具诱惑力的。要清楚，民营大老板不是慈善家，精明得很，不会平白无故给你钱。丁大高一口喝干杯里的酒，说：“让你的董事长约个时间，我们具体谈谈。”

徐倩茹说：“应该的。”

3

雷天笑与丁大高约好，在怡然茶庄见面。

其实，雷天笑与丁大高相互是认识的。雷天笑参加了丁大高、徐倩茹的婚礼。因为忙，雷天笑没参加完婚礼，丢下红包就走了，但丁大高的模样他还是记住了。

9时整，雷天笑与丁大高几乎同时出现在怡然茶庄。雷天笑和丁大高握手，拉着丁大高的手一阵“久仰”。

二人进了“高山流水”包间。高山流水遇知音，这个包间是雷天笑事先预定好的。机器人铁塔拿出来一个仪器满屋子扫描，看有没有偷窥、窃听之类的，指示灯一直是绿的，证明没有。机器人收了仪器，出去了。

二人面对面坐下，雷天笑唤服务员上茶，还专门顺着丁大高的口味点了他喜欢的咖啡。雷天笑这么大的老板，心却很细。

还是雷天笑先开口，说：“我想，我俩要谈的内容徐助理已经向你转述清楚了。”

“感谢您瞧得起我，您希望我到您的集团工作。”丁大高停了停，说，“这不大可能。”

“为什么？”

“您的集团是搞电力的，我不在行。我也不懂管理。我去吃干饭？”

“你懂月球，我看了你的大作《月球探秘》。”雷天笑品了一口茶，“你得先有一个承诺。今天我俩的谈话属于商业机密，你不能对第三者讲。”

“您请放心，我守口如瓶。”

“在我的办公室里，有这样一个条幅：人无我有，人有我新，人新我精，人精我变。这是我的祖父为9595电力集团写的。9595电力集团要永远立于不败之地，要不断发展壮大，必须按条幅说的办。我祖父是农民，后来不当农民了，就开了小煤窑，当了煤老板；我父亲瞅准时机，把煤转化成了电，发的电并入了国家的电网，当了电老板；现在轮到我了，如果我安于现状，不求新、求变，我这个民营电老板别看现在这么风光，不久就会被挤出电网，成为破产者。因为中国可供挖的煤不多了！”

丁大高用异样的目光望着这位老板，问：“您怎么求新、求变呢？”

“有一个计划，我考虑了很久。你的《月球探秘》给我进行了可行性论证。我要实现它，再风光几十年。”雷天笑从公文包里取出一份材料，封面上写着“九天计划”。

丁大高似念似问：“‘九天计划’？”

“是的，‘九天计划’。”“九天计划”完稿后，雷天笑只给一个人看过，就是他的儿子雷禾。雷家的事业好比一场接力赛，雷禾是他的接棒人。

丁大高伸手去拿“九天计划”，被雷天笑挡住了。“请理解，这是我的机密，现在，你只能知道，还不能阅读。”雷天笑将材料放回公文包，“明说了吧。‘九天计划’就是开发一种新能源发电。它不会产生环境污染，不是钚，不是页岩气，也不是可燃冰。”

“太阳能？”

“不是。”

“风能？”

“不是。”

“江河的落差、大海的潮汐？”

“都不是。”

“那是什么？”

“氦-3。你的书告诉我了：3克重的氦-3可以发出约10万度电。”

看来，这个老板真的认真地读了他的书。丁大高说：“可是，氦-3在地球上几乎没有。”

“地球上几乎没有，月球上有，而且储藏丰富。这也是你在书中说的。是吗？”

“是的。月球上储藏量很大，有800万～1000万吨，用于地球发电可达10万年。”

“这是你的推断？”

“当然不是推断，是通过研究得出来的结论。我上过月球，对月球表层的月壤进行了检测，的确含有氦-3。氦-3是太阳内部的核聚变物质，随太阳风到达了月球。本来它也可以到达地球的，但被大气层阻挡了……”

“这样高深的理论我不想弄懂，这是你们科学家的事。”雷天笑品口茶，“我想请你到我的集团来，上九天揽月，向月球寻宝，去开采氦-3，反正地球人上月球已不是什么难事了。氦-3是最美的能源，用氦-3发电不会有核泄漏，不会产生令人头痛的核废料，它高效、安全、清洁。我就想成为中国乃至世界用氦-3发电的第一人！”

“上月球开采氦-3运回地球用于发电，地球上早有人提出这个设想了，恐怕有发达国家已开始行动了。由于他们保密，我们不知道具体情况。”丁大高说。

“你的《月球探秘》暗藏了这个玄机。中国不能落后，落后了，就无法抢占先机。”雷天笑说。

真是站得高看得远。丁大高说：“有句话不知我当问不当问？”

“当然，你就问吧！”

“您是董事长，后面还有董事会。董事会的意见呢？”

“实不相瞒，9595电力集团我说了算。我是董事长，我占有70%的股份。那些小股东没有话语权，谁不同意谁退股！”

“这需要海量的钱。月球面积那么大，不是所有地方都有氦-3，要找到月球上藏有氦-3且具有开采价值的地方，是需要钱的。这只是前期工作，后期更是要钱。”

“……我可能没有这么多钱。但是，你应该相信中国的市场上有超过这个数百倍、数千倍的钱！车到山前自有路！”

丁大高刮目相看，说：“了不起！”

“谁了不起？”

“当然是您！”上月球开采氦-3应该由国营发电的老板第一个站出来干，想不到这第一个站出来干的不是国营老板，而是一个民营老板。国营与民营在经济实力上是有天壤之别的。

雷天笑遇上知音了：“这么说，你同意到我的集团来了？”

“……我还没有想清楚。”

“好，我等你想清楚。”雷天笑从公文包里取出“九天计划”，放进丁大高手中，说，“‘九天计划’对你就不用保密了。你回去好好看看，觉得可行，就答应。只是，‘九天计划’只能是你一人看。我相信你能做到。”

4

丁大高回到家，看完‘九天计划’，对雷天笑由刮目相看变成了肃然起敬。“九天计划”虽不能说是天衣无缝，但也称得上十分详尽了，连租用月球旅游公司的飞船上月球都计划好了。当然，有些东西对雷天笑目前来说还是未知数，不能强求。

“这是一份可行的宏大的计划！”丁大高这么评价。

但丁大高在京清大学教书本来好好的，现在突然要离开，舍不得。京清大学有值得留念的？有，当然有。比如“大科学家”称号，比如学校浓烈的学术氛围，比如教室里优秀的学生……

丁大高的心事徐倩茹看出来了，问：“你在犹豫？”

丁大高也不隐瞒，答：“当然得权衡权衡。”

徐倩茹说：“有什么值得权衡的。水往低处流，人往高处走。”

丁大高说：“你是要我到9595电力集团去？”

“本来嘛。”徐倩茹在沙发上坐下来，示意丁大高也坐下来，“先不说雷天笑给你的报酬高出京清大学的10倍，只说发展前途。你在大学教书，搞月球研究，是重点学科吗？你说是，我说不是。学校每年能给你多少科研经费？500万？1000万？我看50万到顶了。看看你那个月球工作室，破旧到什么程度了，学校给你翻新了吗？给你增添设备了吗？没有。你到9595电力集团去，马上会有一个崭新的月球工作所。不是室，是所。这个工作所拥有世界上最先进的设备，科研经费不是500万，不是1000万，而是1个亿！”

丁大高问：“雷天笑会这么大方吗？”

“事关集团的前途命运，他当然大方！”

“你知道他要我为他干什么吗？”

“与月球有关！”

“这是商业机密。雷天笑已对我约法三章。你竟然知道了？”

“商业机密？这是当老板的自我感觉。现在，天下有多少机密？他办公室里的条幅‘又恐琼楼玉宇，高处不胜寒’和要你这个搞月球研究的人二者结合，我就猜出个八九分了。只是，我不知道他要在月球搞什么，我也懒得知道。你从京清大学到9595电力集团去，好比一只麻雀，从糠槽跳到米槽里了。这是最实际的。”

是呀，人要实际。“大科学家”称号固然诱惑，但竞争太激烈了，没个三年五载还轮不到他。丁大高佩服徐倩茹的精明，说：“有你这么比喻的？”

“我就这么比喻。”

“好，我听你的，就这么决定了，从糠槽跳到米槽去。我这就给雷天笑答复。”丁大高如释重负。

徐倩茹不以为然，说：“你忙什么！”

“雷天笑要我想好了就答复他的。”

“他要答复你就答复呀？你是大学老师，是人才，这么好说话呀！现在是他求你的时候，你得提条件！”

“他不是答应给我高出京清大学10倍的报酬吗？”

“这是最起码的。还有呢？”

“还有……你说的，他会给我足够的科研经费。”

“这是以后的事。你离开京清大学，就没有什么损失？”

丁大高挠了一下头发，撇开“大科学家”之类的话题，说：“我这一走，觉得有些对不住我的学生。”

“那些个研究生？”

“是呀。”

“这就是损失，要雷天笑弥补。”

“雷天笑怎么弥补？”

“你说你需要帮手，要带学生到9595电力集团去。一道篱笆三道桩，一个好汉三个帮。你单枪匹马能行？”

“这主意不错。”丁大高用赞赏的目光看着徐倩茹。

5

丁大高听了徐倩茹的话，没有给雷天笑马上回话，结果雷天笑等不及了，把电话打过来了：“丁教授吗？考虑得怎么样了？我等着你回话哟！”

丁大高说：“我正准备给您回话，您的电话打过来了。我十分愿意到9595电力集团去为雷总效力，但我需要帮手，单枪匹马不行，我要带几个学生来！”

雷天笑说：“这不是问题。‘九天计划’是一个十分浩繁的工程，需要一个强有力的团队，我欢迎你的学生。只是，我把丑话说在前头，没点真才实学的我不要，身体不能上月球的我不要。你要带来的学生什么样啊？”

“硕士生、博士生都有，身体都能上月球。”但其实雷天笑不知道，这个年代只要穿着钢铁侠战衣身体能负重10公斤走100米就能上月球。

雷天笑说：“好吧，先来4个人吧！”

丁大高带有10个研究生，雷天笑只要4个人。

星期五的下午，丁大高向10个研究生告知了他要到9595电力集团工作的事，宣布：“愿意同我一同到9595电力集团去的，报名！”

10个研究生都报了名，都愿意同丁老师一同到9595电力集团去，甚至不是愿意，是坚决要求。谁都知道，9595电力集团员工薪酬高，福利不错。在社会上找工作不难，找好工作难，想找专业对口的工作难上加难。如果能跟着丁大高，问题迎刃而解。

这可难住了丁大高：10人中该挑哪4个人呢？当然是挑优秀的。没挑上的不要怪罪老师啊，人家只要4个人，老师也没办法呀。

丁大高毫不犹豫地定下第一名：饶永石。这个饶永石了不得，已发表了自己的论文《试谈月球的语言》。这里的语言不是汉语、英语、西班牙语之类的，是指月球因为自身电磁波发生变化所提示的信息。论文说，月球有自己的电磁波，每一个经纬度的交结点都可以测量出来。该点的电磁波值是固定的。如果哪一个点的电磁波的值发生变化了，则说明这个点有情况要发生了。这种电磁波的变化所提示的信息饶永石称为月球语言。只是，饶永石的研究还处于初级阶段。还有，这个饶永石是北山市人，徐倩茹也是北山市人，丁大高爱屋及乌，愿意多照顾他一些。

第二名是聂焰，基础知识扎实。

这第三名是简文宇，他脑瓜子聪明。

第四名是黄小昊，虽然学术实力不如前三名，但做事灵活。

接着丁大高向学校提出了离职申请，学校董事长认为丁大高不是校内的当家教授，同意了。新上任的校长伍岸也跟着同意了。

伍岸是个雄心勃勃的人。他的雄心埋在心底，秘不示人。是什么呢？做世界上第二个诺贝尔。诺贝尔设立的诺贝尔奖已有200多年，激励了多少志士

仁人，现在还在持续。伍岸要设立一个“伍岸高科技进步奖”。这个奖的奖励范围不包括文学，不包括和平，不包括医学，只包括物理、化学，还有天文学，奖励那些在物理、化学、天文学方面做出了突出贡献的人，用金子塑他们的半身像，摆放在他们的所在国首都最显眼的地方，让人景仰。这个雄心不错，但缺一样东西：钱，而且是不小数目的钱，要比诺贝尔奖奖金高出100倍的钱。伍岸现在所做的一切为着一个目标：搞钱。伍岸搞钱虽不光明正大，但与贪官污吏搞钱截然不同。

伍岸私下打听过，丁大高跳槽去9595电力集团是担任月球景点建设的技术支持人员，他要在丁大高这件事上搞到钱。伍岸有预感：这是个机会。

万事开头难，伍岸决定在丁大高的队伍中安插内线。

内线选择谁？当然是在丁大高及其所要带过去的学生饶永石、聂焰、简文宇、黄小昊中物色对象。

伍岸在5个人中筛选。丁大高肯定不行，为人师表，中规中矩，不会做损害雷天笑的事。那只有在4个学生中物色对象了。

饶永石，男，28岁，博士生在读。饶永石是丁大高最得意的学生。这倒没什么。关键是他的父亲饶德中，北山大学的教授，是一个狂妄自大、目中无人的家伙。有一次，京清大学与北山大学搞学术交流，在京清大学一位教授发言时，饶德中公然站起来与这位教授叫板，闹的这位教授很狼狈，学校也丢了面子。有这样的父亲就会有这样的儿子。饶永石被排除了。

聂焰，男，28岁，博士生在读。其父开有一家海产品养殖场，去年因生产出来的海产品重金属超标被处罚，养殖场濒临倒闭。聂焰靠学校的资助金继续完成学业，应该是一个比较理想的对象。

黄小昊，男，28岁，博士生在读。这个黄小昊对伍岸来说印象太深刻了，他就是个公子哥儿。有一天，十分凑巧，伍岸亲眼见他在女生面前将一款新买的品牌智能光屏通讯器扔进了下水道，原因是他下载的一则文章找不到了。这能怪通讯器吗？这是他的操作有问题。这种人是靠不住的，关键时刻要“叛变”。

至于简文宇，伍岸尚且不太了解，没有掌握到他的弱点。

看来，最佳人选只能是聂焰了。

伍岸要找聂焰单独谈话。聂焰是在读博士生，管理他的应该是研究生院，但伍岸作为校长，越过研究生院来找聂焰单独谈话，倒也无可非议。

聂焰听说校长要找他谈话，紧张得突然加快了心跳。

谈话在校长办公室进行。

伍岸看出了聂焰的紧张，告诉聂焰，没什么事，我们只是随便聊聊。

聂焰稳了稳神，紧张的情绪开始缓和。有什么好紧张的呢？学校校长不管食品安全的事，总不会对父亲开的海产品养殖场下最后通牒吧！

结果这个伍校长，还真是开水灶上提水，哪壶不开提哪壶，要谈的就是父亲开的海产品养殖场。

“你介意这个话题吗？”伍校长问。

“这是我的伤口，请不要往上面撒盐。”聂焰也不隐瞒。

“但是，我不是往你的伤口上撒盐，是想清理你的伤口，杀死伤口上的细菌、病毒，治愈你的伤口。你愿意吗？”

“如果是这样，我当然愿意。”

“你知道我当校长之前是干什么的吗？”

“略有所闻。在海外教书做学问。”

“研究什么呢？”

“不知道。”

“我告诉你吧，范围广阔，海产品养殖研究也在其中。所以，我可以负责任地说，我可以帮助你父亲的海产品养殖场起死回生。解决你父亲的海产品养殖场重金属超标问题就是我目前的科研课题。”

“我父亲请教过好多专家，说这是由受污染的海水造成的问题，无法解决。”

“你父亲请教过好多专家？请教过我吗？受污染的海水造成的问题就无法解决？不是吧。当然，这要到实地去考察，去研究。”

“如果能这样，您是我们聂家的大恩人。”

“先不谈什么大恩人。你是京清大学的学生，学校有责任帮助你。你不是要同丁大高老师去9595电力集团吗？学校不想让你背着沉重的包袱走出校门，又背着沉重的包袱去工作。”

聂焰心存感激，说：“学校这么有恩于我，我怎么报答学校呢？”

伍岸扶了扶近视眼镜，说：“现在谈这个话题还早了点。等你家的海产品养殖场的问题解决了再说。”

6

饶永石要跟随丁大高老师到9595电力集团去，当然要与家里通气。

饶永石的家里有父亲、母亲和一个妹妹。

饶永石的父亲饶德中是北山大学的教授，是搞微运动物理学的。北山大学在10年前设置该学科，由饶德中首创。

微运动物理学就是研究物体微小运动的学说。从目前的认知水平，只能这么粗略解释。因为它还太年轻，才10岁。研究成果有喷嚏论、雪崩论等。

喷嚏论：人为什么打喷嚏？是因为鼻腔痒形成的条件反射。鼻腔里痒就是微运动。细菌或病毒的运动是肉眼看不见的运动，但这个微运动却让人打出了喷嚏。喷嚏有多大的威力？打出去的气流速度达30米／秒，超过了喷气式飞机。如果打喷嚏的人是个病毒携带者，打出去的病毒将数以万计。要是在地铁车厢，病毒会布满整个车厢，车厢里的人都会吸入病毒，成了病毒携带者。轻则谁的免疫能力差，谁就会患病；重则病毒携带者成了传染源，四处传播病毒，带来瘟疫大流行。

雪崩论呢？排山倒海的雪崩是由雪粒的微小运动演变形成的。研究这个运动的理论就是雪崩论。

饶永石大学毕业时应该去读父亲的研究生，饶德中也希望儿子读自己的研究生，因为听说儿子在研究月球语言，与微运动物理学有相通之处。但饶永石选择了放弃，原因很复杂，主要原因是饶永石看不惯父亲的高傲自大。

一天，父亲向母亲发动了战争，以强凌弱的战争。他对母亲拳脚相加，母亲毫无还手之力，不住地求饶。战争的起因很简单，母亲搞清洁时，不小心碰翻了父亲桌子上的茶杯，茶水弄湿了父亲的电脑导致短路，损坏了电脑里的资料。

看着向母亲施暴的父亲，饶永石发怒了，指责父亲对于妻子是一个“坏丈夫”，对于儿子是一个“坏父亲”，对于学校是一个“坏教授”！对于儿子的指责，饶德中可以接受“坏丈夫”和“坏父亲”，但“坏教授”是不能接受的。

饶德中说：“我是一名顶级的教授。我的微运动物理学在中国乃至世界独树一帜，独领风骚！”

饶永石反唇相讥：“什么独树一帜，独领风骚。你知道‘牵一发而动全身’这个成语吗？你知道‘多米诺骨牌’这个游戏吗？都早你1000多年！就说当代，有个蝴蝶效应……”

儿子的话就是在揭饶德中的伤疤，伤他的心。这些语言是他的学术对手攻击他的语言，此时此刻从他儿子的口里出来，他接受不了！他举起一把椅子，要向儿子砸过去，但手在半空，停下了，对象是他的儿子，他砸不下去，于是对儿子呵斥道：“你滚！你给我滚！”

滚出家的饶永石到底没读饶德中的研究生，而是读了京清大学丁大高的研究生，研究月球，主攻月球语言。饶永石凭借自己的聪颖和勤奋赢得了丁大高的青睐，丁大高的著作《月球探秘》中间就有饶永石参与的部分。

饶永石记恨父亲，饶德中也记恨儿子，父子俩平日里很少亲近。今天，将到9595电力集团去工作的事给家里通气，饶永石选择了告诉妈妈。

饶永石的家在北山市，离京清大学千里之遥，他就使用智能可视光屏和母亲聊天，征求母亲的意见，母亲支持他的决定。遗憾的是，饶永石没在光屏中见到妹妹饶环珮，说是毕业实习去了。

第二章　新的月球工作所

1

雷天笑为表示慎重，决定将“九天计划”给除雷禾、丁大高二人外的第三人看。这第三人就是他的女儿雷苗。

雷苗上学时本硕连读，攻的是市场营销，现在是一家公司的营销主管。

雷苗一口气看完“九天计划”。

“怎么样？”雷天笑问。

“了不起！”雷苗目光仍停留在“九天计划”上，“我敢说，爸爸是中国民营企业里敢想敢干的第一人！”

“先不要这么说。”雷天笑故作谦虚，“你是搞市场营销的。你说说，这其中的风险？”

“风险？走路都有风险。”雷苗的目光从“九天计划”上移开，“成功和风险是孪生兄弟。只有大的风险，才有大的成功。爸，放开手脚，干！”

“你是支持我的！”

“全力支持！”

“好，你就别去那家公司当那个营销主管了，回到爸的身边来，同爸一起干！”

“行，没问题！”

雷天笑开了个董事会。果然，退股的股东不少，几乎是除雷天笑以外的全部，他们不愿意跟着雷天笑折腾、担风险。退股就退股，雷天笑不做说服工作，不挽留。这都是些小股东，左右不了雷天笑上月球开采氦-3的决心。退股者中有要看雷天笑笑话的，有要看雷天笑怎么从月球上掉下来摔死的。人心不古，之前还称兄道弟呢。这些人入股时笑脸，退股时板脸，演尽了人情冷暖、世态炎凉。

2

丁大高带着他的4个学生，乘着9595电力集团派的车来上班来了。

雷天笑满面春风，与丁大高师生5人共进午宴。

丁大高师生的午宴在揽月园内的海棠厅。步入海棠厅，迎接他们的是雷天笑和另外一位楚楚动人的姑娘。姑娘芳名雷苗，是9595电力集团董事长雷天笑的女儿。

雷天笑指着雷苗对大家说：“这是我的女儿雷苗，她从现在开始就是大家的后勤部长。”

雷苗莞尔一笑，说：“给科学家们当后勤部长，我乐意。今后，大家有什么要求，尽管对我说！”

其实除了丁大高，这些学生还谈不上是“科学家”，科学工作者倒合适，但没有人出来纠正。

菜摆起来了。丁大高、饶永石、聂焰，还有简文宇，对餐桌上的菜十分陌生，从来没吃过，只有黄小昊如数家珍："这是综合基因大白菜，这是深海肉虾……"

雷苗内心好笑："你知道餐桌上的菜，酒呢？"

的确，餐桌上的酒黄小昊没喝过，甚至没见过。标签上有文字，不是英文，不是法文，也不是汉字，是中国少数民族文字。但其实餐桌上的酒由哪个民族酿造并不重要，它的主要作用是替雷天笑卖人情，笼络丁大高一行人的心。

雷天笑已举起了酒杯："来，干！"

酒至半酣，雷天笑乘着酒意说："从此刻起，我们就是绑在一条战车上的亲密伙伴了。可不可以说，丁大高老师是我的小老弟，4位同学是我的侄子……"

"当然！"酒桌上一片欢呼。

"我会像对待亲人一样待大家……"

话音未落，黄小昊鼓起了掌。在他的带动下，大家都鼓起了掌，当然包括丁大高，兴高采烈地表示大家成了一家人。

雷天笑接着说："……因为我们马上要干的事是一件前人还没有干过的事，至少在我们中国还没有人干过，资金投入大，科技含量高，因此，保密程度也非常高。我要做一做小人，这里有一个保密守则，共10条，大家要严格遵守。现在由雷苗发给大家，签上你的大名，按上你的手印。如果有人不愿意，我不勉强，欢送走人！"

雷苗把保密守则发给了大家，经过短暂的浏览，大家都签了名，按了手印。

雷天笑又接着说："我也把丑话说在前头。我相信大家会严格遵守，我们相安无事。若是谁违反了，就怪不得我了。我的眼里容不得沙子。如果大家同意，就把杯中的酒干了！"

"好，干了！"

下午，雷苗发给丁大高等人每人一份"九天计划"。

晚上，丁大高回到家，酒醒了，反省自己是不是犯了个大错误：从京清大学跳槽到9595电力集团是不是个大错误？

徐倩茹问："人家山珍海味接待你们，你怎么显得不高兴？"

丁大高说："他把我们当贼收拾！"接下来讲了保密守则及在上面签名按手印的事。

徐倩茹是董事长助理，雷天笑对她都没有搞在保密守则上签名按手印的事，今天竟对丁大高等人做了，她不禁问道："有这事？"

丁大高说："我还说假话不成？"

真是人心隔肚皮。丁大高脑子里最现成的就有一个月球光子反射分析仪，这可是前期准备上月球开采氦-3的重要工具。他原打算将其作为见面礼送给雷天笑的，现在看来，得放着了。

3

伍岸召见了聂焰。

伍岸说，他要组织人到聂焰父亲办的海水养殖场去实地考察，要聂焰给他的父亲通个信。

聂焰原以为伍校长只是一时心血来潮，随便说说，想不到现在还当真要付诸实施了。这么大的校长，还把一个普通学生家里的事放在心里，真是难得的好校长。

伍岸问："你爸的养殖场在什么地方？"

聂焰答："抱海湾。"

"那地方交通不方便，我们学校派悬浮汽车过去。"悬浮汽车行驶时完全悬浮在地面上，行驶速度很快，也可以灵活应对各种地形。

伍校长又十分随意地问："你到9595电力集团上班了？"

"是的，上班了。"

"待遇如何？"

"才几天，看不见。肯定不错。"

"具体的工作性质呢？"

"……"聂焰突然想起了签名按手印的保密守则，话到嘴边吞回去了。

伍岸见状，说："不便说？那就算了！"

聂焰终于放低声音说："到月球上开采氦-3，运回地球发电。"

果然不是上月球开发旅游景点。伍岸若无其事地"嗯"了一声，用教育的口吻说："好好干！"

4

雷天笑决定给丁大高一个惊喜。下午下班的时候，雷天笑对徐倩茹说：“叫上丁教授，我们出去遛遛。”

丁大高来了，满脸狐疑：遛什么遛啊？是不是对我，或是我的学生有什么不满意啊？

雷天笑的司机从车库里开出了雷天笑的专车。机器人保镖铁塔也出来了，跟在了雷天笑的后面。雷天笑对司机和铁塔说：“今天不需要你们！”司机走开了，铁塔也走开了。

雷天笑坐在了驾驶座上，招呼徐倩茹和丁大高上车。

徐倩茹和丁大高上了车，坐在了后排的椅子上。夫妻二人习惯了单独在一起的温情脉脉，现在有旁人，而且是他们的老板，显得很不自在，一言不发。

雷天笑的车有两栖功能，就像部队的两栖坦克一样，可以在江河湖海中行驶。车在湖面上行驶了大约10分钟，在盘山公路上行驶了大约20分钟，来到了岳岱山别墅区。

徐倩茹好生纳闷：把我们带到这里做什么？吃可望而不可即的晚餐？

车在101号别墅前停下来，3个人下了车，有机器人打开了铁栅门，是一个中年的男性机器人。他迎着雷天笑说：“董事长好！”又迎着徐倩茹和丁大高说：“二位客人好！”

雷天笑对机器人纠正说：“从现在起，我是客人，这二位是主人。我来给你介绍，这位是丁大高丁教授，这位是徐倩茹徐助理，教授夫人。从现在起，你的职能首先是忠于丁教授和徐助理，我在其次。听见了吗？”

机器人点头说：“听见了。您设置的密码需要更改吗？”

原来，机器人被买回来后，都由主人设置了密码——亲情密码。设置了这种密码后，机器人只听主人使唤，只对主人亲近。

“当然。”

“我的名字呢？”

雷天笑告诉丁大高和徐倩茹，机器人叫“李莲英”，然后转身对机器人说，改不改名字由以后的主人决定。

徐倩茹和丁大高一头雾水：怎么回事啊？

雷天笑说：“这套别墅是你们的啦！”

丁大高说：“董事长，请别开玩笑！”

徐倩茹附和说：“是呀。您说给丁大高高于京清大学10倍的报酬，这套别墅往少里说也需5000万，够丁大高干好几年的。”

雷天笑说：“这套别墅是我送你们的！”

丁大高和徐倩茹异口同声：“送我们的？”

雷天笑说：“对，送你们的。”

丁大高说：“无功不受禄，我受之有愧。”

“这是我的见面礼，你不受才有愧呢。”雷天笑递给丁大高房产证等说，“丁教授对我也该有见面礼啊！”

丁大高说：“我没有元青花瓷，也没有明宣德炉，不怕您笑话，我寒碜得很。”

“你有。”

“我没有。”

“你有知识。”雷天笑说，“世界上最值钱的东西是什么？不是古董，不是别墅，是知识。”

丁大高说：“知识不值钱。比如我的《月球探秘》的版税收入几乎为零。”

雷天笑说：“那是教授没找到识货的人。《月球探秘》我不就看中了吗？不过，我不用再出高价买了。教授的另一样东西我可要出高价的，这套别墅还不知够不够。”

丁大高说：“我的另一样什么东西？”

雷天笑说：“在地球上就能分析月球上某区域氦-3含量的仪器。”

丁大高说：“月球光子反射分析仪？”

雷天笑说：“对，就是这个东西。”

丁大高释怀了。看来，人家并没有把你及你的学生当贼收拾，抱歉地说：“它现在还只装在我的脑子里，还是个未知数。”

雷天笑说：“那就变成已知数嘛。”原来，雷天笑是有备而来。

丁大高说：“目前不行，得有了月球工作所才能研发月球光子反射分析仪。”

雷天笑说：“那我们就先有月球工作所再研发月球光子反射分析仪。”

那当然好。脑子里的东西只有变成现实的东西才有价值。

月球光子反射分析仪的工作原理就是从地球上向月球表层的月壤发射一种对氦-3特别敏感的光子束，光子束反射回来时强弱、长短发生了变化，分析这种变化，就能得知月球表层这一区域月壤里氦-3含量的多少。含量不同，光子束的变化是不同的。世界上的人都知道月球上有氦-3，但却没有听到谁真正上月球开采，因为有难题。难题之一是月球面积那么大，而具备开采的地方是极其有限的。具有开采价值的地方你不知道，你上月球到哪开采？丁大高的月球光子反射分析仪就能解决这个难题。

第二天，徐倩茹急不可待地找来搬家公司，把家从京清大学附近的园丁小区搬到岳岱山别墅区的101号了。这种搬家，不是从糠槽跳到米槽，而是从地上跳到了天堂。徐倩茹的那种高兴，找不到词语来形容。园丁小区7号楼的那个小一室一厅就先空着。

丁大高的知识换来了一套别墅。

丁大高高兴之余，也好生奇怪：雷天笑怎么就知道了他的月球光子反射分析仪？那可是在《月球探秘》里没有透露的玄机，是埋在自己大脑里别人不知道的东西，雷天笑怎么就知道了？分析来分析去，只能是他的学生饶永石、聂焰、黄小昊、简文宇中有人泄露消息了。

在京清大学那个简陋的月球工作室，丁大高曾有过制作月球光子反射分析仪的尝试，并向学生透露过这事，但很快就终止了。因为缺乏支持，私立的京清大学不看好丁大高的什么分析仪，没有经费给他。丁大高做不出无米之炊。

难道是这个简短的尝试和向学生的透露出了问题？只能是，也肯定是。饶永石、聂焰、黄小昊、简文宇4人中是谁呢？要不要来个排查？这是不是对他的出卖？但仔细想想，也不能这么说，自己的别墅不就是靠它换来的？也算因祸得福了。

5

伍岸要去抱海湾聂焰父亲的养殖场解决海产品重金属超标的问题。凭伍岸的学识，这应该是小菜一碟。

果然，半个月后，聂焰的父亲就给儿子打电话来了，激动得话都表达不清楚，后来才说清："教授与教授也不都是一样的，有的教授挂着教授的牌子肚子里没有教授的货，伍校长才是真正的教授，好多教授无法解决的问题伍校长一来就解决了。"

"怎么解决的呢？"聂焰问。

"伍校长在观察了海水的流向后，要我在养殖场的右上方筑了一道坝，从而改变了海水的流向，也改变了养殖场海水的质量，海水中重金属含量符合规定了，海产品也就合格了。"父亲继续说，"伍校长真是了不起，就这么简单地解决了问题。你要向他学习。伍校长是我们聂家的大恩人，你要想方法报答。"

聂焰连称"是，是"。

6

丁大高按照自己脑海里的最新方案绘制出了月球工作所的图纸。

雷天笑在岳岱山选出了一块好地方按图施工。

不久后，月球工作所按期建成，是一个空间比较大的厂房。

月球工作所离不开计算机。数十台的计算机，不接入互联网，而是搭建局限在所里的独立的域网。但独立的域网也惧怕高端黑客遣来的无线病毒，所以丁大高要求雷天笑在月球工作所安装新型防黑客网。

雷天笑当然应承，把安装防黑客网的事情交给儿子雷禾去办理。

月球工作所还要有一台大型的精准的月球仪。月球仪像地球仪一样，是按照月球的形状大幅度缩小做出来的模型。

这不难，商店有卖的，还是3D打印的。但是，那些都不够精准、粗制滥造。这是科学领域的大忌，会对使用者产生误导。因为3D打印的原始依据就不够精准，存在误差。

精准的月球仪从哪里来？丁大高要自己做，舍弃捷径，稳打稳扎，依据围绕月球运转的嫦娥Y号人造卫星发回来的月球照片拼接出来。嫦娥Y号围绕月球运转，最近距离1000米，最远距离3000米，拥有最先进的照相设备，分辨率极高，连直径2米的环形坑也能清晰反映出来。

月球工作所花钱租用了嫦娥Y号24小时的使用权。月球的表面积约为3800万平方千米，24小时里，嫦娥Y号发回来了380万张月球照片，每张照片显示的范围为10平方千米。这就是说，要用380万张照片才能拼接出月球的全部地表，然后才能据此制作他们所需要的精准的月球仪。拼接工作丁大高要求人工进行，这是为了让学生们在拼接的过程中熟悉月球，同时锻炼其耐心和细心。

丁大高在这种事情上十分刻板严格，学生们必须得听，否则，你就走人。

拼接380万张月球照片成了一个十分烦琐而又必须十分认真的工作，稍有差错，月球上的经纬度就会标注错误，给以后上月球开采氦-3带来意想不到的困难。这一点，丁大高做了反复强调。

照片拼接在一个巨型椭圆形物体（类月球）上进行。这一任务由饶永石、聂焰、黄小昊、简文宇来完成。4个小伙子在电脑上敲键盘时手指灵活自如，但拼接照片手却笨得很，一天下来能拼接两三百张就很不容易了，但这在巨型椭圆形物体上只是一个小小的点。这样的速度，要制作出月球仪来得等到什么时候？但丁大高固执己见，坚持人工拼接，没有商量的余地。

雷天笑很着急。

好在事情出现了转机：雷苗参与进来了！

这下好了，4个单身小伙在雷苗这个美女面前都想拼命表现自己，再加上雷苗拼接起图片来飞快，一天能拼接500张，比他们4个人的总和还多，饶、聂、黄、简就追赶起来了。

3天后，4人的照片拼接速度大有提高，一天拼接出了700张，超过雷苗200张。4个人中谁的速度最快？4个人都振振有词："我最快！"

雷苗建议4个人分开作业，搅和在一起说不清楚。

分开作业后，一天下来，结果出来了：饶永石最快。

速度最快的人有奖励！什么奖励？雷苗要亲手给速度最快的人画一张速写。

雷苗要给饶永石画速写了。她必须在第一时间第一眼看清楚饶永石，然后凭借这第一眼勾画出对方的线条。雷苗盯着饶永石在纸上勾画，越看越在心中惊呼：这是她梦中的白马王子！青春少女爱做美梦，美梦中常有自己心仪的男人。昨天夜里，雷苗梦见了自己的白马王子，那长相、那神态就是眼前的这个饶永石。只是，此时这个饶永石哈欠连天，一副睡眠不足的样子，昨天夜里梦见白马王子的事绝对不能告诉饶永石，只能埋在心里。

雷苗掩饰着一颗怦怦跳动的心画完了饶永石的速写。

“哇啊！”4个男人齐声喝彩。雷苗寥寥数笔，勾勒出了一个鲜活的饶永石。

饶永石用脑过度就失眠，昨夜又失眠了，像被霜打过，其实并没有雷苗画得这么鲜活。

就这样，在大家的你追我赶中，原本计划10个月能生产出的月球仪，不满5个月就生产出来了。当然，这是平面的。经过扫描输入、立体建模，再经过3D打印，一个精准的月球仪就生产出来了，是一个庞然大物。

丁大高非常满意。

7

聂焰收到了父亲寄来的5公斤干海参。父亲说，这是没有了重金属污染后的第一批海产品，完全符合国家标准，叮嘱聂焰给伍岸校长送去——吃水不忘挖井人。

等到双休日，聂焰去给伍岸校长送海参。

聂焰说：“这是我们家的一点心意，请笑纳。”

伍岸不收海参，说：“我做了自己应该做的一点事，是不图回报的。”

聂焰说：“这次我父亲的事您帮了大忙，您是我们家的大恩人，这份海参请您一定要收下，而且这也是我父亲的嘱托。”

伍岸说："好，那我收下。"

"太好了！"聂焰十分高兴，自从上次的事后，聂焰一家人都对伍岸满怀感激，一直想找个机会报答伍岸。

"快到午餐时间了，不如我们一起去吃个饭？"

"好，好呀。"聂焰受宠若惊，他此刻正饥肠辘辘。

可没想到吃饭时，伍岸借聂焰狼吞虎咽之机，操纵衣服口袋里的仪器，向聂焰的大脑神经发送强化信念的生物电流。此时此刻，聂焰的大脑神经主要是感恩伍岸的信念。现在这种信念被不断强化，到了最高值。好了，现在聂焰彻彻底底忠于伍岸了。

二人再次回到伍岸的办公室。

伍岸说："有句话我不知该问不该问？"

聂焰说："您就问吧。我保证毫无保留地回答。"

"你们现在正忙些什么？"

"建月球工作所。"

"照搬我们学校的那个东西？"

"不是。"聂焰忍了忍，继续说，"说句您不喜欢听的话，我们学校的那个东西不是真正意义上的月球工作室，太落后了，早该淘汰了。现在9595电力集团建造的才是真正意义上的月球工作所，太先进了，我敢说，引领世界。"

"是吗？"

"是。"

"谁设计的？"

“当然是我们的导师丁大高。”

“如何先进？”

“首先是月球仪，按体积等比例缩小后3D打印出来的一个大家伙，是缩小版的月球，上面的山峦沟壑一清二楚，几乎没有误差。”

“还有呢？”

“是在月球仪上标出了准确的经纬线。”

“还有呢？”

“……我不清楚了。”

“你不清楚了，我也懒得知道了。”伍岸提起搁在地板上的海参说，“这个，你还是拿回去送给你的导师丁大高。你要想方设法亲近你的导师。他的身上有你学不完的东西！”

8

接下来丁大高要为月球工作所生产月球光子反射分析仪，这才是丁大高的看家本领。

氦-3分布在月球表层的土壤中，人类上月球开采氦-3必须在有氦-3的地方，不然，就成了无的放矢。由于月球运动与地球同步，地球上能看到的月球永远只能是一面，所以，丁大高他们所要生产的月球光子反射分析仪目前只能向月球的看得见的这一面发射光子束。

那就从看得见的这一面开始！

生产月球光子反射分析仪被列入9595电力集团当前最核心的机密。稍有泄露，雷天笑的投入就拱手让人了，上月球开采氦-3的就不只是9595电力集团一家了。

现在的保密不能像生产月球仪那样只是防“黑客”了。参与生产月球光子反射分析仪的人员越少越好，只能限制在3人以内，也就是说除丁大高之外只有2个名额。

雷天笑提出，他女儿雷苗必须参加月球光子反射分析仪的生产。那么，雷苗是必然人选。这样下来，在饶永石、聂焰、黄小昊和简文宇4人中，只能挑选1人。

丁大高本想定饶永石的，因为饶永石他最满意；还有聂焰，很让人感动的，在徐倩茹体虚期间送来了5公斤海参。但“端了人家的碗，就得服人家管”，丁大高不敢贸然自作主张，只能征求雷天笑的意见。

雷天笑对丁大高这种“不自作主张”的做法很满意，他想了想，选定了简文宇，这是一个很聪明的小伙子！

生产月球光子反射分析仪在月球工作所辟出来的一个绝密工作间进行。能出入其中的只有丁大高、雷苗和简文宇。

生产月球光子反射分析仪对于丁大高来说，虽然胸有成竹，但也不能说能100%成功。他上过月球，在月球上做过向月壤发射光子束的实验，收集了含氦-3的月壤的光子束变化示意图，并按其强弱变化、轨迹变化绘制了图谱。但那是月球上的实验，现在要把在月球上做的事搬到地球上来做，具体一点说，搬到9595电力集团的月球工作所来做，这并不是一码事！

聂焰赶紧向伍岸汇报9595电力集团月球工作所的情况，告诉伍岸丁大高带着雷天笑的女儿雷苗、学生简文宇正在赶制生产月球光子反射分析仪，并说道："这是月球工作所的核心部件！"

"你没参加？"伍岸问。对所谓的月球光子反射分析仪，伍岸有印象。在他接任校长的时候，前任校长转给他一大堆教授们递上来的申请科研经费的报告，有一份是关于生产月球光子反射分析仪的。

"保密需要，参与生产的人越少越好，没轮上我。"聂焰说，"您对这个东西感兴趣？"

"这是个新东西，我有点兴趣。"

"……"

9

月球光子反射分析仪生产出来了，公开在饶永石、聂焰、黄小昊面前。这是一个十分精致的家伙，形状不好形容，上面有个锥状的东西和一个漏斗的东西，是用来发射光子束和接收光子束的；下面有个输出纸条的口，是用来报告分析结果的。仪器的中间部分是核心，用坚硬的钢合金包裹着，休想打开取出什么来，若硬要打开，只能是玉石俱焚。仪器里面的软件加密了又加密，密码由最智能的解码机解出，最少也要1年。

月球光子反射分析仪只能在每月的中国农历十四、十五、十六的午夜运行。因为此时的月球面对地球的那一面毫无保留地展现在中国京清市的上空，当然也在9595电力集团所属的月球工作所上空，是最佳时期。

试运行定在本月农历的十四、十五、十六。雷天笑，还有徐倩茹前来观摩。

天公不作美。本月农历十四的整个白天都在下雨，很可能会影响夜晚的试运行。好在天黑的时候，雨停了，月亮升起来在云朵中躲躲闪闪。

月球光子反射分析仪试运行先要在月球仪上选好点，经度多少，纬度多少，再通过射电望远镜在实体的月球上找到相应的地方，瞄准。

丁大高选了东经150° 、北纬150° 这个交汇点，用射电望远镜瞄准。

月球光子反射分析仪发射光子束在23时30分，在场的人都戴上了墨镜。因为光子束很亮很亮，比电弧焊的光要亮得多。

23点29分，丁大高宣布："9595电力集团月球工作所月球光子反射分析仪试运行开始！"

雷苗读秒："10、9、8、7……"

当雷苗读到"1"时，简文宇按下了按钮，月球光子反射分析仪向月球发射光子束！

光子束果然很亮很亮，戴着墨镜都感觉到了刺眼。

那个锥状的东西有学名，叫"光子束发射锥"。

数秒钟后，光子束返回来了，被月球光子反射分析仪上的那个漏斗接收了，漏斗学名"光子束接收仓"。返回的光子束减弱了亮度，戴着墨镜的人感觉没刚才那么刺眼。

因为对反射回来的光子束的分析过程很复杂，需要时间，结果要在第二天上午9点30分才能出来，只有等待。

大家都很焦急。最焦急的是丁大高，几乎是一夜没睡。

第二天上午不到7点，除雷天笑外的相关人员都到月球工作所来了。徐倩茹不是和丁大高同来的，比丁大高晚了约20分钟。

离9点30分还有两个半小时，各自是不是该做点什么？有的拿起了书，有的拿起了报纸，雷苗把头埋在桌子底下偷偷地补妆。

丁大高做的事是不断地看时间。

9点28分，雷天笑来了。

9点30分，月球光子反射分析仪输出口输出纸条。

纸条像心电图，一看便知究竟。丁大高看着纸条瞪大了眼睛：纸条上只有一条直线，看不出究竟。

失败了！丁大高垂头丧气。徐倩茹跟着垂头丧气。

雷天笑安慰着说："没必要这样。试运行嘛，是试，就允许有这样的现象出现。"

众学生对丁大高说："您调试调试，今天晚上再来！"

丁大高受到了鼓舞，振奋精神，说："好，我调试调试，再来！"

农历十五夜晚，万里晴空如洗。月球按照她亿年不变的轨道行走，把温柔的光芒撒向四面八方。

今天的试运行没有谁"宣布"，也不用谁"读秒"，由丁大高一人完成。

23点30分，光子束准时发射，数秒钟后，光子束返回，进入接收仓。

只有等明天的9点30分看结果了。

大伙显得更焦急。丁大高更是十分煎熬。

又一个9点30分到了，输出口输出了纸条，丁大高看一眼纸条，跳了起来，高喊一声："成功了！"

是的，成功了。纸条上是清晰的波浪形的"心电图"，结论处写着：每

10立方米月壤中氦-3的含量为0.001克。这就是说，在月球的东经150° 和北纬150° 交汇的这个位置，是贫氦-3区，没有开采价值。

这不重要，重点是今天的试运行成功了！

“丁教授，该如何庆祝？”雷天笑难以掩饰兴奋，问。

“庆祝？”严谨的丁大高回话说，“还不是时候，等看了今晚的试运行再说吧！”

农历十六夜晚，不是阴天，但也绝不是晴天，天上蒙着一层薄薄的云。月球像旧时坐在珠帘后的少女，似现非现。

23点30分，光子束准时发射，数秒钟后，光子束返回，进入接收仓。

大家都没有说话，静静地离开，等到明天的9点30分看结果。

第三个9点30分到了，输出口输出了纸条，丁大高看一眼纸条，腿一软，瘫倒在地上。纸条上是一条直线，失败了！

3次试验，一次成功，两次失败。为什么成功，为什么失败，丁大高一头雾水，只能在有关软件的数据上琢磨，修修改改。

得等下个月农历的十四、十五、十六再试验了。

会是什么样的结果呢？

结果是谁也不想面对但又必须面对的现实：3次的结果都是一条直线，均告失败！

丁大高瘫倒在地上，惊呆了在场的各位，吓坏了徐倩茹。

雷天笑赶紧叫了自己的保健医生。保健医生是全天候的，眨眼工夫就来了，摸了摸丁大高的脉搏，说：“没事，躺一会就好了。”

丁大高身体是没事，躺了一会就好了。可是，心里的伤口流着血。

丁大高把自己关在岳岱山的别墅里不出门。徐倩茹陪着丁大高，望着后花园水池里游动的金鱼说：“只有你们无忧无虑！”

机器人“李莲英”提着水壶给花草浇水，走到丁大高身边时对丁大高说：“别发愁，失败是成功之母。”丁大高望一眼“李莲英”，连苦笑都笑不出来。失败是成功之母吗？不一定。很多时候，失败是死亡的前奏。

问题出在哪里呢？丁大高在脑子里对月球光子反射分析仪反复求证多年了，应该算成熟的东西了，怎么就失败了呢？

下一步该怎么办？雷天笑征求丁大高的意见：是不是来个集思广益？

怎么集思广益？把研究月球光子反射分析仪的前前后后写一篇文章在某一家网站上发表，向全世界公布？不可能的事。再怎么失败也是核心机密。在9595电力集团的内部集思广益？这个范围也够大了，也是符合当前情况的办法。

10

集思广益只能在月球工作所放置月球仪的大厅里进行。

丁大高做了个开场白：“……反正，月球光子反射分析仪的试运行大家都参加了。6次试运行，5次失败，只成功1次。失败的原因在哪里，请大家帮忙分析。”

这里的“大家”有多大呢？只有4个人：饶永石、聂焰、黄小昊、简文宇。因为在座的7人中，除了丁大高和他的4名学生，就是雷天笑、雷苗父女俩。这父女俩不专业。

大家将目光一齐投向了简文宇，因为简文宇从始至终是月球光子反射分析仪的生产安装者。

面对目光，简文宇感到了压力和委屈，说："月球光子反射分析仪中间的核心部分有个核心部件，在安装时丁老师没让我插手，我估计问题出在那个核心部件上。"把责任推得一干二净。

是这样吗？

应该是这样。

大家的目光又集中在了丁大高身上。核心部件的图纸是丁大高多年研究的成果，是丁大高心血的结晶，安装当然不能让不懂行的人插手。此时此刻，能将它公开吗？是不是要问问徐倩茹？可惜，徐倩茹不在现场。丁大高望望雷天笑，雷天笑不点头，也不摇头。

丁大高左右为难。不公开问题得不到解决，公开等于把宝贵的东西拱手让人，包括他丁大高今后在9595电力集团的地位也会贬值。

关键时刻，有人出来了，高喊："老师，不要公开！"

是饶永石！他声音洪亮，自从有了雷苗那张速写，只要多看几眼，他就再没有失眠。为防速写变旧变脏，饶永石给速写过了塑，宝贝似的藏着。

但不公开能找到失败的原因吗？有人对饶永石简直要愤怒了，这个人是聂焰，他还指望着把丁大高的东西献给伍岸呢，不能让饶永石搅黄了。聂焰站起来，指着饶永石说："不公开可以，你能说说失败的原因吗？"

"当然。"饶永石显得胸有成竹。

众人的目光集中在了饶永石的身上，有期待的，有嘲讽的，有怀疑的。

期待的当然是丁大高了。丁大高期待地望着饶永石，和蔼地点点头，说："我不公开。你说说看。"

饶永石说："好。"

一个"好"字刚落地，雷苗眼疾手快地往饶永石的茶杯里续水，饶永石只好改变话题，得体地向雷苗说："谢谢！"

雷苗说："谢什么呀，快说！"

饶永石说："我的分析是，成功或失败与天气有关！"

"胡说八道。这是月球光子反射分析仪试运行，怎么扯到天气上去了！"

饶永石继续说："6次试运行，1次成功5次失败，成功的那次天气晴朗，天空没有一丝云彩，失败的几次虽没下雨，但天空有云，或是多云，或是少云，或是云朵，或是云层……"

雷苗纠正说："按你的说法，成功或失败不是与天气有关，是与天空中的云有关！"

"感谢你的纠正！"饶永石说，"月球光子反射分析仪发射的光子束应该是一种对云十分敏感的光子束，云影响了光子束的运动，造成了运行的失败！"

石破天惊！

其实不是石破天惊，是情理之中。因为饶永石在帮助老师丁大高的同时，也在干自己的私活：研究月球语言。因为老师的月球光子反射回来的信息除氦-3外，应该也有月球另外的信息，就是月球的语言。这一失败老师在思考，饶永石也在思考。而且，雷苗的速写治好了他的失眠，他精力充沛，脑子特别好使。

但要证明饶永石说的是否正确，要等到再下个月的农历十四、十五、十六。

近一个月后，终于到了农历十四、十五、十六。

十四、十五的午夜，晴空万里，没有云，月球清晰可见，运行成功。

十六的午夜，天空飘荡着疙瘩云，月球时隐时现，运行失败。

下下个月，也是如此。事实证明，饶永石说得正确。

神了，饶永石神了！大伙不能不信服，不能不佩服。

11

饶永石很满足，但绝没有趾高气扬，他心里还装着另一桩心事。

下班后，饶永石约黄小昊一起吃饭，二人一起去了研究所附近的一家饭店。饭桌上，二人点好菜后，黄小昊问："怎么突然请我吃饭，找出了月球光子反射分析仪的问题心情这么好？"

饶永石一边吃菜一边说："研究终于有了进展，我确实很高兴，但是，还有件事让我烦恼。"

"哦？什么事？让我猜猜，不会是感情问题吧。"黄小昊笑着打趣。

"这都被你看出来了？"饶永石顿了一下，"没错，我喜欢上了一个女孩子，是雷苗，但我不清楚她对我什么想法。"

"你呀，高智商，低情商！"黄小昊一副恨铁不成钢的样子，"她一定也喜欢你！从她看你的眼神就知道了！"

"你会看眼神？"

“女人的眼神我看得多了，领悟得透！雷苗很漂亮，不过不是我喜欢的类型，不然我就去追她了，”黄小昊炫耀，“你很优秀，值得她爱，自信点，去向她告白啊。”

“你这么觉得？”

“对啊，怕什么!”黄小昊拍拍饶永石的肩膀。

“好!”饶永石拿起桌上的酒杯一饮而尽。

往后每月的农历十四、十五、十六，只要天气晴朗，天空中没有云，月球光子反射分析仪就正常运行，月球经度、纬度所标出点的氦-3含量在一个一个测量出来，真是可喜可贺。

美中不足的是因为受天空中云的限制，测量速度太慢。

“能不能突破这个限制？”

“什么限制？”

“天空中的云呀！”

“能！”

是谁说“能”？饶永石！

“能吗？”丁大高问饶永石。

“您的月球光子反射分析仪中的数据是您在月球上搜集的，现在在地球上运用，当然会有不同。事实证明，您向月球发射的光子束不受大气层的影响，但对云层十分敏感。因此，您的有关软件需要站在地球的角度重新制作。”饶永石回答。

“有道理。你就帮我重新制作吧。”

“但那是您的核心机密，是您的宝贝。外人参与的话，机密有可能泄露，还是您一个人做吧。”

“没关系，我相信你！”

重新制作软件由3人来完成：丁大高、饶永石、雷苗，就是用饶永石替换下了简文宇。可这让简文宇对饶永石产生了芥蒂，他恨饶永石比他优秀、得老师重视，软件制作得越顺利，他的嫉妒之火燃烧得越旺。

一个月后，新的软件制作出来了，效果十分理想。每月的农历十四、十五、十六，不管天空中有没有云，哪怕云层很厚，月球光子反射分析仪照样正常运行。

在这制作新软件的日子里，饶永石向雷苗表白了，雷苗与饶永石的心中绽放出了爱情的火花。饶永石小声告诉雷苗，说她的那张速写治好了他的失眠，他才头脑清醒。雷苗高兴地许诺：“我会不断地为你画速写。”

第三章　宇宙平衡论

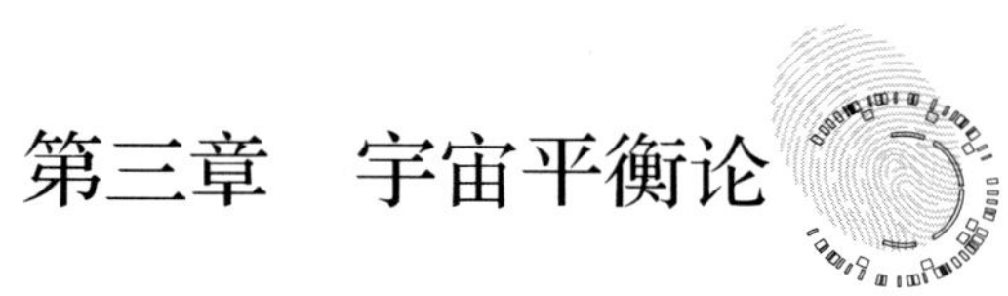

1

凡事不可能所有人都赞同，有赞成就会有反对。那么，关于9595电力集团上月球开采氦-3用于地球发电会有反对的声音吗？

有，当然有。北山大学饶德中的微运动物理学与9595电力集团的上月球开采氦-3计划就水火不容。

一天下午，饶德中在他的实验室的工作台上发现了一本书：《月球探秘》。

书是饶德中的女儿饶环珮放在工作台上的。

饶环珮与哥哥饶永石不一样，她读了父亲的博士生。饶德中安排饶环珮的课题作业是制作太阳系的三维动画模拟软件。

饶德中平时是不看女儿喜欢看的书的。他们审美标准不同，没有共同语言。今天，饶德中对这本书产生了兴趣。《月球探秘》，探什么秘呀？饶德中在发表了《喷嚏论》《雪崩论》后，目前又在赶写一篇《宇宙平衡论》，手中正缺攻击的靶子，这下好，女儿给他送上门了。饶德中拿起书，决定好好看看。

饶德中用好几个夜晚认真地读了《月球探秘》，他认为这是一本挑战他的《宇宙平衡论》的“邪书”。

饶德中的《宇宙平衡论》的研究内容是微运动物理学的子科目，认为宇宙间无数个星体在无数年间经过无数次的摩擦、碰撞、爆炸，现在基本平静下来了，各自按照各自的轨道运行，彼此相安无事。这种平衡不是因为牛顿的“万有引力”，也不是因为爱因斯坦的“相对论”，而是源于一种“链扣效应”。“链扣效应”的相互牵制保证了平衡。但是，这种“链扣效应”是脆弱的，各个星球都必须安分守己。如果有哪个星球上的高等智慧文明试图把别的星球的物质弄到自己星球上来，或把自己星球上的物质弄到别的星球上去，这些微物理运动就会带来“链扣效应”，“链扣”会发生松动、破损，甚至断裂，平衡就会被破坏，星球与星球之间就会发生新一轮的摩擦、碰撞、爆炸，产生灾难性的后果。

有学者说“链扣效应”是牛顿“万有引力”的翻新，饶德中不计较，也不争辩。他不屑于，也没时间。

饶德中认为，《月球探秘》就是在号召地球人去干破坏宇宙平衡的坏事。《月球探秘》这本书里介绍了5种地球上几乎没有的物质，其中一种叫氦-3，是比金、银、宝石贵重千万倍的东西，是没有污染的最清洁的能源，3克氦-3可以发10万度电。月球上氦-3的含量为800万～1000万吨，可供地球使用10万年。这不是鼓励地球人上月球开采氦-3吗？如果地球人上月球开采氦-3，把月球上的东西往地球上搬，月球和地球的质量就发生了变化，相互间的“链扣效应”也就发生变化了。潘多拉魔盒一旦被打开，地球的灾难就在所难免了！

《月球探秘》的作者是谁？丁大高。丁大高这家伙该被讨伐，清除他危险的思想！

这么说，饶德中的《宇宙平衡论》反对地球人移居火星？当然反对。只是火星离地球太远了，比月球对地球的影响小多了，还顾及不上。

饶环珮到处在找《月球探秘》这本书，放在哪里了呢？《月球探秘》是哥哥饶永石要她买的。她就问哥哥：“你在9595电力集团是不是CEO？”饶永石回答说：“不是，我不是那个料。”她又问：“你在干什么呢？”饶永石回答：“不便说，保密。”“连我也保密？”“保密。”“那我就不认你这个哥！”“有这么严重？”“就是这么严重，除非你告诉我。”“我只能透露一点点信息。你到书店去买一本《月球探秘》，那里兴许会有答案。”于是，饶环珮就买了一本，还没看呢，就找不到了。

“爸，您看到我的书了吗？”饶环珮找不到书，只好问父亲。

“是不是《月球探秘》？”

“是的是的。”

“在我这里。”饶德中从抽屉里拿出了书，“我还得看一个星期。”然后又把书放回抽屉里。

饶环珮知道了书的下落，放了心。

饶德中要对《月球探秘》口诛笔伐，必须要将其吃透，当然不会立刻把书还给女儿。

2

这里要说说雷天笑的儿子雷禾了。

雷天笑曾给雷禾布置任务，让他去研究互联网信息安全，这是雷天笑的远见。互联网是无形的战场，其血腥比有形的战场更残酷。可以说，谁掌握了其高端技术，谁就掌握了当今社会的发展趋势。

雷禾当然理解父亲的苦心，他在努力攀登。

雷禾在9595电力集团新成立了一个科：网络信息科。这个科太重要了，是实施“九天计划”的眼睛、耳朵和保护神。

雷禾要找“九天计划”潜在的敌人，只能神不知鬼不觉地通过网络查找。查找在大学中进行。雷禾培养了一支特殊网络队伍，说白了就是网络木马，派木马进入大学的资料库，地毯似的查找。他已查找了10所大学，排查了上百个教授，没有发现谁的研究课题与“九天计划”相悖。

下一所大学是北山市的北山大学了，会有发现吗？

有发现！在北山大学资料库中，木马锁定了一个叫饶德中的教授。饶德中是北山大学微运动物理学的创建者，著作有《喷嚏论》《雪崩论》，最关键的是他目前正在写作的《宇宙平衡论》。《宇宙平衡论》反对地球人所进行的一切宇宙活动，当然也反对地球人上月球开采氦-3。

知己知彼，方能百战不殆。雷禾决定撇开网络，自己实实在在地亲自出马，打入饶德中的内部。

饶德中就是大学里的一个普通教授，攻克他应该没有多高的门槛。

眼前正好有一个机会，北山大学正在举行2128年春季研究生招生，雷禾决定去报考，就读饶德中的博士生。

在京清市飞往北山市的客机贵宾舱里的1号座位上，坐着的就是雷禾。雷禾29岁，风华正茂。他已经有了一个博士头衔——京清大学计算机软件编程博士，现在还要去攻读又一个博士。

到了北山市，雷禾就是一个普通的比较大龄的学生，要凭自己的实力去考试，去被录取。

结果很理想，雷禾以高分被北山大学录取，他提出要读饶德中的微运动物理学。

要就读饶德中的微运动物理学的人不少，起码有10个人，肯定不能全部录取，学校要求饶德中带3个博士生。结果，饶德中除自己女儿外一个也不带。

饶德中不带博士生？是的。那为什么要他的儿子、女儿读他的博士生呢？深究原因，只是为了不让自己的知识落入外人手中。饶德中是微运动物理学的创建者，是这门学说知识产权的拥有者，为之付出了太多，他害怕教的研究生中出“犹大”。今年，国家评选“大科学家”，学校推选的教授中又没有饶德中，诋毁饶德中最起劲的就是他曾经的一个学生。

雷禾该怎么办？其实他有很多办法，比如直接去找北山大学校长，说让我读饶德中的博士生，我给你们学校2亿元的赞助，事情就妥了；再比如给父亲打个电话，要父亲出面帮忙。但雷禾不这么做，他要另辟蹊径。

天无绝人之路，雷禾发现了饶环珮。那是一天早晨，雷禾在早餐摊吃早点，无意间看见走过来的一位女士，很眼熟，很快认出来了是饶环珮——大学计算机学院校友。但他们当时的年级不同，雷禾读三年级了，饶环珮是新生。新生中的女生是十分抢眼的，老生常对她们给予很多关注。饶环珮当然属于抢眼一族，主要是因为她的双眼皮太漂亮了。饶环珮属于那种不事张扬的女人，但即使她再不张扬，男生们还是认识了她，主动和她搭腔，向她献殷勤。雷禾在大学毕业的晚会上，对饶环珮加深了印象。因为是毕业晚会，全计算机学院的校友都参加。晚会有一个节目是“自由展示”，饶环珮上台念了她自己写的诗，很有文采，其中一句“飞出巢，练硬翅膀，冲向云霄”，雷禾今天都还记得。

“饶环珮！”雷禾喊了一声。

饶环珮回过头来，对喊她的人十分眼熟，一时却想不起名字。

雷禾也不自报家门，而是念道：“飞出巢，练硬翅膀，冲向云霄！”

饶环珮对自己写的诗是记得的，并分析出对方是大学的校友，而且是计算机学院的。哦，记起来了，雷禾！

虽然不是同班同学，但也是校友，二人亲近起来。

“你来北山干什么？”饶环珮问。

“我嘛……”雷禾干脆，“来读北山大学的博士生，读你父亲的博士生，可是，你父亲不要！”

“那你就去读别的教授的博士生嘛。北山大学有好几位享有‘大科学家’称号的教授，我父亲还不是呢。”

“可是，我看中了你父亲的微运动物理学。你能帮我通融通融吗？”

“哎呀，这还真有点难。我父亲拿定的主意是任何人也左右不了的。”

“我求你了！”

“……我试试。”饶环珮不能不顾及校友的情面，“我记得你大学是计算机学院的，你的电脑软件制作的本领没荒废吗？”

“没有。上月我制作的游戏软件《俏皮的狐狸》下载已超过10万。”

“那好。”饶环珮答应下来，“把你的联系方式告诉我，等我的消息。”

3

饶环珮要找一个父亲高兴的时候说雷禾的事。接连几天，父亲都不高兴。

饶德中太辛苦，《宇宙平衡论》还没写完，又要讨伐丁大高的《月球探秘》，一天到晚伏在电脑前，高度紧张，高兴不起来。

看来，饶环珮不能等父亲高兴了，得硬着头皮上，当然，得找个理由。

说来也巧，饶环珮还没找饶德中，饶德中倒是找饶环珮了，因为饶德中遇到了棘手的问题。饶德中认为从月球上开采氦-3运到地球会改变月球与地球之间的链扣效应，链扣效应改变会直接引发小星体（陨石）撞击月球和地球。那么，月球与地球之间的链扣效应如何？月球与地球之间的小星体有多少？这得有数据和图像展示，不然，就无法研究，也就讨伐不了丁大高。而数据和图像的获得，需要饶环珮的太阳系的三维动画模拟软件。

“你的作业做得怎么样了？”饶德中焦急地问。

“什么作业？”饶环珮故作不知。

“太阳系的三维动画模拟软件！”

“爸——，不，饶老师，这个软件工程量太大了，光是熟悉太阳系的恒星、行星，还有卫星就需要多少日子？”

“有的不是可以在网上下载吗？”

“是可以下载。但是，下载也要甄别真伪呀，要太空望远镜，您的实验室有吗？我得到北山市的天文台去！”

“这就是说你的作业没完成？”

“是的，要靠我一个人真正完成起码要3年。”

“3年？不行，我最多给你3个月！”

“3个月？”饶环珮故作思考，“那您得答应我一个要求！”

“什么要求？”

“您收一名懂软件制作的博士研究生，和我共同完成。”

饶德中摇头，表示为难。

饶环珮说：“您就等我3年后交作业吧。”

饶德中想了想，改变口气说：“好吧，我收一名懂软件制作的博士研究生，可是，一时半会儿也没有呀？”

饶环珮大喜过望，但不露声色，说：“我来想想办法！”

饶环珮告诉雷禾："我已经把我爸说通了，收一名懂软件制作的博士，接下来就看你的了。"

雷禾似乎有点紧张，问："我该做些什么？"

饶环珮说："无须做什么。你就赤手空拳去见他。他要面试你，考考你。你也不必紧张，我父亲不吃人。"

雷禾由饶环珮带着去见饶德中。

饶环珮把雷禾带到饶德中面前就走开了。

饶德中面试雷禾，结果是饶德中对雷禾的专业水平相当满意，但他在其他方面对雷禾尚存疑虑。饶德中教书20多年了，各种各样的学生见得多了，对有的学生能看一眼就知其善恶。饶德中打量雷禾，觉得他的脸上缺少学生的那种单纯。

面试没有马上产生结果。

饶环珮去问结果。

饶德中对女儿直言："我看不合适。"

"为什么？"

"他的知识水平相当高了，在我这里学不到什么。"

"您说的不是实话。"饶环珮生气，"他哪里不合适？您告诉我，我转达。"

"他是你同学？"

"是校友。"

"你了解他？"

“当然了解。”饶环珮撒了谎。她对雷禾，只能说是认识，谈不上了解。

“你要我一定收下他？”

“是的。”

饶德中望着固执的女儿，勉强地点了一下头。

雷禾就读饶德中名下的博士研究生，饶德中同意了。学校有点意外，意外之后，为其办理了手续。

雷禾安排好住宿后，就去饶环珮的家，看望饶环珮的母亲钟惠。

钟惠以一个中学教师的身份，而且是女教师的身份打量雷禾，觉得雷禾一副聪明相，是不可多得的帅哥。

钟惠十分热情地接待雷禾，私下对饶环珮说：“这小伙，不错。”

雷禾入学后不久，变戏法般为饶德中的实验室弄来了一架当前国际上最顶尖的小型太空望远镜，并向导师饶德中建议：模拟太阳系的制作太庞大了，是不是先从太阳系中我们最需要的部位做起。

饶德中觉得这建议不错。目前饶德中最需要的就是地球和月球之间的这个部位。饶德中说：“那你们研发出软件后就先制作地球和月球这两个星体之间的三维动画吧。记住，地球和月球之间活动着多少小星体要一个不落地展现出来！”

饶环珮插话：“人造地球卫星呢？”

雷禾抢着说：“这是一个变数。地球人正在抢夺外太空制天权，人造地球卫星月月有升空的有坠落的，只能统计概数。”

饶德中赞许地点点头。

饶环珮和雷禾紧张地研发软件，制作地球和月球这两个星体间的三维动画。

在地球与月球之间，围绕地球运动的小星体数以万计。它们有的与地球同步，随同地球运转；有的与地球不同步，按照自己固有的轨迹运转。它们之间能够相安无事，以饶德中的理解是因为地球和月球与这些小星球相互之间具有链扣效应而互相制约。如果有人把地球上的物质运到月球上去（比如建月球基地），或者把月球上的物质运到地球上来（比如开采氦-3），就会使地球和月球的质量发生变化，从而引发链扣效应的变化，小星体就会“乱动”起来，脱离原来的轨道，撞击地球。比较小的星体进入大气层就摩擦燃烧、灰飞烟灭了。那么，大的呢？可能会引发海啸或冰川崩塌。这不由让人想起恐龙灭绝的那个年代……

4

饶德中有一种强烈的使命感。他认为地球人的所谓“文明”“进步”其实是无知，不仅破坏了地球的生态平衡，还要去破坏宇宙的平衡。他们无节制地上月球，将数吨重的探月车随意抛弃在月球上，在月球上建基地，将月壤、月岩无节制地运到地球上来，要开采氦-3等行为，必须阻止。他要大声呼吁：“地球人不要把地球上的物质运到月球上去！地球人也不要把月球上的物质运到地球上来！”饶德中在互联网上抛出了他的《宇宙平衡论》的部分摘录，8000字，以期得到网民的支持。

这8000字就像成千上万的火把把互联网这锅粥煮开了。

跟帖者潮水般涌来，数以百万计，他们称《宇宙平衡论》为“21世纪最伟大的理论”，给“自以为是的地球人当头棒喝”。

不少粉丝不满足网上跟帖，要登门拜访。

饶德中得到了网民的支持，可又找来了麻烦。他的家成了接待站。

这可不行，不然，那科研怎么搞？

饶德中请妻子钟惠帮忙挡驾。

钟惠对前来拜访的粉丝晓之以理：“请大家谅解。饶德中很忙很忙，实在不能把时间用在对大家的接待上。大家有什么重要的事，就跟我说！”

粉丝们瞅一眼钟惠，摇头不同意：“跟您说，没用。”

钟惠说：“是什么事啊？饶德中只是个做学问的人，解决不了任何实际问题呀！”

粉丝们说：“我们要成立一个‘保护宇宙平衡协会’，请饶教授当协会主席，您能代表饶教授表态？”

这事钟惠还真不好表态，还真得去问饶德中。

粉丝们挑选了两名代表去见饶德中。这两名代表一个叫宋爵，另一个叫孟铭，都是40多岁的壮年男子，又都有精明能干的形象。

饶德中不得不走出实验室来见这两名粉丝代表。

饶德中满口推辞：“我不当这个主席！”

宋爵说：“您是宇宙平衡论学说的创建者，主席非您莫属啊！”

饶德中说："我没时间。再说，我当不好这个主席，我不是当官的料！"

孟铭说："只要您挂个名，不会占用多少您做学问的时间。您挂了名了，就是当好这个主席了！"

人家把话说到这份上，饶德中就不好再说什么了，问："谁是常务副主席，谁是秘书长呢？"

宋爵、孟铭齐声说："那得开常委会选举决定。"

饶德中说："不要搞得那么复杂。我们只是个网间组织，谁是常委会成员？谁去组织选举？不好操作嘛。大家只要不做违反法律的事就行。你们二位能介绍一下自己吗？"

孟铭说："我叫孟铭。孟是儒家孟子的孟，铭是铭记的铭。我是从医的，也是一个环保主义者。您的《宇宙平衡论》深深打动了我，的确，保护宇宙星球间的平衡比保护地球生态平衡更重要、更神圣！"

饶德中说："你是医生又是个环保主义者，这个'保护宇宙平衡协会'的常务副主席就是你了！"

"……这、这合适？"

"没什么不合适。"饶德中把目光投向宋爵，"你呢？"

宋爵说："我叫宋爵。宋是梁山泊宋江的宋，爵是爵位的爵。我是一家网站的主管，您的《宇宙平衡论》深深吸引并打动了我。因此，我为您的博客做了特别宣传，使得点击率呈几何级数上升！"

饶德中不假思索地说："这个秘书长就是你了！辛苦啊！"

宋爵说：“愿为您效劳。”

饶德中说：“我的这个挂名的主席就挂这儿了，接下来就看你们的了。”

宋爵、孟铭辞别饶德中走出来，感觉到了肩上担子的重量，商量起事来。

孟铭说：“是组织就得有个章程。我草拟一个章程，挂在网上，供愿意参加这个组织的网民阅读修改。”

宋爵说：“网间组织也得有个总部。这个总部就设在我的网站吧。”

孟铭问：“你的网站叫什么？”

宋爵答：“女娲网。”

“补天的女娲？”

“补天的女娲。”

“女娲补天，我们保护天。女娲是神话人物，我们是实际的要吃饭穿衣的人。这个网站好。”孟铭说。

“女娲网会开辟一个《保护宇宙平衡》专栏，作为广大宇宙保护主义者活动的阵地。”宋爵说。

二人还商量着到有关部门办理有关手续，以保证合法性。

5

女娲网成了知名网站。《保护宇宙平衡》专栏文章铺天盖地。

与此同时，丁大高和他的《月球探秘》也成了网络“蚂蚁”攻击的目标。不知是从哪一年开始，网络上把这种从事攻击和自己观念相左的网民叫“蚂蚁”。蚂蚁不是黑客，蚂蚁量大，黑客量少。

蚂蚁是网络上相当活跃的一个群体。

这是好事，丁大高因此赚了一笔。他的著作《月球探秘》本不吸引眼球，搁在书店的书架上本少人问津，这下好了，一下子名声大震，成了抢手货，一夜之间被抢买一空。

这又是坏事，丁大高有了麻烦。他不敢打开电脑，不敢打开任何通信设备，屏幕上尽是蚂蚁们攻击他的语言。什么“蛊惑人心”啊，什么“出卖灵魂”啊，什么“破坏宇宙平衡的罪魁祸首”啊，不一而足。蚂蚁们还恶作剧，经常让丁大高的电脑和手机黑屏、乱码，防火墙防不胜防，病毒是“野火烧不尽，春风吹又生”。试想想，互联网从20世纪中期到现在的22世纪20年代，地球人对它的需要比吃饭、睡觉还重要，须臾不离，丁大高的电脑和通信设备不敢用、不能用了，人岂不要疯了！

坏事和好事不成比例。坏事坏到了极点，好事就是赚了点版税。丁大高歇斯底里，接连摔碎了几个茶杯。

怎么回事啊？

徐倩茹过来探究竟，他可从来没这样过。

丁大高指指电脑，指指手机，气得说不出话。

“无理取闹！”徐倩茹看着丁大高的电脑和手机上那些蚂蚁们的攻击性语言，判断性地说。

是的，是无理取闹，但又奈其何哉？

丁大高无法正常工作，会直接影响到“九天计划”施工的进度。

徐倩茹要向雷天笑反映情况。可是，接连几天，她都见不着雷天笑的踪影。雷天笑在忙什么？只有他本人知道。徐倩茹清楚：雷天笑在外出期间，不喜欢有人干扰他。

徐倩茹另想办法，去找雷苗。

徐倩茹带着丁大高的电脑和手机坐在了雷苗的办公桌前。

雷苗抬眼，说：“徐姨好！”这声“姨”有些别扭，因为按徐倩茹的年纪，雷苗当喊“姐”。但徐倩茹的丈夫是丁大高，辈分就高了。

“你也好！”徐倩茹打开了丁大高的电脑和手机，说，“你看看你看看，屏幕上是什么？”

雷苗扫一眼屏幕，尽是些攻击性语言，攻击徐倩茹的先生丁大高的。没什么，不就是在网络上打嘴仗吗？于是安慰说：“不理它！”

徐倩茹说：“怎么不理它？”

雷苗说：“跳过它呀！跳过它还能避免黑屏和乱码。”

徐倩茹说：“你和我家的丁大高打了这些日子的交道，你还不了解他？他会跳过？他是从一根筋里挑出来的一根筋！实话告诉你，家里的茶杯被他摔得差不多了。他脑子都不正常了！”

雷苗略加思索，说：“竟然这么严重！那就给丁教授换电脑和手机。这样，蚂蚁就找不到丁教授了。”

“有这方法？”

“只是丁教授得换网名。丁教授叫什么网名？”

“实名，就是丁大高。”

“那就不能用丁大高了。不然，蚂蚁会找到他。”

“丁大高同意这么做吗？”

“那就请徐姨做工作了。”

6

徐倩茹给丁大高做工作，要丁大高换电脑和通讯器，用假名重新注册，事情就可以解决了。丁大高不同意：我行得端、坐得正，为什么要用假名？但这话是徐倩茹说的，徐倩茹坚持，丁大高就得掂量着点头了。用什么假名呢？简单，给“丁”字加一横，是“于”字，给“大”字加一横，是“天”字，给“高”字加一“金”字，是“镐”字，“丁大高”就成“于天镐”了。

注册“于天镐”的地球人走进互联网了，蚂蚁也不见了，事情迎刃而解。丁大高高兴了，康复了。

但雷苗小看网络蚂蚁了！

网络蚂蚁和自然界蚂蚁是一样的，是一个庞大的群体，各自是有分工的。有侦察的，有搬运（攻击）的……当然有蚁后，蚁后是谁？饶德中。那么，宋爵和孟铭就是小蚁后了。

丁大高在网络上销声匿迹了？不可能。蚁后派蚂蚁中的黑客侦察。几天后，侦察蚂蚁前来报告：丁大高换了电脑、手机，改名“于天镐”，照往常一样在互联网上逍遥。有这等事？蚁后向攻击蚂蚁发出命令：向注册名为“于天镐”的网络用户发起进攻！

几小时之后，“于天镐”和丁大高命运一样，不敢打开电脑、手机了。

丁大高又疯了，又摔杯子了，又不正常了！

徐倩茹是不是要再找雷苗讨主意？

这时候，雷天笑回来了。

徐倩茹拉着雷苗去见雷天笑。

徐倩茹陈述了网络蚂蚁对丁大高的攻击，以及丁大高换电脑、手机，改名“于天镐”的事，说：“这是雷苗的主意，本来很好，怪只怪网络蚂蚁太厉害了！”

雷天笑听了徐倩茹的陈述，问雷苗：“你还有好主意吗？”

雷苗摇头，说：“没有了。您不在家，我就想了这么个主意，想不到是个歪主意。您回来了，我就不掺和了。”

雷天笑说：“想出来一个歪主意也不错。吃一堑，长一智。你是我女儿，我就指望你比我强啊！”

雷苗说：“现在还强不了。”

徐倩茹附和说：“您永远是我们学习的榜样，您拿主意吧！”

雷天笑不爱听徐倩茹这种话。长江后浪推前浪，如果后人不超过前人，那时代怎么进步？雷天笑不想批评徐倩茹，喝了一口茶，说出了他处理这件事的办法。

雷天笑的办法是让丁大高在网上发表文章认错，承认《月球探秘》是本不负责任的坏书，煽动地球人上月球采“宝”，从而破坏宇宙平衡。让丁大高以《月球探秘》市场价100倍的价格回收此书，然后集中销毁，以示诚意。

徐倩茹和雷苗对雷天笑的办法听得目瞪口呆：“这是妥协，是投降！”

“这不是妥协和投降。”雷天笑面对两个年轻的女人，其中一个是自己的女儿，说，“你们懂‘小不忍则乱大谋’吗？”

两个女人似点头，似摇头，似懂非懂。

雷天笑说：“我虽然没大时间上网，但小时间是有的。我知道网络蚂蚁的厉害。他们庞大，兴风作浪，我们何必惹他们呢？因为我们要干我们的事业，干大事业，很多事情只能退让。”

徐倩茹似乎懂了，说：“退是为了进。”

雷苗还是似懂非懂，说：“那不显得虚伪吗？”

雷天笑说：“管它虚伪不虚伪，按我说的办。”

雷天笑说的话是指示，必须照办。

徐倩茹向丁大高转达了雷天笑的指示。

丁大高不干：“什么，要我认错？要我承认《月球探秘》是坏书，集中销毁？”

“是的。董事长说这是以退为进。”

“什么以退为进？这是侮辱我的人格。我找董事长说理去！”

“你不干？”

“当然不干。”丁大高说着就要出门。

“回来！”徐倩茹一声呵斥，“你要顶撞董事长，和他闹僵？”

“顶撞就顶撞，闹僵就闹僵！”

“别墅你不要了？高薪也不要了？”

丁大高怔住了。是啊，顶撞董事长，和他闹僵，等于别墅、高薪不要了。可是，不能丢失人格呀！

徐倩茹反唇相讥：“别墅、高薪是看得见的，人格是看不见的。我要看得见的，不要看不见的。再说，董事长说了，‘小不忍则乱大谋’！”

“他是站着说话不腰疼！”

“人家是高瞻远瞩！”徐倩茹也不想太为难丁大高，说，“这事我代你去办。你睁一只眼闭一只眼就行了！”

徐倩茹是才女，两天时间，一篇署名为丁大高的名为《我的忏悔》的文章就被贴在网上了。文章中丁大高深刻反省，把《月球探秘》否得一钱不值，说地球人的责任就是管理好地球，上月球探什么秘呢；还说月球上的氦-3是月球的，地球人上月球开采氦-3是侵略行为。丁大高为表示诚意，说销售出去的《月球探秘》愿以100倍的价格回收，售价每本50元，现在以每本5000元回收；说回收的书将彻底销毁，不留隐患；等等。

丁大高的忏悔和诚意得到了网络蚂蚁们的谅解。人心都是肉长的，人家认错了，忏悔了，且有实际行动，以100倍的价格回收书，就该放人家一马了！

网民对丁大高竖起了大拇指。

7

宋爵和孟铭觉得在保护宇宙平衡问题上干了一件大事，喜滋滋地去向饶德中汇报。

饶德中正忙于指导饶环珮和雷禾研发软件来制作地球和月球这两个星体及其附属卫星的三维动画，宋爵和孟铭来了，只得去接待，不然，这个“主席”当得太不称职了。

听了二人的汇报，饶德中说：“丁大高竟是这么一个软骨头？”

饶德中打开电脑，看了丁大高的《我的忏悔》，说：“你们被蒙骗了。这篇文章不是丁大高亲手写的！”

“何以见得？”

“其一，文笔不一样。《月球探秘》是我学术论文的靶子，我不知认真读了多少遍，行文中没这么多排比句；其二，丁大高不会把《月球探秘》否得一钱不值。这是他的心血，他的宝贝。他不会认错，除非杀了他。”

“是这样的吗？”

“不信？你们去侦察！”

侦察任务由宋爵去执行。他是女娲网掌门，为之效力的黑客蚂蚁多得很。他上午把活派下去，下午信息就反馈上来了：《我的忏悔》是由丁大高的妻子徐倩茹代笔的。

信息及时反馈给了饶德中。饶德中说：“丁大高早不在京清大学教书了。写《月球探秘》并遭我们的网络蚂蚁攻击的丁大高就是那个之前在京清大学教书的丁大高！这个丁大高害怕我的《宇宙平衡论》搅了他的局，装着举手投降，平息事态，目的是以退为进。”

“是这样的吗？”

“不信？你们再去侦察！”

蚂蚁们效率很高，信息很快证实了：京清大学的丁大高和9595电力集团的丁大高是同一个丁大高。

8

宋爵是电脑软件高手，这次，不能靠“蚂蚁”了，得靠自己。宋爵作为“黑客”本领高强，除了活动于互联网，对于独立的计算机域网也能进出自如。一般的“黑客”是无法进入域网的，但对于宋爵来说就另当别论了。

宋爵的网络病毒名字叫“三棱镜”。

宋爵对“三棱镜”要入侵的域网做了粗线条描述：岳岱山—9595电力集团总部—月球工作所。

“三棱镜”顺利进入了9595电力集团计算机网。接下来就是月球工作所了。月球工作所是独立的计算机域网，雷禾派了重兵把守——雷禾自己研制的，名为“南天门”的防火墙。“三棱镜”展开了猛烈的攻击，“南天门”最终没能抗住，月球工作所被成功入侵了。

一切都明了了，月球工作所正在实施“九天计划”。“九天计划”就是9595电力集团上月球开采氦–3的计划。计划的总指挥是集团董事长雷天笑，总工程师是从京清大学请来的教授丁大高。

该怎么办？是不是该破坏其服务器数据库，让其瘫痪？

不，这样做还早了点，还是先礼后兵。

宋爵作为“保护宇宙平衡协会”的秘书长，决定先在网上找9595电力集团谈一谈。

宋爵的网名是爵哥。爵哥向9595电力集团网站提出：有要事要找集团的当家人谈一谈。

接待爵哥的是徐倩茹，董事长助理，网名倩姐。倩姐问：“你是谁？要找我们的当家人？”

“你不用管我是谁。我要谈的事情很重要。”

“我就是当家人。有什么事你说吧！”

“你为什么要关闭视频？我要看看你的模样。”

“这很重要吗？”

“看了你的模样，我就可以判断出你是不是9595电力集团的当家人。”

“我不会让你看我的模样。”

“那么，声音呢？”

“我也不会让你听到我的声音。但是，我可以告诉你，我是9595集团的当家人。”

“你是雷天笑？”

“我当然不是雷总。”

“你是丁大高？”

“我当然不是丁大高。”倩姐好笑，“丁大高是当家人？”

“在我要谈的事情上，丁大高是当家人。”爵哥肯定地说，“你不是什么9595电力集团的当家人，了不起是一个董事长助理。”

宋爵说的对。在网上代表9595电力集团与他谈话的就是一个董事长助理。但是，助理与助理是不同的，有的助理就是一个端茶倒水、整理办公桌的角色，但徐倩茹这个助理说话办事很有分量。只是徐倩茹在网谈中不能这么对对方说。于是倩姐打出一个怒目圆睁的表情，离线了。

第二天，爵哥又来了。

倩姐高傲地不搭理。

第三天，爵哥又来了。

倩姐鄙夷地说：“你真死皮赖脸，怎么赶都赶不走！”

爵哥说：“你不要骂人！”

倩姐说：“骂你了，你能怎么样呢？我已经清楚你的底细了。什么网间组织什么保护宇宙平衡协会，乌合之众！吃饱了没事干，讨人嫌！”

爵哥说：“你的话能代表9595电力集团吗？”

倩姐说：“代表。”

爵哥说：“后果自负！”

倩姐冷笑，说：“我等着你的后果。”

爵哥被激怒了。

9595电力集团不听劝阻必须得到惩罚。

宋爵决定，让“三棱镜”破坏月球工作所的电脑系统，但不得破坏9595集团电力相关工作的系统与数据。

9

“三棱镜”正式启动破坏程序。数秒钟后，丁大高的电脑死机了，情况和几天前他的另一台电脑一模一样。紧接着，饶永石、聂焰、黄小昊、简文宇的电脑也死机了。

饶永石意识到了问题的严重性，怎么会5台电脑同时死机呢？是不是受到了黑客的攻击？

“什么黑客攻击？”简文宇不同意，“我们这几台电脑是独立的域网，与互联网不相干，黑客怎么进来？”

“你是从博物馆的陈列柜里出来的吧？”黄小昊反唇相讥，“什么独立域网，黑客神通广大，病毒无孔不入！”

“你！”简文宇感觉到黄小昊仿佛在打他的耳光，要奋起反击。

有人进来了，是雷苗。

一切戛然而止。

雷苗的装扮一天一个样，今天的发型不是披肩，而是高高束起在头顶，扎成了一个发髻。

雷苗扫视大家一眼，说：“电脑死机了，重新启动不了，麻烦哪位去给看一看？”

聂焰说：“我们的电脑都死机了，都重新启动不了，正在烦呢。”

“有这回事？”雷苗把脸转向饶永石，“你也在烦？”

饶永石说：“当然烦。”

雷苗吃惊：“你解决不了？”

饶永石说：“解决不了。”

丁大高走出自己的办公室，看着面面相觑的学生们，问：“都死机了？”

“都死机了。”大家齐声回答。

“看来，这次‘黑客’攻击的目标是我们整个月球工作所。”丁大高把目光投向黄小昊，“黄小昊，你在这方面不是有所钻研吗？你来解决这个问题！”

“我……”一向爱出风头的黄小昊此刻该是表现的时候了，但却显得胆怯。黄小昊估量，来者不善，此次的黑客不是等闲之辈，于是对老师说：“我得有帮手！”

“当然。”丁大高表态，“在场的你点谁都行！”

黄小昊点将说：“饶永石。”

饶永石想不到黄小昊点到了他。隔行如隔山，饶永石在计算机软件方面不是外行，但绝不是高手，坦率地说：“我不行！”

黄小昊坚持：“就是你！”

雷苗助阵说：“黄小昊点你就是你！”

饶永石没办法，只能硬着头皮坐在黄小昊旁边看黄小昊捣鼓。

黄小昊对着电脑捣鼓了半天，电脑还是开机死机、再开机再死机。黄小昊急出了一头汗，只好求助饶永石，说：“还是你来吧！”

在黄小昊眼里，饶永石就是一个无所不能的天才。可天下哪有这样的人呢？

饶永石坦诚地说：“我也只会你的那几下子。我不行。”

黄小昊从椅子上下来，把饶永石推上去，要“强按母鸡孵蛋”。

饶永石没办法，只好坐下来在电脑键盘上敲敲打打捣鼓了一阵子，电脑照常是死机再死机。

黄小昊拉着饶永石，来到丁大高的面前，低着头，表示他二人无能为力。

简文宇看到饶永石失手，心里乐开了花。

是不是该请月球工作所外面的电脑高手了？

徐倩茹表示不同意。请了外面的电脑高手就等于把月球工作所的秘密拱手让人了。

那怎么办？

等雷总回来了再说。

雷天笑回来了，听了徐倩茹、雷苗的汇报，说：“这好解决！”

“怎么解决？”

“把雷禾叫回来！”

10

雷禾就读北山大学饶德中的博士生情况不错，可以说进入状态了！

北山大学藏龙卧虎。饶德中是蛟龙，是猛虎，雷禾领教过了。如果把饶德中的微运动物理学比喻成浩瀚的大海，雷禾在短短的数月里，已经站在这浩瀚的大海边了，要跟着饶德中到大海里劈波斩浪然后搞定它了。而且雷禾在北山大学的这段时间里，和饶环珮朝夕相处，二人互相萌生了好感，确定了情侣关系。

雷禾突然之间接到了父亲亲口要他回去的电话，具体情况父亲没有说，只说有急事。

雷禾只得向饶德中请假，但不敢直接开口，只好先告诉饶环珮。

“什么，你要请假？”饶环珮吃了一惊，因为他们紧锣密鼓地研发的星体间三维动画的模拟软件已进入关键时刻。

“我妈病了！”雷禾撒了一个谎，“我必须回去看看她。”

“啊，你妈病了？”饶环珮又吃了一惊，“什么病啊？”

“还没确诊。”雷禾继续撒谎，“我想，不管她是什么病，我回去了她会高兴，这有助于她的治疗。”

“那是，那是。”饶环珮附和。关于雷禾的家，饶环珮至今还不是很了解，只知道雷禾的父亲是一家大企业的老板。这家大企业有多大，她不清楚，她也不想清楚。她坚持认为她爱雷禾是爱雷禾这个人，不是这个人以外的别的什么，至于他的父亲是亿万富翁也好，是吃低保的也好，有关系，但关系不大。

“我得去向导师请假。”

“那你就去呀！”

“我要你陪我去！”

“行。”饶环珮也爽快，“走！”

饶德中正忙得不可开交，雷禾来请假，十分不高兴，本想发脾气，看看雷禾身旁站着的自己的女儿，话到嘴边又吞回去了，问：“多长时间？”

雷禾答：“一个星期。”

饶德中挥挥手，说：“走吧！”

雷禾订的是超高速飞机票。

钟惠知道了雷禾请假回家的消息，坚持要饶环珮送雷禾上飞机。饶环珮说：“有这个必要吗？”

钟惠说：“这个‘必要’大得很。送与不送大不一样。”

饶环珮说：“那我就去送。”

钟惠又拿出了刚煮的荷包蛋，说：“把这个捎带上！”

饶环珮说：“飞机上有餐！”

钟惠说：“飞机上的餐和我煮的荷包蛋意义不一样！”

饶环珮说：“管他呢，道道还真多！”

钟惠强调说：“他这次回去，要他把你们俩的事向他的父母公开，征求他父母的意见！”

饶环珮说：“妈瞎说什么，‘八’字还没一撇呢！”

11

雷苗开车去机场接回了哥哥。

车上，雷禾知道了父亲召回自己的原因。

雷禾去见父亲。

雷天笑看着几月没见的儿子，只说了一句话：“这回，就看你的了！”

雷禾回到了自己的网络信息科。

雷禾此趟外出数月，想不到冒出来一个专门针对月球工作所电脑的“爵哥”。“爵哥”是一个看不见摸不着的黑客。雷禾有点兴奋。黑客“爵哥”使月球工作所的电脑瘫痪了，说明“爵哥”在网络战上有一套，说不定还是个高手。雷禾喜好和高手博弈。

雷禾释放出来自己编写的网络病毒程序，和“爵哥”大战，但战况十分焦灼。

月球工作所处于停滞状态。

雷禾不肯认输，要是肯认输，跪地求饶，或许爵哥能放他一马。

但这样下去不行。雷苗认识到了事情的严重，要去请示父亲，被徐倩茹拦住了。哪能事事都请示董事长？那还设她这个董事长助理干什么呢？

徐倩茹认为事情的解决靠雷禾不行，得找其他途径。什么途径呢？找到爵哥，或用金钱美女，或用拳头匕首，让他停手。

雷苗表示认可，但谁去走这“其他途径”？当然是忠实于9595电力集团的且有能耐的人。徐倩茹推荐了简文宇，雷苗表示认可。

徐倩茹叫来简文宇，一番耳提面命。简文宇点头哈腰，不住地答“是、是、是！”

简文宇接受了任务有些激动。在丁大高的4个学生中，这个任务被交给了他，不是其他3个人，这说明在徐倩茹眼中，他比其他3人强，他要好好表现超过饶永石。

简文宇领了一笔活动经费，离开月球工作所，去找网络黑客爵哥。

网络黑客多了，到哪里去找一个叫爵哥的呢?

简文宇有简文宇的办法。

简文宇找了私家侦探所，交了预付金。私家侦探所说，3天后出结果，不准确，退预付金。

3天后，简文宇拿到了结果：爵哥，实名宋爵，男性，42岁，北山市人，现为女娲网主管。

好，到北山市去。北山市有简文宇最好的亲戚——家家，就是母亲的娘家。

但简文宇没有走“家家”，而是住进了宾馆。简文宇明白：自己来北山市是来办事的，不是来走亲戚的。

北山市也有私家侦探所。私家侦探所给了简文宇有关宋爵衣食住行的录像，当然还有文字资料。宋爵除了现为女娲网主管，还担任着“保护宇宙平衡协会”秘书长的职务。这个协会是家网间组织，反对地球人上月球。这就是月球工作所的电脑遭受病毒攻击的原因。

如何搞定宋爵？是用金钱美女，还是用拳头匕首？私家侦探所给的文字资料已经十分清楚了：宋爵是个硬骨头，是一个道德模范，不爱钱不贪色，不怕暴力威胁。这么说，宋爵是个金刚不坏之身？天下还没有这样的人。是人，就有他的软肋。宋爵的软肋在哪里？私家侦探所给的文字资料也十分清楚：宋爵重情，重亲情、友情。

宋爵的家人有哪些？父母已不在，有一个弟弟，再就是老婆、孩子。这些人是不会做伤害宋爵的事情的。如果要这些人出来做，那“策反”工作要做到猴年马月？

只有从友情方面考虑了。

宋爵的朋友有哪些？有一帮子人。简文宇看见了一个十分熟悉的名字：孟铭。简文宇的舅舅叫孟铭，大中医。这个孟铭会是简文宇的舅舅孟铭吗？简文宇决定上舅舅家去，问舅舅去！

简文宇还是走“家家”了。

“家家”对简文宇的亲热疼爱可想而知了。

简文宇坐在舅舅书房的椅子上，品着舅妈给他冲泡的“大红袍”。

简文宇直截了当问孟铭：“舅，您的朋友圈子里有没有一个叫宋爵的？”

“有啊。”孟铭看着品茶的外甥回答。

“他和您关系铁吗？”

“铁。”孟铭也品了一口茶，“你问这个干什么？”

“我有事找……不，求他。”

“你想学计算机编程？”

“不是。”

“他只会这个。别的，求他没用。”

“有用。”简文宇拐了一个弯，“您肯帮我吗？”

“你说呢？”

“那我就跟您说了，您先得答应我，我跟您说的事要绝对保密。”

“好，我保密，你说吧。”

对舅舅，没什么不好说的，打断胳膊还连着筋呢。简文宇对孟铭照实说了9595电力集团所属的月球工作所电脑遭受黑客攻击瘫痪的事，而这名黑客就是宋爵。

这事孟铭知道，岂止知道，从某种方面说，还是领导者和谋划者。“保护宇宙平衡协会”的常务副主席领导该协会的秘书长嘛。孟铭清楚了：外甥是来北山平息事态的。孩子，你还嫩了点。他故作不知地问：“9595电力集团所属的月球工作所是干什么的？”

这个不能回答，是机密，但可以避重就轻。简文宇回答：“研究月球的。”

“一家电力集团，研究月球干什么？”

“这个嘛……”简文宇卡了壳，“我不便告诉您。您真要问，我只能说是老板们出于好玩。”

“不是好玩，是看上了月球上的氦-3。”孟铭不满意简文宇的不诚实，“你在这个月球工作所工作？”

“是的。”简文宇点点头，又突然疑惑，“您怎么知道我们的研究内容？”

“这个你不必知道。你要我说服宋爵，放弃对你们所的电脑的攻击？”

“是的。”

“办不到。”孟铭十分坚定，“你知道，舅舅是医生——救人，也是地球的环保主义者——救地球，也是保护宇宙平衡主义者——救宇宙。我不会做违背自己意愿的事。”

“我是您的亲外甥，求您了！”

“你再怎么求我也没用。”孟铭不答应简文宇，“你看过网上一篇很有影响的博文吗？”

“什么博文？”

“《宇宙平衡论》。虽然只有8000字，就已经相当精彩了。你今天晚上读一读，明天就改变主意了！”

简文宇晚上会读《宇宙平衡论》吗？

会读，因为这是舅舅布置的。打开电脑，《宇宙平衡论》很快搜索到了，但是简文宇一个字也看不进去，电脑屏幕上尽是幻影，是徐倩茹，是雷苗。他们对他寄予厚望啊，怎能如同舅舅说的，读了这篇文章就改变主意呢？大半夜了，《宇宙平衡论》简文宇看进去了3个字：饶德中。这是文章的作者。

第二天大早，简文宇在桌上留下一个纸条，没惊动谁，走了。

但简文宇并不是打道回京清市了，他又住进了宾馆，思考着搞定宋爵的办法。宋爵不爱金钱美女，不怕威胁利诱，重亲情友情，还是从他的“情”

字上做文章吧。宋爵有儿子吗？有，宋爵有个5岁的儿子叫宋位，难道要绑架宋位？简文宇就这么想着想着，陷入了沉睡。

第二天一早，简文宇出门吃早餐，谁知刚出宾馆就看到孟铭在门口等他。

简文宇不敢抬头看孟铭，低着头，说："舅舅，您怎么来了？"

孟铭说："你不辞而别，看了你留在桌子上的纸条，怕你干蠢事，我就赶紧过来了。"

简文宇扬扬胳膊甩甩腿，说："怎么会呢？没有。"

二人在路边供行人休息的条椅上坐下。

孟铭说："你可别一时冲动做蠢事。宋爵身边有保镖保护着他们全家安全。"

"竟然还有保镖？"

"没错，而且宋爵在他的女娲网上开辟了一个《保护宇宙平衡》专栏，有很多支持者。"

"您为什么对他的事了解得这么清楚？"

"宋爵是保护宇宙平衡协会秘书长，我是保护宇宙平衡协会副主席。我当然对他的事很了解。"

"原来如此，那你们协会的主席是谁？"

孟铭改换语调，说："饶德中。所以，你想搞定宋爵是不可能的。孩子，听我的话，回京清市去吧！"

竟然是饶德中，饶永石的父亲！简文宇在心中暗暗惊道。

12

简文宇只能回京清市。他没完成任务，很不光彩。

简文宇要想办法，不让自己不光彩。

简文宇走进了徐倩茹的办公室。巧得很，雷苗、饶永石、黄小昊、聂焰都在。因为电脑不能工作了，大家无所事事，聚在一起聊天，打发时间。

“哎呀，简文宇回来了！”雷苗首先发现了进门的简文宇，“搞定爵哥了吗？我想，肯定搞定了。你是我们的大功臣！”

办公室内的人都笑脸相迎。

“我这就去通知雷禾，让月球工作所电脑开始运行。”徐倩茹站起身。

简文宇拦住徐倩茹，说：“先别通知。”

大伙说：“你这是什么话？我们都快急死了！”

简文宇望着徐倩茹，支支吾吾，似乎有话说，又不好说。

雷苗看出了端倪，说：“我们走。让简文宇向徐助理单独汇报！”说完，推搡着饶永石等人走了。

办公室留下了徐倩茹和简文宇。

徐倩茹说：“有什么不好说的？非要单独向我汇报不可！”

简文宇说：“我没有搞定爵哥。”

徐倩茹说：“没搞定你回来干什么？”

简文宇说：“因为真正要搞定的不是爵哥，而是爵哥后面的拦路虎，我无法搞定！”

徐倩茹说：“这拦路虎是谁？”

简文宇说：“饶德中。”

“饶德中？”徐倩茹愣了一下，这名字听到过，一时记不起来了，“这个人是……”

“饶永石的父亲。”

“对、对，饶永石的父亲。你肯定这个饶德中是那个饶德中？”

“当然肯定。北山大学教授，搞微运动物理学的，饶永石讲过。”

“饶德中怎么就成了拦路虎？”

“爵哥的真名是宋爵。宋爵是网间组织‘保护宇宙平衡协会’的秘书长，而饶德中是‘保护宇宙平衡协会’的主席，宋爵的黑客行为是饶德中指使的。”

“……原来是这么个理，真正要搞定的应该是饶德中！”徐倩茹明白过来。

“所以，我考虑再三，就回来了。搞定饶德中就得罪了饶永石，轻者，我俩之间出现裂痕，重者，我俩之间成为仇敌。我怎么可能去得罪饶永石呢？”简文宇口是心非道。

“情有可原，情有可原。”徐倩茹恍然大悟。

13

按理来说，说服饶德中停止对月球工作所的攻击应由饶永石出面最合适，毕竟是亲父子，但徐倩茹听其他人说饶永石和饶德中的关系十分糟糕，让饶永石去劝说饶德中不仅强人所难，一不小心还会弄巧成拙，使局面越来越糟。

徐倩茹再不能绕开雷天笑了，赶紧去向雷天笑汇报。雷天笑碍于丁大高，没有批评徐倩茹自作主张搞砸了事。

雷天笑要找找雷禾了。雷天笑是十分看好雷禾的，雷禾怎么就不行呢？

面对父亲，雷禾坦率地承认：他遇到黑客高手了，在“爵哥”面前吃了败仗。但是，请父亲相信，他最终会战胜“爵哥”的。

“我们耽误不起呀，儿子。”雷天笑一脸惆怅，“你说‘最终’，这‘最终’是多少天？”

“这个……说不准。”

“我也知道你说不准。天外有天，谁知道天有多高？”雷天笑转换口气，“你了解你的对手‘爵哥’吗？”

“了解呀。他（她）的编程，也就是说他（她）的病毒诡异多变，出神入化。说实在的，我不如他（她）。”

“我不是指黑客，我是指实实在在现实生活中的人！”

“这……不了解。”

“‘爵哥’实名宋爵，男，42岁，北山市女娲网站的掌门，‘保护宇宙平衡协会’组织的秘书长。”雷天笑加重语气，“你知道‘保护宇宙平衡协会’吗？”

“这……不知道。”

“这是个网间组织。宋爵是受这个网间组织指派，充当黑客，破坏我们月球工作所的电脑的。所以，我们真正的敌人是宋爵所在的这个组织，是这个组织的一把手！”

“‘保护宇宙平衡协会’组织的主席？”

“对。就是这个主席。”

雷禾望一眼父亲：“听您的口气，您好像认识这个主席？”

“我只是听说的。你认识，应该很熟了！”

“谁？”

“饶德中！”

“饶德中？我的导师？”雷禾当饶德中的学生好些日子了，却不知道饶德中还当着这样一个组织的主席。

“你把他当导师了？他是你寻找到的我们的‘九天计划’潜在的敌人。儿子，我十分欣赏你的眼力。你在茫茫人海中找到了这个人，是他使我们的月球工作所瘫痪了，可是，你没有真正认识他！”

“是这么回事？”

“你说该怎么办？”雷天笑反问儿子，“你对饶德中是不是有感情了？”

“……谈不上。”雷禾回答父亲，“我的全部感情都倾注在我们雷家的事业——‘九天计划’上，对饶德中的感情我可以瞬间将其化为乌有！”

“怎么化为乌有？”

“让他名存实亡！”

雷天笑问：“怎么让他名存实亡？”

雷禾做了一个端茶杯喝水的动作，意思是喝某种毒药。

“愚蠢！”雷天笑指责儿子，对儿子一阵耳语。

14

饶环珮接到了雷禾的电话：他回北山大学了。这个雷禾，说是请一个星期的假，可一走就是一个多月，饶环珮还以为他不会回来了。

“你还是坐飞机回来吗？我去接你！”饶环珮有几分激动。

“不是，你走出家门，就知道我是怎么回来的了。”

饶环珮走出家门，门前的空地上停着一辆银色的袖珍型悬浮汽车，雷禾正打开车门，从驾驶座上出来。

二人来了个拥抱。

“你开车来的？”饶环珮问。

雷禾打开后备厢，边取东西边说：“对，不就是1500千米嘛。再说，我要送你一件礼物，飞机上放不下。”

“送我什么礼物，这么大？”

“你把手心摊开！”雷禾将悬浮车的钥匙放进饶环珮的手心，说：“就是它！”

饶环珮说：“这辆银色的车？”

“你喜欢吗？”

“……当然。”

雷禾给饶德中和钟惠也都送了礼物。

饶德中的礼物是一箱窖藏了300年的茅台酒，雷禾知道饶德中每天晚饭都喝酒。饶德中对雷禾的酒没说“谢谢”之类的话，只用鼻孔“嗯”了一声。饶德中对雷禾这次超假很有意见，但很多读博士的学生都这样，饶德中不好批评雷禾。

钟惠的礼物是一对极品的缅甸祖母绿玉镯，钟惠当然喜欢。爱屋及乌，她喜欢玉镯，更喜欢的是送玉镯的雷禾，到哪里去找这样理想的女婿？听女儿说，雷禾送她的是一辆车。怎么是送车不是送钻石戒指呢？男女相爱，男方为表示忠心，不是送女方戒指吗？送轿车，表明是朋友关系，送戒指，表示是恋人关系。钟惠这么分析。是不是该问一问这个雷禾：你和饶环珮到底是什么关系，朋友，还是恋人？可她话到嘴边又吞回去了：这样做是不是显得她管太多了？

钟惠左思右想，还是决定向雷禾把话挑明。因为钟惠搞清楚了雷禾的家庭背景。雷禾的父亲是雷天笑，9595电力集团的董事长。只要是中国人，谁不知道9595电力集团，谁不知道雷天笑？雷禾是阔少爷中的顶尖阔少爷，追求他的姑娘多得让人眼花缭乱，他会看上饶环珮？钟惠绝不攀高结贵，绝不让人小看！

雷禾爱吃钟惠做的粉蒸肉。五花肉拌上米粉蒸出来的，一点都不油腻，味道好极了。一个星期五的晚上，钟惠做了粉蒸肉，雷禾吃得很高兴。雷禾吃完后，钟惠不急于收拾碗筷，坐在了雷禾的旁边，要开诚布公了。

钟惠与雷禾进行了30分钟的谈话，气氛是融洽的。

雷禾是喜欢饶环珮的，但雷禾说，他爱饶环珮，只能理智地爱，不能疯狂地爱，因为他俩之间有一道障碍。这道障碍就是他的父亲雷天笑和饶环珮的父亲饶德中。雷天笑和饶德中怎么成了他们俩相爱的障碍？雷禾说得也直接：雷天笑要在发电的能源上求新，要上月球开采氦-3。饶德中是微运动物理学的创建者，是“保护宇宙平衡协会”组织的主席，坚决反对地球人上月球开采氦-3。雷禾说得也坦率：饶德中已经指派一个叫宋爵的充当网络黑客，破坏了9595电力集团的月球工作所的计算机系统。雷禾说得也真诚，如果导师所在的组织停止对他父亲集团的月球工作所的攻击，他就无所顾忌地热烈地去追饶环珮，单膝跪地，牵出饶环珮的左手，在她的无名指上戴上一枚硕大的价值连城的钻石戒指。

事情就是这样。

雷禾说完客气地告辞走了。

望着雷禾渐渐消失的身影，钟惠是越发喜欢上这个小伙子了。

饶环珮来了，问：“雷禾呢？”

钟惠说：“走了。”

“没坐会儿？”

“坐了！”钟惠给女儿递上饭碗，觉得该开诚布公了，问，“你觉得雷禾怎么样？”

饶环珮反问：“您问这话什么意思？”

“没什么意思，就是问问你。”

“他怎么样，关我什么事！”

“可是，他说他是爱你的！”

“什么？”饶环珮搁下饭碗。

“我觉得他说的是大实话！”

“您知道他这次来送我什么吗？”

“车。但他应该送的是戒指。”钟惠说，“他是真心爱你的。可是，他与你之间存在障碍。”

“障碍？”

“这道障碍是他的父亲雷天笑，你的父亲饶德中！”

“您把我弄糊涂了！”

“我也糊涂。雷禾给我解释清楚了！”钟惠给女儿讲了雷禾的解释，饶环珮半信半疑。

15

爱情要把握时机，时机来了，要紧紧抓住，不然从身边溜走了后悔都来不及。

饶环珮在父亲的实验室等着雷禾。

雷禾来了。饶环珮劈头盖脸地问："昨晚你当着我妈胡说些什么！"

雷禾早有心理准备，说："当着你妈说出了我的心里话。"

"你爱我？"

"对天发誓，我爱你。"雷禾信誓旦旦，"看得出来，你也是爱我的。"

"是的，我爱你。要爱，你我就大大方方地爱，热热烈烈地爱，怎么能把我和你的父亲扯进来，说他们是我俩相爱的障碍呢？"

"我已经向你妈解释清楚了。你妈没说给你听？"

"说了。你爸要上月球开采氦-3，我爸反对地球人上月球开采氦-3，是这么回事吗？"

"就是这么回事。"

"这很好解决，你劝你爸放弃上月球开采氦-3，不就得了！"

"我劝不了。再说，我也不会劝说。因为上月球开采氦-3是我们雷家的事业，如果你我能如愿结合，我还指望你和我共创大业呢。"

"这么说，是要我去劝说我的父亲放弃反对地球人上月球开采氦-3了？"

"我是这么想，可我不敢这么说。既然你把话挑明了，就当我说了。我求你了，去劝说你父亲。你父亲是'保护宇宙平衡协会'主席，他的秘书长宋爵充当黑客攻击我爸的月球工作所的计算机网络，都瘫痪好些日子了！"

"有这回事？"

“宋爵比我厉害。我求你了！”雷禾近乎哀求。

饶环珮心软了。

饶环珮还没有胆量直接去和父亲谈这个问题。父亲当然爱她，但在她的眼里，父亲是座高山，神圣不可侵犯，父亲是只老虎，威严不可冒犯。饶环珮想到了母亲钟惠，想让母亲替自己去说服父亲。

钟惠开始满口答应，接着就反悔了。她想起了那次搞卫生弄坏了丈夫的电脑，然后丈夫大发雷霆的事，掂量出这事丈夫不会答应。丈夫是做学问的，在他眼里学问重于一切。这事就是要丈夫放弃所做的学问，他能答应吗？

为了爱情，饶环珮只能硬着头皮自己上了！

“爸，有件事我要跟您说一声，我有男朋友了！”在父亲的办公桌前，饶环珮鼓足勇气将话说出了口。

男大当婚，女大当嫁，这个道理饶德中懂，说：“好事，把他带来我看一看！”

“不用带，他就在您身边。”

饶德中略加思索，问：“雷禾？”

饶环珮说：“是的，您同意吗？”

前面已经说过，饶德中对雷禾是有不好的看法的，相处了这些日子，又说不出雷禾哪里不好，超假不归算不算呢？唉，都什么年代了，哪有父亲去干涉女儿的婚姻的呢？于是说：“只要你同意，我没什么好说的。不过，我要提醒你，婚姻大事，你要想好，切莫儿戏！”

“我没儿戏。”饶环珮几分庆幸，“您通过了？”

“你得去问问你妈！”

“我问过了，妈同意！”

“那就好。”饶德中脸上露出几分难有的笑容，重复说，“那就好。”

饶环珮趁着父亲高兴，说：“我还有个请求！”

“请求？说吧。我没有很多钱做你的陪嫁，不过，我和你妈会尽量满足你。”

“这与您的钱多钱少没关系，但您做得到。”

“什么意思？”

“您是‘保护宇宙平衡协会’组织的主席，手下是不是有个叫宋爵的？”

“有，他是秘书长。”

“请您让宋爵放弃对9595电力集团所属的月球工作所电脑的‘黑客’攻击。”

“为什么？”

“雷禾的父亲雷天笑是9595电力集团的董事长，宋爵的‘黑客’攻击伤害了9595电力集团。”

“你知道9595电力集团的月球工作所的工作性质吗？”饶德中的语气变得严厉。

“上月球开采氦-3。”

“你知道地球人上月球开采氦-3的后果吗？谁上月球开采氦-3谁就是我所担任主席的这个组织的敌人！”饶德中的语气变得更加严厉，“你是我的女儿，也是我的学生，应该清楚我做的学问。你的请求我做不到！”

“为了您女儿的幸福，这点请求您做不到？”

“做不到！”饶德中斩钉截铁。

饶环珮怒气冲冲地走了。

父女俩开始“冷战”了，气氛十分僵硬。

钟惠小心翼翼地劝说丈夫：“是不是让宋爵放弃对9595电力集团所属的月球工作所电脑的‘黑客’攻击，给女儿一个妥协算了！”

给女儿一个妥协？给女儿一个妥协就是给了破坏宇宙平衡的人的一个妥协，就是放弃自己的立场，放弃自尊，怎么可能呢？女儿和他“冷战”这一招说不准是雷禾的计谋。“妥协”？不可能！

那怎么办？

饶德中掷地有声：“我没有饶环珮这个女儿，更没有雷禾这个学生，叫他们滚！”

滚就滚。一天夜里，雷禾带着饶环珮离开了北山市。

雷禾看一眼饶环珮，问自己：这是我理想中的妻子吗？

16

雷禾带着饶环珮回京清市了，没有搞定那个“爵哥”，算是失败而归。但是，他带回来了一个双眼皮很漂亮的姑娘，也算是另有收获。

雷天笑看到饶环珮很高兴，吩咐饶环珮就住在雷家了，工作就是配合好雷苗。

雷苗对饶环珮表现出十二分的欢迎，觉得饶环珮很像她爱着的饶永石。两人虽然一为女，一为男，但容貌十分相像，甚至让她觉得饶环珮应该是饶永石的妹妹。为了印证猜测，她恶作剧地问："你认识一个叫饶永石的吗？"

饶环珮像学生抢答提问一样："那是我哥！"

果然猜对了。雷苗几分得意，问："你想见你哥吗？"

"当然。"两年了，饶环珮只在智能可视光屏上见到过饶永石，知道饶永石在京清市，"你能让我见到我哥？"

"是的。"

"明天还是后天？"

"现在。"雷苗扬起手机接通，老熟人般地说，"你快到揽月园海棠厅来，有位客人想见你！"

"谁呀？"

"你来了就知道了！"

5分钟后，饶永石就来了，气喘吁吁，一眼看见妹妹，激动得更上气接不上下气了。

可是没想到，妹妹的到来在饶永石心里压上了一块石头，使他喘不过气来。雷苗与他成了恋人，而雷禾又带回了他的妹妹，照这样发展下去，饶雷两家岂不要亲上加亲？这是好事还是坏事？

为了欢迎饶环珮的到来，雷苗举办了一个聚会，除了刚刚检查出来怀孕了的徐倩茹，剩下的月球工作所的成员都来了。大家难得在一起聚聚，都很开心地聊天、跳舞。

饶环珮长得很漂亮，身材高挑，双眼皮，大眼睛，目光深邃，很受大家欢迎。尤其是黄小昊频频对她投去目光，心中暗暗可惜这么让他喜欢的女孩子已经名花有主了，不知道以后还有没有机会追求她。

饶永石决定要回趟北山市，要见见父亲，为雷家的事业与父亲好好谈谈。

饶永石回家心切，买了当天下午的飞机票。

走进机舱，在自己的座位上刚坐下，有人恶作剧地往他肩上打了一拳头，扭头看，是雷苗。

“是你？”饶永石吃了一惊。

“不能是我吗？”雷苗反问。

“你也去北山市？”

“当然。”

“干什么？”

“你干什么我就干什么。”

饶永石明白过来。

17

饶永石回到北山市的家，按响门铃，门开了，是母亲。母亲十分憔悴，女儿就这么走了，就像从她的心口剜去了一块肉。

“伯母！”站在饶永石身后的雷苗朝钟惠喊了一声。

钟惠还没回过神来，问：“你喊我？”

饶永石说：“当然是喊您！”

“嗯——”钟惠回过神来，答应了一声，憔悴的脸上即刻堆满了笑容，“快，进屋，进屋！”

待雷苗上卫生间，钟惠问儿子：“她是你的女朋友？”

饶永石思考着说：“就算吧。”

钟惠说：“你喊她雷苗，她是你们老板雷天笑的女儿？”

饶永石说：“是的。妈有想法？”

钟惠说：“有，当然有。你和她，门不当，户不对。她是万亿富翁的女儿，你呀，恐怕得一辈子服侍她！”

饶永石笑起来，正要说什么，雷苗从卫生间出来了。

饶永石和雷苗，还有钟惠，在说说笑笑中吃完饭，接下来商量着如何劝说饶德中放弃对9595电力集团月球工作所的黑客攻击。

饶德中呢？在他的实验室里。他对女儿的不辞而别并没有沮丧，或许是太忙，没时间沮丧。昨天又有事了，M国的月球旅游公司宣布，从本月的16

号开始，在月球的虹湾又建设一座基地。这座基地规模庞大，可供500人在里面生活50天。这是什么概念？地球人又将往月球运送多少物质？这些人在这些天里又将给月球丢下多少垃圾？比如痰、粪便，给月球带来多大污染。M国的这个宣布极大地刺激了“保护宇宙平衡协会”，刺激了饶德中、孟铭、宋爵及广大的蚂蚁们。女娲网同仇敌忾，连篇累牍地抗议！

可是，抗议没用。一家网间组织算什么？再说，那个宇宙平衡理论只是一家之言，充其量是个假说，谁理睬你！

雷苗认为这是个好时机，拉着饶永石去见饶德中。

在饶德中的实验室，饶永石喊出一声“爸——”，泪如泉涌，扑向了父亲。毕竟血浓于水，父子俩之间的隔阂烟消云散。

雷苗一声“伯父——”，喊得饶德中不知所措。

接下来，饶永石和雷苗与饶德中进行了长时间的交谈。这种交谈有点像谈判，开始是沟通，接下来是谅解和达成协议。

雷苗代表9595电力集团，对“保护宇宙平衡协会”表示理解。

饶永石对父亲的宇宙平衡理论持支持立场，但坚持宇宙平衡论目前只能是“假说”。“假说”要变成真理，必须得到印证。如果9595电力集团对“保护宇宙平衡协会”持公开态度，提供上月球开采氦-3所有真实的数据，支持宇宙平衡论由假说变成真理，“保护宇宙平衡协会”是否考虑放弃对月球工作所电脑的黑客攻击呢？

雷苗插言：有朝一日，如果宇宙平衡论真的由假说变成真理，9595电力集团会考虑停止上月球开采氦-3的活动。

这可是未来的儿媳妇在对他说话，儿媳妇不同女儿，得让着三分。饶德中是人不是魔，是有感情的，也是有私心的。他松动了，他又何尝不想自己的宇宙平衡论由假说变成真理呢？

饶德中说让他考虑一夜，明天早上答复。

第二天早上，饶德中答复：可以要“爵哥”放弃对9595电力集团所属的月球工作所计算机系统的“黑客”攻击，但时间只有一年。

好吧，一年就一年，那9595电力集团月球工作所的研究成果对饶德中不再保密的时间也只能是一年。

第四章　登月前的准备

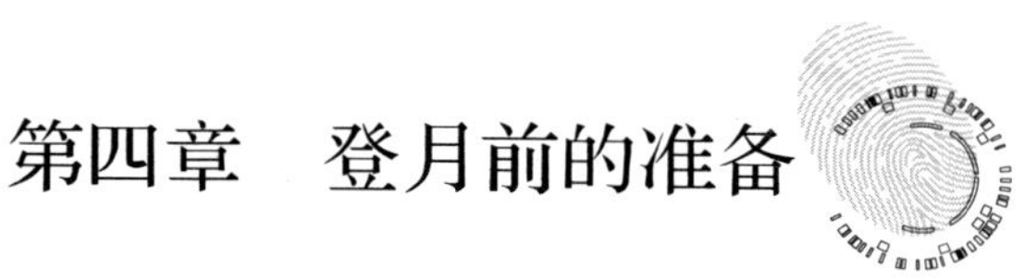

1

“黑客”爵哥停止了对9595电力集团月球工作所计算机系统的攻击，月球工作所的电脑恢复正常了。

丁大高他们紧锣密鼓地在月球面向地球的这一面——1900万平方千米的范围内寻找富含氦-3的地方。

月球工作所有精确的月球仪，又有新改进的月球光子反射分析仪，寻找到富氦-3的地方应该不是问题。

雷天笑则忙于“九天计划”的关键步骤：登月。

按常理，应该在找到月球上富含氦-3的地方之后才进行登月，雷天笑急什么呢?

这叫未雨绸缪，雷天笑要双管齐下。

光是登月好办，问题是登月后要在月球上住下来，开着月球车去开采氦-3，储存好再运回来，不是那么简单。

雷天笑先前在计划中决定利用月球旅游的方式，只要租用月球旅游设备问题就可以迎刃而解。9595电力集团没有这个设备，目前也买不了这个设备，只有靠租用。租用宇宙飞船上月球，租用月球基地住下来，租用月球车开往富含氦-3的地方开采。

买设备不如租设备。

这个方案无疑属于机密。

可螳螂捕蝉，黄雀在后。如果把此时的丁大高比做蝉，把雷天笑比做螳螂，那么，此时的伍岸就是黄雀了。

这个螳螂太具诱惑力了，又肥又大，满身油水。

伍岸不能让螳螂跑掉，要捉住它，吃掉它。

伍岸和聂焰按约定见面。

聂焰向伍岸汇报了月球工作所近期的工作情况。可聂焰的汇报不分轻重、没有条理，伍岸不满意。

伍岸不满足于聂焰的这种汇报，得变换获取情报的手段。

伍岸给聂焰戴上一款最新式样的手表。这款手表镶嵌有12颗钻石，但其实不是真正的钻石，是被伪装起来的微型录音设备，可以窃听发送一条龙。

聂焰说："现在谁还用手表看时间？"

伍岸说："手表是对人的一种装饰。你看，一块金灿灿的手表戴在你的手腕上，你就展示出了男人的绅士风度。"

"是吗？"

"我说的不会有错。"

"那就听校长的。"

聂焰戴着手表上班，月球工作所的全部都展现在了伍岸的面前。

2

雷天笑要租用月球旅游公司的登月设备。他在网上查了查，中国经营月球旅游的公司有3家，其中有两家公司在月球上没有基地，只有帐篷，只能逗留6个小时，而且他们的月球车1个小时只能走2千米。这种设备需多少时间能开采到氦-3？这最后一家是国有公司，它就理想了，他们在月球上有基地，能逗留100个小时。他们的月球车在月球上行走自如，时速可达每小时70千米，相当理想了。

这家国有公司叫苍穹月球旅游公司。好，目标就是它了。

这事和上次把丁大高搞到自己公司来一样重大，雷天笑要自己亲自出面。

雷天笑准备带徐倩茹一道前往，可是徐倩茹怀孕了，正在闹妊娠反应，说话的力气都没有。雷天笑只好只身前往。

苍穹月球旅游公司在郊区。

前台服务员听说雷天笑要租用一套月球旅游设备，表示自己头一次遇到这种事，不能做主，只好转交给前台经理。前台经理感觉到这是一笔大生意，自己拍不了这个板，只好把雷天笑引荐到了总经理办公室。

总经理办公室只有办公室主任，点不了头。

雷天笑等了约莫10分钟，总经理来了。

总经理姓马，40岁出头，大腹便便，在雷天笑面前显得十分谦恭。看着耐心等自己的雷天笑，十分抱歉，接连说了几个“不该”。

马总经理听完雷天笑的话，说：“这是好事。只是，您租用我们的设备去做什么呢？”

雷天笑说：“去做有益的事，不会违法乱纪。我这样回答行吗？”

马总经理“哦哦”着说：“可以、可以。您要租多长时间？”

雷天笑说：“先租1个月。”

马总经理说：“只是，我这一套设备贵呀，1个月租金恐怕要过亿元。”

雷天笑说：“这是周瑜打黄盖的事，该是多少就是多少。”

“爽快。”马总经理说，“着急吗？”

雷天笑说：“说急就急。”

马总经理说：“这样吧。您回去草拟一份合同，我这里也草拟一份合同，3天后我们根据两份合同再综合一份合同。”

雷天笑回集团后吩咐雷苗草拟合同。

与此同时，雷天笑收到了国家能源部门组团出访欧洲的通知，还被指定为访问团的副团长，本月5号访问团成员要集合。5号就是后天。出访欧洲他是非去不可的，这是民营企业的荣誉。看来，与苍穹月球旅游公司订合同的事他亲自做不成了，得指派他人。指派谁呢？当然是雷苗。

3

伍岸知晓了雷天笑要出访欧洲，知晓了雷天笑指派雷苗代表自己去与苍穹月球旅游公司签订合同。伍岸要阻止雷天笑与苍穹月球旅游公司的合作，要引着雷天笑去M国的一家月球旅游公司签订合同。

伍岸开始活动。

苍穹月球旅游公司隶属于国家旅游部门。伍岸打听到，其领导叫金荆伟。

伍岸十分庆幸，也算苍天有眼，他和金荆伟认识，而且曾经关系不错。伍岸是在M国圣翰大学教书时和金荆伟认识的，金荆伟是中国选派到M国圣翰大学进修的学生。金荆伟进修的是经济学，伍岸当时教的是经济学，可以说，金荆伟是伍岸的学生。因为同是黄皮肤、黑头发，在满是白皮肤、黄头发的课堂里，二人很快相识、相熟，并格外亲近。只是，金荆伟进修期满回国已好些年了，这些年他们没来往了。

今天，伍岸要找上门去。

金荆伟十分热情地接待了伍岸，二人寒暄了一番后，金荆伟问道："老师是大忙人，到我这里来有什么事？"

伍岸说："我能有什么事，回国了，就想找国内的朋友坐一坐。前几天在《旅游报》上看到了你的名字，就找上门来和你叙叙旧。"

金荆伟说："您应该打我电话让我去接您。"

二人叙起在M国圣翰大学的师生情来。

伍岸说："你是我的骄傲。在人才济济的中国，能做到这个位置，真是不容易！"

金荆伟说："哪里哪里，这都多亏组织的培养和同仁们的支持。"

伍岸说："我想给你提个醒，不知道你愿不愿意听？"

金荆伟说："老师请讲。"

伍岸说："旅游部门在现在也是个科技含金量很高的单位。你说，上月球旅游含金量高不高？高得很。我们国家首次登月距今已经100多年了，发展到现在上月球旅游是几代人努力的结果，其中的高科技成果数不胜数。我在国外待的日子长，知道外国人都盯着我们的高科技，你要注意保密呀！”

金荆伟说：“老师提醒得对。不过，请老师放心，登月旅游的旅客都是在我们的统一管理下，很难接触到我们的高科技。”

伍岸说：“要是有人提出租用呢？”

“租用什么？”

“你们的登月设备！出很高的价！”

“这个嘛……”

“你犹豫了吧？”

“目前还没有要租用我们的登月设备的。如果有，出于保密，我不会同意。高科技成果，特别是核心成果的保密是不能有丝毫麻痹的。”

伍岸拍一拍金荆伟的肩，说：“这就对了，特别是那种财大气粗的民营老板，靠不住。”

伍岸走了，金荆伟望着伍岸的背影犯起了嘀咕：“伍老师是教书的，怎么管起了别人租用登月设备呢？”

4

3天后，雷苗作为雷天笑的代表来苍穹月球旅游公司了。

雷苗向马总经理递上了9595电力集团草拟的合同，问：“贵方草拟的合同呢？”

“你是……”马总经理望着雷苗疑惑，因为3天前来的不是她。

雷苗看出了马总经理的疑惑，说：“3天前来的是我的父亲。他出国了，让我代表他。这是他的委托书。”

马总经理接过委托书，说：“我们草拟的合同传真到上级主管部门去了，还没回复。”

苍穹月球旅游公司隶属于国家旅游部门，数额过亿元的合同得得到领导批准。

“有问题吗？”雷苗不免担心。

“应该……应该没问题。不过，我也说不准。”马总经理模棱两可，“今天肯定不行了。您先请回，等我联系您，可以吗？”

第二天，马总经理的办公室主任联系了雷苗：“十分抱歉，贵集团要租用月球旅游设备的事上面没批。”

办公室主任怎么会是这么个答复？热气腾腾的蒸锅被泼了一桶冷水，雷苗问：“马总经理呢？”

“马总经理指派我答复的，或者说我代表马总经理答复的。”

雷苗十分生气：“能给我一个理由吗？”

“抱歉，我不清楚。”

雷苗感觉很懊恼，甚至背上了包袱。父亲已经办得差不多了的事，交给自己去办，怎么就有变故了呢？

雷苗不想做软柿子任人捏。大家伙都睁大眼睛看着她呢，她要挽回残局，展示自己。她搜肠刮肚地想旅游部门是否有她认识的人。

果然，找到了，秦玲玲，大学同班同学，且二人关系不错。

雷苗向秦玲玲诉说了家父要她办的事遇到了阻力，阻力来自旅游部门。

“有这样的事？”秦玲玲不相信。

“我还骗你不成。”雷苗信誓旦旦。

“你父亲是搞电力的，要租用月球旅游设备干什么？”

“这个……我还不能告诉你。可以吗？”

“这……”

“你得帮我一个忙……”雷苗小声嘀咕。

“……我人微言轻，只能试试。”秦玲玲有气无力。

很快，秦玲玲就把“阻力”的根子弄清楚了。她转告雷苗：“苍穹公司的月球旅游设备都是科技含量很高的东西，租出去了，就等于泄密了！”

“怎么这么说话呢？我草拟的合同把关于保密的条款列入了重点。”雷苗反对。

“这是我们领导的原话。”秦玲玲没听到雷苗的解释，只注意到了她的质问，不舒服。

“你能帮我说服你的这位领导吗？”

“我？”秦玲玲张大嘴巴，“不可能。我没这能耐。”

“好吧，那你能告诉我这位领导的情况吗？”

“这……可以。”秦玲玲压低声音，“领导叫金荆伟，40多岁，住在……”

雷苗请出了一尊掏耳朵的寿山石罗汉，准备送给金荆伟。手法很低调，八百年也不会露出马脚。

但是，碰了钉子。

金荆伟有着金刚不坏之身，哪怕是盐酸加硝酸的王水也腐蚀不了，他将罗汉退回来了。

雷苗感叹自己刚出道就碰到了钉子，垂头丧气，不想吃饭。

雷禾看出来了，问："妹妹，出了什么事，值得你这样？"

雷苗当着哥哥，竹筒倒豆子地说了自己碰钉子的事："爸爸就要办成了的事，我办砸了，能不伤心吗？"

"我当是什么大不了的事。你呀，吃饱了饭再去迪士尼乐园玩个痛快。这事就交给我了，我保证给爸爸一个满意的答复！"

"当真？"

"哥说话算数！"雷禾说话这么有底气，凭什么？凭他有"铁哥们"。

聂焰就是雷禾的"铁哥们"。

聂焰怎么就成了雷禾的"铁哥们"？雷禾爱吃金枪鱼，聂焰就送雷禾金枪鱼。可是，聂焰家养殖场的金枪鱼养殖刚起步，只有种鱼和鱼苗，鱼苗太小，拿不出手，只有送种鱼了。

雷禾对金枪鱼情有独钟，吃不腻。有一天，他得知他吃的是聂焰家养殖场的种鱼，深受感动。二人关系就这么铁起来了。

雷禾大聂焰10个月，雷禾便是"大哥"，聂焰便是"小弟"了。

二人无话不说。

雷禾说起了苍穹月球旅游公司不肯租设备的事。

聂焰说："东方不亮西方亮，干吗非在一棵树上吊死！"

雷禾说："我也这么想。可是，除了苍穹月球旅游公司，其他公司的设备都不行！”

聂焰说：“我们干吗眼睛只盯着国内？国外的世界大得很！”

一语唤醒梦中人。眼睛干吗只盯着国内？于是雷禾说：“最先进的是M国。我们就到M国找符合条件的月球旅游公司去！”

这正是聂焰要的。

5

伍岸要去一趟M国。圣翰大学有伍岸的家。他的儿子伍岩学自动化控制，说直接一点就是搞机器人研究。

伍岸此次到圣翰大学进行学术交流是幌子，有其他更重要的目的。

伍岸急切地对妻子威廉洁说，他要马上见到她的弟弟威廉森。

威廉洁长着一头漂亮的金发，口红涂得很重，对伍岸说：“你直接联系他嘛！”

伍岸说：“你联系比我联系合适。”

威廉洁摊摊手，摇摇头，掏出智能光屏通讯器。

威廉森长着金色的络腮胡子，在伍岸面前有点吊儿郎当，不明白姐姐怎么嫁给这么一个人。

伍岸与威廉森交谈。

“上月球开采氦-3？”威廉森来了兴趣，不吊儿郎当了。

威廉家族在M国是声名显赫的家族，他们的“前进者旅游公司”是家族产业，月球旅游是该公司的主打项目。威廉森执掌着前进者旅游公司。

威廉森十分看好中国9595电力集团的月球工作室租用登月设备的这桩买卖。租借给这个月球工作所登月设备能赚一笔钱这是眼前利益，关键是开采月球上的氦-3这一长远利益。你中国的9595电力集团在前面带路上月球去开采，我威廉森踩着你的脚印也上去开采。3克氦-3能发10万度电，我开采回来10公斤就得多少钱?

威廉森感谢伍岸想着他。如何让雷禾找上门来呢？伍岸请威廉森放心。

聂焰向雷禾推荐M国旅游业的前进者旅游公司。

雷禾问：“你熟悉这家旅游公司？”

聂焰说：“不是熟悉，是知道。”

“你是怎么知道的？”

“这家公司进口我家的海产品，次数多了，就知道了。我家的业务员说，这家公司讲信誉，口碑不错。”聂焰是胡诌，但十分圆满。

“你能帮我引荐一下吗？”

“哎呀，要什么引荐？你就去这家公司订票，搞一次月球旅游，做一次考察，觉得不错，值得信赖，就和他们再谈租用登月设备的事。”

“这主意好。”

6

雷禾当真去了M国前进者旅游公司，但没有旅游。因为去月球旅游一次往返得20天，雷禾耽误不起。但雷禾受到了前进者旅游公司的热情接待，一位亚麻色头发的航天小姐领着雷禾参观了他们的公司。

前进者旅游公司虽是M国的民营企业，但实力不比中国的苍穹旅游公司差。它的登月宇宙飞船可载9人，月球基地可容这些人生活150小时，月球车在月球上时速80千米。

航天小姐问雷禾："先生需要什么服务？"

雷禾望着航天小姐简略地说了租用登月设备的事。雷禾的M国语不错。

航天小姐说："先生的M国语很流利，我愿意为先生效劳。我请我们的董事长接待先生。"

航天小姐把雷禾领到了贵宾接待室，递上了咖啡。大约2分钟后，一位长着金色络腮胡子的M国男子出现了，航天小姐对雷禾说："这是我们的董事长！"

雷禾赶紧站起来和金色络腮胡男子握手。

航天小姐出去了，雷禾开始和这个男子交谈。

雷禾知道金色络腮胡男子叫威廉森，威廉森知道这个来自中国的小伙叫雷禾。

交谈气氛十分融洽。

威廉森说："谈什么租用啊？租用我们没有先例。我想，费用也太贵了，不如包船。我们一次月球旅游能载客9人，在月球上待的时间为150小时，周期为300小时，价格为36万美元。如果先生包船，还可以优惠，就20万美元吧。"

"您说的当真？"

威廉森说："我不会开玩笑。"

雷禾说："我包两个周期，也就是600小时，可以吗？"

威廉森歪着头说："当然可以。那就是40万美元。"

雷禾故意说："还可以优惠吗？"

威廉森故意想了想，说："不能再优惠了。订合同的时候，我想你肯定有你的代表团，我请你的代表团共进午餐。"

"你知道我为什么包600小时吗？"

"不知道。我为什么要知道？这是客户的事，我没有必要知道。我想，是给贵公司表现好的职工奖励月球旅游活动，鼓励鼓励。因为人数多了，所以包600小时，对吗？"

"对。"雷禾偷偷地乐。

雷禾当天就坐飞机回国了。

雷禾踌躇满志，要加快办好这件事，给父亲一个惊喜。

正当雷禾紧锣密鼓准备的时候，雷天笑回来了。

雷天笑回来后的第一件事当然是找雷苗。

雷苗沮丧着脸说："爸，我办砸了！"

雷天笑问："怎么就办砸了呢？"

雷苗叙说了事情的经过。

雷天笑安慰女儿说："没关系，这种事情常有，好像离成功只有一步之遥了，但就是这最后一步之遥却失败了。条条道路通罗马，这条路不行，我们改走另一条路！"

雷苗高兴地说："爸说的还真准。这条路不行，另一条路走通了！"

雷天笑问："这另一条路是怎么回事？"

雷苗说："这另一条路是哥去走的。我说不具体，您去问哥。"

雷禾来了。

雷禾夸大其词，讲述了自己如何利用外交手段进入M国前进者旅游公司，如何利用一口流利的M国语取得他们的好感，他们的董事长威廉森如何高规格接待自己，自己又如何与威廉森谈条件……“使用他们的登月设备600小时租金才40万美元，再没有比这划算的了！”

“天上掉下来了馅饼？”雷天笑不认同。

“可以这么说。”雷禾等着父亲的表扬。

“儿子，天上不会掉下来馅饼。”雷天笑不是表扬是教育，“我看，这不是馅饼是陷阱！”

“爸，您不相信我？”

“你是我儿子，我当然相信你。但是我不相信M国的前进者旅游公司。他们与我们非亲非故，给我们格外的优惠，为什么？”

“就是友谊，没有为什么！”

“不是友谊，是我们身后的氦-3，是我们身后氦-3里巨大的财富！”

雷禾不同意父亲把威廉森说成一个坏人，嘀咕：“人家根本就不知道我们是要上月球开采氦-3！”

雷天笑不想与儿子争辩，说：“你还是辛苦了。只是，这事就到此为止。”

雷禾满腹牢骚，说：“我怎么回复人家呢？”

雷天笑说：“又没订合同，怎么不好回复？你不用回复，他会主动找你！”

7

雷天笑把目光还是放在了国内的苍穹月球旅游公司。

要搞定那个金荆伟，必须要有职位比他大的人物。

雷天笑思考了一个晚上后决定，把“九天计划”的内容公布出去！这次欧洲考察，雷天笑在考察别人，也在反思自己，他认识到“九天计划”是无法保密的。说保密，那是此地无银三百两，事实也是如此，那个保护宇宙平衡协会不是在网上把这件事搞得沸沸扬扬了吗？

雷天笑让徐倩茹好好养胎，事情交给雷苗做。

雷苗用“满天雪”的网名在互联网上发了一个帖，把“九天计划”的内容公布了出去，含蓄地表示希望得到全社会的认同与支持。

几天过去，没有谁过问，更没有谁跟帖。

雷苗情绪低落。正准备去向父亲汇报，电脑提示音响了，看屏幕，是有人发来了帖子。谁？“太阳雨”，不就是黄小昊吗？黄小昊跟她说过他的网名。

“黄小昊，你搞什么恶作剧！”雷苗冲进工作间，高声斥责。

工作间里只有黄小昊。黄小昊嬉皮笑脸地说：“我不忍心看满天雪烦心，逗她乐乐！”

雷苗恶狠狠地说：“无聊！”

黄小昊并不在意，说：“‘九天计划’既然公开了，就无所顾忌了。我想，我可以帮你，也是帮‘九天计划’。”

“别开玩笑！”

“我是认真的。”

雷苗似乎曾听说黄小昊有政治背景，没有探其究竟，看来，这家伙果然有背景。

黄小昊说：“上月球开采氦-3，是利国利民的大好事，应该得到政府的支持。”

雷苗说：“大道理没用，要实际的。”

黄小昊说：“实话告诉你，我祖父是一个级别很高的官，他不争气，垮了。但他培养了很多人，其中一个叫黄政的是国家能源部门的领导，我了解他，很不错，有眼光，肯办事。只要能说服他，他一定会支持。只是，他那个‘黄’与我这个‘黄’没关系，你们千万不要把我扯进去，否则，事情会搞砸。”

“那怎么操作？”

“以9595电力集团名义直接向国家能源部门写报告，说9595电力集团要开发新能源，要上月球开采氦-3，望能得到批准和支持。”

“接下来呢？”

“等结果嘛。”

其实，黄小昊是黄政的侄子。

雷苗把黄小昊说的转述给了雷天笑。

黄政对于雷天笑来说，并不陌生。雷天笑的9595电力集团连续几年是节能减排的先进单位，多次受到黄政的接见。黄政不止一次地表扬雷天笑：一家民营企业，能始终把节能减排放在第一位，不惜牺牲自己的经济利益，不简单。以后有什么困难就找我。我要为这样的民营企业保驾护航！黄政说这话不像打官腔。

雷禾则换了手机卡以逃避M国的那个威廉森，想不到，那个威廉森还是找到他了。雷禾很狼狈，只能实话告诉威廉森，9595电力集团他说的话不算数，算数的是他爸！威廉森十分生气，但生气有什么作用呢？他们没订合同，没有约束。

雷天笑要雷苗把报告直接打给黄政。

黄政接到9595电力集团的报告十分欣喜。月球上的氦-3是最理想的发电能源，作为能源部门的领导会不知道？会没有考虑？不可能。他早就知道了，一直在考虑，只是找不到合适的单位。有些国有企业安于现状，在前期要进行旷日持久的可行性论证不说，还要投入好多资金。民营企业没有这些困扰，但因为风险太大，投资太大，怕经受不起，没谁敢提出来。想不到，这个雷天笑主动找上门来了！

黄政亲自到9595电力集团走了一趟，决定把上月球开采氦-3这件事敲定给9595电力集团。

黄政对雷天笑说："我把你的'九天计划'揽进了我的笼子，可没有资金投入啊！"

雷天笑说："你把'九天计划'揽进你的笼子就是对我的最大支持。我没指望您的资金投入。我是民营企业，要资金只能找银行。"

黄政笑了笑，说："眼下需要我做点什么？"

雷天笑说："找您讨一把尚方宝剑。"

黄政说："政府职能主要是服务，哪有什么尚方宝剑！"

雷天笑说："上月球开采氦-3，我不可能有登月设备，得找月球旅游公司租用。您说对吗？"

黄政说："对，得找他们租用。"

雷天笑说："我是租国内的还是租国外的呢？"

黄政说："当然是国内的。"

雷天笑回到正题，说："人家不租怎么办？"

黄政说："有这回事？是哪一家？"

"苍穹月球旅游公司。"雷天笑说，"我就告阴状了。问题不在公司，在公司的主管部门。有一个叫金荆伟的领导，说登月设备是高科技，不能外租，特别是民营企业，更不能租。"

黄政沉默不语。

雷天笑说："如果您觉得有困难，我只好租外国的了。实话告诉您，外国已有月球旅游公司答应我了，而且条件相当优惠。"

黄政高声说："外国的肯定不行，这是一个民族气节问题。再说，你开采氦-3，不会有核心机密？"

雷天笑问："那怎么办？"

黄政说："我会找有关领导出面协调。我想，应该是没问题的。"

黄政是一个敢担当的好干部。

10天后，雷天笑接到黄政消息：问题解决了，可直接到苍穹月球旅游公司找马总经理签合同。

山重水复疑无路，柳暗花明又一村。雷天笑当然兴奋。至于黄政找了哪位领导，这位领导如何出面协调，就不用他这个民营企业老板管了。

8

雷天笑还是派女儿雷苗去苍穹月球旅游公司签合同。

马总经理例行公事地接待雷苗，前后说辞转变如此大，他倒是一点也不显尴尬。

倒是马总经理的办公室多了一个人——秦玲玲。秦玲玲在旅游部门工作，怎么就到了旅游公司？秦玲玲看见雷苗，“哼”了一声，脸扭向了一边，很不高兴，怎么回事？

合同签署十分顺利。9595电力集团租用苍穹月球旅游公司的一套登月设备，时间一个旅游周期，20天，租金1亿元。虽没有外国的那个前进者旅游公司优惠，但也可以了。

雷苗把合同放好，去找秦玲玲。秦玲玲满腹牢骚，指责雷苗是“害人精”，她被下派到基层了，穿了人家的小鞋了！

雷苗问：“谁给你穿小鞋？”

秦玲玲说：“还能有谁？金荆伟！”

雷苗说：“去告他！”

秦玲玲说：“拿什么告？下派是信任，是锻炼！”

“那不成了哑巴吃黄连？”

“要不，怎么叫小鞋呢？”

9

丁大高的月球光子反射分析仪经过好长日子紧锣密鼓的准备工作，终于锁定了月球朝向地球这一面含氦-3的分布情况，并制作出了分布图。氦-3的含量用红颜色标明。从分布图上看，红颜色面积不小，但绝大部分都是浅红色的，很浅很浅。这种浅红色的地方每平方千米月壤中的氦-3不足1千克，是不具备开采价值的。深红色的地方有，但只有芝麻大的几个点。这种深红色的地方每平方千米的月壤中氦-3应有5000吨，是具备开采价值的。仔细看，颜色最深的地方在月球东经66° 与北纬66° 的交汇处，颜色深得近乎发暗，1平方千米的月壤中氦-3含量在50亿吨以上，最具开采价值。

丁大高把月球这个东经66° 与北纬66° 的交汇点叫“双66”。

月球氦-3分布图是月球工作所的核心机密，按保密规定，丁大高只能向雷天笑一人汇报。

丁大高耳热心跳去找雷天笑，说了“双66”的事。

雷天笑张大了嘴：“什么？什么？1平方千米月壤含氦-3在50亿吨以上，那不就是金子全堆在那里？”

丁大高说：“不是金子，是比金子贵重万倍的东西。”

雷天笑说：“哎呀呀，了不得！”

丁大高说：“我第一时间告诉了你。”

“理所当然。”雷天笑心都跳到了嗓子眼，“饶永石知道吗？”

“不知道。这个学生规矩得很，不该他知道的他就避开。”

“雷苗呢？”

“她也不知道，她不在现场。”

雷天笑说：“好。这事只有您、我知道，且只能是您、我知道，不能超越这个的范围。您把氦-3分布图发一份给我，然后把盘里的东西全粉碎性抹掉！”

丁大高说：“好！”

“月球光子反射分析仪已经完成它的使命了，马上销毁掉吧！”

丁大高说：“好！”

丁大高是老实人，按董事长说的办理。月球光子反射分析仪由机器人铁塔挥舞铁锤砸了，很快就成了稀巴烂。

雷天笑把丁大高传输过来的月球氦-3分布图备份在U盘里，加密后锁进了指纹保险箱。密码是他儿子雷禾的生日再加他女儿雷苗的生日，14位数，除他以外没人知道。

雷天笑从来没像今天这么高兴过。他许诺丁大高，如果用氦-3发电，丁大高会拥有集团的股份：“你想要多少？”

老实的丁大高没想这么远，说：“到时候再说吧。”

丁大高回到家，徐倩茹挺着孕肚迎接，见丁大高一脸高兴，问：“今天咋这高兴？”

丁大高支吾了半天，说：“我要当爸爸了嘛！”

伍岸则对雷禾突然终止与威廉森的洽谈十分恼火。他从聂焰那里得知，是因为雷天笑从欧洲回来了，雷天笑不同意与外国人谈与氦-3有关的事，租用宇宙飞船就与其相关，阻止了与威廉森的合作。

伍岸从聂焰那里又得知，9595电力集团已和国内的苍穹月球旅游公司签订了宇宙飞船的租赁合同。接下来，9595电力集团月球工作所的人要上月球开采氦-3了！

10

开采氦-3只需要将挖出的氦-3装入储气罐。因为月球上的氦-3就像可燃冰裹着的甲烷，没有和冰发生任何化学反应，水分子以晶体结构的形式把甲烷封锁住了。氦-3也是如此，被疏松的月壤固定住了。因此挖氦-3储量丰富的月壤就是开采氦-3。

至于用什么工具挖，考虑到太空飞船的大小和载重量有限，挖掘用的大型机械设备无法装入飞船，丁大高决定使用袖珍自动挖掘器。这种挖掘器底部是一根竖着的圆柱形中空运输管，运输管的顶部有一个储存箱。使用时只要把它插进月壤里，按下启动按钮，其顶部的储存箱就会自动钻进地表并打开，储存箱装满时管身的指示灯会由红变绿，破土而出回到顶部。将挖掘器中空的运输管对准储气罐，储存箱中富含氦-3的月壤就会通过运输管被注入储气罐。

确定好开采氦-3的方式，接下来该确定前往月球的人选了。

苍穹月球旅游公司的太空飞船能载游客9人。这么说，月球工作所的人都能上月球了。因为月球工作所真正的工作人员只有6人，即丁大高、饶永石、聂焰、黄小昊、简文宇，加上雷苗。这样的话，就不存在谁去谁不去的问题。此外还有3个名额，优先考虑的是雷禾和徐倩茹。徐倩茹不行，是孕妇。月球旅游公司的条款中明文规定了孕妇不允许前往。为什么孕妇不允许？因为太空是失重的，失重对胎儿的影响目前是未知数。徐倩茹不行，那就是饶环珮了。饶环珮去干啥？没作用。但饶环珮坚持要去，就只能让她去了。3个名额定了两名，还有1名该是谁呢？哎呀，大家险些犯大错误，怎么把董事长给忘了？

董事长去不去呢？

雷天笑谦虚地说："如果名额允许，我当然去！"

那么此次上月球开采氦-3的是如下9人了：丁大高、饶永石、聂焰、黄小昊、简文宇、雷苗、雷禾、饶环珮、雷天笑。

此次上月球开采氦-3是首次，极具刺激和挑战。9个人都各有各的想法。

丁大高上过月球。那次是搞科研，这次是开采，内容不同。这次丁大高是领头羊。滴水之恩，涌泉相报，丁大高住了人家的别墅，开了人家的小车，拿着和自己同等级别教授10倍的薪水，还有以后用氦-3发电能拥有的股份，不干事不行。此次上月球开采氦-3就是履行自己的职责。

饶永石是丁大高的得意门生，当然要紧跟着丁大高。再说，他有自己的私活，就是研究月球语言。研究月球语言光在地球上研究是不够的，必须上月球。因此，他是此次最想上月球开采氦-3的人。

聂焰也是此次迫切想上月球开采氦-3的人，因为他肩负着伍岸的使命：丁大高及其助手们在月球的什么地方开采氦-3。月球面积那么大，蕴藏的氦-3肯定贫富不均，丁大高他们肯定在富矿区开采。这个富矿区的位置就是一个令人流口水的情报。

黄小昊之前去过月球旅游，对他来说上月球不那么新鲜，但不新鲜并不等于不想去，因为他可以用自己上过月球的见识在大家面前摆摆谱。

简文宇当然是当仁不让了。理由简单：他要用自己优秀的表现压倒饶永石，扬眉吐气。

雷苗当然要去啦，除了“后勤保障”不说，她巴不得每天的每时每刻都看到饶永石。

雷禾主要是要担当责任，这是雷家的事业，父亲一天天老了，他要尽快成长担当。

饶环珮没上过月球，一是好奇，二是对于雷家的事业也想了解和承担。

雷天笑呢？作为主帅，重大战役当然要亲临现场。

按照9595电力集团和苍穹月球旅游公司签订的合同，9人必须进行政审和体检。

政审除本人的有效证件如居民身份证外，必须对其亲友与恐怖分子有无关联进行严格审查，这得有本人所在地的安全部门出具的证明。这是理所当然的。万一恐怖分子利用你上月球，在你身上比如头发内安置一个超微型定时炸弹并在太空引爆，那会是什么后果？

政审结果，9人均合格。

体检主要是看有没有严重的心脏病。时代进步了，科学发展了，能坐飞机的就能坐宇宙飞船。再就是体重超过80公斤不行，为什么？因为太重，增加了飞船负荷。

体检结果，9人均合格。

接下来问题来了：人进入飞船时，必须是裸身的，一丝不挂，任何附属的物品都不能有，手指上的戒指也不行。因为上月球旅游吃的、穿的都是特定的，由旅游公司特供，客人自己的不准带。比如说吃的，是一种含综合营养的小面包，没有渣，没有骨头，吃葡萄粒大小的一个就能供你全天能量了。这种小面包你家里没有，市面上也没有。穿的就更不用说了，特殊性能的钢铁侠战衣，宇宙飞船的简约版，比当年杨利伟穿的宇航服先进百倍。当年杨利伟他们穿的宇航服沉重、呆笨，现在的钢铁侠战衣不到1公斤，轻便灵活。这样的衣服你家里有吗？不会有，市面上当然也没有。

9人的体重共610公斤，宇宙飞船的载人重量最大限度为610公斤，不多不少，刚好。

这么说，聂焰的那只手表戴不成了。那可是刺探情报的工具呀，没有了手表，就切断了情报来源。聂焰得知规定后，立马向伍岸汇报。伍岸当然有办法，在聂焰左手的大拇指的指甲壳上粘上了一个指甲壳，完全看不出来，也不会有人怀疑到指甲壳上。这个工具好，而且，指甲壳刺探情报的性能比那只手表的要好。

这上月球的9人定下来了，谁知，又出情况了。因为这9人上月球不是去旅游的，是去开采氦-3的。开采氦-3用的挖掘器虽然已经尽量选用了较轻的袖珍型，但仍有一定的重量。而且丁大高说，装氦-3的容器必须是受得住高压的储气罐。这储气罐应该是钢铁的，可不轻。还有，雷天笑计划此次上月球开采回来10公斤氦-3。10公斤的氦-3加上储气罐加上挖掘器，饶永石还要带上他的月球语言检测仪，这些都加起来就占有很大的重量了。

苍穹月球旅游公司提出意见来了，建议去8个人，减少一个人。雷苗不同意，说："我们加钱呢？"马总经理说："加再多的钱也不行。因为宇宙飞船的载重量是有限度的。超重，就是危险。"马总经理把话挑明了，雷苗也不坚持了。

那该减少谁呢？按理，最该减少的应该是饶环珮，因为她刚来，且不是月球工作所的人。饶永石作为她的哥哥也认为应该是这样。就在决定减少饶环珮时，雷天笑说话了："饶环珮去，雷禾留下来！"雷天笑的话是反话，是要饶环珮自己说"留下来"，但饶环珮不解其意，就是不这么说。没办法，大家伙只能按雷天笑说的反话办：饶环珮去，雷禾留下来。

雷天笑将错就错，说："氦-3开采回来后，就要投入使用，使用的关键是建热核反应堆。这建热核反应堆的前期准备工作就交给雷禾去办。"

雷禾望着饶环珮，内心直打鼓。

还有什么没有想到的呢？

雷天笑提出了一个问题：上了月球，住进了月球基地，由谁驾驶月球车开往开采氦-3的地方？

马总经理说："当然是我们旅游公司的人！"

雷天笑说："不行。因为我们在月球上开采氦-3的地方是核心机密，应该由我的人驾驶，请马总经理理解。"

马总经理说："我可以理解。但是，你的人不会驾驶月球车呀？"

雷天笑说："请贵公司替我培训一名驾驶员，难吗？"

马总经理说："难倒是不难，但我要额外收费。"

雷天笑说："收费就收费，多少？"

马总经理说："这事儿还是头一次，就3万元吧。"

雷天笑说："可以。"

听说要培训月球车驾驶员，要上月球的那几个年轻人个个要求参加。最积极的是聂焰，因为聂焰肩负使命：搞清楚丁大高要在月球的什么地方开采氦-3。如果自己能驾驶月球车，这个问题就迎刃而解了。但是，雷天笑希望这个月球车驾驶员应该是自己，或丁大高，因为开采氦-3的这个地方"双66"只有他们二人知道。十分遗憾，雷天笑年纪超过了50岁，不行。丁大高呢？丁大高色盲，不合适。那就只能是聂焰了。但雷天笑正要决断时，饶永石恰巧在旁边，插嘴说："黄小昊最理想。因为黄小昊开过赛车，懂车，开月球车应该坐进驾驶室就会。"雷天笑拍板说："好，就是黄小昊了。"

聂焰恨死了饶永石。

黄小昊当然乐意。

雷天笑说："不过，我还有话要说。"

黄小昊说："您说。"

雷天笑说："上月球开采氦-3的这个地点目前只有我和你们的老师丁大高知道。这是我的核心机密，胜过我的生命。你马上就要知道这个核心机密了，你要保证，不向任何第三方泄露这个机密，包括我的儿子雷禾、女儿雷苗。"

黄小昊说："我保证。我在进9595电力集团的第一天，就向您保证过了。"

雷天笑说："那是一般保证，这是绝对保证。你上月球车前，我会通过设备提前预设消除你开车前往开采地这段时间的记忆，你愿意吗？"

黄小昊说："我愿意，我保证！"

雷天笑满意地点了点头。

登月时间定在8月18日，还有半个月。雷天笑说放10天假，各自处理各自的事。

丁大高陪着徐倩茹到医院进行了孕检，孕妇和胎儿都很健康。

雷苗则宣布她和饶永石已确定了恋人关系。从今天起，她就是饶永石的未婚妻。

大家都兴高采烈地祝福他们。

登月的前3天，也就是8月15日，上月球的8人进行了登月适应训练。

大家都穿上了钢铁侠战衣。这钢铁侠战衣是一套外衣，包括鞋子和头盔在内，很轻便，穿在身上也舒服。外衣是允许脱掉的，但它也有不足，就是不能有破损。说明书说，哪怕破损只有针尖大也会给人的身体带来伤害。

大家都吃了宇航食品。宇航食品是综合营养压缩饼干，所以6天不必大便。水不能压缩，压缩了对身体有害，你要喝多少喝多少。因为尿是要回收的，处理后就是又能喝的水了。

登月工作一切准备就绪。

第五章　遭遇不测

1

雷天笑等人进入宇宙飞船了。

宇宙飞船是苍穹5号，重158吨，是个庞然大物。

宇宙飞船并不像船，像什么？看不出来，因为被发射塔的捆绑装置捆绑在里面了。飞船仓倒是看清楚了，是个圆柱形的封闭的家伙，容积有一节动车车厢那么大。一半是活动场所，一半是居住的房间。活动场所主要是供里面的人在失重情况下做游戏的。居住的房间有六个，都是双人房间。第一间是飞船管理员的，剩下依次的5间是游客的。现在9595电力集团进飞船的有8个人，如果都住双人间，不多出一个房间了？所以必然会有两人住单间。这住单间的两人不用谁分配，就是董事长雷天笑和老师丁大高，他俩年龄大、资格老，应该享受单间。其余6人，雷苗和饶环珮住一间，这是毫无疑问的。剩下的是饶永石、聂焰、黄小昊和简文宇了，饶永石和简文宇一间，聂焰和黄小昊一间。

宇宙飞船就要点火起飞了，8个人都紧张起来。因为飞船起飞的时刻，加速度会使人感受到巨大的压力，血压升高，恶心呕吐，身体不好的会极不适应心搏猝停而死亡。这时候，飞船管理员出来了。想不到，飞船管理员是秦玲玲。这个秦玲玲从国家旅游部门下派到苍穹月球旅游公司才几天，就能胜任飞船管理员了。这说明了两点：其一，秦玲玲聪明；其二，飞船管理员要求不高。秦玲玲跟班上了一趟月球，就掌握要领了。飞船飞行由地球上的地面无线指挥，与管理员不相干。

秦玲玲说话了："按照我公司和贵集团的协议，我还是把在场的8位当旅游的贵客。我既是飞船管理员，也是导游。你们中间有人上过月球，有的还不止一次。但是，你们不是坐苍穹旅游公司的飞船，因此感受不一样。这次旅游，既刺激，又享受，个别幸运的人还会有意外的惊喜。现在离点火时间还有10分钟，大家都回房间躺在自己的床上，闭上眼睛就行了。飞船加速大家不会有任何不良反应，但会做梦。是噩梦还是美梦就看各自的运气了。"

8个人都各自回到房间，躺在床上，捆紧了固定带，闭上了眼睛。身体感觉剧烈颤动了一下，是飞船起飞了。

8个人开始做梦。

雷天笑做的是美梦，梦见氦-3被从月球上采回地球了，用储气罐装着，足足20公斤。雷禾负责的热核反应堆建成了，十分顺利地用氦-3发电。果然，氦-3是最清洁、最安全、没有污染的能源，威力无比。9595电力集团的发电量几乎占全国发电量的一半，且电价低得不能再低，每度电就一分钱。雷天笑成了民族英雄，国家能源部门领导接见他，授给他一枚勋章，勋章上嵌着绿宝石……

丁大高做的是美梦，梦见此次从月球采回氦-3之后，《月球探秘2》写出来了，他被评为了国家级的大科学家，终身享受国家津贴，满世界讲学……

饶永石做的是美梦，此次月球之旅他最具收获，搜索到了大量月球语言词汇，并解读出了大半。更美的是父亲找他来了，提出和他合作，说月球语言能让他的宇宙平衡论如虎添翼……

聂焰做的是美梦。他的指甲情报工具派上了大用场。此次开采氦-3的地方在月球的虹湾中心……

黄小昊做的是美梦，梦见自己开着月球车，碰见了嫦娥，嫦娥要了他的手机号，说是晚上约他在广寒宫跳舞……

简文宇做的是美梦，梦见饶永石的月球语言检测仪爆炸了，饶永石被炸死了……

雷苗做的是美梦，梦见氦-3被采回地球之后，欢庆中她和饶永石就结婚了……

饶环珮做的是噩梦，梦见从月球回地球后，自己长出了胡子，而哥哥长出了乳房……

约莫一个半小时后，8个人耳边响起秦玲玲的声音："现在飞船的速度正在从第一宇宙速度加速到第二宇宙速度，已脱离了地球的引力。大家醒醒，该睁开眼睛了。"

8个人醒了，顺从地睁开眼睛。

秦玲玲说："请大家打开床头柜，取出食品盒中的食品吃午餐。食品的包装纸上印有早餐、午餐、晚餐，请不要吃错了。"

大家一口就吃完了午餐。

秦玲玲说："请大家到活动厅来，体验失重，做失重游戏。"

大家到活动厅来了，不是走来的，是顺着杆子爬来的。从现在起，大家的腿脚已经不起作用了，行动主要靠手臂。

人人脸上洋溢着笑，有的还哈哈大笑。失重的状态真爽。大家做各种各样的游戏。多年前，中国仙桃人李小双在奥运会比赛场上空翻了3个跟头，获得了体操冠军，现在你能在空中翻30个跟头，甚至更多……

大家玩不够。

飞船仓内没有夜晚，全是大白天。

但不能破坏人体的生物钟。秦玲玲说："现在是下午6点，请大家回到自己的房间吃晚餐。8点半进入夜晚，当然，是模拟的夜晚。大家一律睡觉，不准有'夜猫子'，这是纪律。如果有谁违反，造成身体不适，责任在自己。"

这可苦了这8个人。他们是勤劳的科研人员，谁8点半睡觉？现在在太空，在飞船仓内，得8点半睡觉了，还得乖乖地睡，不能拿自己的身体开玩笑。

2

活动厅的失重游戏五花八门，玩不厌，也总玩不够。

秦玲玲说："我们的飞船进入到地球与月球之间三分之二的地段了。这个地段叫太空宝石地段。我手里拿着的这个闪闪发光的东西就是太空宝石，有铅球大，比地球上的大部分宝石都要大。太空宝石还比地球宝石要贵重千万倍。如果您参与了我们苍穹旅游公司的月球旅游，走进了我们的飞船，就有机会获取太空宝石。我不是空穴来风，我手里的这枚宝石就是马总经理在太空宝石地段获取的。马总经理是在我们乘坐的这艘飞船的试飞途中在这个地段获取的。因为马总经理是公职人员，在执行公务中获取的这枚宝石就成了我们旅游途中的展品。马总经理的高风亮节值得赞许。还有谁在这个地段获取过太空宝石？除了马总经理，另一位是个北京人。这位北京人因为有了这枚宝石，找回了失去的爱情，具体的细节不便透露……”

还卖关子！秦玲玲说，获取太空宝石的概率太低太低，比彩票中大奖还要低。不然这艘飞船服役这么多年了，获取太空宝石的也不会只有2人。

概率再低也有人跃跃欲试，这个人就是简文宇。简文宇真希望能获取一枚太空宝石，在饶永石面前炫耀炫耀。

秦玲玲说，接下来是自由活动时间，到活动厅做失重游戏可以，在宿舍捕捉太空宝石也可以。

秦玲玲介绍了捕捉太空宝石的方法：在各自的床位挨着的飞船船壁上有一个不能打开，也打不开的透光的小窗户，用眼睛死死盯着窗外，如果发现有物体附着飞船在同步飞行，你的机会就来了。这时操纵飞船外的机械手用太空网把它网住，再通过特殊的进口把它弄进来。注意，这个物体大小不能超过篮球，超过了篮球，太空网就网不住了。再说，太空宝石不会有大于篮球大小的。

简文宇和饶永石住同一房间，都不去活动厅玩失重游戏，都在自己的床上做自己的事。简文宇目不转睛搜索附着飞船同步飞行的物体，饶永石搞他的月球语言检测仪，好在都不说话，互不影响。

简文宇透过窗户，看到了浩瀚的宇宙。浩瀚的宇宙怎么样？就是空荡荡的一片，一个参照物都没有。由于没有参照物，感受不到飞船的宇宙速度。都一个多小时了，什么发现也没有。简文宇眼睛有些发涩、发胀。是不是该放弃对太空宝石的获取了？就在简文宇准备收回眼帘的一瞬间，突然发现窗户边有一个物体附着飞船在同步飞行。

是不是眼睛看花了？简文宇揉了揉眼睛仔细看，确确实实有一个物体附着飞船在同步飞行。简文宇太激动了，心都快跳出来了，赶紧操作机械手用太空网把它网住，再通过特殊的进口把它弄进来。千万别让它给溜跑了！这家伙好大好大，近乎篮球，亏了有机械手，费了好大的劲才把它网住。

把这家伙弄进来了，简文宇高声喊，朝着饶永石喊："我逮着太空宝石了！"

这一声喊吓了饶永石一跳。饶永石转过脸来，看了简文宇双手捧着的东西，说："这么大个家伙！"

饶永石仔细观察了一阵，说："这不像宝石。"

姓饶的家伙嫉妒呢，简文宇反驳说："怎么不像宝石？"

饶永石说："宝石晶莹剔透。这个东西黑不溜秋。"

简文宇反驳说："它外面裹着一层皮。一层皮，你懂吗？"

饶永石摇摇头说："我不懂。你拿到活动厅去让大家鉴定吧！"

小小的活动厅顿时沸腾了。哇，简文宇逮着太空宝石了，好大一块！

"这不是宝石。宝石晶莹剔透，这个东西黑不溜秋。"谁又在这么说？

是雷苗。

简文宇小声告诉雷苗："上面裹着一层皮。"

雷苗说："那就把皮去掉！"

简文宇说："现在是在太空船上，怎么去皮？没工具呀！"

黄小昊插进来了，说："我们不是带有挖掘器吗？用挖掘器砸！"

简文宇反对，说："不行，砸坏了里面的宝石你负责？"

黄小昊说："放心。宝石硬得很，坏不了！"

雷苗附和说："是的，坏不了。"

那就砸吧。

饶环珮拿来了挖掘器，聂焰把它固定住了，黄小昊举起挖掘器砸，只轻轻一碰，这家伙就散了，散得十分彻底，全是黑不溜秋的东西，没有宝石，连米粒大的都没有。

丁大高过来了，拿起散了的其中一粒看了看，说："石墨。"

石墨的分子和宝石的分子都是C，由于分子结构不同，宝石值钱，石墨不值钱。

大伙都感到了沮丧。当然，最沮丧的是简文宇。

简文宇一天没吃饭。他想起了中国男人引以为豪的一句话：无毒不丈夫。他看了看心无旁骛的饶永石，看了看饶永石放在枕头边的钢铁侠战衣，一个"毒"念产生了……

3

飞船飞行到第六天，进入月球轨道了。

……

飞船要着月了。因为苍穹月球旅游公司在月球上建有三个基地，秦玲玲征求雷天笑的意见：飞船在月球的什么地方着月。雷天笑看了三个基地的地址，选择了东经50°、北纬50°的基地。因为他们要开采氦-3的地方是“双66”，即东经66°、北纬66°。三个基地中这个基地距离其最近。当然，雷天笑选择基地的时候是若无其事、很随便的样子。

秦玲玲向地球上的苍穹月球旅游公司指挥中心汇报了飞船要着月的基地后通知大家说：“飞船30分钟后要着月了，现在飞船准备减速，请大家回到自己房间的床上，同飞船起飞时一样，闭上眼睛。”

8个人都紧张，想象飞船着月是不是像飞机上的跳伞者，伞没打开重重地摔在地上，脑浆迸裂。

秦玲玲说：“请大家不要紧张。飞船着月是软着月，就像撑竿跳高运动员落在垫子上。”

30分钟后，紧张过去了，没有跳伞者伞没打开重重地摔在地上的灾难，确实像撑竿跳高运动员落在垫子上。

着月后，一行人直接从飞船通过基地通道住进了3号月球基地。

3号月球基地占地面积约800平方米，像个小宾馆，完全模拟地球上的生活，有空气、有水、有重力，有白天黑夜，有餐厅吃自助餐。

秦玲玲不见了踪影，或许张罗月球车去了。

雷天笑要大家早点休息，明天早晨8点准时出发去开采氦-3。

饶永石没有“早点休息”。他穿上钢铁侠战衣，来到基地外，采集月球的电磁波。钢铁侠战衣确实厉害，穿着它走进月球就像消防员穿着消防服走进火场一样，有些不舒服，但可以承受。饶永石采集到月球的电磁波了，而且十分强大。这就是月球释放出来的信息，把它制成图分析它的变化就是它的语言。

饶永石满心欢喜。

第二天早上7点半，秦玲玲让人开着月球车来基地大厅了，她把车钥匙交给雷天笑，强调了一番如果月球车损坏的赔偿问题。

雷天笑要将钥匙交给黄小昊，但交之前要来一番耳提面命。

雷天笑将黄小昊叫到了自己的房间，提起了9595电力集团月球工作所的那个保密条约，问：“还记得吗？”

黄小昊回答：“记得，记得。我一直在认真遵守。您看不出来？”

雷天笑说：“看得出来。所以，这次开月球车的重任交给了你。你知道你要把月球车开到月球的哪里吗？”

“不知道。我正要问您呢，要开到哪里？”

“我会告诉你的。我已经说过了，这是集团核心机密中的核心机密。”

“我清楚。除我本人外，我不会向任何人透露。”

“这就好。”雷天笑拍拍黄小昊的肩，“你要开到的是月球北纬66°、东经66°交汇的这个地方，也叫‘双66’。记住了？”

黄小昊说：“记住了，‘双66’。”

雷天笑说："那就请接受记忆预设消除吧！"

黄小昊顺从地被雷天笑使用了记忆预设消除仪，效果从月球车到达"双66"起发挥作用。

4

早上7点45分，黄小昊登上了月球车的驾驶室。

月球车像一辆面包车长了两只翅膀，翅膀就是太阳能帆板。月球车靠太阳能帆板提供的电能驱动。驱动系统看不见，被遮挡得严严实实。这属于高科技，要保密。

一行人要上月球车了。

秦玲玲要大家对自己穿的钢铁侠战衣进行认真的检查，看有没有破损的地方。如果有，可以换，秦玲玲有备用的。这事不能儿戏。因为此前是在飞船仓内和基地内活动，保护措施严密，现在要到野外去开采氦-3，完全暴露在光天化日之下了，强烈的紫外线和热辐射会对穿有破损战衣的人造成巨大伤害。

秦玲玲说得很认真，但大伙没认真，只敷衍地看了一下战衣。战衣怎么会有破损呢？上飞船时已经检查过了，才几天就破损了？除非有人破坏，谁破坏呀，又没外人。

秦玲玲建议雷苗和饶环珮不要去了，让男人们去干，并小声嘀咕："女人身体结构与男人是有差异的，会有风险。"

雷苗和饶环珮不听。此次上月球就是要开采氦-3，是最关键的地方，怎么能不去呢？于是向秦玲玲表示，她俩是一定要去的。

饶永石两手不离月球语言检测仪，拿出月球语言检测仪采集月球电磁波，与昨天采集到的进行比对，一模一样。月球似乎在说：你们的活动在许可之内，我对你们无话可说。

黄小昊观察月球车的驾驶室，有定位仪表，是用来定位月球车开往指定的经纬度的地方的。黄小昊将仪表定位在了北纬66°和东经66°交汇的这个位置上，随手摇起了背后的隔离板。

月球车发动了。

这下苦了聂焰了。驾驶室与车厢被隔离板隔离开了，间谍工具不起作用了。

月球上没有路，月球车只能在坑坑洼洼的地上行走。这款月球车的车轮经过特殊设计，如履平地，使乘坐者没有颠簸的感觉。上很陡的坡也没关系，车前有两只又尖又利的抓手，像登山一样的往上爬。下坡呢？车后也有两只抓手，抓手上连着钢缆，待抓手抓牢月面，车子就缓缓往下滑，到了平坦路面，则拔起抓手。所以虽然月球车理论上的时速是70千米，实际却达不到。好在上坡和下坡人受得了，因为这是在月球上，月球对人的引力很小，几乎感觉不到磕碰。

月球车要到达“双66”理论上不超过3个小时，现在看来不行。遇到了一座小山，黄小昊只能启动车前的两只抓手往上爬。也顺利，几下爬上去了。光秃秃的山，连根草也没有，连只老鼠也没有。下山时，黄小昊则启动车后的两只抓手。想不到，问题出现了，抓手脱抓了！明明抓得很牢，怎么就脱抓了呢？危险！十二万分的危险！月球车像脱缰的野马往下冲，怎么刹车也无用。黄小昊想：完了完了，连车带人都报销了！黄小昊闭上了眼睛，等待死亡来临。一分钟后，黄小昊感觉到月球车遭受到了碰撞，之后，停下来了。“怎么回事？”黄小昊听到车厢里的责问声，是雷苗的女高音：“怎么回事？”“没什么，一块石头绊了一下。”黄小昊擦了擦头上的冷汗，继续开车。阿弥陀佛，有惊无险。

这里交代一下：声音在月球车内是能听到的，在月球车外就听不见了。在月球车外要交流只能用手势，像聋哑人一样。

没有出现意外，得感谢月球上的重力比地球上的小。

月球车行驶了快4个小时才接近“双66”交汇点。

想不到“双66”交汇点是在一座山峰上，山也不高，但陡，70度的坡，和前一座山完全不一样。月球车只能爬60度的坡，70度上不去了，只能停下来。糟糕的是，月球车停在了山崖里，亿万年太阳没照着的地方。黄小昊一看温度计，指针在迅速下滑，停在了-87℃的刻度上。黄小昊伸了伸舌头：刚才在太阳暴晒的地方温度是260℃，才几分钟就降到了-87℃，这才是真正的冰火两重天。

月球车停下来不能责怪黄小昊，这种情况只能下车徒步过去了。

大家心情十分激动，因为盼望已久的时刻来了。

5

黄小昊打开月球车车门。

想不到第一个走出车门的不是雷天笑，是聂焰。聂焰赶紧扑向驾驶室用手势向黄小昊道辛苦，拿眼看行驶记录和仪表上的指示，很遗憾，是空白，被抹掉了。

要下月球车了。黄小昊建议雷苗和饶环珮就待在月球车上，以防万一。雷苗和饶环珮拿起秦玲玲给的预备钢铁侠战衣打手势表示：“我们有多的钢铁侠战衣，没关系的。”

都下月球车了，巨大的温差对穿着钢铁侠战衣的大家来说，没有丝毫伤害。大家相互搀扶着上了山顶，有种飘飘欲仙的感觉。脚站在山顶上，像踩在棉花上，不踏实，担心有摔下山的危险。

第一个弓下身子的是丁大高，他要测试这里是不是有氦-3。他手里有一根类似体温计的东西，叫氦-3含量测试计。他把氦-3含量测试计插进月壤，两分钟后有了显示：每1000克月壤中氦-3含量为750克，占四分之三。

丁大高竖起了大拇指，做手势说：正确。这里是开采氦-3的最佳地点!

简文宇已经把储气罐和自动挖掘器拿来了。储气罐在地球上要用两人抬，在月球上就像提着一个空塑料桶那样轻松。

简文宇打开了储气罐盖。

该由谁来进行第一步，将挖掘器插入月壤中？当然是雷天笑。这是剪彩，是奠基。

饶永石也不怠慢，赶紧拿出月球语言检测仪采集月球电磁波。月球电磁波没有变化，这就说明月球不反对地球人上月球开采氦-3。

饶永石突然感到不对劲，不是月球语言检测仪不对劲，是自己的身体不对劲，浑身上下像有无数马蜂在刺，疼痛难忍。饶永石赶紧站起来，向雷苗打手语求助。雷苗看到了饶永石的手语，发现饶永石的钢铁侠战衣上有几个亮光在闪，仔细看，是洞。也就是说，饶永石的战衣有破损，这让人不寒而栗。好在雷苗穿了两套战衣，事不宜迟，赶紧跑过来脱下一套给饶永石，战衣是女性的，当然小了，但只能凑合，好歹把破损的洞遮挡住了。

雷天笑拿起挖掘器，用双手高高举起，要让宇宙记住这辉煌的一刻，这划时代的一刻。雷天笑的双手将挖掘器用力插进了月壤，按下了启动按钮，储存箱向下移动，飞快破开了月壤表层，正要开挖，就在此时，怪事发生了：月壤表层被储存箱破开的地方升起了一股黑烟，开始很小很细，像香烟的烟，渐渐地，变大变粗，像烟幕弹，开始弥漫，很快铺天盖地……

毒气！是毒气！

雷天笑遭受到了毒气袭击，只觉胸口闷痛，顿时昏倒在地……

众人赶紧冒着毒气去救董事长。

董事长被众人抬着半滑半走地下了山，躲进了月球车。

董事长严重昏迷，且七窍流血。雷苗惊吓得大喊大叫。

烟雾继续在弥漫。月球车外已经是昏天黑地，什么也看不见了！

雷苗冲着黄小昊大喊：“赶快回基地！赶快救我父亲！”

昏天黑地，怎么回基地？好在月球车有车灯，但烟雾太大车灯没用。又没有路，更没有路标，看不见参照物，岂不是拿这么多人的生命开玩笑？黄小昊不能冒险，不能拿大伙的生命开玩笑。再说，烟雾遮住了太阳，月球车的翅膀发不了电，而之前储备的电量在来时路上也已耗尽。

怎么办？只能等烟雾散了之后再说。

月球上没有空气，当然没有风，烟雾散得很慢很慢。

这是怎么回事啊？丁大高不是写有《月球探秘》？书中没涉及这个内容啊！

饶永石的月球语言检测仪不是没有反应？地球人上月球开采氦-3不就具备可行性吗？

要是在地球上，最多10来分钟烟雾就散了，可是在月球上，足足等了6个小时。烟雾要散去只能等待其自己沉降，靠月球的引力沉降。

丁大高提议：要不要放下董事长再去采氦-3？因为来一趟不容易。

董事长虽然昏迷，看样子一时不会有生命危险。

雷苗没吱声，那就是同意了。

谁去？

丁大高说："你们都留在月球车内，我去！"这次是冒险，不是剪彩、不是奠基。丁大高心存内疚。他的《月球探秘》确实探了很多秘，但没涉及刚才发生的事情。怎么会产生烟雾呢？

饶永石也心存内疚，月球电磁波没有变化，雷总怎么倒地了呢？于是说："我也去。"

丁大高不让，说："你怎么不听话呢？"

饶永石说："我要采集月球电磁波。请老师放心，我穿着两套钢铁侠战衣。"

丁大高摸了摸饶永石，果然穿着两套钢铁侠战衣，允许了。

一语惊醒饶环珮，她不是也穿了两套钢铁侠战衣吗？赶紧脱下一套，给丁老师穿上。

丁大高在前，饶永石随后，师生二人下了月球车。

丁大高去挖氦-3，拿起了雷天笑丢下的挖掘器。

饶永石聚精会神，要采集月球电磁波在这一瞬间的变化。

丁大高拿起挖掘器，用力插进了月壤，储存箱再次破开月壤，就在此时，6小时之前发生的事又发生了：月壤的缺口处再次升起了一股黑烟，由小变大，很快铺天盖地……

几乎同时，丁大高遭受到了毒气袭击，只觉胸口闷痛，顿时昏倒在地……

“快，救丁老师！”月球车上的人齐声喊，冒险下车去救丁大高。

饶永石采集到了月球电磁波在这一瞬间的变化是一条直线，就是说没有变化。所幸，他没受到黑烟的攻击。

月球车上有两个病人了，董事长是行政领导，丁老师是业务领导，群龙无首。

只有再等6个小时回基地了，时间真是难熬。待烟雾散去后，黄小昊使出浑身解数，开稳月球车。

终于回到了基地。

大家把求救的目光投向秦玲玲。秦玲玲有办法？没有。她在飞船上才工作了多久，没见过这种事。不过，她没有惊慌。她仔细检查了两个病人，受到的伤害相同，都昏迷不醒。雷总七窍流血，丁教授也是。

秦玲玲有个小药箱，但小药箱的药治不了这两人的病。

秦玲玲赶紧与地球上的总部联系。马总经理的回答是：立即返航！

飞船返航速度比来时快，只用了36小时。

飞船安全着陆，着陆点在中国北部大草原的一个土坡上。

6

迎接飞船着陆的是雷禾和他请来的急救直升机，因为苍穹月球旅游公司已将雷天笑和丁大高受伤的事通知雷禾了。这事与旅游公司关系不大，因为人不是在旅游中出的问题，也不是旅游设备出的问题。

来不及多说，直升机载着雷天笑和丁大高直飞京清市人民医院。除雷苗陪同外，其他人回9595电力集团休息。

雷总的夫人左爱桃和丁教授的夫人徐倩茹闻讯赶来了，二人号啕大哭。左爱桃迁怒上了饶环珮，要是儿子雷禾上月球，就会保护好他的父亲，不会出这档子事。

新型急救直升机降落在京清市人民医院楼顶上。不知从什么时候起，高级别的医院在楼顶都建有直升机降落点，供载有危重患者的直升机降落。直升机比救护汽车要优秀得多，没有堵车风险、速度快，可以为抢救患者赢得时间。

雷天笑和丁大高被送到了急诊室。

接诊的是医院里经验丰富的康大夫。康大夫听了雷苗的诉说，感到棘手。患者是在月球上昏倒的，康大夫没上过月球。但根据月球被挖的缺口处冒出了黑烟判断：患者是中毒。

怎么会中毒呢？钢铁侠战衣把人与外界隔绝了，毒怎么入侵人体呢？

康大夫说："这是穿透性病毒。穿透性病毒能穿过2厘米厚的钢板。你们所说的钢铁侠战衣有这么厚吗？"

"没有。"雷禾、雷苗不得不问，"怎么解毒呢？"

这就不好回答了。"人中毒的毒素不下百种，我凭肉眼无法判断，需要化验。"

"好，那就化验。"

"现在还不是化验的时候。患者现在急需补充能量，把能量补充起来了再说！"

经过补充能量，丁大高稍有缓解，雷天笑仍然昏迷不醒。

患者急需化验。找出了中的什么毒，就能对症下药。

血液化验和鼻腔、口腔黏膜化验的结果都是中毒，但具体是什么毒，仪器没有显示，大家无从知晓。

"要有现场的实物就好了。你们说月球被挖的缺口处冒出了黑烟，那黑烟就是毒，它有可能会附着在中毒者的外衣上。把患者的宇航服拿来！"康大夫说。

"患者穿的不是宇航服，是钢铁侠战衣。"雷禾说。

"那就把钢铁侠战衣拿来！"

一会，钢铁侠战衣送来了。上面会有附着的黑烟吗？

没有。

诊断结果只能是不明物中毒。

"那怎么办？"

"什么怎么办？"

“中毒者的治疗！”

“只能是盲人骑瞎马。”

只能眼睁睁地看着董事长雷天笑和教授丁大高就这么死去吗？

有人看着重病的雷天笑责怪起隔壁病床上的丁大高来，写的什么《月球探秘》，说是发现了月球多少秘密，这冒出来的黑烟是什么秘密呢？怎么就没写？就不知道？这些人就爱自以为是，看到了一点皮毛就说看到了全体，瞎子摸象。丁大高的形象在人们心目中垮下来了。

雷禾决心治好父亲和丁大高的病。

雷禾在互联网上打出广告：谁治好了父亲和丁大高，愿出让9595电力集团20%的股份作为报酬。

雷禾的广告刚打出，有人就找上门了，不是别人，正是简文宇。

简文宇说：“禾哥，你的网络海报有些不妥呀！”

雷禾说：“哪里不妥？”

“你说，谁治好了雷总和丁大高，愿出让9595电力集团20%的股份作为报酬。这是骂人呀！”

“怎么是骂人？”

“能治好雷总和丁老师的人一定是德医双馨。这么高的回报，不是骂人？”

雷禾一摸后脑勺，说：“对呀。这段话好像是表达我的诚意，仔细一想，是有点像骂人。不妥不妥，改过来改过来！”

简文宇说：“不用改了。我已替你撤下来了。”

雷禾说：“那就想好几句话再补上去。反正是高额回报，多高都行！”

简文宇说："也不用补了。"

雷禾说："那不行！"

简文宇说："有个人能治好雷总和丁老师。我想，也不用高额回报。"

"谁？"

"我的舅舅，北山市的孟铭。"简文宇说，"我母亲娘家是中医世家，专攻疑难杂症。我外祖父给Q国的总统治过病。我舅舅比我外祖父更厉害，可以说，天下没有他治不了的病。"

"太好了，太好了！"雷禾喜出望外，"我们是把患者送到北山去，还是请你舅舅到京清来？"

"我问问我舅舅，征求他的意见。"

7

孟铭接了简文宇的电话，二话没说，赶到京清市来了。孟家是中医世家专攻疑难杂症不假，给Q国的总统治过病也不假，但说天下没有孟铭治不了的病就言过其实了！天下没有这样的医生！

孟铭不满意简文宇对自己的吹嘘，说："有一种病我是不治的。"

"什么病？"

"太空病。如果有人上太空、外星球之后病了，我不治。"

简文宇和雷禾吓出一身冷汗，求他医治的就是这种病。简文宇仗着和孟铭的特殊关系，说："因为您是宇宙平衡主义者？觉得这些人的行为破坏了宇宙平衡，就不给他们治病？"

“也是也不是。”孟铭不大同意简文宇的说法，“死刑犯执行前我都给治。”

“那您为何不治太空病呢？”

“因为我没有研究。我觉得，在太空得的病应该用太空上的药，地球上的药治不了太空病。”

“您为何不尝试尝试呢？”

“有这个必要吗？”

雷禾给孟铭跪下了，求孟铭给自己的父亲和丁大高老师治病。简文宇也跪下了，求舅舅救死扶伤。

两个年轻人都跪下了，难得的孝心，孟铭不能推辞了。

孟铭去看病人，诊断手法是切脉。他要求周围不能有人走动，更不能有说话声音，否则，就拿不准了。

雷禾只得请来了父亲的机器人铁塔来巡哨站岗。这个铁塔面有愁容，肯定是因为主人生病。看来，机器人也是有感情的。

几经周折，诊断结果终于出来了：雷天笑和丁大高的身体受到了月球上“霾”的攻击。

“霾？月球上的霾？”

“是的，月球上的霾。月球存在的一种物质，当月球受到侵害时就会释放。这也是月球的一种自我保护，就像甲虫受到侵害时尾部放出烟雾一样。”

“这可是第一次听说。”说话的是饶永石。饶永石不知啥时候来了，他关心雷总和丁老师，想知道诊断结果。

“第一次说的并不是我，是我们保护宇宙平衡协会里的一名会员。他是研究月球的，也是我的朋友，知道我在为雷总和丁老师治病，出于友善，说了他的见解。他的见解我同意。雷总和那位丁老师身体受到了月球上‘霾’的攻击。”

“太好了太好了！”雷禾和简文宇异口同声。

“好什么？”

“知道了是霾，病人有救了！”

“霾只是一个抽象的概念，具体是什么仍是未知数。我只能试试。我开个处方，吃3天药，有效，继续。无效，另找高明。”

3天后，雷天笑、丁大高不见丝毫好转。孟铭有言在先：无效，另找高明。

再去求谁呢?

聂焰来了。聂焰当然是受伍岸命令而来的。聂焰手上的指甲情报工具没起到作用，但不会因此罢休。

聂焰年龄也比雷禾小几个月，对雷禾说：“禾哥，眼睛不能只瞄着国内！”

是呀，国内不行，找国外去!

聂焰提起了M国的威廉森，说威廉家族在M国有家很大的威廉医院，很了不起。

“是吗？威廉家族有很大的医院？”雷禾担心威廉森记恨他在租用宇宙飞船的事上言而无信，但要给父亲和丁教授治病，只能硬着头皮拨通了威廉森的手机。

威廉森听出了雷禾的声音，说："亲爱的禾，我十分想念你。你给我打电话，我很高兴！"

雷禾说："你不记恨我吗？"

威廉森说："你说错了。你们中国人说'买卖不成人情在'！"

"那就好。"雷禾说，"我有事求您啊！"

威廉森说："你我之间不存在什么求不求的。说吧，什么事？"

雷禾用M国语一口气说完了父亲和丁大高在月球上的遭遇。

威廉森早从伍岸口里知道了这些，但他假装不知，说："发生了这样的事？我十分同情你的父亲，还有那个老师。你说，我能做什么？"

"你的家族不是办着一家口碑良好的医院吗？"

"是的，威廉医院。"

"请威廉医院最好的医生带上最好的设备到中国来！到中国的京清市医院来抢救我父亲和那个老师！"

这怎么可能呢？威廉医院是威廉家族的，不是威廉森的。威廉森正要拒绝，姐姐威廉洁和姐夫伍岸急匆匆来了，伍岸不停地向他打手势，威廉森不明白要领，猜测有事，改口对雷禾说："这事太突然了，让我考虑考虑！"

伍岸庆幸来得正是时候，再迟半分钟，事情不知会有多麻烦。伍岸对威廉森一阵耳语。这个威廉森，脑子一根筋，险些坏了事。

威廉家族的威廉医院是威廉森的二叔威廉颇尔开办的。

威廉颇尔和威廉森一样长着浓密的金色络腮胡子。威廉森对威廉颇尔说："天上要掉汉堡包了！"威廉颇尔说："天上怎么会掉汉堡包呢？只有雨和雪。”威廉森说：“您会慢慢明白的。”

威廉颇尔同意治疗中国的雷天笑和丁大高，但是，中国人必须把他们的患者弄到M国来。威廉颇尔歪歪脑袋对威廉森说：“亲爱的侄子，请你理解，我不能离开我的医院！”

威廉森给雷禾打电话，说：“我的二叔同意治疗你的父亲和那个老师，但你必须把患者弄到M国来！”

雷禾问：“您的二叔为什么不能到中国来呢？”

威廉森说：“没有为什么，只能是这样。”

8

雷禾只能把患者送到M国去。

第二天上午8点，雷禾和聂焰护送雷天笑和丁大高乘着的航班抵达M国机场。威廉森已在机场迎接，雷禾握着威廉森的手不知说了多少个“谢谢”。

私立的威廉医院很先进，服务周到，科研领先，主打科目是生命科学，宣传能让人活到300岁。已有6名超过120岁的企业老板和威廉医院订了合同，300岁之前，6名老板每多活一年就向威廉医院交纳360万美元。

威廉颇尔亲自为雷天笑和丁大高临床诊治。

十分遗憾，威廉医院的诊断和中国京清医院的诊断一模一样：不明物中毒。

怎么办？只有找到中毒的不明物，才能对症下药。

那只有再上月球了。可是，两个病人已奄奄一息了，能坚持多久？

威廉颇尔说："这个请放心。我的医院可以让病人3个月之内没有生命危险。"

3个月足够了。如此看来，只有再上一次月球了。

"你要知道，再上一次月球就是再去冒一次险。"雷禾说，"因为月壤中冒出来的有毒气体你还没有采集到，你就已经中毒了！"

"不，不会中毒。"威廉森说，"你的父亲和那个丁教授中毒，是因为你们说的什么钢铁侠战衣不行。"

"是吗？"

"就是这个问题。"威廉森说，"只要把你们的钢铁侠战衣换成M国的阿童木战衣就行了！"

"阿童木战衣这么神奇？"

"就是这么神奇。阿童木战衣是宇航服的第10代升级版，别说什么穿透性病毒，就是打坦克的穿甲弹也打不穿它。"

雷禾忧心忡忡，说："即使这样，我们中间也未必有人肯冒这个险。"

威廉森说："不需要你的人去冒险，我要让相信阿童木战衣的人去冒险。不，这不叫冒险，叫好玩，或者说叫体验。可以吗？"

雷禾说："当然可以。"

威廉森说："那你得把你们在月球上出事的地点告诉我。"

雷禾说："这个自然。"

雷禾原以为父亲和丁大高在月球上出事的地点只需一问就知道了，谁知，事情不是那么简单。

雷禾当然先问身边的简文宇和聂焰。简文宇和聂焰齐声说："这是你父亲的核心机密，我俩怎么可能知道啊！”

那就去问丁大高最得意的学生饶永石。

饶永石说：“出事的地点是氦-3最具开采价值的地方，我参与了老师的月球光子反射分析仪对月球的测探，这不假，但在出结论的时候我就走开了。因为这是我不该知道的，因此，我不知道。”

雷禾只好去问妹妹雷苗。父亲对雷苗应该不存在什么保密。

谁知，雷苗摇头：“不知道。”

“你怎么能不知道呢？父亲应该告诉你！”

“父亲没告诉我是事实。我也不知道为什么。”

那该问谁去？饶环珮插嘴说：“问黄小昊。黄小昊开的月球车，他最清楚。”

那就去问黄小昊。

黄小昊正在宿舍里呼呼大睡。因为雷董事长和丁老师都奄奄一息了，9595电力集团的月球工作所就等于要关门了，他就只有睡觉了。

黄小昊回答干脆：“忘了。”

“刚发生的事，你怎么就忘了呢？”

“你父亲对我进行了记忆消除，我能不忘吗？”

竟有这回事？

第六章　冷冻休眠、等待治疗

1

下一步怎么办？月球工作所是不是该解散？

怎么能说出这种话？雷董事长和丁教授只是病了，又没死，怎么能谈解散？

可他们虽没死，但无药可治。

想不到的坏事情还在发生，这次发生在雷苗和饶环珮身上：她们的月经出问题了。雷苗不来月经了，饶环珮乱来。

二人赶紧去看医生，在京清医院，挂专家号。

旁边有人嘀咕："这点小病也找专家看，难怪专家号这么紧张！"

专家给二人做了检查，开了药。

二人不敢怠慢，严格按医嘱服了药，但不见病情有丝毫好转。

二人只得再去找那位专家，专家把她们都忘了。是呀，医生每天接触那么多患者，她们又是小病，怎么会记得呢？好在有病历，二人呈上了病历。专家看了自己写的病历，说："我开的处方很对症，怎么不见有丝毫好转呢？我再换几样药给你们吃。”

雷苗、饶环珮满以为这下该好了。谁知，折腾了些日子，依然是老样子，一个不来，一个乱来。二人只得再跑医院。是不是该换个医生？可这已经是专家，是妇科权威了，医院里没有比她再厉害的了。

二人又出现在了专家面前。专家已经记得她们了，主动发话说：“还是不见好转？”

二人点头。

专家拿出一本杂志翻了翻，问：“你们二人最近上过月球？”

二人回答：“上过。”

“这就对了。”专家问，“你们也走出月球基地，在‘户外’活动过？”

二人回答：“是的。我们走出月球基地，在‘户外’活动过。怎么，这与我们的病有关系？”

专家说：“有关系，并且是直接关系。告诉你们吧，你俩患了月球月经病。”

“月球月经病？”

“头一次听说？对吧。”专家接着解释，“地球上女人月经来潮是受月球影响的。在地球上，是受距月球38万千米以外的影响，在月球上，是受距月球0千米的影响。你们走出基地，缺少保护，哪怕时间很短，影响也是强烈的，女人的月经系统自然就紊乱了。当然，这个问题在医学界还没形成定论。你俩的经历加强了佐证。”

“我们都穿着钢铁侠战衣！”

“不就是太空服？能不穿吗？只是，你俩的什么战衣一个质量好，一个质量次。”

“谁的好谁的次？”

“饶环珮的好，病情轻，雷苗的次，病情重。”

其实并不是战衣有质量差距，它们都是一家工厂同一批次生产的，且她俩都穿着两套战衣，而是在“户外”的那一刻，雷苗脱下一套给了饶永石。饶环珮也脱给了丁大高一套，但饶环珮不是在“户外”，是后来回到月球车内脱的。饶环珮穿着两套战衣的时间比雷苗长！

这么说，丁大高和雷天笑一个病情轻一个病情重也与穿的钢铁侠战衣有关了。丁大高穿了两套，而雷天笑是一套。

二人紧张起来，担心像雷天笑和丁大高一样，地球上无药可治，齐声问：“我们有治？”

专家说：“你们都年轻，才20大几岁，生命力旺盛，当然有治。只是，这是上月球带回来的疾病，病例不多，没有谁来研究，自然没有治疗的药。实话实说，我治不了！”

“那，谁治得了？实话告诉您，我们有两个患者已经送往M国去了，难道我们也要到M国去治疗？”

“中国治不了，外国同样治不了。建议你俩还是立足国内，找懂月球的，又懂医学的！”

“……”

感谢这位妇科专家指的路，“立足国内，找懂月球的，又懂医学的！”

可是，到那里去找懂月球的，又懂医学的呢？

丁大高号称懂月球，写了《月球探秘》，但他不是真正懂月球。他治不了这个病，因为他本人就患了病。

简文宇推荐的他的那个舅舅孟铭也不行，他和京清医院的这个专家一样，懂医不懂月球。

谁懂月球又懂医呢？思来想去，只有饶永石了。饶永石正在研究月球语言。可他不懂医呀？没办法，找饶永石碰碰运气吧。

2

饶永石好找，就在身边。

饶永石此时正在思考一个问题：在月球上，他的钢铁侠战衣是怎么破损的？

但当饶永石听了雷苗和妹妹的诉说后，他十分着急。因为一个是他的恋人，一个是他的亲妹妹，能不急？他不能扫二人的兴，说："我来试试。"

饶永石也够不上是懂月球的人，他的那个月球语言检测仪没过关。凭他的聪明和努力，他虽然能在月球语言检测仪上初步读懂月球的喜怒哀乐了，但只能了解大概。在正常情况下，月球语言检测仪上反映出来的月球电磁波图谱一般是平稳的，是没有变化的。当月球受到刺激，哪怕是一点点刺激，电磁波图谱就变化了，喜怒哀乐就表现出来了。比如此次的月球之旅，在飞船没抵达月球之前，电磁波图谱是直线形的，当飞船着月时，就在那一瞬间，电磁波图谱发生了变化，出现了小锯齿形。这种小锯齿形就是月球对飞船到来的反应，是不欢迎的。几秒钟后，电磁波图谱恢复了直线，表明月球在说："来了就来了，只是别干损害我的事。"当秦玲玲带着一行人住进基地，饶永石发现月球语言检测仪上显示的月球电磁波图谱又有变化，是小锯齿形。当黄小昊开着月球车驶向开采氦-3的地点时，月球的电磁波图谱一直是变化着的，有时是小锯齿形，有时是大锯齿形。但是，令他不懂的是，当雷天笑使用挖掘器挖开月壤时，电磁波图谱怎么没变化是直线呢？丁大高老师那时也一样是直线。所以，说饶永石懂月球语言，为时尚早。

饶永石想试试用月球语言检测仪对雷苗和饶环珮进行检测，看仪表上的图谱有什么变化。

检测很简单，就是让被检测者的左右手分别握紧月球语言检测仪的正负两个电极。仪器产生的是微电压，只有5.5伏，对人体谈不上伤害。

检测结果，图谱有变化，呈现小锯齿形。这就表明雷苗和饶环珮有病兆，月球对她们存在影响。

饶永石简单地想：要是图谱不变化，就说明月球对她们没有了影响。

什么地方图谱不会变化呢？饶永石想到了地下室，很深很深的地下室！

饶永石带着雷苗和饶环珮到了很深很深的地下室，拿出月球语言检测仪对雷苗和饶环珮进行检测，图谱没有变化了，是直线，说明月球对她们没有影响了。雷苗和饶环珮连声说："感觉舒服了好多。"

这样，雷苗和饶环珮就在地下室住下了，配合医生给她们开的消除辐射类药物，二人慢慢痊愈了。

3

雷天笑在月球上重伤，妻子左爱桃迁怒于饶环珮，认为是饶环珮带来的晦气。但这很荒谬，无凭无据，她不好发火。儿子把他的父亲弄到M国去治疗了，左爱桃只能电话催问。儿子开始还好好回答，后来就变得不耐烦了：“正在想办法治。您不停地打电话，累不累！”左爱桃只能减缓催问了。看来，丈夫的治疗不顺利。

当然是不顺利。这不，雷禾从M国只身回来了！

雷禾回来干什么？他要回来从父亲的办公室里找到此次上月球开采氦-3的地方，从那里弄回来月球放出来的那种烟雾，化验出是什么毒，从而给父亲和丁教授对症下药。

父亲会把这个资料放在哪里呢？父亲应该放在他的办公室，可他的办公室大得很，怎么找？

挺着大肚子的徐倩茹提供信息说：“董事长的资料应该保存在一个U盘里，锁在他的保险柜里。”

这可是个大难题。雷天笑办公室的这个保险柜是指纹保险，是除了本人指纹外没有其他人能打开的保险柜，而且这种保险柜是无法强行打开的，危急时刻，它会放射出一种强烈的致人休克甚至死亡的射线。没有强行者拿自己的生命开玩笑。

怎么办？雷禾觉得，该问问母亲，兴许，保险柜输入了除父亲外还有母亲的指纹。

左爱桃摇头，说："这个保险柜里装的是资料，不是钱，不是古董，没有我的指纹。"

这时候，雷苗来了，问："哥，爸的病治得怎么样了？"

雷禾答："没有进展。还是需要月球上的那个烟雾的原始样本。"

雷苗说："把爸弄回来吧！当然，还有丁老师。"

雷禾说："弄回来？不治了？"

雷苗说："当然治。有人能治好他俩。"

雷禾说："开什么玩笑！"

雷苗说："没开玩笑。我和饶环珮的月球妇科病都让这人给治好了。"

雷禾说："这人是谁？"

雷苗说："饶永石。"

雷禾吃惊不小，说："那好，让饶永石和我一同到M国去。"

4

饶永石此刻还在思考自己的钢铁侠战衣怎么就破损了？肯定是人为的破损。这个人会是谁呢？肯定是飞船上的人，即9595电力集团的8个人加上秦玲玲共9个人中的其中一个。只有用筛选排除法来找出这个人了。

饶永石正在筛选排查，雷禾来了。饶永石和雷禾是亲上加亲的两人了，饶永石的妹妹饶环珮是雷禾的未婚妻，雷禾的妹妹雷苗是饶永石的未婚妻。可是，二人在一起，总觉得有些别扭。

雷禾提出让饶永石和他一同到M国的威廉医院治疗父亲和丁老师。

这不是赶鸭子上架吗？饶永石说：“我哪有那能耐。”

雷禾说：“你不是治好了雷苗和饶环珮吗？”

饶永石说：“别听她俩瞎吹。要说是我治好的，也是瞎猫逮着了一只死耗子。”

雷禾说：“那你就再去逮一次吧！”

饶永石说：“我没必要去。很简单，把雷总和丁老师转到地下室就行。雷苗和饶环珮就是在地下室好的。”

雷禾坚持说：“你必须去，你测量了雷苗和饶环珮身上的月球语言，我父亲和丁老师身上也一定存在月球语言。你不去，谁测量？”

饶永石无法推辞了，但提出了一个要求：等查出了自己的钢铁侠战衣是谁搞破损的就成行。

雷苗反对说：“那要等到猴年马月？你到M国去，我来替你查。”

饶永石无奈地点点头。

事不宜迟，饶永石跟着雷禾来到了M国。

M国历史悠久，有很多名胜古迹。雷禾说，等治好了父亲和丁老师，就和饶永石到处玩玩。饶永石不置可否。

饶永石跟着雷禾到了威廉医院。

雷禾说，得先给威廉医院的威廉颇尔通通气，免得人家说撇开他又找其他医生。饶永石当然没意见。

威廉颇尔出奇的大度，说：“你带了个人？不是治病是试一试？那就试吧。我说过的，没有月球上的那个烟雾的原始样本，上帝也治不了！”

饶永石测量了雷天笑。雷天笑身上没有月球语言的信息，是一条直线。

饶永石测量了丁大高。丁大高身上也没有月球语言的信息，也是一条直线。

这就怪了。雷苗和饶环珮病轻，月球语言检测仪有显示，雷总和丁老师病重，月球语言检测仪却没有显示。

那就都送进地下室试试吧。

威廉医院当然有地下室，且是离地面20米的地下室。三天过去，雷天笑和丁大高病情依然如故，不见丝毫好转。这就是说，雷天笑和丁大高的病情与雷苗和饶环珮不同，进地下室起不了作用。都是在月球上病的，怎么就不同了呢?

饶永石只好向植物人雷天笑和丁大高鞠躬，含着泪水离开。

看来，解决问题的关键还是得有月球上的那个烟雾的原始样本。

5

雷禾只有把父亲运回中国，运回9595电力集团，运回父亲的办公室打开保险柜了。父亲虽然是植物人，但手上的指纹没变 。

雷天笑好运。植物人嘛。

雷禾运回来了父亲，要用父亲的指纹打开父亲的保险柜，拿出U盘。

这时候，母亲左爱桃来了。左爱桃说："这个U盘是你父亲的命根子，你拿它干什么?"

雷禾说："给父亲治病呀。"

左爱桃说："U盘怎么治病?"

雷禾说："U盘里备份有月球上氦-3的分布图，可以找到父亲的出事地点，并依此找到那个烟雾的原始样本。没有那个样本，医生无从下手。"

左爱桃说："你不会把U盘送给外国人吧？"

雷禾说："这有什么关系呢？"

左爱桃说："关系大得很。月球氦-3分布图是机密。这个机密属于我们9595电力集团，也属于我们国家。我们不能把这个机密拱手交给外国人。"

雷禾不屑地说："妈，您把问题看得太严重了，外国人又不都是间谍。再说，我这是为给爸治病，就顾不了许多了！"

左爱桃左右为难，只得找女儿雷苗诉说。

雷苗本反对把父亲和丁老师送到外国去治疗，现在外国人又提出要原始样本，其中说不准就暗藏阴谋。父亲的U盘决不能交给外国人，但不交给外国人怎么给父亲治病呢？事情只能顺其自然了。

雷禾十分困乏，只能休息一夜，明天再取父亲的U盘。

第二天，雷禾将父亲弄到父亲的办公室，捉着父亲的手打开了保险柜，里面果然有个U盘。

雷禾要打开U盘，看看其中到底有没有要找的月球氦-3分布图。

U盘是加了密的。这个父亲，锁进保险柜就行了，还加什么密呢？那就解密吧。雷禾是电脑高手，想以父亲的电脑水平设置的密码不会很复杂，解开这个U盘的密码应该只是小菜一碟。

雷禾小看他的父亲了，花了整整半天，解不开。

雷禾只好怀揣U盘，带上父亲，来到了M国。

雷禾将U盘交给了威廉颇尔，说："U盘里有你所要的月球氦-3分布图，但U盘被我父亲加了密。”

威廉颇尔接过U盘，掩饰内心的激动，说：“这个U盘里的内容应该十分丰富，是您父亲的核心机密，您应该自己解密，告诉我一点点我所需要的东西就行了。”

雷禾说：“我可以解密，可我父亲病了，我没有那份耐心。我相信您，就交给您。”

威廉颇尔说：“我解不了密。我得找其他人，您介意吗？”

雷禾说：“注意保密就行。”

6

威廉颇尔把U盘放进自己的衣服口袋，去找侄儿威廉森。

威廉森正等着威廉颇尔呢，看见威廉颇尔，赶忙迎上前去，说：“尊敬的二叔，天上的汉堡包掉下来了吗？”

威廉颇尔也不隐瞒，说：“掉下来了。雷禾交给了我U盘。”

正在这当口，伍岸和威廉洁出来了，齐声说：“快把U盘拿出来吧！”

威廉颇尔说：“当然要拿出来，但我不会轻易拿出来。现在的我、森，以及洁和岸，这三方是一个经济利益共同体，对利益的分配应该有一个协议。”

威廉森还没想这么深的问题，望向伍岸。伍岸说：“二叔提的对。我们中国人说，亲兄弟，明算账。事先有了协议，以后就按协议办，不伤和气。”

威廉森说："怎么个协议呢？"

伍岸望着威廉颁尔，说："听听二叔的意见吧！"

威廉颁尔说："我想，一份汉堡包，三家就平均分配吧。论贡献，这三家都一样大，缺了谁也不行。缺了岸，没了情报来源。缺了森，谁去月球把氦-3搞回来。缺了我，能有这U盘吗？"

威廉森不同意，说："上月球是用我的设备，我的付出最大！"

伍岸说："二叔说的平均分配汉堡包，应该是减去支出后的纯利润吧？"

威廉颁尔晃了晃脑袋，说："可以这么说。"

伍岸说："从现在起，我们必须有一名会计了。我提议就让威廉洁担任！"

威廉森和威廉颁尔同时鼓掌。

伍岸提出U盘解密交由威廉洁完成。因为她所在的圣翰大学有世界顶级的软件解码设备。

威廉颁尔点头，取出U盘交给了威廉洁。

圣翰大学的确有世界顶级的软件解码设备，设备安放在学校学术大厅的解码室，由机器人看守。本校教授级别的人员持教授证可以出入。十分庆幸，威廉洁刚评上了教授，昨天领到了教授证，今天就派上了用场。

威廉洁走进学术大厅，径直走向解码室，向机器人递上教授证和要解码的U盘。

机器人是男性，彬彬有礼地接过来证件和U盘，认认真真看了，说："欢迎威廉洁教授光临。您是第一次来我们解码室使用解码仪，有些话我必须讲清楚。这个U盘不是您本人的，您的解码活动必须是与教学或科研相关的。如果是商业性质的，如盗取他人资料，我们不欢迎，请自行放弃。”

听了机器人的话，威廉洁吓出一身冷汗。她要进行的解码正是商业性质的、盗取他人资料的，放弃吗？往回转吗？不可能。这就是所谓上贼船容易下贼船难。要是放弃，往回转，就等于把伍岸等人出卖了。威廉洁对机器人说：“我的解码活动当然是与教学和科研相关的，你可以站在我的身后监视。”

机器人将教授证和U盘还给威廉洁，说：“那倒没有必要。”

威廉洁进了解码室，坐在解码仪前，心有余悸，侧眼偷看机器人，他并没有注意她的行为。

解码仪像个橱柜，威廉洁往插孔插入了U盘。

一秒钟后，对话框弹了出来：“您的U盘来自中国，密码设置为14位数，解码需要时间。您当真需要解码吗？”

威廉洁回话：“当真需要。”

对话框显示：“1小时后来取。”

解码需要1小时？需要，毕竟14位数有数以亿计种排列组合。这是目前世界上最先进的解码仪，要是落后一点的，没有半年不行，或者根本解不开。

1小时并不长，威廉洁就坐在椅子上打盹，睡不着，就左思右想。她至今也没弄明白，自己怎么就嫁给了一个中国人，是不是中国人的聪明打动了她。伍岸聪明吗？伍岸当然聪明，而且是绝顶聪明。可以毫不夸张地说，你给他一个比索，一夜之间，他可以变化出100个比索来，这种变化，不是运用偷、抢的那种低劣手段，而是用高智商的、玩转魔方的手法得来。

1小时到了，解码仪发出了“嘀嘀”声，表明解码结束。

威廉洁查看对话框，上面显示出了密码——没有规律，乱七八糟的14位数。

威廉洁打开了U盘，果真有月球氦-3分布图，上面用红色进行了标明。看得出来，最具开采价值的地方是月球的东经99° 和北纬99° 的交汇点。威廉洁兴奋地张大了嘴巴。

要马上将U盘密码交给威廉颇尔再由威廉颇尔转交给中国的那个雷禾，就是U盘主人雷天笑的儿子吗？NO，威廉洁没这么傻。她把月球氦-3分布图拷了一份在自己带来的新U盘上。

威廉洁对伍岸说：“亲爱的，你们布置给我的任务我完成了。”

伍岸对威廉洁说：“亲爱的，我从不怀疑我夫人的能力。”

威廉洁说：“U盘里果真有月球上氦-3的分布图，是朝向地球这一面的。我敢肯定，雷天笑他们此次选择氦-3的开采地点是月球东经99° 和北纬99° 的交汇点，可以简称‘双99’。”

伍岸问：“夫人凭什么肯定呢？”

威廉洁说：“凭氦-3分布图上的标记。‘双99’是深红色的，表明此处氦-3储藏丰富，雷天笑在此处打了个钩，表明他选择了这个地点。”

伍岸说：“夫人聪明。”

威廉洁问：“那U盘呢？”

伍岸说：“当然是通过二叔的手还给雷禾。”

威廉洁说：“就这么完完整整还给他？”

伍岸说：“当然不是。这个U盘不应该是独一无二的。她该被克隆出一个妹妹，妹妹的密码应由夫人设置。”

威廉洁诡谲地一笑，说：“你我真是心有灵犀一点通。”

威廉洁将U盘还给了她的二叔威廉颇尔。

雷天笑他们此次氦-3的开采地点，也可说是出事地点，是月球东经99°和北纬99°的交汇点，即“双99”。

威廉森问伍岸：“这么说，我们此次上月球的地点就是这个‘双99’了？”

伍岸回答：“当然是这个‘双99’了。只是，我们要让雷禾觉得我们是去取医治他父亲的毒样本，而不是去开挖氦-3。”

威廉森说：“这是当然的。我不会让你们中国人觉得我们坏。”

7

威廉森约见了雷禾，问：“U盘还你了吗？”

雷禾说：“还了。”

“我们是守信用的。”威廉森说，“我就要上月球取那个毒样本了。你父亲和丁教授出事的地点是月球东经99°和北纬99°的交汇点，即‘双99’。”

雷禾说：“要辛苦您了！”

威廉森说：“这不是一趟简单的旅游。我要新购阿童木战衣，不然，就会有您父亲和那个教授同样的危险。”

雷禾说：“这是应该的。”

阿童木战衣比钢铁侠战衣要先进，从表面看就没有钢铁侠战衣的那个氧气囊，至于它是如何给穿它的人提供氧气的，这是人家的机密。

威廉森说："可是，阿童木战衣很贵。这笔费用是应该您出的。"

"多贵？"要是半年前，或者说在父亲出事之前，再天价的数字雷禾都是不在乎的。现在不行了，开销太大了，不得不问。

威廉森说出了一个天价的数字。

雷禾只得说："那就限购，只要一套，让走出月球车取毒样本的人穿。"

威廉森说："那怎么可以呢？必须保证所有人的安全，一套肯定不行。我想出了一个解决的办法，但是需得您的同意。"

"什么办法？"

"在我们取毒样本的同时，顺带挖回来点氦-3。我保证，只挖回来10公斤氦-3，您的费用就全免了！"

10公斤氦-3值多少钱？没人计算，因为没有先例。不得不承认，威廉森提出的确实是个解决问题的办法，但这个办法有出卖自己集团利益之嫌。威廉森有了这第一次，就会有第二次、第三次……可上月球挖氦-3又没有申请专利保护，凭什么你挖不让别人挖？但此情此景，雷禾顾不上许多了，省钱要紧，只得点头同意，说："请您兑现承诺，只挖回来10公斤氦-3，且只有这一次。您能保证只有这一次吗？"

"我以上帝的名义保证，不会出现第二次。"

威廉森要上月球。

威廉森的前进者旅游公司带着地球人往返于地球与月球之间是他的业

务，但这次不同。这次前进者旅游公司带着地球人不是去旅游，而是去取使雷天笑和丁大高中毒的毒样本，“顺便”带回来10公斤氦-3，性质有所不同。

除威廉森外，还去哪些人？伍岸是必去的，威廉洁也要去。威廉颇尔不去，他说他对上月球不感兴趣。那就三人了？不，伍岸提出带聂焰去。聂焰是谁？伍岸说，是他的一个十分信赖的学生，并小声对威廉森说，这个学生将来会派上用场。那就四人了？

“不。”雷禾说，作为甲方，必须有他的人去，主要是为了监督乙方是不是尽职尽责取了毒样本，是不是按数只挖了10公斤氦-3。他没有选择聂焰，尽管伍岸已经敲定要带聂焰上月球了。

威廉森提出，甲方的人他不会提供阿童木战衣。雷禾表示理解，他派去的人是简文宇。简文宇还是穿钢铁侠战衣，两套，再加上夹层，该保险了。

就在测量了众人的身高、腰围，准备购置阿童木战衣时，威廉洁打了退堂鼓。可能是嫌阿童木战衣太贵了，不想浪费这笔钱，也可能是听说了有女人上月球患上了月球月经病。

威廉森不想为聂焰买阿童木战衣，尽管伍岸把这个学生吹得天花乱坠。聂焰看出了端倪，主动提出自己还是穿中国产的钢铁侠战衣。伍岸过意不去，坚持说服威廉森，给聂焰购置了阿童木战衣。

在中国的苍穹5号飞船失败、回到地球后的3个月后，M国的前往月球挖取氦-3的飞船前进者3号起飞了。当然，他们打着幌子：上月球取让中国人中毒的毒样本，而不是氦-3。

在简文宇看来，M国的这艘前进者3号飞船比中国的他坐过的那艘苍穹5

号飞船先进不到哪里去。其体积要小，还给人胸闷的感觉。再有，团队太单调了，4个大男人，一点说笑都没有。那个伍岸，一副深不可测的样子，与老师丁大高完全是两种人，更不谈逮太空宝石之类的了。说实话，要不是雷禾求他，信任他，他才不会答应这趟月球之行呢。

另一边，在京清市，雷苗答应饶永石的当“福尔摩斯”的事没有付诸实施。是谁破坏了饶永石的钢铁侠战衣？怀疑对象是简文宇。雷苗看得出来，简文宇总是对饶永石怀有莫名的敌意，虽然他表现得并不明显。可能是因为在以往的工作中丁大高更看重饶永石？而且当时在太空飞船上，简文宇和饶永石住的是同一间房间。可是现在并没有明确的证据证明饶永石的太空服就是简文宇动的手脚，一切还只是她的怀疑，她只能先按下不提。

8

前进者3号降落在他们的月球基地。

威廉森兴奋，伍岸更兴奋。他们马上要挖到氦-3并运回地球了，是卖也好，还是自己建热核发电厂发电也好，总之，要发了！要大发了！

月球车由威廉森驾驶，目的地是月球的东经99°和北纬99°交汇点，即“双99”。除威廉森外，伍岸也清楚这个地方，聂焰和简文宇则不了解。聂焰上次肩负重任，这次没有任务，一身轻，闭着眼睛养神。简文宇有点想搞清楚，担心威廉森取毒样本的地方不是雷总和丁老师出事的地方，样本的可靠性打折扣。但简文宇的担心没用，威廉森不会理他，伍校长也不会告诉他。

3个小时后，月球车停下来了。定位仪显示：这个地方是月球东经99° 和北纬99° 的交汇点，即“双99”。

威廉森、伍岸、聂焰穿好阿童木战衣走下月球车了，威廉森给简文宇打手势，问简文宇下不下月球车？简文宇摆摆手，表示不下。他通过月球车看到窗外的景色，地势平坦，没有出现上次开采地点的小山峰，他怀疑伍岸和威廉森搞错了地方，还是在车里待着安全，没必要下，只要他们采集到毒样本、只挖10公斤氦-3就行了。再说，他穿的是钢铁侠战衣，不是阿童木战衣，保险系数没他们的大。

威廉森握着挖掘器，伍岸和聂焰抬着储气罐在“双99”的地方停下了。聂焰、威廉森和伍岸想：“我们穿着阿童木战衣，才不怕你这穿透性病毒烟雾呢！”

威廉森用挖掘器挖起了满满一箱月壤。这是一箱氦-3，是比金子还珍贵的氦-3，当然，里面应该有毒样本。

没有出现烟雾。简文宇更加怀疑伍岸和威廉森搞错了地方。

只能挖10公斤氦-3。储气罐上有刻度，当装到要求的刻度时，简文宇打出了“停止”的手势。

贪心的威廉森坚持多挖了一箱又一箱。

前进者3号宇宙飞船按计划返回。

M国的威廉洁家里洋溢着欢声笑语。

雷禾来了，提出赶快化验毒样本，给他的父亲和丁教授治病。简文宇小声向雷禾嘀咕：“他们肯定挖了不止10公斤氦-3！”雷禾没有理会，不想斤斤计较。

威廉森当然履行合约。他打开储气罐，取了一小汤勺月壤交给雷禾，让他转交给威廉颇尔去化验。

威廉颇尔不会亲自化验，交给了有关的化验员。

化验结果很快出来了：这一小汤勺月壤就是一小汤勺细沙，根本没有什么毒性。

“那氦-3呢？”威廉森迫不及待地问。

“什么氦-3？”化验员莫名其妙。

“就是细沙中含有的另外的主要成分？”威廉森追问。

“主要成分就是二氧化硅，地球上到处都是的二氧化硅，没有什么其他成分！”化验员懒得多说，转身干另外的事去了。

威廉森像木桩立在那里半天缓不过气来：难道说费了九牛二虎之力从月球上采回来的不是氦-3？

威廉森十分生气，对伍岸说：“我们被人耍了！”

伍岸问：“被谁耍了？”

威廉森说：“你们中国人！”

伍岸说：“请你说话注意分寸。你是我的妻弟，我不生你的气。要是换了旁人，你已经鼻青脸肿了。怎么回事？”

威廉森说：“我们从月球上采回来的不是氦-3，是沙子！”

伍岸说：“不可能吧？”

威廉森递给了他化验单。

伍岸拿着化验单去找雷禾，去兴师问罪。

雷禾一脸茫然。这么说，没弄回来父亲和丁老师中毒的原始样本？

伍岸铁青着脸说："我们在月球上开采的不是氦-3，只是沙子，我们的开采地点是错的！我怀疑你提供的U盘是假的。你给M国的前进者月球旅游公司一个什么说法？准备赔钱吧！"

9

雷禾叫来简文宇核实情况，简文宇说，威廉森他们的一举一动他都仔细盯着，没有弄虚作假。挖氦-3，不，挖沙子的时候没有出现烟雾，当然没取到毒样本。

雷禾判断：他给威廉颇尔的U盘是一个被人调包了的U盘。

谁调的包？查出此人不难。因为U盘锁在父亲的指纹保险柜里，打开父亲的保险柜必须要父亲的指纹。此人应该是能和父亲亲密接触的人。父亲被从M国运回中国后，自己因为很困乏，休息去了，于是将父亲交给了母亲和妹妹来照顾，是母亲或妹妹将父亲弄到他的办公室，从而靠他的指纹打开了保险柜，将U盘调了包！

雷禾满腔怒火，但不能发作，这是在M国，只能向威廉森和威廉颇尔赔笑脸。他决定将父亲和丁老师运回国，如果U盘是假的，他一定会赔偿前进者旅游公司的损失。

雷天笑和丁大高被运回中国京清市的京清医院了。京清医院不能不收。因为两个病人都有生命体征，有呼吸，有心跳，虽然目前治不了，但不能拒收。

雷禾将病人安顿好，就回家找母亲和妹妹算账：为什么将U盘调包？

母亲左爱桃一口否定："我调什么包？我不巴望你父亲能被治好？再说，我是你母亲，将U盘调了包会不告诉你？有这必要？"

雷禾被问得张口结舌。如此看来，将U盘调包的只能是妹妹雷苗了。

但雷苗不承认。她没干叫她如何承认？

雷禾不相信，对雷苗吼道："你没干，妈没干，鬼干的不成？"

雷苗说："是不是鬼干的我不知道，反正我没干。"

看来，真不是雷苗干的。雷禾了解雷苗，她不说谎。雷禾语气缓了下来，问："那天夜里，在爸爸身边，除了你、妈，还有谁来过？"

雷苗说："记不起来了。来的人没移走爸爸，就能用爸爸的指纹打开保险柜吗？我看，U盘根本没人调包！"

"那为什么按U盘提供的地址挖回来的不是氦-3是沙子呢？"

"那我就不知道了。"

U盘被调包是毫无疑问的。在这件事上，伍岸、威廉森、威廉颇尔都不会说谎。

调包者会是谁呢？

威廉森从遥远的M国来电话了，问："真U盘找到了吗？"

雷禾回答："需要时间。请给我时间。"

调包者一时查不出来，雷禾等人将注意力又集中在了雷天笑和丁大高的治疗上。

京清医院的权威康大夫不计较雷禾将患者转出去又转回来的行为，对雷天笑和丁大高又进行了一次检查，说："你们是要听实话还是要听敷衍之词？"

“当然要听实话！”

“没治了！”康大夫认真地说，“雷总最多能挺过3天，丁教授最多能挺过10天。如果不相信，就再转到外国去吧！”

雷禾赔不是说：“相信，相信，要面对现实。我们是将病人留在医院还是回家去？”

康大夫说：“这有一个小册子，你们看了再说。”

小册子有点类似于广告册子，说京清医院正在着手进行一种对病人的休眠等待治疗。这类病人是目前医学界尚无医疗手段治疗的病人，让其休眠，等到有一天，随着医学的发展进步，有了对这类病人的治疗手段，再将其唤醒，予以治愈。

雷天笑和丁大高应该属于这类病人。

当然，这不是京清医院的发明，早在1967年就有了，只是要求太高，地球上没几家医院能实施。

如何让其休眠呢？这简单，就是把病人冷藏在-196℃的冰窖里。

“那不等于提前让病人死亡吗？冻死！”

“不！把病人冷藏在-196℃的冰窖里并不是冻死，说什么时候唤醒就什么时候唤醒，这是京清医院的绝活，也是专利，不便细说。”

“有先例吗？”

“有。”册子上介绍了5例，十分详细。

雷禾要访问核实，结果发现册子介绍的5例都是事实，其中，岳岱山附近就有一位，是个男子短跑运动员。他在2124年的世界级田径运动会上，100米跨栏只用了11秒，比当年的刘翔还牛。在拿了世界冠军后不久，他患上了运动神经元病，也称“渐冻人”，肌肉一天天萎缩直至瘫痪，没有治疗的药。作为短跑运动员走路都困难了，他接受不了，想到了死。国家运动总局为了帮助他找到了京清医院，对其进行了休眠等待治疗。去年，世界上治疗运动神经元病的特效药出现了，京清医院有了这种药，于是将这位男子唤醒，不出10天，他就痊愈了。今年，这位男子有幸又参加了一个世界级的田径运动会，100米跨栏只用了10秒54，比两年前的自己还厉害。

雷禾决定对父亲实施这种冷冻休眠。雷苗当然赞成，母亲左爱桃也无异议。

只是，这需要一大笔钱，那丁大高怎么办？

10

丁大高怎么办？丁大高是为9595电力集团受伤的，当然归9595电力集团负责治疗。徐倩茹挺着大肚子伤心透了，但为了肚子里的小生命，她不敢大悲大痛。人情冷暖、世态炎凉，这句话分析得真是入木三分。丁大高进集团时是何等荣耀，又是高薪，又是豪车，又是别墅，小两口天天被人笑脸相迎、笑脸相送。今天呢，门前冷落车马稀，家里除了机器人李莲英还是机器人李莲英。

其实，徐倩茹应当换位思考，雷天笑病了，丁大高病了，要治疗、要抢救，谁还顾得上你？

这时候，机器人李莲英小跑着来了，报告说：“夫人来了！”

夫人就是雷天笑的妻子左爱桃。她来干什么呢？良心过意不去，来看望了？

左爱桃声称是来看望徐倩茹的，因为心里痛苦，所以脸上冷若冰霜。徐倩茹坚信左爱桃不是来看望的，是另有图谋的。

果然，几分钟后，左爱桃说："徐助理，有件事要和你商量商量。只是，又开不了口。"

徐倩茹满意自己的言中，说："事到如今，夫人不必顾虑，有什么事？请讲。"

"那我就讲了。"左爱桃说，"你知道冷冻休眠吗？"

"知道，京清医院的绝活。"

"我家决定对我家老雷进行这种治疗。我想你也赞成对你家的丁教授进行这种治疗。"

"当然赞成。"

"只是，这需要很大一笔钱。"冷冻休眠的治疗费用这么贵，当然要自家掏腰包，不然，都来休眠，医院不要挤炸了？

"多少费用？"

"一人一年休眠费5000万，两人就是一个亿。要是没有这上月球的折腾，我家拿得出，眼下就要精打细算、与你商量了！"

这就是左爱桃的图谋：来商量丁大高的医疗费。徐倩茹生气了："夫人，您这话说得有点难听。我家老丁是为9595电力集团重病的，治疗费用当然应由9595电力集团全额承担，与我商量什么！"

左爱桃说："可是，这休眠是治疗外的治疗，9595电力集团是不承

担的！”

徐倩茹说：“有明文规定？”

左爱桃说：“没有。”

徐倩茹说：“这不就得了。没有明文规定，就得集团负责！”

左爱桃也来气了，说：“话说到这份上，我也得摊牌了。我家老雷搞‘九天计划’，上月球开采什么氦-3，根子在你家老丁的那本《月球探秘》。没有你家老丁的《月球探秘》，我家老雷不会中这个邪，9595电力集团不会败得这么惨！”

这还真是戳了徐倩茹的痛处。事情落到这个地步，根子还是丁大高的那本《月球探秘》，是《月球探秘》害了雷天笑，害了9595电力集团。徐倩茹默不作声了。

徐倩茹提出将岳岱山101别墅、豪车和丁大高在雷家工作以来的工资合计约5000万退还了，自己怎么来的怎么走人，丁大高的冷冻休眠治疗由雷家看着办。

雷禾对母亲的这趟与徐倩茹的商量之行比较满意，退还的别墅、豪车、工资合起来超过1亿，够丁大高休眠2年了。

雷苗对此事持反对态度，而且是坚决反对。她向母亲发脾气，说母亲损坏了雷家的公众形象，对丁大高老师落井下石。

反对对不起作用，雷苗拿不出1亿的钱来。事到如今，雷家顾不上公众形象了。社会上肯定有人非议，有人笑话，有人讥讽，特别是9595电力集团那些退股的人，不知幸灾乐祸到了什么地步，随他们去吧。

11

雷天笑、丁大高的冷冻休眠定于下周星期二上午9时进行。

星期二上午8时，雷天笑、丁大高二人的亲人来医院了。

医院规定，每个患者的家属限制在5人之内。雷天笑这边来的是妻子左爱桃、儿子雷禾、女儿雷苗、未婚儿媳妇饶环珮4人。雷苗本想叫上饶永石，但他已被徐倩茹叫走了。因为丁大高的亲人只有徐倩茹和徐倩茹肚子里的小生命。徐倩茹需要人壮胆，想到了丁大高的学生，叫上了饶永石。

雷禾和徐倩茹都在医院的冷冻休眠治疗单上签了字。

冷冻休眠是在极其封闭的情况下进行的，患者的亲友不能在场。左爱桃带着儿子、女儿，还有饶环珮，坐在医院外的小花园里以泪洗面。徐倩茹在饶永石的陪伴下，在小花园的另一个角落默默垂泪。

3个小时后，雷天笑和丁大高的冷冻结果出来了：顺利完成。冷冻日期为一个未知数，接下来的只有等待。什么时候有了治疗药物，什么时候将他们唤醒。

威廉森则从M国打电话给雷禾："雷禾先生，请马上兑现对我的赔偿。不然，我要追加违约金了！"

雷禾承诺赔偿，赖是赖不掉的，问："你要我赔偿你多少？"

威廉森说："原来说好了的，是10公斤氦-3，就10个亿吧。"

"你讹人吧。这不是10公斤氦-3，只是一趟月球之旅，满打满算赔你5亿！"

威廉森也大度，说："好，就5亿，付款吧！"

"请宽限些日子。放心，我不会赖账。"

威廉森十分痛快，说："好。依你的。"

威廉森会这么好说话？不是的。是威廉森认为雷禾还有很大的利用空间，往后的日子长着呢，不要做一锤子买卖。

9595电力集团的老总雷天笑在一段时间内不会出现了，他就雷禾这一个儿子，雷禾顺理成章地接替了他的位置，子承父业。

第七章　又搭上两条人命

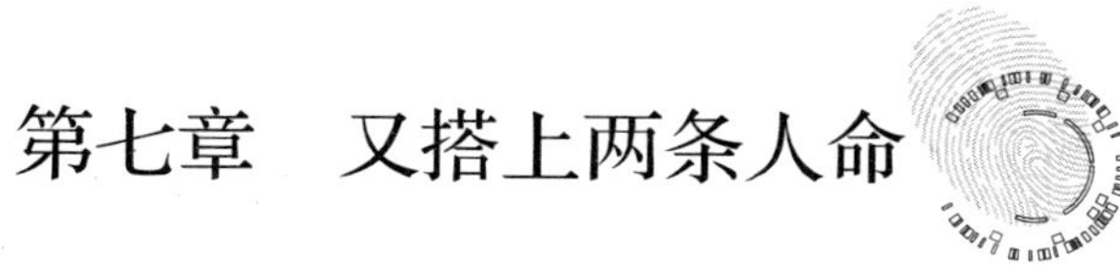

1

雷禾住进了9595电力集团董事长的办公室。

9595电力集团所属的月球工作所该何去何从？雷禾说：“我还没有想好。大家休息几天再说。”又补充说：“通知财务科，休息期间大家工资照发。”

雷禾说的是实话。月球工作所该如何处理他真没想好，或者说是根本没来得及想，他没料到自己这么快当了9595电力集团的董事长。

雷禾要破案。既然母亲和妹妹没打开父亲的保险柜调包U盘，那么到底是谁？这个人必须查出来。这是内鬼！内鬼是容不下的。

如何查？是不是该报案让警察来查。雷苗说，先别忙着报案，把事情搞张扬了。她分析，这个调包U盘的人应该就是月球工作所的人，外人几乎是不能进入父亲的办公室打开保险柜的。不如开个会，晓以利害，让这个人主动交出调包的U盘。

月球工作所几个月没开门了，今天要开会。

开会没有了丁大高。

小小的会议室窗明几净，这是机器人的功劳。虽然没人上班，机器人搞清洁却照常不误。

会议主持者由雷天笑换成了雷禾。

雷禾直奔主题："今天开会就一件事，查打开我父亲的保险柜调包U盘的人。我敢肯定，这个人就在我们在座的人中间。我没有，我妹妹没有，就剩几人了？你们几个人都是我的朋友，我不想把事情搞大、搞僵，就请这位朋友主动交出U盘，一切好商量。不然，就休怪我不客气了！而且，我的耐心是有限度的，时间限制在24小时以内。现在是上午8点半，到明天的这个时候之前，你必须交出U盘！好了，散会！"

黄小昊紧张得不得了。怎么回事？这调包U盘的就是他。事情还得从他当月球车驾驶员说起。上月球开采氦-3的地点是只有雷天笑和丁大高两人知道的天大的机密。鬼使神差，这开月球车的美差竟落在黄小昊头上了，黄小昊成了知道这天大机密的第三人。黄小昊按雷天笑的要求，被执行了记忆消除，按道理，这事情就过去了。谁料想，M国的威廉森、威廉颇尔和中国的伍岸等人也想知道这天大的机密，他们编出了一个无人敢阻挡的理由：治疗雷天笑和丁大高的病要上月球的出事地点取毒样本，雷禾要向他们献出这份秘密，拿出父亲放在保险柜的U盘。不行！这是他们的圈套！黄小昊要阻止雷禾的行为。怎么阻止？去劝说，揭穿这个套？"你是谁？在我面前说三道四？"雷禾不会听。而且雷天笑与雷禾是父子，父子之间的事你管得着吗？黄小昊劝自己放弃。但想一想开月球车的风光，想一想雷天笑对自己的信任，他放弃不了！于是，黄小昊决定调雷天笑U盘的包，并付诸了实施。

黄小昊在纠结自己是不是该主动交出U盘，决定先找饶永石去讨个主意。

2

饶永石正在忙他的月球语言检测仪。他又遇到难题了。什么难题？雷总、丁老师在月球上挖氦-3，威廉森、伍岸也在月球上挖氦-3，为什么一边是严重受伤，一边是毫发无损？也许有人会说，雷总他们穿的是钢铁侠战衣，威廉森他们穿的是阿童木战衣，两种战衣是不同的，后者强过前者，所以两边受伤程度不同。但饶永石不这么认为，前者受伤是因为地上冒出了毒烟雾，后者在月球时地表什么也没有。应该是这样：因为后者挖回来的是10公斤沙子，主要成分是二氧化硅，没有氦-3，所以月球语言检测仪就是一个哑巴了。但月球会知道月壤中有没有氦-3？这就是难题。

黄小昊来了。

饶永石对黄小昊没表示出欢迎，他烦黄小昊这时候来打搅他。黄小昊不计较，要反将他一军，说：“我找你算账来了！”

这一招果然灵。饶永石撇开月球语言检测仪，问黄小昊：“你找我算什么账？”

黄小昊一屁股坐在挨着饶永石的椅子上，说："当初，我开月球车是你向雷总推荐的吗？"

"我随口一说，雷总就采纳了。"

"你给我带来了麻烦。"

"怎能这么说呢？"

"我知道了只有雷总和丁老师知道的秘密，就是在月球上开采氦-3的那个最佳地点。"

"你不是被消除了记忆吗？"

"是的，我被消除了记忆，忘记了在月球上开采氦-3的最佳地点，但是我记住了这个秘密是雷总心中天大的秘密，是不能让其他任何人知道的秘密，包括他的儿子、女儿……"

"……当雷禾要将这个秘密拱手让人的时候，你出现了！"

"聪明人！"黄小昊伸出大拇指。

"原来雷禾要查的调包U盘的人是你！"

"你想知道我是怎么调包U盘的吗？"黄小昊卖关子，"雷总的办公室有机器人把守，三步一岗，铁面无私，怎么进去？"

"你想考我。"饶永石略加思索，"说雷总的办公室无法靠近，一年前可以，今天不行了。"

"何以见得？"

"简单，穿隐身衣嘛。今年2月，一家科研单位注册了他们的隐身衣成果专利，市场开始生产销售隐身衣了。你不需要买高精尖的隐身衣，一般的产品就能骗过机器人的眼睛了。”

“那，打开保险柜要雷总的指纹呢？”

“也不复杂。”饶永石也卖关子，“我说对了你要请客！”

“没问题。我们吃综合基因大白菜！”

“那我就说了！”

“我洗耳恭听。”

“那天，雷禾不是把雷总从M国运回来了吗？”

“是的。雷禾要用雷总的指纹打开保险柜。”

“看来，雷禾的智商没你黄小昊的高，其实没有必要把雷总从国外运回来。你黄小昊没摆弄雷总不是也把雷总的保险柜打开了吗？”

“不要绕弯子。我是怎么打开的？”

“你带着微型摄像机，如纽扣、戒指之类的，借看望雷总，摄下了雷总的指纹。”

“十个手指的指纹我都摄下来了？”

“当然不是，是右手的拇指。这是一般人使用指纹的习惯，雷总不会例外。”

“然后呢？”

“你用3D打印机复制了雷总的右手拇指。”

“然后呢？”

“还有‘然后’吗？你穿着隐身衣，骗过机器人，进了雷总的办公室，用复制的雷总的右手拇指打开保险柜，调包了U盘。”

“啊唷，我的天呀。”黄小昊吐出长气，“服了你了，你该去当警察的。”

“我该去吃你的综合基因大白菜。”

“那是该吃。只是现在还不是吃饭的时候，你饿了？”

“不饿。”

“就是嘛。”黄小昊挪了挪屁股，“你说吧。这U盘怎么办？”

“还能怎么办，交给雷禾嘛。”

黄小昊想了想，说：“我这不成了投案自首？”

饶永石说：“你不必投案，也不必自首。U盘是怎么调出来的，再怎么调回去。”

“再穿隐身衣，骗过机器人进雷总的办公室，再用复制的雷总的右手拇指打开保险柜，还回U盘？”

“是呀！”

“我怕事情不像原来那么容易了，雷禾加强了安保。”

“不会。即使是加强安保，无非是增加了机器人，多装了摄像头，对隐身衣不起作用。如果你要保险，就换一套更高级的隐身衣。”

黄小昊站起身，又坐下了，说：“有道坎我过不去！”

饶永石问：“什么坎啊？”

黄小昊说：“我调包U盘，是遵从雷总的意愿。现在还回U盘，是违背雷总的意愿，把雷总视为生命的秘密捅出去了！雷总在冰窖里有知，是不会同意的。”

饶永石说："你不想还U盘？"

黄小昊说："有这个意思。"

饶永石说："那好。你等着雷禾报案，警察来抓你。"

黄小昊说："警察抓不住我。我干这事只有天知、地知、我知，现在你知。天、地不会揭发我，你不会揭发我，我不会揭发我！"

饶永石说："不。天、地会揭发你，我会揭发你，你自己会揭发你！"

黄小昊说："无稽之谈！"

饶永石说："是有稽之谈，高科技之谈！"

黄小昊说："说说你的高科技之谈！"

饶永石讲开了："天会揭发你，因为国家已经生产出新型探测器，这种探测器能通过蛛丝马迹还原出最近发生的事情。雷禾使用探测器，就会看到你调包U盘的全过程。地会揭发你，因为国家安全系统发明了一种超级追踪仪，你在雷总的办公室调包U盘有逗留，留下了你的生理信息，超级追踪仪在雷总的办公室检测到你的生理信息，注意，你的生理信息是陌生的，因为之前你基本没去过雷总的办公室，超级追踪仪就可以轻松地找到你！"

黄小昊惊叹："这么神奇！"

饶永石继续讲："'我会揭发你''你自己会揭发你'就简单了，测谎仪可以检测我和你有没有说实话！"

黄小昊泄气了，说："看来，U盘只有交出去了。"

饶永石鼓气说："去还U盘吧。我认为，就地球人目前的科学技术水平，即使知道了月球上开采氦-3的最佳地点也无法开采到氦-3。那个最佳地点有地球人无法破解的东西。”

黄小昊说：“我把U盘备份了再还回去。”

饶永石说：“你不是备份过了吗？不然，你哪来的那个用来调包的假U盘！”

黄小昊说：“我没备份，是胡乱仿做的。”

饶永石说：“没必要备份了。要不了不久，U盘里的秘密就不再是秘密了。”

一天后，雷禾限期的24小时到了，不见有谁交出U盘。8点半早过了，雷禾十分生气，要报案。雷苗建议，把爸爸的保险柜打开再寻找一遍，怕有遗漏。她认为月球工作所没有承认调包U盘的人，U盘说不准还在爸爸的保险柜里。既然妹妹这么说，雷禾决定再听妹妹一次。

兄妹两人来到父亲的办公室，雷苗突然惊呼：“糟了！”

雷禾问：“什么糟了？”

雷苗说：“没有爸爸的指纹，保险柜打不开呀！”

雷禾说：“只有你这种智商的人才说这种低智商的话。上次，我用爸爸的手打开保险柜后，在保险柜的开柜指纹中加入了我的指纹。遗憾的是，这个保险柜只允许有两人的指纹，你的加不进去了。”

雷苗说：“我不加。”

雷禾用他的指纹打开了保险柜。果然，在上次拿U盘的格子里的深处还有一个U盘。凭直觉判断，这是一个装有月球氦-3真正的开采地点的U盘。那么，父亲为什么放一真一假两个U盘呢？雷苗想，这就是父亲的精明，以假乱真。雷禾则认为是不是调包U盘者把U盘还到原来的地方了？但他又摇头否定了：机器人不会放谁进来，进来了保险柜也打不开。

3

雷禾突然出现在威廉森面前。

威廉森觉得这个中国年轻人还是守信用的，问："来赔钱的吗？你可以不来，就在中国，把钱打到我的账上。5亿元！"

雷禾说："我是来赔钱的。在赔钱之前，我希望能和您做成一笔交易！"

威廉森说："我不想和你做什么交易了。你让我头痛。"

雷禾说："您不会头痛。我在我父亲的保险柜里找到了我们需要的U盘，就是那个装有月球氦-3真正开采地点的U盘。"

威廉森听到"氦-3"就来了兴趣，说："要是又是一个假U盘呢？"

雷禾说："我愿接受您的加重处罚，赔您20亿元人民币。但如果是真U盘呢？"

威廉森说："我只在这个地点开采20公斤氦-3。"

"说话算数？"

"当然。"

雷禾交给威廉森U盘。从外观上看，这个U盘和那个U盘没有区别。

威廉森将U盘交给姐姐威廉洁。和上次一样，威廉洁拿着U盘到圣翰大学去解码。

这次解码十分顺利。15分钟后，密码解开了。上次那个U盘的密码是乱码，这个不是，像是两个人的出生日。威廉洁凭直觉，这个U盘是真货。月球氦-3分布图显示：月球上氦-3最具开采价值的地方是东经66°和北纬66°交汇点，即“双66”。

威廉森、伍岸、威廉洁和威廉颇尔兴高采烈。三家上次的协议依然有效，威廉颇尔是股东之一。

出发，再次出发，向月球的东经66°和北纬66°的交汇点出发！

还是上次的那4个人：伍岸、威廉森、聂焰、简文宇。威廉颇尔依然没来。

宇宙飞船仍然是前进者3号，还是上次安营的月球基地，还是由威廉森开月球车。

月球车上的定位仪指引威廉森把月球车开到了东经66°和北纬66°的交汇点。

伍岸走下月球车，高举了几下手臂，表示欢呼——他看见了在这个地方有一个自动挖掘器和一个储气罐。这是雷天笑和丁大高逃命时丢下的，证明了东经66°和北纬66°交汇点是开采氦-3的最佳地点。

伍岸和威廉森雄赳赳地往前走。他们有把握，穿着阿童木战衣不会蹈雷天笑和丁大高的覆辙。

雷天笑和丁大高留下的挖掘器和储气罐要不要？不要。晦气！

谁来采挖这第一桶氦-3？上次是威廉森，这次，威廉森打着手势向伍岸谦让，而伍岸更谦让。他们最终达成意愿：共同采挖。

简文宇在月球车内向伍岸和威廉森打着手势：只能挖20公斤！

伍岸和威廉森两人4只手共同握着挖掘器采挖月壤。运输管插进去了，怪事发生了，这次不是毒烟雾，是电，运输管上传来一股高压电流，怕有万伏以上，“啪”的一声，将威廉森和伍岸击倒。也或许不是电，是力，千钧之力。抑或不是力，是毒烟雾之外的另一种毒。

聂焓和简文宇在月球车内看得真真切切，吓呆了。伍岸是聂焰家的大恩人，聂焰从月球车上跑下来，奋不顾身去救伍岸。简文宇也不能袖手旁观，踩着聂焰的脚印去救威廉森。伍岸瘦，聂焰像拾细棍子般把他抱起来了。威廉森肥胖，在地球上体重有100公斤，但在月球上体重不会超过20公斤，但20公斤也累得简文宇喘粗气。

威廉森和伍岸都昏迷不醒了。

得赶快逃离这个鬼地方！好在聂焰和简文宇都是高智商的人，摸索着开着月球车缓缓地返回基地。

得赶紧返回地球抢救患者！

6天后，M国的前进者3号宇宙飞船准确无误地在M国的着陆点着陆，和中国的苍穹5号一样，没开采到氦-3，换回来的是两个患者。

4

威廉颇尔看着躺在自己诊室的威廉森和伍岸，面如土色，对着聂焰和简文宇喊：“毒样本呢？毒样本呢？”

聂焰和简文宇解释说：“没有毒样本，连毒烟雾也没有。伍校长和威廉老板两人刚将挖掘器的运输管插进月壤，就立刻倒下了。他们像是被电击倒的，也像是被外力推倒的。请问，电和力不是以人的肉眼能看得见的有形的物质形态存在的，能有样本吗？”

威廉颇尔无言以对，满头大汗，没有办法。他只能直面现实，威廉森和伍岸的结果和雷天笑和丁大高一样。

而威廉洁表现出了令人赞叹的冷静。威廉洁是一个什么样的女人啊？丈夫伍岸昏迷不醒，她没有流泪。她不伤心吗？不，她伤心得很，心像刀割一样。但她把伤心隐藏了起来，表现出来的是冷静和坚强。

威廉洁四处为伍岸打听治疗方法，拜访了多位医学专家，得到的回复都是无法治疗。

威廉洁现在只能努力完成丈夫的愿望：设立“伍岸高科技进步奖”，让丈夫没有遗憾。完成这个愿望最重要的是什么？筹钱。

威廉洁要在最短的时间里筹到这笔钱。

筹钱的第一件事是索赔。找谁索赔？阿童木太空服制造社。你们的广告是怎么打的？“穿上阿童木，上月球，上火星，周游宇宙，万无一失！”你们阿童木太空服上的说明是怎么写的？“特殊材料制成，防火防电防辐射，万毒不侵！”威廉洁找了M国最好的律师，结果，阿童木太空服制造社赔偿了伍岸、威廉森各1亿美元，共2亿美元。这与期望值相差甚远。

威廉洁第二件事是到中国、到伍岸工作的京清大学来，找校董事长戚天威讨说法。伍岸作为京清大学校长，到M国的圣翰大学进行学术交流，上月球进行科学实验，重伤了，学校要拿出钱来赔偿。戚天威回答说：“抢救嘛，需要多少钱我拿多少钱！”威廉洁拿到了戚天威的5亿美元。

威廉洁第三件事是找雷禾。她的丈夫伍岸和弟弟威廉森是为救治雷天笑和丁大高到月球上取毒样本重伤的，9595电力集团必须赔偿，初步计算，20亿元是非赔不可的。20亿元折算后大约有3亿美元，拿来吧！

威廉洁近乎胡搅蛮缠。如今的9595电力集团一口气拿出来3亿美元现金确实有困难。威廉洁不依不饶，雷禾只好找银行贷款。银行不贷，理由简单直白：9595电力集团现在在走下坡路，银行的钱投出去风险太大。雷禾没办法，只好出卖股权，凑齐了3亿美元，交给了威廉洁。

东拼西凑，威廉洁手里有了15亿美元。

15亿美元太少了，存在银行里没多少利息。而未来“伍岸高科技进步奖”的奖金靠的是利息。当初，伍岸和她预想的是筹集150亿美元，现在只有十分之一。

接下来怎么办？只有等伍岸醒过来了再说。

10天过去了，伍岸没有醒，威廉森也没有醒。

威廉洁求威廉颇尔："二叔，我们学中国的京清医院，把他们冷冻起来，休眠等待治疗！"

"我考虑过了。能不能不用这种冷冻休眠就治好他们！"

威廉洁迫不及待："那您还犹豫什么？"

威廉颇尔解释："我想，休眠一两年可以，要是8年、10年呢？唤醒他们，治好他们，他们还停留在8年、10年前，有用吗？"

这倒是个实际问题。中国的京清医院没考虑这个问题？没替患者、患者家属考虑这个问题？中国国情不同，人家讲亲情，讲孝道。

威廉颇尔说："我判断，地球上近一两年内不会有治疗他们的药。"

威廉洁果断地说："那就顺其自然吧。我们不会特意把他们冷冻起来，休眠等待治疗，就看他们的身体能支撑到什么时候了。"

威廉颇尔沉默片刻，说："可怜的伍岸和威廉森，祝你们好运。"

又10天后，伍岸和威廉森相继停止了呼吸。不知是雷天笑和丁大高的冷冻休眠好，还是伍岸和威廉森顺其自然停止呼吸好，现在没有答案。

伍岸的遗体火化后，其骨灰被运回了中国。

伍岩为父亲设了灵堂，不放哀乐，放瞎子阿炳的二胡独奏《二泉映月》。听《二泉映月》是伍岸生前的最爱，听着听着，会仰天长叹，甚至泪流满面。伍岸说他和100多年前的阿炳是知音。伍岸的骨灰被撒在了聂焰家的抱海湾养殖场。京清大学校董事长戚天威指示铸了伍岸的铜像，令人将其立在了校科教大楼前的小广场上。铜像下方有关于伍岸的介绍，说他是一个献身高科技事业的人。这也是对献身高科技的人的鼓励。

威廉森的遗体火化后，骨灰安葬在威廉家族的墓地里，不少人为他献上了鲜花。

威廉洁将15亿美元留下5亿，另外10亿交给了儿子并叮嘱："你父亲的遗愿我是一定要完成的，15亿美元我不能一下子全给你，希望你能理解。"

伍岩接过母亲手里的银行卡，说："请母亲放心。儿子完成父亲的遗愿是天经地义的事。我在父亲面前表了态，会在不长的日子里从月球上运氦-3回地球，来告慰父亲。"

威廉洁高兴地说："好的。"

5

伍岩手里一下子有了10亿美元。有了钱，翅膀就硬了，他决定用机器人上月球开采氦-3，机器人可不会像人一样中毒。

机器人制造学院是圣翰大学的主打专业。伍岩本、硕、博连读，现在博士就要毕业了。伍岩的导师是孔斯迈克，有犹太血统的M国人。前不久，孔斯迈克又收了一个学生，该学生来自中国，叫金焊。金焊是金荆伟的儿子，是伍岸推荐给孔斯迈克的。孔斯迈克不管是谁推荐的，试带一个星期，行，就成为他的学生，不行，对不起，走人。金焊在一个星期里给了孔斯迈克一个满意的答卷，成了他的学生。

伍岩问金焊："这事该不该给孔斯迈克导师通气？"

金焊问："通气会怎么样，不通气又会怎么样？"

伍岩说："通气就是在导师的领导下干，不通气就是我俩撇开导师单独干。"

金焊说："当然通气啦。孔斯迈克是研制机器人的权威，撇开他只凭我和你的技术力量不行。"

伍岩说："有什么不行的。我是博士，你是硕士。"

金焊说："你是博士不假，我这个硕士就不谈了。上月球开采氦-3对这个不怕中毒的机器人的要求很高，要会走、会挖、会装、会抬，不怕强辐射、不怕强紫外线、不怕昼夜三四百度的温差……"

伍岩说："这些我们都能解决。"

金焊说："可是要时间啦。你向威廉洁伯母保证的是'不长的日子'，可短期内我们上不了月球开采不回来氦-3。不能向威廉洁伯母兑现承诺事小，我恐怕早有别人抢先从月球上运回来氦-3了，我们所做的事情就没多大意义了！"

伍岩觉得金焊说的有道理，拉着金焊说："走。找孔斯迈克去！"

孔斯迈克是圣翰大学的权威，前额很高，长着和爱因斯坦一样的大胡子。

孔斯迈克和蔼可亲，学生们甚至可以喊他"大胡子"。

伍岩和金焊敲了敲门，得到回应后走进了孔斯迈克的办公室。

孔斯迈克停下键盘上的手指，望着他的学生，问："这个时间来找我，有什么事？"

伍岩很自然地坐在了长条沙发上，金焊没坐。金焊来的日子不长，不敢在导师面前放开。伍岩回答导师说："是的，有事。我俩想申报一个课题。"

孔斯迈克问："是我感兴趣的课题吗？"

伍岩说："老师肯定感兴趣。"

孔斯迈克说："什么课题？"

伍岩说："依靠机器人上月球开采氦-3。"

"这个课题我很感兴趣。"孔斯迈克站了起来，"中国的雷天笑和丁大高倒下了，M国的伍岸和威廉森倒下了，说明活生生的人上月球开采不了氦-3，得靠机器人！"

"机器人百毒不侵。"伍岩说，"看来，您同意了？"

"我当然同意。"孔斯迈克兴奋地举起双手，但很快双手垂下来了，说，"我们高兴过早了。这得向学校打报告，申请资金！"

金焊插嘴说："学校出钱，那开采回来的氦-3就是学校的。"

伍岩说："我们撇开学校，自己干。"

孔斯迈克说："钱呢？"

伍岩说："我拿！"

孔斯迈克说："你有钱？"

伍岩说："10亿美元够吗？"

孔斯迈克说："我想，应该够了。但是还可以追加吗？"

伍岩说："可以的。"

孔斯迈克说："我现在就同意你的博士毕业了。你走出圣翰大学吧，在外面成立一家公司，招聘几个像金焊一样的同学自己干。这样，学校就管不了你了。”

“那您呢？我们是要您当我们的技术支撑的。”

“借我的脑袋？”

“可以这么说。缺了您，我们会走很长的弯路。”

“我的脑袋是值钱的。”

“等氦-3从月球上开采回来，您占18%股份。”

“NO，少了！看在你是我的学生的份上，我可以优惠，但也要占20%的股份。”

“好。成交。”

6

半个月后，一家“全能机器人制造公司”紧挨着前进者旅游公司挂牌了，厂房是前进者旅游公司腾出来廉价卖给伍岩的。前进者旅游公司现在是威廉洁说了算，威廉洁当然支持儿子。

全能机器人制造公司董事长是伍岩，首席顾问是孔斯迈克。

金焊只当了个董事长助理，但他很乐意。

全能机器人制造公司基本仿照圣翰大学机器人制造学院现有陈设进行建设。一切紧锣密鼓地进行，对外只宣称全能机器人制造公司就是生产一般机器人的。

可是天下没有不透风的墙，全能机器人制造公司在生产上月球开采氦-3的机器人的消息到底泄露了。

秦玲玲知道了，她是通过金焊的口知道的。秦玲玲在旅游部门工作过，认识金焊，且关系不错。秦玲玲长金焊4岁，金焊称秦玲玲为“玲姐”。金焊回中国看望父母时与秦玲玲巧遇上了，两人交谈起来，还共进了午餐。金焊几杯酒下肚，口无遮拦，将自己在M国干什么说出来了。虽然说的不是那么明白，但聪明的秦玲玲还是猜出来了。

这是个重要的情报。秦玲玲作为苍穹5号登月飞船的管理员，上次管理9595电力集团的雷天笑等人上月球，出了那么大的事故，心存内疚。虽然这起事故与秦玲玲不相干，但秦玲玲毕竟是管理员。

秦玲玲要赶紧向9595电力集团送上这个情报，她选择告诉雷苗。

秦玲玲与雷苗约好，就在雷苗的闺房见面。

雷苗的闺房在揽月园的一隅。闺房以粉红色为基调，显得无比温馨。只是，近些日子由于父亲和丁老师出事，雷苗没心思顾及她的闺房了，任由机器人小姐去捣鼓。机器人小姐叫红娘，是个没有头脑的傻大姐，只会按主人的布置去干事，主人没布置，她就不干。这不，闺房显得凌乱了。玩具狗皮卡从床上掉了下来，四脚朝天，没人理。卷发棒没挂在应挂的地方，而是放在梳妆台上……

算了，凌乱就凌乱，秦玲玲又不是外人，是她的好朋友。

秦玲玲来了，神神秘秘的。

“什么事啊？”雷苗递给秦玲玲一杯柠檬汁，问。

“当然是天大的事。”秦玲玲喝了一口柠檬汁，说，“有人要抢占你们月球上的制高点。”

“这是什么话，我们在月球上哪有什么制高点？”

“有。就是你爸和那个丁教授出事的地方。”

“让他去抢占吧，保准是又一个伍岸和威廉森。”

“不，这一次去的是百毒不侵的人！”

“哪有这种人？”

“有，机器人。机器人会中毒吗？”

“对呀，机器人不会中毒。”雷苗明白过来。

秦玲玲喝干柠檬汁就要走，雷苗也不挽留。

雷苗要把这个情报赶紧通知雷禾。

雷禾不容易，父亲留给他的这个公司他并不是十分熟悉，好在父亲为人正直，管理层都捧场，买雷禾的账。

雷禾考虑的最现实的问题是月球工作所的去留问题。留吧，作为一个机构，运作需要一笔不小的开支。散吧，这是父亲休眠前的心血，不能随便毁掉。雷禾思来想去，得出结论：上月球开采氦-3是必然要进行下去的，月球工作所如果能继续做这方面的工作，则保留，不然，就解散。或者，机构保留，人员解散，另选新人。

这时候，雷苗急匆匆来了，像打机枪一样向雷禾诉说。

“什么？有人要开发机器人上月球占领制高点？”雷禾对雷苗的情报吃了一惊。

“开采氦-3，一本万利的事谁都会削尖脑袋去干。”

“那不行，那是我们雷家花了血本甚至生命换来的东西！”

“不行能怎么样？”

“我找他们说理去！”

“找谁说理？”

“当然是伍岩。”

7

这事必须面对面地谈。

雷禾带上简文宇，来到M国的全能机器人制造公司。

伍岩已经做好迎接雷禾的准备，因为聂焰已经向他通报了消息。聂焰现在和伍岩关系很好。

伍岩十分热情地接待雷禾与简文宇。

“谈什么呀？月球是个巨大的宝藏，氦-3尤显珍贵，它是你中国9595电力集团的财产吗？不是。是我M国全能机器人制造公司的财产吗？也不是。它是整个地球人的。谁上月球开采回来了氦-3，是谁的本领，旁人无权干涉。”伍岩如此说。

“地球人谁都可以上月球开采氦-3。可是别忘了，月球上可供开采氦-3的那个点是我们找到的，那是我们的知识产权。”雷禾如此说。

“你是指月球上的那个东经66° 和北纬66° 交汇点，即你的父亲U盘里的

‘双66’？”

“是的。原来是保密的，现在公开了。”

“你们有专利证书吗？”

“……没有。”关于宇宙星球的管理，联合国刚刚将其列入议事日程，申请到有关月球上的专利恐怕是5年以后的事。雷禾说，“专利证书也只是一纸证书。我们没有证书，但为寻找到这个‘双66’，我们付出了多少，你应该清楚。难道因为没有专利证书你们就强占我们的劳动成果？”

伍岩说：“你讲的是道理，但我只认条文。道理对我没有约束力。”

这时候，孔斯迈克踱着方步出来了。

伍岩对雷禾和简文宇介绍说：“这是我的导师孔斯迈克先生。”

雷禾和简文宇对孔斯迈克这个名字并不陌生，他是世界级的机器人制造专家，今天算是对上号了。二人毕恭毕敬地向孔斯迈克鞠了个90度的躬：“您好！”

孔斯迈克懂中国的礼节，点头还礼。他批评伍岩说：“中国的这位年轻先生说的对。他们没有证书，但他们为寻找‘双66’付出了很多，我们要尊重他们的劳动！”

伍岩想不到导师会站在中国来的雷禾的立场上说话，十分生气，又不好发作。

孔斯迈克问了雷禾的姓名，说：“尊敬的雷禾先生，你们也可以制造机器人上月球‘双66’开采氦-3。我给你们1年的时间。我保证，1年内我的机器人不上月球。”

“您给我1年时间？”

“对。如果1年内你们没从‘双66’开采到氦-3，1年后就无权干涉我们了。”

“要是我们开采到了氦-3呢？”

“我们永远放弃‘双66’。这应该算公平了。”

这时候，简文宇偷偷地拉了拉雷禾的衣服，意思是不要答应，谁知，雷禾不予理会，对孔斯迈克爽快地说：“一言为定！”

孔斯迈克说：“一言为定。”

这一约定定下的时间是2129年9月28日上午10时整。

中国人走了，办公室里只有孔斯迈克、伍岩和金焊，孔斯迈克手握拳头喊：“明年的此时此刻，我们就去占领月球上的‘双66’！”

伍岩不解，说：“您不是让中国的那个雷禾去占领吗？”

孔斯迈克狡黠地一笑，说：“他占领不了。不但占领不了，我们还会从他身上赚一笔钱！”

从伍岩的全能机器人制造公司出来，简文宇不理解雷禾刚刚为什么不理会他的阻止，说：“1年内我们无法制造出上月球开采氦-3的机器人。”

雷禾说：“我和你当然制造不出来。能上月球开采氦-3的机器人是机器人中的高端产品，没有10年的周期研制不出来。但中国有那么多机器人生产厂家，不用1年他们就能制造出来。”

“你是说买？”

“当然是买啦。我们9595电力集团早就有机器人在生产一线干活了，这些机器人都不是我们自己生产的。”

这一趟M国之行让雷禾明确了自己的工作目标：要在1年之内买到上月球开采氦-3的机器人。否则，月球上的“双66”就拱手让人了。

8

月球工作所没有存在的必要了，要解散了。对于月球工作所的人，雷禾说：“愿意留下的，欢迎。愿意走的，欢送。”

饶永石决定要走。他曾对父亲有过承诺，定期向父亲汇报月球工作所上月球开采氦-3的情况，因为没开采到氦-3，他没有汇报，想与父亲在一起待些日子。父亲肯定也想他到自己的身边去，他想照顾照顾父亲。再有，饶永石的研究课题是月球语言，不想分心搞机器人。

黄小昊也要走。调包雷天笑U盘使他有了心理阴影。他是个嘻嘻哈哈的人，想换个环境，走出阴影。

简文宇决定留下。他有他的小算盘。

聂焰也要留下。这是伍岩的指示，继续留在雷禾的身边当眼线。

至于雷苗和饶环珮，当然是留。

还有一个人就是徐倩茹。她回北山的娘家待产抚育孩子了。

但还有变数。

首先是聂焰要留下来的问题。雷禾是要他走人的，雷禾何等精明之人，聂焰留下来只能是“人在曹营心在汉”。聂焰因为与伍岸之间亲近的师生关系，现在与伍岩关系也很好，雷禾又怎能和他称兄道弟呢？这是大忌。如何要聂焰走人？当然是开诚布公。要当个称职的老板，就不怕得罪人。慈不领兵，义不理财，虽然雷禾吃过不少聂焰家的金枪鱼。

雷禾对聂焰说："伍岸伍校长生前是帮过你们聂家的。现在伍校长的儿子伍岩在办大事，正缺人手，你去帮他吧。虽然我舍不得你，但是伍岩也需要你呀。所以，我不留你。"

聂焰是聪明人，雷禾的话中话他听了一半就明白了，这是开路条，想留是厚脸皮了。于是，他顺着梯子下楼说："这几年在9595电力集团贡献微薄，有不对的地方，请原谅。往后有用得着我的地方，只要一唤，我就来！"雷禾拉起聂焰的手，激动地说："谢谢！"

接下来是饶永石要走的问题。饶永石要走，雷禾无所谓，但对雷苗来说，就"有所谓"了。热恋中的恋人嘛，怎能各奔东西呢？要是雷天笑不出意外，他俩说不准都结婚了！

早上，饶永石、饶环珮兄妹二人正在饶永石的宿舍里吃油条、喝豆浆，雷苗找上门来了。

雷苗来了，饶环珮不敢怠慢，赶紧将自己没开封的豆浆让给雷苗，又去给雷苗拿油条。雷苗说："别拿了，我没心思吃。麻烦你先走开一下，我有话跟你哥说。"

饶环珮走开了。

饶永石有些不高兴，对雷苗说："你有什么话不能当着我妹妹说？"

雷苗懒得回话，劈头问："你要走？离开9595电力集团？"

“是呀，有什么不对吗？”

“那我呢？”

“你？”饶永石考虑过了，说，“腿长在你的身上，当然是由你决定了。”

“你觉得呢？”

“跟着我回北山市吧。”

“那我哥呢？”

“你哥与你跟着我回北山有关系吗？”

“有关系。现在这个时候，是我哥最需要帮手的时候，我能离开他吗？”

“那你就留下来吧。”

“是的，我留下，你回北山，然后移情别恋！”

“你，你怎能这么说话呢？”

“我就这么说话。”雷苗使起了性子，“我一个人在京清，你也管不着我，我也去移情别恋！”

“你和我都要自我约束！”

“自我约束？纸上谈兵！”

“那该怎么办？”

“简单。你留下来！”雷苗也通情达理，“我给你8个小时的考虑时间，下午5点准时答复我！”

下午5点整，雷苗来了，问：“你考虑得怎么样了？”

饶永石没有回答，当初丁大高和雷天笑为了开采氦-3殚精竭虑的样子浮现在他的眼前，沉默了片刻，他说："上月球开采氦-3回地球是我这辈子的目标，否则，对不住雷总和丁老师。"

雷苗问："这样的话，你为什么要回北山呢？"

饶永石说："我回北山又不是放弃上月球开采氦-3。实话跟你讲，我的月球语言检测仪里就可能暗藏着一条上月球开采氦-3的通道，我要把它找出来！"

"在京清市不能找吗？"

"你哥会同意我不为他工作而只顾自己的研究吗？端他的饭碗就得服他管。我得换个环境，北山市是最理想的。我爸不会干涉我，我妈会全力支持我。你最好也去，陪着我体贴我。你明白了吗？"

"明白了。"

"你同意跟着我去北山市了？"

"我不会去。上午我就说了，我不会撇下我哥的，而且我有我的生活，没道理我要围着你转！"

最终雷苗还是坚持留在了京清市。

想不到，饶环珮也想走。

饶环珮想走是因为黄小昊在后面搞鬼。几天工夫，黄小昊就在岳岱山北麓搞到了一块地皮搞房地产开发，他当董事长，还请饶环珮去当总经理。饶环珮推辞说："我不是那块料。"黄小昊说："你当都没当怎么就知道不是那块料？"饶环珮动心了。

好在饶永石还没走，饶环珮就去找他讨主意。饶永石想了想说："我没主意。你不如去和雷禾商量商量，你的去留也关系着你们二人的未来。"

饶环珮去找雷禾。

雷禾正忙得不可开交，手机呼叫此起彼伏，根本没有空与饶环珮说话。好不容易有了空，他问饶环珮："有什么事？"

饶环珮将一盒核桃露放在茶几上，说："这东西补脑，每天早晚叫机器人拿给你喝！"然后转身走了。饶环珮没开口说去当总经理的事。她看到雷禾这么辛苦，非常心疼，终于下定决心要陪在他身边。这个时候，就是有人请她去当总统，也不能去。雷禾需要她啊！

三天后，饶永石回到了北山市。

第八章　他，开采回了氦-3

1

“9595电力集团月球工作所”的牌子摘下来了，大家集思广益，挂上了“9595机器人开发中心”的牌子。这个牌子好，不是“研究”，也不是“生产”，是“开发”。研究、生产与开发是有区别的。

开发中心有4个人：雷禾、简文宇、雷苗、饶环珮。雷禾是经理（兼职），简文宇是副经理，雷苗和饶环珮是办事员。这有点好笑，4个人，2个官2个兵。不过，雷禾发出话来了：4个人处在同一起跑线上，谁最先找到了胜任上月球开采氦-3的机器人，谁就是功臣，就奖励谁50万元。

大家心照不宣地没有合作，选择了单干。

简文宇信心十足，他要拿到雷禾说的50万元奖励。

简文宇打开电脑，在互联网上搜索查看中国的机器人生产情况。

中国2128年有机器人生产厂商34家，其中18家是生产家政机器人的，就是牵扶老人、打扫室内卫生、当贴身保镖（如雷天笑的铁塔）之类的机器人。家政机器人生产厂商市场竞争激烈，有13家濒临破产。这18家生产家政机器人的工厂不在简文宇的考虑之列，它们没有生产上月球开采氦-3机器人的能力。另外16家都是生产高智能机器人的厂商，大部分的广告语夸大其词，标榜自家科技领跑，实力雄厚。简文宇的目光落在了一家名为“万胜机器人制造厂”的商家上。它的广告语是：你想要干什么，我就给你干什么。

这条广告语吸引了简文宇的眼球，如果要上月球开采氦-3，他们会如何做呢？难怪人说一条好广告语能救活一家企业。

简文宇决定到万胜机器人制造厂去。

万胜机器人制造厂在中国的西部，原来的戈壁滩现在建起了一家一家工厂。戈壁滩建工厂好，占地不受限制，没那么多收费，污染防治也相对简单。

万胜机器人制造厂有接待客人的宾馆。简文宇正在办理入住，有人碰了他一下，回头一看是饶环珮。简文宇吃了一惊：“怎么……是你？”

饶环珮反击：“应该是谁？”

应该是雷苗！简文宇当然没有这么说：“只是，我觉得……”

“你觉得什么？”

简文宇说：“大姑娘应该往环境优美的机器人制造厂跑，不该到戈壁滩上来！”

饶环珮说：“戈壁滩有我要找的机器人，环境优美的地方没有！这个回答你满意吗？”

……怕不是来捣乱的吧，简文宇说：“你和我选择了一个厂商。”

饶环珮调侃说：“英雄所见略同嘛！”

简文宇说：“丑话说在前头。”

饶环珮说：“你说！”

简文宇说：“雷禾奖励的50万元你我怎么分！”

“你想得太远了！”饶环珮说，“全是你的。”

简文宇说：“我的胃口没那么大。生意你我共同做，奖金你我共同分。”

“现在不谈这个。”饶环珮说，“既然生意是你我共同做，有些事情你就要听我的！比如……”

“比如什么？”

“对方出牌人是女的，你上。对方出牌人是男的，我上。”

“好、好……”简文宇瞪大眼睛，这个饶环珮表面温柔，内心厉害，这样确实对谈生意有利。

二人来到生意洽谈厅坐下，美女机器人送上来了戈壁滩特产哈密瓜汁，并示意客人点击茶几上的电子屏幕，提示要谈的生意内容。

简文宇扫了电子屏幕一眼，点击了“购买机器人”一栏。随即，办公室有人出来了。

这是对方出牌人，男的，该饶环珮上了。

双方递上了名片。对方的名片上写着“销售部主任郝木”。

饶环珮没与郝木握手，而是对他深深鞠了一躬。

郝木40岁左右的年纪，脸棱角分明。郝木打量着饶环珮，暗赞她是赛过机器人美女的美女，礼貌地问：“饶女士希望买到什么样的机器人？”

饶环珮也不遮掩，说：“我要的是你们最高端的机器人，会拿挖掘器挖土往桶里装，会抬着桶上坡下坡……”

郝木十分肯定地说：“我的机器人全能做到。”

饶环珮接着说：“……百毒不侵，不怕强辐射，不怕强紫外线，不怕巨大温差！”

“饶女士找到我们万胜机器人制造厂算找对了。我的机器人不惧毒，不怕强辐射，不怕强紫外线……”郝木接下来有点口吃。

饶环珮追问：“不怕巨大温差呢？”

郝木问：“多大的温差？”

饶环珮说：“从−100℃到300℃。”

郝木支支吾吾。

饶环珮逼问：“有吗？”

郝木说：“没……有。实话实说，现在没有。如果用户需要，马上研发，马上有。”

饶环珮说：“能看看你们现有最高端的机器人吗？”

“当然可以。”郝木强调说，“看看可以。如果你要具体检测，是要另外收费的。”

饶环珮说：“没问题。”

2

机器人被调出来了，是仿真人体的机器人，男性，身高1米75，体态匀称，肌肉健壮。

机器人站在饶环珮面前做自我介绍："我叫万六代，是万胜机器人制造厂仿真人体机器人第六代产品，百毒不侵，会拿挖掘器挖土往桶里装，会抬着桶上坡下坡，不怕强辐射，不怕强紫外线……"万六代说完就开始展示自己刚才说的本领，拿起一个挖掘器和一只铁桶往外走了。

郝木陪着饶环珮在监控屏幕前观看。

万六代走进了无人区。无人区相当荒凉，别说树，连根草也没有。

万六代被沙尘暴掩埋了，又挣扎了出来。

万六代上了一个坡度约60度的土坡，拿挖掘器挖土往桶里装，装了约10公斤。这时候，天黑下来了，万六代将在无人区度过漫漫长夜。

当一抹曙光照亮无人区的时候，万六代醒了，站了起来。

3小时后，万六代回来了，毫发无损，并向饶环珮呈上装有10公斤土的铁桶。

郝木得意扬扬，问饶环珮："满意吗？"

饶环珮正要回答，简文宇窜出来了。

郝木吓了一跳，问："您是……"

简文宇递上名片。

郝木扫一眼名片，“啊”了一声说：“简文宇副经理？欢迎！”

饶环珮很生气：说好了的，你窜出来干什么！谁封你是“副经理”？

简文宇完全撇开饶环珮与郝木谈起来，饶环珮被晾在了一边。

饶环珮气坏了，扭头走了！

其实饶环珮中计了。简文宇容不得饶环珮在这里。

郝木望着简文宇征求意见。简文宇说：“万六代到外面走了一圈我看到了。实话实说，这只说明它百毒不侵、不怕强辐射、不怕强紫外线。还有不怕大温差呢？”

郝木说：“我跟那位饶女士说过了的，现在没有。如果用户需要，马上研发，马上有。”

“除了耐受大温差，其他的特性可以检测一下吗？”

“我也跟那位饶女士说过了的，具体检测要收费的。”

简文宇问：“怎么收？”

郝木底气不足，想吓退对方，说：“一项5000元。”

哪知简文宇表态说：“没问题。”

就传统意义上的毒而言，机器人应该都是“百毒不侵”的，因为机器人的组成材料是金属、塑料等。但能耐受腐蚀性的毒么？比如硫酸、盐酸之类的。万六代听到硫酸、盐酸就皱起了眉头，说明他怕。

郝木反问说：“硫酸、盐酸是毒吗？”

简文宇说：“我这里的毒是泛指，凡属能使其产生损坏作用的都是毒。万六代能接受检测吗？”

郝木说："不行。他身上有些材料是不抗腐蚀的。等换了抗腐蚀的材料就可以了。"

那么，强辐射呢？辐射以电磁波和粒子的形式向外传播，光波就属于电磁波。在大气层稀薄的月球上，太阳光波就是强辐射。在地球上，因为大气层的削弱，强辐射变弱，动植物才免受伤害。万六代能抵抗没有大气层保护的太阳光波吗？

此外，月球上的强紫外线和巨大温差也要求机器人的材料有极强的耐受性。

郝木望了望简文宇，小心翼翼地问："你要的机器人莫非是要上太空？"

简文宇并不隐瞒，说："就是上太空。你们能制造出来吗？"

郝木说："保证没问题。只是，你是我们厂接待的第一位订购上太空机器人的客人，也就是说这太空机器人我们是第一次生产。你提出的抗毒、抗强辐射、抗强紫外线不难，难就难在这抗巨大温差上……"

"能解决吗？"

"要时间。"

简文宇问："要多长时间？"

郝木说："一年吧。"

"一年？"简文宇摇头，"不行、不行。最好半年，顶多8个月。否则，没余地了。"

这抗巨大温差涉及材料科学，复杂得很，郝木"这个"了半天，说：

"等我考虑成熟了再回答你。"

简文宇说："好，给你10天时间！"

好不容易来了一笔生意，不能让它跑了。郝木说："行。就这么说定了。"

3

与此同时，雷苗也在行动。

雷苗知道饶环珮被简文宇赶走了，很不爽，她要另辟蹊径。

雷苗想起了一个人——柳萌。柳萌是哥哥雷禾曾经的女朋友，大雷苗两岁，身高和雷苗一样，身材和雷苗相似。柳萌是9595电力集团招聘的，是财务科的一名出纳。柳萌以前仗着和雷禾的关系挪用了15万元公款，然后被财务科长告发，最后雷天笑辞退了柳萌。当时雷禾请母亲左爱桃去求情，但没用。雷天笑容不得蝇营狗苟。柳萌气急败坏，连夜走了。

雷苗怎么会在这个时候想起柳萌呢？柳萌有个弟弟叫柳阳，是个机器人天才，读小学时就捣弄出了一个猴机器人，徒手顺墙爬上了居民小区18层的楼顶，惊得小区的居民目瞪口呆。柳萌挪用公款是情急之下干的，当时还在读初中的柳阳应邀参加一个国际性的中学生机器人比赛，可是，柳家资金上有缺口，柳阳就打电话找姐姐要钱，时间紧迫，柳萌来不及申请，私下把钱给弟弟打过去了……雷苗想起柳萌，就是想见识见识她的这个机器人天才弟弟。

雷苗和柳萌关系是不错的，称得上闺蜜知己，比现在和饶环珮还强几分。雷苗存有柳萌的联系方式，但是却联系不上了，于是只能找上门去。

柳萌的家在岳峰县，原来是深山老林，现在被开发为旅游景点。雷苗开着她的银色悬浮汽车两个小时就到了。

柳萌不好找，但柳阳好找。柳阳是岳峰县人的骄傲：机器人天才，参加国际性机器人比赛获得过金奖。雷苗向当地人打听之后，在一个小巷深处找到了柳萌的家。

柳萌正忙，又为弟弟柳阳参加机器人比赛做准备。她看见雷苗来了，丢下手中的事，迎上前去，握着雷苗的手说："雷苗？怎么到这山洼洼来了？"

雷苗说："不能来？不欢迎？"

"当然欢迎！"柳萌突然想起了什么，说，"我知道你来的原因了！"

"说说看！"

"来要我还你钱的！"

雷苗摆脱柳萌的手，说："这就太见外了！"当年，柳萌要还挪用的公款，雷苗偷偷给她垫了5万元。雷苗说过，这钱是不用还的。

"你是来旅游的？现在水冷草枯，不是时候呀。"

"我是来认识你弟弟的。你弟弟是机器人天才！"

"你来找柳阳？哎呀，他的同学提前送他到飞机场去了！"

"去飞机场？"

"参加机器人比赛，是一个国际性的中学生的机器人比赛。上次……就是我挪用钱的那次，那年比赛是第五届，每届比赛间隔3年，今年是第六届。上届我弟弟是初中生，现在是高中生，上次参赛用的是猴子机器人，这次是狗鼻子机器人。”

“狗鼻子机器人？”

“顾名思义，就是这款机器人嗅觉厉害，像狗鼻子，甚至超过狗鼻子。比如同一型号没贴标签的杯子里装着水、酒精、汽油……他能很快分辨出来！”

“那不就能代替警犬、搜救犬？”

“应该是这样。”柳萌看了一下时间，“哎呀，我要去赶航班，没时间陪你了。”

雷苗说：“你弟弟都是高中生了，还要你陪伴？”

柳萌苦笑说：“我这个弟弟，搞机器人是天才，穿衣吃饭是蠢材。不怕你笑话，他衣服的纽扣总是扣错位，鞋子经常穿反，不晓得肚子饿，不喊他吃饭他就不吃饭。我陪着他，他好正常发挥。”

雷苗说：“我送你去飞机场吧！”

“行。”柳萌坐在了悬浮车的副驾驶椅上，问雷苗，“你的侄子是男是女？”

雷苗说：“我哥没结婚，哪来的侄子！”

柳萌说：“没结婚？不会吧！”

“没结婚就是没结婚。还骗你不成。”柳萌这么问说明她还想着哥，雷苗有些感动，“你呢？”

“我？单身。”柳萌声音发酸，“从你哥的阴影里走出来都难。”

“你还恨着我爸？”

“你说呢？”

“人死不记仇。你就不恨他了吧！”

“你爸他……”

“去世了。”雷苗眼眶含着泪水，“或者说等同于去世了！”

柳萌没有再问，怕引来雷苗更大的伤心。

二人不再说话，一直到飞机场。

柳萌下车时扭头对雷苗说：“如果在机器人上有什么需要，就找我。”

4

简文宇10天后去了郝木的办公室。

二人已经很随和了。

简文宇先开口，问：“我需要的机器人贵厂能生产吗？”

郝木说：“当然能。10天前，你给我8个月的时间，现在我回答你，我提前3个月交货。”郝木很有底气。

简文宇高兴起来，说：“5个月？”

郝木说：“是的，5个月。你们需要多少这样的机器人？是成批的吗？”

简文宇说：“不是成批，是2个。”

“只要2个？”郝木说，“那价格就贵了！”

“多少？”

“一个至少8千万元。”

“优惠价呢？”

“10个以上才有优惠。”

双方立刻签订了合同。9595机器人开发中心交付定金5千万元，约定万胜机器人制造厂5个月内交货。

而雷苗从岳峰县回来后去向雷禾汇报，说起了柳萌，雷禾一脸的复杂，制止雷苗：“不要说了！”雷苗又说起了柳阳，雷禾一脸的失望，说：“出国比赛去了？等这个天才回来，黄花菜都凉了！”但是，雷禾记住了，柳阳拿来参赛的是狗鼻子机器人，嗅觉高度灵敏，能替代警犬和搜救犬。

简文宇从戈壁滩回来，雷禾亲自开着车到机场迎接。

雷禾把采购能上月球开采氦-3的机器人这件事的成败赌在简文宇身上了。

雷禾在京清大酒店为简文宇接风洗尘。二人对斟对饮，吃综合基因大白菜。雷禾叮嘱简文宇：虽然订了合同，拿货前也还要随时保持和万胜机器人制造厂的联系。

饶环珮被晾起来了。她闲着不是滋味，经不住黄小昊许诺的“总经理”职务的诱惑，到岳岱山去了。不过，她是经过雷禾“同意”了的。雷禾说：“随你的便。”

而正当雷苗买了飞机票，准备飞往柳阳参加的国际机器人比赛举办国的时候，她收到了一条语音：“饶永石要崩溃了，快到北山市人民医院来！”

发语音的人是徐倩茹。记起来了，徐倩茹是北山人。雷苗急得一头大汗，飞机票改为了国内航班：去北山市。

这个饶永石，身体壮壮的，怎么就要崩溃了呢？

此前，饶永石回北山市后迫不及待地去找父亲。饶德中正要找他呢，他倒主动找上门了。

饶德中见了儿子，正要责怪儿子说好了按时通报9595电力集团上月球开采氦-3的情况的，怎么没通报？但话到嘴边又咽回去了，儿子十分憔悴，像害了一场大病似的。他不想让儿子难堪。

倒是饶永石主动承认错误，说9595电力集团上月球开采氦-3失败了，还死了人，请父亲谅解，随后叙说了失败的经过。

幸亏失败了，要是真从月球上把氦-3往地球上运，破坏了宇宙平衡，可能会带来一场无法想象的大灾难，不是死几个人就能解决问题的。当然，饶德中没有这么说。

饶德中劝儿子丢开9595电力集团，好好休息几天，然后读他的博士生。他的制作月球和地球之间三维动画的软件还没有研发出来。

饶永石没有直接回答父亲，而是说要找保护宇宙平衡协会的一个人。

“找谁？”

饶永石说，雷天笑董事长和丁大高老师重病期间找保护宇宙平衡协会的孟铭先生瞧过病，孟铭先生说月球放出毒烟雾是月球的一种自我保护，就像甲虫遇到危险时屁股会放出烟雾一样。

“是孟铭说的吗？”

“甲虫理论是孟铭听您的协会的一个人讲的。”

“你要找这个人？”

“是的。我很想见到这个人。”

“这好办，找孟铭就行。”

5

孟铭看着饶永石，奇怪当时一句随口的话怎么就引起了这个年轻人的注意，还被他牢牢记在心里。看来，这个饶永石和他的父亲饶德中一样，是个专心做学问的人。

孟铭带着饶永石去见易方诺。易方诺就是提出“月球放出毒烟雾就像甲虫遇到危险屁股放出烟雾一样以保护自己”的人。

易方诺是个富三代，但到了他这一代大不如前了。他迷上了天文学，研究起了月球。这可是个无底洞，填进去好多钱。

易方诺的家原来在市区，后来搬到了北山山顶上，用市区的大房子换了山顶上的一个小屋，说是山顶上视线利于观察月球。

孟铭和饶永石走近小屋，听到了女孩子“嘤嘤”的哭声。是谁在哭呢？

他们推开门，看清楚了，哭的人是一个十二三岁的小姑娘。

孟铭俯下身，问：“你哭什么？”

小姑娘说：“我哭我爸。”

“你爸……”

“他死了。”

“你爸……死了？”孟铭跟着女孩伤心落泪。

饶永石大失所望：“易方诺……不，易老师，死了？”

“死了7天了。我想他，来山上这小屋里和他说说话。”小姑娘抬起头来，“你们……”

“……来找他。或者说，来请教他。”

小姑娘止住哭声，说：“他有什么好请教的呢？他研究月球，走进了一个死胡同，赔光了钱不说，把命都搭进去了。”

饶永石环顾屋子，说：“你爸没留下什么？”

小姑娘说：“留了。”

“是什么？”

小姑娘打开背着的小包，取出一个U盘，说：“就是这个U盘。我爸说，这是他一辈子的心血，只差一步之遥，就是无价之宝。”

“你打开了？”

“U盘没设密码，我打开了，但我看不懂。给几个大学生看了，他们也看不懂。这‘一步之遥’无法完成，它就不是无价之宝，一分钱也不值。”

“你打算把它怎么样？”

“能怎么样？来给他说一声，就随便扔了算了！”

饶永石“哦”了一声，说：“能给我吗？说‘卖’也行！”

小姑娘来了点兴致，说：“你要这个东西？你是研究月球的？”

孟铭插话说：“对。他是研究月球的。”

小姑娘说："也怪，我爸还有同行。你是我爸的同行，送你了！"

饶永石接过U盘，说："我没打开看，不敢瞎说。但这是你爸一辈子的心血，我要给报酬的。"

小姑娘说："报酬我不要，但我有个小心愿。"

"你说！"

"你研究月球，肯定要上月球。帮我把父亲的骨灰撒到月球上去，可以吗？"

饶永石肯定地说："可以。当然可以。"

孟铭也表态没问题。

就这样，饶永石怀揣U盘，捧着易方诺的骨灰，跟在孟铭的后面走出小屋，下了山。看来，天下研究月球的还大有人在，有丁大高，有易方诺……

饶永石把自己关进房间，打开U盘，看里面到底装着些什么。这是一个漫无边际、浩如烟海的大迷宫，里面有好几个数据库，每个数据库的数据都是层层叠叠、密密麻麻的。易方诺研究月球，但月球不是独立的，与周边的星球是有千丝万缕联系的，研究月球也要研究它周边的星球，除了地球，还有如火星、金星之类的研究数据。除此之外，U盘里还有对月球语言的研究、对外星人的研究等。

饶永石进入迷宫迷失方向了，出不来了。他旧病复发，神经衰弱，雷苗的速写不起作用了。不是衰弱，是亢奋。不是亢奋，是爆炸，是崩溃……

钟惠发现儿子好像3天没打开房门了，推开房门，儿子躺在床上，已昏迷不醒……

饶永石被送往医院抢救，还好抢救过来了。但他总是狂躁，双手握拳，使劲地捶打自己的脑袋。镇静剂已经不起作用，但医生不敢加大剂量，这已经是最大剂量，再加大，就是要病人的命了……

饶永石的病在医院中被传开了。徐倩茹由老同学梦飞陪伴抱着出生不久的儿子到医院打疫苗，无意中听到了这件事。要是病人名字不是“饶永石”，徐倩茹是不会理睬的。“饶永石”三个字引起徐倩茹的猜疑。徐倩茹把儿子交给梦飞，来到精神病科，看到病人果然是饶永石，她丈夫的得意学生。徐倩茹想起了饶永石讲过的“雷苗给他画的速写治好了他的失眠”的故事，觉得雷苗兴许能缓解他的病情，赶紧联系了雷苗……

6

雷苗到了北山市，与徐倩茹见面了，来不及细说，直奔医院。

饶永石正在狂躁，被关进了关狂躁型精神病人的病室。

医生正在会诊，准备对饶永石实施电疗。

“他不能电疗，电疗会损坏他的脑细胞！”雷苗插了进来，高声发表她的看法。

会诊的医生看着雷苗，面面相觑：“怎么突然冒出来一个不认识的女医生？”

“我不是医生。我是病人的未婚妻，让我来试试治疗他的病，可以吗？”

当然可以，而且求之不得。会诊的医生纷纷退场。

雷苗推开饶永石的病室，一步上前，抱住饶永石，柔声问："你是怎么了？"

狂躁中的饶永石闻到了雷苗的体香，看到了他熟悉的一张脸，问："你是雷苗？"

雷苗说："我是雷苗。"

饶永石说："快救我。我要崩溃了！"

雷苗说："我是来救你的，你得听我的。"

饶永石点头。

雷苗说："你躺下。"

饶永石躺下了。

雷苗说："你闭上眼睛，把手伸到我的面前来。"

饶永石闭上眼睛，把手伸到了雷苗面前。

雷苗紧握着饶永石的手，唱起了催眠曲：

放松，

放松，放松，

彻底地放松。

抛开身边的烦恼，

走出思考的樊笼。

一切皆过眼云烟，

何须十分看重。

不如化为清风，

徐徐吹向苍穹。

伴随轻歌曼舞，

聆听暮鼓晨钟。

踏上飘飘白云，

悠然去见周公。

……

唱着唱着，饶永石居然睡着了，还发出了鼾声。

7

万胜机器人制造厂拥有的自主知识产权不能生产上太空的机器人，郝木为什么敢理直气壮地接下9595机器人开发中心的活呢？

简文宇所提的他要的机器人“百毒不侵”、抗强辐射、抗强紫外线这三项好说，关键是抗三四百摄氏度的温差，这就有点难了。这么大的温差机器人的传感系统无法承受，有的要冻僵，有的要软化，只有经过无数次试验才能研制成功。就像飞机引擎上的一根管子，要理想适用，就要反复试验，耗时间。郝木清楚他的机器人制造厂短期内无法攻克这道难关，之所以理直气壮，是因为他有一个机器人领域顶尖的好老师——M国圣翰大学的孔斯迈克。

郝木决定找孔斯迈克去！买他的抗巨大温差的机器人的制造技术。

孔斯迈克是个人情味很浓的老头，他记得郝木。孔斯迈克捋着爱因斯坦式的大胡子热情地接待这位来自中国的曾经的学生，猜想郝木是为机器人难题而来。

郝木坐在沙发上，品着机器人送上来的咖啡，向老师提出了购买他的能抗巨大温差的机器人制造技术的请求。

孔斯迈克得意自己的猜测，摇摇头，摊摊手，和蔼可亲地对郝木说：“不可能，不可能，这种技术属于高端技术，不会卖给你的。”

郝木请老师开恩。

孔斯迈克说：“你再怎么求也没用。这项技术由学校保管，我的手不会伸那么长。我的手要是伸过去了，他们会砍掉我的手。”

郝木软磨硬泡，说：“我从遥远的中国来，你能让我空手回去吗？”

孔斯迈克说：“不会、不会。我会让你买到这样的零部件，你回中国去组装。你们善于组装，这不成问题吧？”

郝木想了想，说：“也行。”

孔斯迈克推荐了全能机器人制造厂。

郝木按照孔斯迈克的推荐来到了全能机器人制造厂。

接待郝木的是伍岩。伍岩早就接到了孔斯迈克的电话，知道郝木是为雷禾上月球开采氦-3的机器人而来。伍岩是想不通的：卖给郝木抗巨大温差的机器人部件，不是给竞争对手雷禾铺路吗？孔斯迈克在电话里说：“就凭他们组装的机器人就想上月球开采氦-3，笑话！”他告诫伍岩：一定要卖给郝木高质量的机器人部件，不然，会带来很大的麻烦。

郝木看了一眼接待自己的伍岩，黄皮肤，黑头发，黑眼睛，标准的中国人长相，警惕性没有了，坦率地说了买抗巨大温差机器人部件的要求。

伍岩说："没问题。先生要组装几个机器人？"

郝木说："两个。"

伍岩说："那就是两份部件了。"

郝木说："对，两份。看在你和我都拥有中国血统的份上，这部件该是以最优惠的价卖给我吧？"

伍岩说："我爱中国。好吧，两份部件，你给2000万美元吧。"

郝木暗自高兴。

8

5个月后，中国戈壁滩上的万胜机器人制造厂生产出了9595机器人开发中心所需要的两个机器人，大的叫勾魂，小的叫索命。

郝木给简文宇打电话："你需要的机器人我们赶制出来了，快来提货。"

"守信用。"简文宇在内心里点赞这个郝木，赶紧向雷禾汇报。

为了稳妥，雷禾决定和简文宇一道去戈壁滩提货。

在万胜机器人制造厂的仓库里，雷禾和简文宇看到了勾魂和索命。两人都是青面獠牙，狰狞怪异，有所不同的是勾魂是紫色，索命是绿色。

雷禾问简文宇："你看过他们的产品说明吗？"

简文宇回答："当然看过。勾魂和索命的外表完全是按我的要求做的。你如果觉得恐怖就达到我的预计效果了。"

"为什么要设计成这样？"

"我们上月球开采氦-3，'双66'那个地方夺走了我们好几条人命，那个地方十分晦气。我把机器人设计成这样，就是要杀杀那个地方的晦气。"

"啊！"雷禾明白过来，称赞说，"高见高见。"

勾魂和索命在模拟的太空环境中进行了检测，各项性能指标均合格，"百毒不侵"，不怕强辐射，不怕强紫外线，在-100℃至300℃的超高温差下能不折不扣地完成各项指令。

简文宇要带着勾魂和索命两个机器人上月球开采氦-3了。宇宙飞船还是苍穹5号，其他的人类工作人员一个也不要。简文宇学会了开月球车，不难。当然，秦玲玲是要随飞船前往的。她是导游，也是飞船管理员，职责所在。秦玲玲很会保护自己，上了月球，足不出基地，不会得雷苗和饶环珮的那种月球月经病。

此次苍穹5号只用3天时间就抵达月球。简文宇在基地休息了个把小时就带上勾魂和索命登上月球车，向"双66"出发。勾魂和索命十分兴奋，"呀呀呀"大笑不止。

简文宇开着月球车按导航仪的指引前行。和黄小昊一样，月球车翻过了一座山，在另一座山前的山谷停下了。山不高，坡却很陡，"双66"就在山顶上。月球车开不动了，简文宇只能打开月球车车门，指挥勾魂和索命拿上储气罐和挖掘器下车，爬上山顶挖氦-3。

勾魂和索命一切行动听指挥，拿上储气罐和挖掘器下了车。但它们走出了约10米，站在陡坡前，不肯爬坡。

“怎么畏缩不前？”简文宇看一看温度计，指针指示的刻度是-87℃，在允许温度范围内。简文宇毫不犹豫地指挥：“爬坡！”

机器人比狗更忠于主人，勾魂和索命开始爬坡了。勾魂把储气罐的提环挽到了肩上，腾出了手，两只手扒着岩壁往上爬。索命更聪明，利用挖掘器的运输管勾住岩石往上爬。到半山腰了，不晓得什么原因，勾魂一只胳膊断了，掉了下来，索命一条腿断了，也掉了下来。

简文宇简直不相信自己的眼睛：这是真的吗？当然是真的，因为勾魂和索命就躺在月球车前面约10米的地方。失败了！怎么办？逃之夭夭吧。为了这次登月采氦-3，雷禾甚至卖了股权筹集资金，如何向他交代？逃跑了就能万事大吉？而且月球上不能久待，还得回到地球上去。信息化时代，地球上没有死角，在深山老林照样能找到你。

硬着头皮回地球吧，带上断胳膊断腿的机器人。

简文宇走下月球车，去搬残废了的机器人。在月球上，他们不重。

简文宇穿的是钢铁侠战衣。事实已经证明，钢铁侠战衣的可靠性是有保证的。简文宇去拉勾魂那只没断的胳膊。

简文宇感觉到了一阵撕心裂肺的疼痛，疼痛的是那只伸出去的手。哎呀，只见钢铁侠战衣手套被高温烧破了，高温烧着了简文宇的手。简文宇咬牙将勾魂甩进了月球车。

高温是勾魂那只没断的胳膊上的，应该在800度以上。那只没断的胳膊上哪来的这么高的温度?

苍穹5号以最快的速度从月球上返回。

雷禾从飞船着陆点上迎接回来的没有氦-3，只有报废了的机器人勾魂和受伤了的简文宇。

雷禾来不及问责，将简文宇第一时间送到医院治疗烫伤的手。

医生要问清楚简文宇的手怎么烫伤的。

勾魂那只没断的胳膊上哪来的这么高的温度？旁边一个就诊的病人说：“这好解释。高温是机器人身上线路出现故障造成的。”那为什么高温能保持那么久呢？那个就诊的病人说：“也好解释。月球上嘛，没有空气，近乎真空，热量无法散发。”旁边的人茅塞顿开。

医生解开了简文宇手上的纱布，纱布是秦玲玲在月球基地上临时处理伤口时使用的。月球上近乎真空，应该没有细菌，伤口应该没有感染。但医生看着简文宇的伤口，惊讶着说：“伤口严重感染，需要大剂量抗生素治疗！”

想不到的是，大剂量抗生素治疗对简文宇的伤口无济于事，病情还在恶化。看来，地球上的抗生素对月球上的伤口感染不起作用。怎么办，找舅舅去？他是名医，可他的主治方向不是外伤。到M国的圣翰医院去？雷天笑和丁大高已是教训，京清医院治不了的，圣翰医院也治不了。

20天后，为保命简文宇只能截肢了。也就是说，简文宇从此再没有右手了。

简文宇整天以泪洗面，没有了右手，岂不成了残疾人了？简文宇不肯正视现实，想到了死，几次跳楼，好在都被人拽回了。

解劝简文宇的担子落在了雷苗的肩上。雷家名声要紧，雷苗不能见死不救。简文宇是为雷家的事业受伤的呀。

雷苗紧急回了趟京清市，来到简文宇的病房，坐在简文宇的病床边。

简文宇躺在病床上还在伤心，仍在流泪。

雷苗看着心软，赶紧从包里掏出纸替简文宇擦泪。

简文宇是闭着眼睛的，感觉到了有人在替他擦泪。擦泪的是一只纤细的手，动作很轻，很柔。擦泪的纸有一股清香。谁呢？睁开眼，是雷苗。简文宇伸出那只健康的左手一把抓住雷苗那只替他擦泪的手，“哇”一声，更加痛苦地哭起来。

雷苗手足无措，一个劲地安慰：“不要哭，不要哭，有什么迈不过的坎呢？只要努力就可以迈过去！”

简文宇看着眼前焦急的雷苗，想到她不远千里专程回到京清市探望他、安慰他，又想起他曾经因为自己的嫉恨还伤害过雷苗的未婚夫饶永石，偷偷破坏饶永石的太空服，心里一时五味杂陈。

简文宇默默地擦了把眼泪，对雷苗说：“不知道经过此番，我以后还能不能像正常人一样生活，谢谢你的安慰。我……有件事，想向你坦白。”

雷苗坐直了身子，问：“什么事？”

“还记得我们第一次去月球开采氦-3吗，其间饶永石的钢铁侠战衣坏了……是我动的手脚。”

雷苗沉默了片刻，说：“其实我早就这么猜想过了，只是一直没有证据无法证实，我很高兴你能自己主动坦白，你……好好养伤吧，不要想太多。”

雷苗走了，简文宇盯着病房的天花板发呆，他想起以前的争强好胜、对饶永石的嫉恨，在他在鬼门关前走了一遭后这些竟都烟消云散了。真是可笑！一滴热泪从他的眼中滴落。

雷苗惦记着饶永石，离开医院就奔北山市去了。

雷苗走了，简文宇反倒振作起来了，说：“我只是失去了一只手，干吗要死呢？”

雷禾请了机器人专家对断胳膊的勾魂进行了检测，得出了结论：这是一个组装货，或者说是一个山寨版的东西。

打官司！把戈壁滩上的那家万胜机器人制造厂告上法庭，是他们的机器人的质量问题造成了损失，要他们赔偿！

打官司？可以，但这是一个旷日持久的问题。

9

月儿弯弯照地球，几家欢喜几家愁。

愁的是雷禾，是9595电力集团。M国的那个孔斯迈克给雷禾上月球“双66”开采氦-3的时间是1年，现在距离最终期限只剩一个半月了。一个半月肯定来不及了，看来，月球上“双66”的氦-3开采权只有拱手相让了。

喜的是伍岩、孔斯迈克和金焊，甚至包括聂焰。

伍岩、金焊，还有聂焰，摩拳擦掌着准备上月球。

孔斯迈克来了。作为顾问，拿着高额薪水，他是要勤来的。伍岸、金焊、聂焰并足鞠躬喊："导师好！"孔斯迈克微笑着点头："大家好！"

礼貌一番过后，孔斯迈克对伍岩说："给中国的雷禾打个电话，今天是当初约定的一年期限的最后一天，给他上月球'双66'开采氦-3的日子到头了，他没开采到氦-3，现在该轮到我了！"

这个电话有必要打吗？明显的嘲笑和羞辱嘛。伍岩身上有中国血统，不想做这种嘲笑和羞辱中国人的事，动作迟缓不想打。金焊也不想打，聂焰更不想打，他离开雷禾没几天，这种嘲笑和羞辱太不道德。

孔斯迈克看出了3个人的心思，不想批评，好，你们不打我打！孔斯迈克翻出了雷禾的手机号拨通，对雷禾说："尊敬的雷禾先生，今天是一年期限的最后一天，给你上月球'双66'开采氦-3的日子到头了，你没开采到氦-3，现在该轮到我了。预祝我成功吧！"

雷禾听了孔斯迈克的这段话作何感想呢？是无地自容还是知耻而后勇呢？

……

M国全能机器人制造公司生产出来的上月球开采氦-3的两个机器人分别叫大智、大勇，男性，身高1米80，英俊潇洒，见人一脸微笑。公司对它们拥有自主知识产权，绝对原装。

一年期限到期后的第二天，伍岩、金焊，还有聂焰，带着大智、大勇，登上前进者3号宇宙飞船，向月球奔去。

在月球他们的基地休整12个小时后，他们上了月球车。

月球车由聂焰驾驶，目的地为月球的东经66°和北纬66°的交汇点，路线舍近求远，走雷天笑和简文宇走的路线。这是孔斯迈克的意见：走中国人走过的路线，他们失败了，我们却成功了，满满的嘲讽意味。

来到那个山谷了，面对很陡的山坡，和中国的月球车一样，他们只能停下了。

该是大智、大勇大显身手的时候了。

大智、大勇由伍岩指挥着，笑盈盈地走下月球车，一个拿挖掘器，一个拿储气罐，走出山谷，开始爬坡。山谷的气温是-87℃，山坡的气温是250℃。简文宇指挥的勾魂和索命就是从这时候开始崩溃的，但伍岩指挥的大智和大勇倒是雄赳赳气昂昂。“双66”就在山顶，20分钟后，他们就到达山顶了。

划时代的一刻就要来了！和之前的雷天笑、丁大高、伍岸、威廉森一样，大智、大勇二人共举挖掘器，共同享受这划时代的一刻。

月壤缺口处冒起了黑烟。但大智、大勇是机器人，钢打铁铸，不怕！他们二人共同挖起了满满的一箱氦-3，地球上好多人梦寐以求的东西！二人协调着将氦-3往储气罐装。说时迟，那时快，只见黑烟变成了一道很亮很亮的闪电，将大智、大勇击倒。大智、大勇挣扎了几下，不动了。

怎么会是这样？坐在月球车内的伍岩、金焊、聂焰不敢相信自己的眼睛。大智、大勇多么先进的机器人，敢说领世界机器人之先，怎么一下子就不动了呢？

伍岩要下月球车去救大智、大勇，被聂焰阻止了。聂焰说：“你要做第二个简文宇？”

伍岩被镇住了。大智、大勇的体温现在肯定在800度以上。

伍岩三人无功而返。

还上不上月球，在那个“双66”的地方开采氦-3呢？

孔斯迈克十分沮丧，说：“那是个魔鬼‘双66’。”

月球的东经66°和北纬66°的交汇点“双66”，氦-3的富矿区，被插上了“魔鬼”的标签，他们只能放弃了。月球上应该还有其他的氦-3富矿区，在哪里呢？不知道，丁大高当时只告诉了雷天笑一个“双66”。那就再在月球上寻找吧。可惜，丁大高的那个“月球光子反射分析仪”被砸成稀巴烂了，那是地球上除丁大高以外没第二人知道怎么制作的东西，丁大高休眠了，“月球光子反射分析仪”不会再有了。

看来，上月球开采氦-3的壮举只能搁浅了！

10

雷禾不能接受眼前的现实。雷家和9595电力集团为上月球开采氦-3付出了沉重的代价。雷禾吃不下，睡不着，患了抑郁症。

左爱桃急死了，急召雷苗：“你哥病了，快回！”

哥哥病了，雷苗不得不回。

雷禾患的是抑郁症。这病源自心病，心病得心药医。

天无绝人之路。想不到，治雷禾心病的人找上门来了。

这个人是柳萌，雷禾曾经的女朋友。

柳萌找上门来不是给雷禾治病的，她又不是医生。柳萌是来向雷苗报喜：她的弟弟柳阳赴国外参加机器人比赛获得了金奖。

雷苗对那个获奖的狗鼻子机器人很感兴趣。雷苗想：狗鼻子机器人能在月球上撇开“双66”找到另外可供开采的氦-3富矿区吗?

雷苗邀柳萌在她的卧室说悄悄话。

雷苗向柳萌诉说了雷家的诸多不幸。话题一转，问：“你弟弟的狗鼻子机器人能在月球上找到除‘双66’之外可供开采的氦-3富矿区吗？”

柳萌轻轻一笑，说：“这对我弟弟的狗鼻子机器人来说，小菜一碟。”

雷苗说：“那我就诚心诚意地请你们姐弟俩到我们9595电力集团来！”

“请我到你们9595电力集团来？”柳萌轻轻一笑，说，“被赶走的神再请回去，没这么简单吧！”

“……”

柳萌当然不会轻易回9595电力集团，除非雷禾亲自上门去请。

雷苗向哥哥诉说了柳萌弟弟的狗鼻子机器人。狗鼻子机器人能在月球上找到除“双66”之外可供开采的氦-3富矿区。这是雷家转败为胜的唯一指望。

狗鼻子机器人当真这么神吗？雷禾要眼见为实。

雷苗陪着哥哥去了岳峰县。

雷禾到岳峰县来了，柳萌一阵耳热心跳。但理智让她没有出面，而是让弟弟柳阳带着狗鼻子机器人来见雷禾。

狗鼻子机器人叫黑背。其实它是仿真人的，只是鼻子太长，五官不协调，看上去让人不舒服。

柳阳让黑背表演他的绝活。柳阳弄出了一大堆矿泉水瓶子，怕有200多个，每个瓶子里都装有液体。液体各种各样，其中有含酒精的。酒精浓度从10%到90%，各种浓度都有。柳阳在包里取出了一个酒精含量17%的样品，让黑背嗅了嗅，命令他到瓶子堆里把装有酒精含量17%的瓶子找出来。

这样有点不近情理了吧，让黑背去找含有酒精的瓶子可以，怎么能让他去找浓度是多少的瓶子呢？17%与16%、18%有多大区别呢？

黑背从瓶子堆里找出了一个瓶子，递给柳阳，经测试，这个瓶子里液体的酒精含量为17%。瓶子堆里有装有浓度为16%、18%的液体的瓶子吗？有，当然有。

柳阳在包里取出了一个酒精含量18%的样品，同样，黑背很快从酒精堆里找出了这个含量的瓶子，而且这个含量的瓶子有3个。

神了，金奖就该他拿！

雷禾问柳阳："月球上的氦-3你知道吗？"

"当然知道，氦-3是用于发电的最好能源。"柳阳说，"我还知道，你们上月球开采氦-3都失败了，还死了人！"

"你怎么知道的？"

"现在的事，只要你想知道就没有不能知道的。"柳阳这个高中生不简单。

雷禾说："月球上的'双66'被定为魔鬼地点了，不能去了，你的黑背能在月球上找到类似'双66'的地方吗？"

柳阳说："难，因为你没有'双66'富氦-3的那个样本。地球上基本没有氦-3，没读样本，黑背无法找。"

雷禾说："这个问题不难解决。我们让黑背上月球，在'双66'那个地方读样本。读样本只需黑背嗅一嗅，'双66'不会把我们怎么样。"

柳阳说："这样的话，黑背在月球上找到类似'双66'的地方，应该是十拿九稳了。"

雷禾说："那我就请你带上黑背同我走吧。"

柳阳说："同你走？这得有我姐姐的同意。"

11

雷禾和柳萌复合了。此时的雷禾没有选择的余地，他的肩上背负着雷家为了开采氦-3付出的巨大代价，他的父亲甚至为此丧命至今仍停在冷冻室，他只能选择柳萌，眼前只有柳萌能帮他上月球开采到氦-3，他一定要成功。

雷禾找饶环珮提出了分手，冷静地说明了情况，饶环珮没说什么，理智地退出了爱情场的角逐。爱情这东西是要随缘的，强扭的瓜不甜，死皮赖脸不会幸福。再者说，饶环珮也成长了，她不会再为爱情冲动，太幼稚可笑。

她也不想去指责雷禾，那是自讨没趣。

饶环珮恢复了单身，很快就有人开始追求她了，这个人是黄小昊。黄小昊暗地喜欢了饶环珮很久，现在终于让他等到机会了。

柳萌和柳阳、机器人黑背，来9595电力集团了，她有一种凯旋的喜悦。

又该要上月球开采氦-3了。

该由谁上月球呢？除了柳阳和机器人黑背，雷禾要坐镇大本营，不能去；柳萌是个女性，怕得月球月经病，不敢去。没人了！

这时候，简文宇来了，说："我去！"

简文宇被截肢的手换了一只智能机械手。简文宇活动着智能机械手，强调说："我有经验。我去！"他想，自己总要在这项付出过一只手的事业上真正地做出点什么贡献吧。

柳萌不放心弟弟柳阳，对柳阳反复叮嘱：凡事要听简文宇大哥的。

第二天，简文宇、柳阳、黑背坐进苍穹5号，向月球进发了。

简文宇再次向"双66"奔赴。

简文宇开着月球车翻过了一座山，在另一座山前的山谷停下了。山顶就是"双66"，接下来就要看柳阳的了。

柳阳看了看山坡，十分陡，山坡上还躺着一个机器人，是索命。柳阳蔑视地笑了笑，笑戈壁滩上的那家万胜机器人制造厂坑人。

柳阳指着山顶向黑背下达了命令。

月球车车门打开了，黑背走下了月球车开始爬坡。黑背绕过索命，很快爬上了山顶。山顶上也躺着两个机器人，是M国的大智、大勇，旁边还放着挖掘器和储气罐。黑背真想拿起挖掘器挖氦-3，然后往储气罐里装，还找其他地方干什么？但是，主人没这样指令，他不能这样做。他能做的就是俯下身子，张开鼻孔，闻这个地方的氦-3。很快，他闻准了，记牢了。

柳阳在月球车上看得十分真切，高兴地笑了笑，指令黑背不要回月球车了，到月球四处去找类似的地方。

黑背做了个“OK”的手势，从山的另一边下坡消失了。

简文宇和柳阳回到基地，等候黑背的消息。

33小时后，柳阳收到了黑背发来的消息：找到与“双66”氦-3同等含量的矿区，位于月球的东经77°与北纬77°的交汇处，应该叫“双77”。

太好了。向“双77”进发。

5个小时后，月球车在“双77”附近停下了。因为，“双77”也是在一座山顶上，月球车开不上去。

看，黑背在山顶上招手呢。

柳阳迫不及待地要下月球车，就在打开车门的那一刻，被简文宇阻止了。

简文宇说：“你留在车上。我去！”

柳阳问：“为什么？”

简文宇说：“有危险。据我观察，这里的地形地貌和‘双66’差不多，我怀疑所有的氦-3富矿区都有月球的保护。”

柳阳问：“你不怕危险？”

简文宇说：“我怕，谁不怕死呢？只是，你才17岁就捧回了世界机器人比赛金杯，是国家的稀缺人才。这个危险应该让我去冒。”

柳阳说：“你也是人才呀！”

简文宇说：“我这种人才太多了，不稀罕。”

柳阳深受感动，但不同意。

简文宇说：“上飞船之前，你姐怎么叮嘱你的？要你听我的，就是要服从我。是吗？”

柳阳不说话，默认了。

“这就对了嘛。”简文宇说，“还有，如果我倒在‘双77’那个地方了，你不要去救！”

柳阳说：“见死不救，我还是人吗？”

简文宇说：“你知道雷天笑、丁大高吗？知道伍岸、威廉森吗？救等于白救。我不想接受什么冷冻休眠，不如把遗体留在月球上。月球上没有空气，没有水，没有细菌，遗体将永久保留，千古不朽。我将成为第一个把遗体留在月球上的地球人！”

柳阳点头。

简文宇继续说：“同时，我的遗体将警示地球人，不要上月球开采氦–3了！”

柳阳继续点头。

结果“双77”和“双66”一样，在开采氦–3时冒黑烟，有巨力和亮如闪电的光。

结果如简文宇所料：他重蹈了雷天笑等人的覆辙。柳阳无计可施，只能干着急。

简文宇的遗体永久性地留在了月球上东经77°和北纬77°的交汇处，陪伴他的还有机器人黑背。

柳阳一个人回到了地球，胆战心惊地躲在被子里，眼睛不敢看外面。

雷苗知晓后，心情十分复杂，最难掩饰的是难过。当晚，她想着简文宇自言自语了一阵子，不知说了些什么。

雷禾悲伤地领着一班人对简文宇进行了祭奠。

12

9595电力集团应该不姓“雷”了。雷家经过三番五次的打击一蹶不振了，有猫哭老鼠者上门来“安慰”，就是那些当初从9595电力集团退股的股东们。

雷家真的无力回天了吗?

雷苗把救命的稻草寄托在了饶永石的身上。只要饶永石破解了月球语言，就破解了月球的保护，就可以开采回来氦-3。

雷苗悉心呵护着饶永石，就像母亲呵护新生儿。催眠曲调理着饶永石的睡眠，他的精神状态恢复了正常，身体也变得健康。

饶永石拜托雷禾将前几次上月球时大家穿过的钢铁侠战衣、阿童木战衣，使用过的挖掘器以及破损的机器人勾魂的残骸一起收集了来，还有曾经威廉森挖回来的不含氦-3的月壤，通过月球语言检测仪分析留在这些东西中的月球电磁波图谱规律。他结合易方诺留下的研究月球语言的宝贵资料，不断地进行演算、实验和检测……

终于在饶永石32岁生日的这一天，饶永石找到了出口，走出了迷宫，读懂了全部的月球语言：

月球在“双66”“双77”等所有具有氦-3开采价值的地方都有保护。这种保护不是月球实施的，是外星人实施的。500年前，一伙外星人到了月球，发现了月球上的氦-3，异常惊喜。这是发电的最理想能源，他们居住的星球就是用氦-3发电的。由于他们居住的星球氦-3还可以用50万年，所以决定暂不开采，但要将其保护起来防范其他星球上的人来开采，他们在月球所有具备氦-3开采价值的地方埋下了乒乓球大小的暗物质，利用暗物质的暗能量进行保护。谁在这地方动土，破坏了这个地方的物质平衡，暗物质就要释放暗能量了。这种暗能量或表现为黑烟，或力，或亮如闪电的光，使破坏者受到暗能量伤害。受到这种暗能量伤害的地球人是无治的，机器人也会报废。

好在外星人实施的氦-3保护即将被饶永石破解了，他心中已经有了一个破解方案……

饶永石要上月球开采氦-3了。一个人肯定不行，得有帮手。雷苗想去又不敢去，想起上次的月球月经病就胆寒。饶永石也不同意她去，雷苗就放弃了。饶永石最后叫来了黄小昊，黄小昊现在是饶永石的妹夫。

饶永石上月球开采氦-3的行为遭到了饶德中的坚决反对。他不知从哪里知道饶永石要上月球开采氦-3，赶来阻止。饶德中朝儿子怒吼：“你上月球开采氦-3就是与我对着干。你如果真要这么做，除非开着月球车从我的身上压过去！”

饶永石倒是心平气和，说：“您发什么火呢？您知道我开采氦-3的方案吗？您看了我的方案再发火也不迟呀。”

饶永石给饶德中看了方案，然后饶德中脸上的怒气消了，变得和颜悦色，问儿子：“这……可行吗？”

饶永石说：“应该没问题。”

两个月后，饶永石和黄小昊乘着苍穹5号向月球的“双66”进发。饶永石带上了易方诺的骨灰，这是易方诺女儿的请求。

饶永石把易方诺的骨灰撒在了月球的“双66”，这是个让人刻骨铭心的地方。

1天后，他们带着20公斤富氦-3的月壤返回地球了。

饶永石用他的执着与智慧赢得了胜利。纵情欢呼吧！

能成功开采回氦-3还要归功于饶永石的破解方案：从地球带20公斤氦-2（仿氦-3的存在形式）上月球，在“双66”那个地方置换20公斤氦-3。要特别注意，用氦-2置换氦-3时速度要快，几乎要同时进行。为此他们使用了两台超高速挖掘器，每挖出一定质量的氦-3就要在十分之一秒内填补上同等质量的氦-2，以躲过暗物质察觉。就这样他们成功开采到了氦-3。20公斤富氦-3的月壤被提取出高纯度氦-3，开启了地球人发电、用电的新纪元。

雷家的事业也重整旗鼓，更加兴旺发达了。

冷冻休眠的雷天笑等人也当瞑目了！